救赎

姚家明◎著

这部小说的人物、情节和理念已经进入了人性的深水区，是令人惊讶、沉醉和震撼的。大胆的披露，可怕的真实，使人不由想到了卢梭的《忏悔录》和歌德的《少年维特之烦恼》。

中国文联出版社
http://www.clapnet.cn

图书在版编目（CIP）数据

救赎 / 姚家明著. --北京：中国文联出版社，2016.9

ISBN 978-7-5190-2030-9

Ⅰ.①救… Ⅱ.①姚… Ⅲ.①长篇小说—中国—当代 Ⅳ.①I247.5

中国版本图书馆 CIP 数据核字（2016）第 236012 号

救　赎

作　　者：姚家明

出 版 人：朱　庆

终 审 人：奚耀华　　　　复 审 人：蒋爱民

责任编辑：胡　笋　　　　责任校对：傅泉泽

封面设计：中联华文　　　责任印制：陈　晨

出版发行：中国文联出版社

地　　址：北京市朝阳区农展馆南里 10 号，100125

电　　话：010-85923062（咨询）85923000（编务）85923020（邮购）

传　　真：010-85923000（总编室），010-85923020（发行部）

网　　址：http：//www.clapnet.cn　http：//www.claplus.cn

E - mail：clap@clapnet.cn　　hus@clapnet.cn

印　　刷：北京天正元印务有限公司

装　　订：北京天正元印务有限公司

法律顾问：北京天驰君泰律师事务所徐波律师

本书如有破损、缺页、装订错误，请与本社联系调换

开　　本：710×1000　　1/16

字　　数：316 千字　　　印　张：22

版　　次：2017 年 1 月第 1 版　　印　次：2017 年 1 月第 1 次印刷

书　　号：ISBN 978-7-5190-2030-9

定　　价：58.00 元

小说只是一个人的隐秘。

——温琴佐·切拉米

我知道我的救赎主活着，

末了必站在地上。

我这皮肉灭绝之后，

我必在肉体之外得见上帝。

——《圣经·诗篇》

一个人成长的历程

——读姚家明的长篇小说《救赎》

邢小利

拿到姚家明的长篇小说《救赎》后，几乎是一口气读完的。我很惊讶，我敢说，这部风格独特的小说，至少在陕西文坛具有独特性，没有见人像他这么写的，很深刻。这部长篇小说写的是一个人的故事。这个人叫杨诺。小说中当然也写了其他几个人，但这几个人都是为了衬托杨诺才写的，他们的出现，只是因为杨诺的生活和成长涉及到他们。杨诺不是生活在一个封闭的环境里，他必须与人交往。这样的单来独往地只写一个人的长篇，艺术上很有些冒险，因为依着一种阅读习惯，人们会责怪这部小说人物不够众多，社会面不够宽广，因而小说也不够厚重。但是这恰恰就是《救赎》的艺术追求。

如同陈忠实在《白鹿原》的开篇有一个引自法国作家巴尔扎克的题记“小说被认为是一个民族的秘史”一样，开宗明义，表明作家要写的小说的题旨，姚家明在他的这部小说的开篇，也有一个引自意大利作家温琴佐·切拉米的题记“小说只是一个人的隐秘”，表明他要写的，“只是一个人的隐秘”，而且是一个普通人的个人生活隐秘。“一个民族的秘史”着眼于“一个民族”这样的“宏大”对象，自然人物众多，而且人物需要遍布社会各个阶层，时段要长，各色人物需要在一个相当长的历史阶段中进行必要而且充分的活动和展示，这样的作品往往聚焦于“社会”“历史”这些方面，具有“史诗”的规模或艺术旨趣。“一个人的隐秘”叙述的是普通人特别是小人物的个人生活，着眼于一个人的私人生活，而且是

“隐秘”，聚焦的往往是人性的深处和人的心理和精神。这是两种不同艺术旨趣的追求，各有各的艺术景观。

《救赎》写的是杨诺，一个极其普通的山村少年“隐秘”的个人生活史，他从一个少年到青年的成长经历，他的心理和精神的成长过程。小说从对杨诺身心产生巨大影响的事情写起。故事发生的年代是1981年，杨诺正上初中一年级。少年杨诺由于父亲恢复了工作，家境变好，他学习松懈，在村里一伙顽皮孩子的带动下，染上很多恶习，经常逃学。而在比他大五岁的堂哥杨树林的引诱下，十三岁的他又学会了手淫。他知道这样做很不好，可是戒不掉了。在家里，在山坡上，甚至在课堂上，他都需要自慰。这种行为既摧残一个少年的身体，对一个少年的心理和精神更是产生很大的摧残作用。小说写杨诺本来活泼外向，但是自从发生这些事情以后，他渐渐变得自卑和内向，尤其害怕和女生说话。由于堂哥的引诱和教唆，杨诺不仅恶习难改，手淫加剧，而且在十五岁那年，在迷迷糊糊中又与村里一个已婚的名声很坏的女人发生了性关系。杨诺本来以为这种事情很享受也很美好，没有想到他看到的这个叫贾香香的女人暴露出来的东西让他恶心欲吐。事后他不仅非常懊悔，而且对自身产生了极度的蔑视和绝望。他感到自己已经彻底完蛋了，自己成了一个十足的坏人。小说在冷静地叙述杨诺这些身体的“隐秘”之事及其生理上的诸种感受的同时，深入地展现了主人公更为“隐秘”的心理活动及其变化，诱惑与冲动，自责与懊悔，让人清晰地看到一个少年的“隐秘”生活对其性格和精神的内在影响。

小说是把杨诺三年的高中生活作为重点展开描写的。这段时间是从1983年至1986年。熟悉这段时间的人都知道，这是中国社会改革开放最初的那几年，社会充满朝气，人们充满希望，差不多每一个人都想在新的生活中寻找到自己的位置。总之，二十世纪八十年代前期的中国社会是一个充满生气也充满理想的年代。就是在这样一个年代，少年杨诺背负着因为此前自己的行为而造成的巨大心理负担，走进了决定自己一生命运的高中阶段。好好学习，考上大学，是每一个高中学生主要的甚至是唯一的奋斗目标，自然也是杨诺的目标。然而在这个目标之外，则是全部的生活实际，每一个学生都面临着各自不同的问题。小说较为细致地叙述了杨诺面临的所有问题。杨诺面临的，既有客观的生活问题，更有自身的问题。客观的问题是家庭的矛盾和矛盾着的家庭给予他的生活压力和精神压力，这里既有农村家庭经济上的困难，也有对杨诺渺茫的上大学前景的悲观，父母要他回家务农。还有改革开放大潮中学校教师的离走潮对于教学秩序和教学质量的严重影响。上学还是回家，杨诺在这个问题上倒是坚定的，一定要上学，不走到尽头不回头。作为一个成长型的人物，杨诺面临的最大问题可能不是客观的生活难题，而是他自身的问题。人往往是自身的敌人，胜人易，自胜难，成长中的少年和青年尤其是这样。一次回家偶然碰见贾香香，贾香香和杨诺打了一个暧昧的招呼，杨诺就背上了沉重的精神负担，一是尽量减少回家的次数，二是思想和情绪经常陷入迷乱。小说写道：由于贾香香这个女人，“在他心中，经常有两种思想作着尖锐的斗争：一种是积极向上，通过勤奋学习考上理想大学；一种是沉沦于过去，在懊悔中消磨岁月，浑浑噩噩地渡过高中这两年。这两种思想像两头怪兽，张牙舞爪，呲牙咧嘴，互不相让。有时这种思想占上风，有时那种思想占上风，从没有休战过。”其实贾香香并不是个坏人，也没有坏心，倒是一片真心和善意，她是想方设法帮助杨诺，但是要理解和明白贾香香这样的人，杨诺还要等到后来。不经历一些事，不长大一些，有些事，有些人，少年杨诺是不明白的。理解了，明白了，杨诺就成长了。他的堂哥杨树林也是这样，尽管此人行为荒唐，不知羞耻，乱搞女人，偷窃，但杨树林并非一个十恶不赦的坏人。此人天良未泯，有时还很仗义，他与贾香香一样，都是生活中真实存在而性格比较复杂的人物形象。杨诺真正认识这些人的本质，理解并明白他们，需要相当的生活经历。当他后来理解并明白他们的时候，他就从狭隘走向了开阔。

作家在这部小说中写人物，既有丰富的生活内容，也有深刻的人性刻划。杨诺在高中阶段与男生同学王小波那种同性之间的友谊和说不清道不明的感情纠葛，那种人性之间复杂而幽微的感情，作家把握得很准，写得细致、曲折而单纯。杨诺受到强势同学欺辱之后，心中愤恨并感到孤独的时候，王小波由借给他书看到关心他的生活，一步步与他走近，直至形影不离，直到杨诺对两人的关系感到恐惧。王小波对杨诺的感情，其实是一种同性恋倾向，但是杨诺对这种特殊的感情一点认识都没有，王小波也是情之所至，不知所归。两人的关系很好，但是两人对这种感情的认识都显得无知，杨诺对王小波的感情由开始的欣然接受到后来的断然拒绝，使王小波无法理解无法接受，最后在稀里糊涂中不知是有意还是无意跌入水渠而亡。这种暧昧的关系，一方是极度的关心与爱中渗透着某种自己也说不清道不明的情愫，一方是开始不知其里因而欣然接受继而感到恐慌最后感到厌恶，那种情感的搏斗和内心的挣扎，作家写得平静而又惊心动魄，引人入胜也引人深思。

作家非常善于描写少不更事的中学生之间那种单纯而又激情荡漾的感情关系，这既是对人物关系的一种把握，也是对青年男女之间感情世界和内心世界的深度展示。杨诺和女生同学苏艳的友谊和感情关系，由于两人都是中学生，对他人，对自己的感情世界，都缺乏必要的认知。由于学习上和生活中的互相帮助，因好感，因欣赏，因同情，因鼓励，由友谊，而爱恋，自然而然，水到渠成。但是两人都少不更事，那种感情虽然深挚但又极其朦胧，微妙而美好。杨诺参加高考完后，对前途不敢奢望，进山做药材生意遇到少女菊花，赌咒发誓说要娶她，在他是真心，而在同伴看来则为天真，作家在叙写这种少年的天真和单纯的同时，透着一种淡淡的诗韵，读来令人回味不已。

小说的结尾写道："杨诺不知道自己以后的人生会是怎样，但是他有信心走好以后的人生路。他坚信一句话：'痛苦难道是白忍受的吗？'他必须对得起这个时代和自己所经历的苦难。"杨诺从少年走到青年，他的求学之路是从初中跨进高中，从高中考上大学，人生之路经历了一些生活上的艰难困苦，经历了生理上不堪回首的性体验和精神上懵懂不明的恋爱。而在这个过程中，因为有了那么多的生命体验，因为有了那么多的思考以及内心的搏斗，他的心理世界逐渐丰富了，精神境界逐步提高了，性格从自卑走向自信，人格从扭曲走向正直，为人从萎缩走向舒展，心胸和眼界从狭隘走向开阔，这是一个变化的也是成长的过程。杨诺成长了，成长为一个相对成熟的人。这就是一个人成长的经历。

姚家明是一个有着多种题材、多种体裁创作经验的很有实力的作家，《救赎》显然是他近年的用心和用力之作。这部小说有着作家明确而独特的艺术追求，叙事冷静从容，张驰有度，对人物的描写准确生动，对人物心理的展示深刻入微，语言简洁流畅。小说的故事并不离奇，情节也不紧张，但由于是从一个人的“隐秘”生活入手，并对其更为“隐秘”的心理活动进行人性的和诗性的深度揭示，紧扣一个人的性格、命运和精神世界，读来摇曳多姿，有着很强的可读性。可以肯定地说，《救赎》是一部不可多得的优秀作品。

（作者系著名学者、文学评论家，《小说评论》副主编，柳青文学研究会会长）

目录

引　子

杨诺后来不止一次地想到，假如当时没有那件事的发生，他的人生会是什么样子？他还会不会走那么多弯路？承受那么多苦难呢？

故事还得从一九八一年春天说起。

那时，杨诺还在上初中一年级。一天，喜讯传来，政府终于撤销了“文革”时期对他父亲杨敬文的错误处理，父亲不仅得到了平反，还被安排到县粮食局上班了。

这件事对他们家来说意义太重大了——父亲由一个刨地的农民，一下子变成了端国家饭碗的人；他们不仅在全村人面前扬眉吐气，而且家里有了稳定的经济来源，他们家从此就可以摆脱贫困了。杨诺记得清清楚楚，从那年春天开始，每个月末，父亲都会将一沓子工资和粮票拿回家交给母亲。过去，家里十天半月才能吃到一顿细粮；如今，他们家几乎天天都有白面吃。杨诺头上有一个哥哥，一个姐姐，他过去总是穿哥哥穿旧的衣服，自父亲平反参加工作后，衣服还没穿破，母亲就会给他买新的。

家里条件好了，杨诺无论在家乡的小伙伴面前，还是在班上同学之间，他都有一种优越感。过去他一贯学习刻苦，成绩突出，每学期都是三好学生。自从父亲得到平反参加工作以后，他再也不把学习当回事了，想学就学，不想学就拼命地玩儿。

人学好难，学坏非常容易。在村里一伙顽皮孩子的带动下，杨诺迅速沾染上了很多恶习。

他们村离学校有四、五里路。沿途有一条丰盈的小河——哇啦河，河里鱼虾成群。他们经常在上学路上开溜，几个人一块儿到哇啦河里去捉鱼。捉鱼的乐趣远远大于枯燥的读书。他们在河里一玩就大半天，最后把捉到的鱼刨肚洗净，用麻叶包好，在河边烧得吃，直到放学了，他们才悄悄混在其他学生一块儿回家去。

逃学一旦成为习惯，就再也改变不了了。每学期算下来，杨诺几乎有四分之一时间在逃学。他不是到河里捉鱼，就是在树上或者黑屋子里玩捉迷藏，要么就是上山摘野果子吃。总之，只要外面有好玩的事情，他就会逃学。

由于经常不到学校去，杨诺的功课江河日下，不仅作业不会做，考试也考不好。但他仍不思悔改，作业不会他便抄别人的；考试不及格，他隐瞒着不对家里说。家里还一直以为他是一个勤奋学习的好学生呢。

杨诺不仅逃学，而且沾上了流氓习气。经常领着他逃学玩耍的是他二伯的儿子杨树林，这个堂哥比他大五岁，年级却只比他高一级。这年春天的一个夜晚，堂哥一个人在家，他让杨诺和另外一个小伙伴到他家里，给他做伴儿。三个人睡在一头，相互说笑，取闹。快入睡的时候，堂哥突然就把杨诺的右手拉过去，放在了他的裆上。杨诺心里一惊，他一下子摸到了一根又粗又硬的家伙。杨诺知道那是堂哥的本儿，正要缩手，堂哥把他的手按住了，并教他如何来捋他那个东西。杨诺心里怪怪的，不肯。堂哥便告诉他，这样做很好玩。说着便手把手教他如何上下捋他那玩艺儿。

直到多少年之后，杨诺才知道这叫手淫。

在堂哥的耳濡目染下，杨诺从堂哥那里学会了手淫，他当时刚刚十三岁，正是身体发育阶段。这种行为对他精神方面的影响更大，他性格本来活泼外向，自从开始自慰后，他渐渐变得自卑，内向；尤其是害怕和女生说话。

随着年龄的增长，堂哥杨树林渐渐的不满足于手淫了。一次他悄悄告诉杨诺，在路边的一个牛圈里，他悄悄地把一个讨荒要饭的女人给搞了。那个女人杨诺见过，三十多岁的样子，浑身穿得破破烂烂，蓬头垢面，脏兮兮的。她早晚领着一个小男孩，在附近的村子里乞讨。杨诺想不到堂哥连这种女人也睡，心里对他充满了鄙夷。可堂哥却在杨诺面前炫耀，说他和那个女人睡觉的时候是怎样的快活怎样的妙不可言。

后来，那个逃荒要饭的女人经常被堂哥杨树林领到山沟沟或者路边的一间废弃的屋子里，做那种事儿。每做一次，堂哥不是从家里给那女人拿几个馍，便是塞给她几件家人穿旧的衣服。

尽管堂哥杨树林这件事做得很隐秘，但还是被不少人知道了；而且那个女人一次饿得要昏迷时，竟然领着她的小孩，找到了堂哥家里，把堂哥与她睡觉的事儿一股脑地告诉给了堂哥的父母。堂哥的父母十分生气，他们悄悄塞给了那女人一些吃的东西，打发她赶快走。然后等堂哥放学回来，他们把他吊起来美美地痛打了一顿。告诫他，如果他还敢和那逃荒的女人睡觉，他们就把他送到法院，要么用绳子把他勒死算了。造孽呢。

堂哥杨树林也许觉得和一个又脏又丑的逃荒女人睡觉太丢人，他不知用什么法子，把那个女人彻底赶走了，从此杨诺就再也没有见到过那个女人了。

但是，堂哥的毛病仍改不掉，不久，他又和村里一个姓朱的寡妇好上了，这个寡妇才二十多岁，几年前，这个女人的丈夫在发洪水时为了捞一截木材被大水卷走了，从此就留下她和一个三岁的儿子。这个姓朱的寡妇叫朱凤凰，长得丰乳肥臀，很风骚。堂哥不知咋和她好上了，隔三岔五地钻到朱寡妇家里，有时甚至留在那里过夜。

杨树林学习本来就差，自从和朱寡妇好上后，他更不把学习当回事了。他不好好学，也不让杨诺好好学。他领着杨诺夜里去偷人家地里的西瓜，教杨诺如何偷家里的钱到县城食堂里下馆子，还领着杨诺在路边偷看女人上厕所。

一天，在去上学的路上，堂哥突然嬉笑着问杨诺："你是不是经常捋你那根玩意儿?"

杨诺一听，吓了一跳，脸一下子红透了。他支支吾吾地解释说：“没，没有的事。”

“别骗我了，我知道，你肯定做了。”

杨诺的脸更红了，他感觉像是被人剥光了衣服，站在光天化日之下。

“你知道不，那没意思，自己用手解决还不如找个女人，那才叫真快活。”

杨诺一听，心里通通擂鼓一样跳起来。

“因此你就去找朱寡妇睡觉，是不是？”杨诺问堂哥。

堂哥一听这话，脸都吓白了，他打了杨诺一拳，生气地说：“这话你可别胡说，我可没有干。”

杨诺诈他说：“你别不承认，我都看见了。”

堂哥杨树林对杨诺瞅了瞅，突然大笑起来。然后神秘地说：“既然你都看见了，我也就不瞒你了。那个要饭的女人太脏了，我只和她睡了几次就不想睡了，给了她几块钱，打发她走了。现在我和朱寡妇好上了，那女人真她妈的浪，天天让我去和她睡。”

“那你真的天天都去了？”

“那怎么敢？家里知道了不把我打死才怪里。那女人的公公、婆婆一天到晚都盯着，要是逮着了，可没好果子吃。”

“那你怎么办”？

“只好偷空到她家里，有时半夜悄悄溜到她家里。”

“跟她睡觉真很快活吗？”杨诺不解地问。

“你想知道？”

杨诺点点头。

堂哥杨树林叹了一口气，然后说：“那真是的美死了，不跟那女人睡觉，真不知道世上还有这么有味的事情。”

“比吃肉还有味？”

“那当然了，比吃肉还有味十倍、百倍，那感觉像是吃上了世上最好吃的东西，穿上了最好看的衣服，住上了最好的房子，飘飘欲仙，晕晕乎乎。”

杨诺听了，心里便对那件事充满了渴望。

堂哥杨树林最后警告杨诺，要他一定把嘴把严，不得把他与朱凤凰睡觉的事告诉给村里任何一个人，要是他胆敢告诉给了别人，他一定不饶他。

杨诺就发誓他决不告诉给任何人。

堂哥杨树林这年才十八岁，但个头已长到一米七左右。由于在小学时他一再留级，他竟比杨诺高一级，杨诺上初一时，他还在上初二，而且每次考试在班上都是倒数，是全校出了名的差等生。只要学校开师生大会，校长，或者教导处主任都会把堂哥杨树林作为反面典型进行批评。但堂哥的脸相当厚，校长在大会上点他的名字批评时，别人都看着他，他却毫不在乎，脸上笑嘻嘻的，似乎校长是在说别人。并且趁哪个同学不注意，他竟然把一只大蚂蚁放到了人家的脖子里，待那个同学被蚂蚁咬得惊叫起来时，他却正襟危坐，装得一本正经的样子。

堂哥根本不把学习当回事，他的作业全是抄别人的，考试也是抄，能抄多少分就抄多少分。他经常对杨诺说，学习真烦人，有啥好学的?跟我玩儿去。杨诺如果不去，他则拿东西引诱。杨诺不明白堂哥身上为什么总有花不完的零花钱，他身上时时刻刻都揣着钱，按说他家里并不富有。

直到有一天杨诺才知道，堂哥是个盗窃高手。他不仅偷班上同学的东西，还偷老师的钱。一次，一辆墨绿色的卡车停在学校门口，司机下车上厕所去了。堂哥竟趁机钻进司机楼里，把那个司机的钱包偷走了，那个钱包里装了厚厚一沓子钱。司机发现钱包不见后，就报了案，让当地派出所帮忙搜查。杨树林何等精明，他早把钱包藏起来了。堂哥还经常偷村子里人家的鸡蛋到公销社去卖，卖下的钱他一律买了水果糖或者其他好吃的东西。杨诺就是被那些好吃的东西一次次引诱而下水的，只要杨树林打一声招呼，他立马就跟他走了。

杨诺当时的状态一直是这样，在家里老老实实，但一离开家，他便变了个人似的，他像影子一样跟随着堂哥杨树林，在歧路上越陷越深。

他离不开堂哥杨树林，虽然他明白这个人品德很坏，不仅小偷小摸，到处害人，还喜欢搞女人。他知道跟着他，他迟早会彻底学坏的，但他还是离不开他，一天不见他心里就发慌。

堂哥渐渐的什么也不避杨诺了，他竟然把他每一次跟朱寡妇睡觉的情形绘声绘色地讲给他听。听了那些让人脸红耳赤的话之后，杨诺浮想联翩，心惊肉跳。于是他就找机会偷偷打量朱寡妇。每次在村子里看见朱寡妇撅着大屁股甩着大奶子歪歪扭扭走路的样子，杨诺就想象着她与堂哥在床上翻云覆雨的情景。越想他越害怕，但又禁不住往那方面想，直想得如痴如醉，着了魔一样。他没有堂哥那种胆量，堂哥想女人了，就大胆去找。可他不敢，他只能偷偷去想，实在忍不住了，他就手淫，每隔二、三天他就要手淫一次，有时一天竟手淫二、三次。

越是手淫他越是自卑，越是自卑他越离不开堂哥杨树林。

杨树林也许是发现了杨诺对女人的渴望，一次开玩笑说，他要帮他找一个女人，让他好好尝一尝女人的滋味。谁知那句话还没有付诸现实，他便出事了。

这天晚上，甜水井村放电影。

当时农村还没有电视，放电影是一件稀罕事，不仅村子里大小人都去看，周围四、五里以内的人，都会闻风而来。杨诺这天是跟家里人一起看电影的，他本来想与堂哥杨树林一起看电影。可是下王庄的姑姑、姑夫看电影来了。为了提前占好位置，天还没黑他就和弟弟杨飞一块儿把凳子拿着，在幕布前占位置去了，所以整个晚上他只好老老实实跟家人在一起看电影。

两场电影看完，时间已经很晚了。姑姑、姑夫连夜走了。杨诺刚脱了衣服上床睡觉，便听到外面传来嘈杂的声音——有跑步声，有窃窃私语声，甚至还有隐隐约约的啼哭声。杨诺也不知外面发生了什么事，只顾蒙头睡觉，刚眯上眼，哥哥杨树平急匆匆从外面回来了。哥哥一回来就紧张兮兮地说：“杨树林和朱寡妇睡觉让人抓住了，潘家人正在往死里打。”父母一听，赶快就出去了。他们两家是亲房，他们得去帮忙。杨诺听说堂哥快被人打死了，大惊失色，马上穿上衣服就跑了出去。

后来才知道事情是这样的——堂哥杨树林和朱寡妇提前约好了，他们想趁大家都在看电影的机会，俩人悄悄地从电影场子上溜了回去，然后在一起偷情。他们认为自己做得巧妙，殊不知他们的事情早已被朱寡妇男人的家户兄弟盯上了，虽然朱寡妇的男人潘炳文死了，但他还有四个兄弟，杨树林与他们的嫂子通奸，等于是对他们家户的极大羞辱。于是他们就暗暗盯着这两人。这天晚上，电影正演到高潮的时候，朱寡妇和杨树林二人就一先一后从人群中悄悄退出了。这些都被潘炳文最小的一个兄弟潘炳南盯着了。潘炳南一直跟踪他们到他大哥潘炳文家里，看到杨树林钻进屋，门被关上之后，他才飞快地去报告给他的几个哥哥。潘家兄弟几人听说杨树林和他们的嫂子滚到一起了，十分气愤，一声招呼，兄弟四人立即悄悄地退出了电影场子。在经过一家柴堆的时候，他们一人从柴堆上抽了一根柴火棒子，他们决心把杨树林现场抓住，然后用乱棍打死。

当他们去推他们大哥家门的时候，发现门从里面给拴上了，老四正要敲门，却被老二挡住了，老二悄声说："这种事必须抓现场，捉奸捉双，不然对方会咬口不认账。"老二对大哥家里情况比较熟悉，接着说，"我们可以从窗子上钻进去。"

弟兄几人来到山墙后面的一扇窗子跟前。这是一扇推拉窗。老二轻轻地将窗户纸捅破，然后手伸进去，把里面的木拴扳下来，手一推，窗子就被推了上去。老二把窗子提着，让其他几人赶快进去。潘家兄弟几人马上哈着腰，一个个钻了进去。老二等到其他人都进去之后，他才爬了进去。

他们进去的时候，杨树林和朱寡妇丝毫也没有察觉，他们正疯狂地在床上快活，而且嘴里不停地说着些不堪入耳的下流话。

兄弟几人怒气冲天，冲进房门，一个人拧开了手电，照在了床上两个赤条条扭动的身子上，另外几个吼叫着，大骂着，扬起棍子就打。

杨树林当时吓蒙了，还未来得及溜下床，就被潘家兄弟几人堵在了床上，木棍顿时像冰包一样砸下来。

朱寡妇哭求着，让这弟兄几个饶他们这一次，一面上前遮挡。但那兄弟几人根本不听她的，他们只顾打着，把杨树林往死里打。朱寡妇见情况不妙，不顾羞耻，大声喊着救命。村里人就是在听到朱寡妇的呼天抢地的救命声才赶去的。

杨树林刚开始还能抵抗，怎奈对方人多，下手太狠，渐渐的毫无还手之力，只能左右躲避。当杨树林踉跄地跑到朱寡妇家的堂屋，准备拔出门闩往出逃时，被那兄弟几人一齐撵上用乱棒打倒在地，然后那几个人手脚并用，把杨树林打得血肉模糊。

要不是后来有人劝阻，杨树林会被当场打死的。

杨诺赶到现场时，朱寡妇家里围了一屋子的人。杨树林的母亲不停地哭泣着，一面给她赤条条的儿子身上盖上衣服遮羞；杨树林的父亲则跪在潘家兄弟几人面前，哀求他们饶他儿一命。

杨树林连夜被送到大队卫生院抢救，整整在卫生院躺了三个月才痊愈。

杨树林从卫生院出来之后，经常若无其事地坐在村子前面的大柿子树底下乘凉。也许是脸皮被撕破了，他更是肆无忌惮，本来他做下了这等丑事，是羞于见人的，但他仿佛觉得很光彩，他经常把上衣脱下来，向人们展示他背上的疤痕，还把他的裤子撸起来，让人们看他大腿上那个还未彻底愈合的伤口。

杨树林出了那桩子丑事后，杨诺的父母便不止一次地警告他，让他以后决不要和杨树林这流氓在一起玩儿了。于是杨诺就尽量避着堂哥杨树林。可是杨树林眼尖，那棵柿子树又是他每次上学放学的必经之地，当看到他故意头低着，急匆匆向前走时。杨树林就大声把他叫住了。

堂哥杨树林叫他，杨诺不敢不理，他只好停住，问："哥，有事吗？我还要上学呢。"

"来，陪哥说一会儿话，哥让人打了，你不心疼吗？"

杨树林这样一说，杨诺再不好意思走开了，他只好慢慢走到那棵柿子树底下。

"现在伤口还疼吗？"杨诺问。

"不疼了，早都不疼了。"

“骗人吧，让人打得那么重，那么快就好了？”

“我身体皮实，真的不疼了。”说着堂哥站起来把手甩了两圈，又踢了踢腿，弯了弯腰，笑着拍拍胸脯说：“一切恢复如初了。”

杨诺看到堂哥这样子，心里竟暗暗羡慕起来，但嘴上却说：“你可吃大亏了，不仅挨了打，家里还赔了人家不少钱，而且名声在方圆几十里都弄臭了。”

堂哥听了却笑着说：“那有啥，我才不害怕呢，名声是啥？是堆臭狗屎，你不在乎它，反而活得潇洒自如，想咋就咋。我觉得我现在轻松自如，没有一点思想负担。”

“你还到学校去吗”？

“不去了，八抬大轿抬我我都不去了。”

“那你有啥打算？”

“我准备去参军当兵呀。窝在家乡有什么意思！”

可是这年征兵的时候，由于堂哥杨树林名声太臭，他想参军却没通过。杨树林就破罐子破摔，竟和县城里一伙地痞流氓混在了一起，成天飘游浪荡，偷鸡摸狗。一天夜里，他们结成团伙去偷一家商店，偷了不少钱物。结果几天后案子就破了，杨树林是主犯之一，被判了八年徒刑。

堂哥被判刑带走之后好长时间，杨诺都无精打采提不起精神。杨树林的所作所为，许多都是杨诺曾经干过的，杨树林被抓，他有一种兔死狐悲之感，生怕将来自己也会走到这一步；杨树林是他的堂哥，又是他最亲密的伙伴，杨树林被抓走以后，他突然连个知心人都没有了，他感到心里空空荡荡、没有着落。他无法排解自己，感到上学，吃饭，睡觉，都没有任何意思。

堂哥对他的影响仍在持续。

他仍然对女人充满着渴望和遐想。堂哥杨树林曾答应“给他找一个真正的女人尝尝”这句话一直在他脑子里盘旋，虽然堂哥这个诺言没有兑现，却更加诱发了他对女人的种种神奇想象。堂哥给他描述的与女人睡觉时的种种美妙，经常让他浮想联翩，如痴如醉。他真想自己找一个。可找谁呢？在班上他学习差，人又自卑，他连和女生说话的胆量都没有。村子里倒有几个风骚的女人，可是他敢去找吗？他小毛孩一个，人家会把他放在眼里？他还是佩服堂哥，堂哥不仅个头高，而且胆量大，他尽管被法院判了刑，可杨诺觉得堂哥敢作敢为，是个真男人。

每当对女人想入非非的时候，杨诺就只好偷偷地手淫。每次做的时候他很快乐，可一旦结束，懊丧感便压上心头，使他对自己充满了仇恨和蔑视，发誓今后再不这样，可过不了多久，他又故技重演。

杨诺感觉自己完了，彻底地完蛋了。

那几年，杨诺的母亲与村子里几个年轻女人关系很亲密，有婶娘，有嫂子，她们经常在一起说笑拉家常，相互串门，缺什么东西相互借着用，家里缺人手和劳力的时候，也相互热情帮忙。

其中一个叫贾香香的二十多岁女人，在村子里名声很难听，但她却与母亲关系比较好，一到下雨天不干活，她就把针线活拿到杨诺家来了，俩人坐在一起，一边叽叽呱呱聊着闲话，一边纳鞋底儿。中午她如果懒得回去做饭，就留下在杨诺家吃。她的男人叫郭墩子，人很老实，一脸的络腮胡子。他听说，贾香香经常背着郭墩子找野男人，而且还怀了别人的孩子。

一天下午，杨诺没有到学校去上学。他睡午觉睡忘了，想到时间已经太晚了，索性就懒得上学去了。他正靠在床上胡思乱想的时候，忽然听到外面传来几下敲门声。他便马上穿上衣服去开了门。一开门，竟是贾香香站在门外。

贾香香一见杨诺，微笑着问："你妈在家吗？"

杨诺说："不在家，上地做活去了。"

贾香香一听，转身就要走。杨诺便多余问了一句，"你找我妈做什么？"

贾香香说："我想请你妈借两块钱。"

这时杨诺竟壮着胆子说，"你进来吧，我给你。"

贾香香扭头向后面看了一下，见四下没人，便立即从门缝中钻了进去。贾香香一进来，杨诺的心就扑通扑通跳起来，他想到了堂哥杨树林对他说的那句话，也想到了堂哥所干的那些事。他想，既然贾香香来了，他不如放开胆量试试。他刚好身上有两块钱，他迅速把钱掏出来给贾香香说："这个给你吧。"

贾香香接过钱，双眼顿时笑成了一条缝，她把钱看了看，然后揣在身上，问："是你的钱，还是家里的钱？"

杨诺问："咋了？"

贾香香说："我有了就给你还上。"又准备走。

这时候杨诺一把拉住了贾香香的胳膊，脸红着说出了那句难于启齿的话。

贾香香惊愕地看了看杨诺，有些不相信的样子。

杨诺不由分说，拉着贾香香粗糙糙的手便往他的卧室里走。贾香香一点也没有拒绝，便随着他进去了。

一进屋，杨诺便让贾香香赶快脱。这个时候已经入夏了，贾香香穿得很少，只见她把布带子一解，就把她那件很薄的裤子完全脱了下来。杨诺顿时亢奋起来。

贾香香把裤子一脱，笑了一下，就主动躺在了杨诺的床上。

杨诺还是第一次见一个成年女人赤身露体地躺在面前，他既兴奋，又很胆怯。他根本没经验，慌里慌张，他不知道该怎么办。这时贾香香便动手给他帮忙。

杨诺以前还没有真正见过成年女人的下体，在他的想象中，和堂哥杨树林的描述中，女人都非常好看，非常美妙。可是这天，当贾香香真正摆放在他面前时，他差点恶心得要吐出来。

杨诺感到一下子蒙了，糊糊涂涂的，几分钟时间就结束了……他慌张地爬了起来。

贾香香迅速提上了裤子。

杨诺非常害怕，但他不忘对贾香香说："你不要把这事告诉我妈。"

贾香香说："放心吧，我不说。"说完她深情地看了他一眼，走了。

这天晚上杨诺失眠了，他心里非常沮丧，也非常后悔。他知道他干了一件不应该干的事情，他想以后一定要把它彻底给忘了。他还安慰自己，这也不是什么大不了的事，堂哥干过，村子里好多男人的都干过。只不过这件事太令人扫兴，太令人懊悔，他曾经对女人充满了美好的幻想，可他真想不到，那个东西竟然那么丑陋；而且做那件事，竟丝毫没有像堂哥杨树林所说的那样美妙。他感到自己上当了，他恨死狗日的堂哥了。他才十四五岁呀。后悔着，自责着，杨诺突然走到了一个非常陌生的地方，四边都是杂草，中间是一条泥泞的小道。天上乌云翻滚，看起来马上要下雨的样子。他感到很害怕，他想尽快走出这个地方。可是，路越走越难走，路上的湿泥沾满了他的脚上和腿上。他担心什么鬼怪和可怕的野兽会出现，他跑了起来。这个时候，他耳边真的传来了可怕的叫声，他从没有听到这么恐怖的声音，像鬼叫，像狼叫，也像一个妇人深夜之中在坟园中的哭嚎声，杨诺的心跳到嗓子眼了。他拼命地跑了起来。可是他每跑一步都非常艰难，而那个声音却越叫越响亮，越叫越恐怖，越叫离他越近，似乎已经挨着他的肩膀了。他使劲往前一跃——可是他万万没有想到，他竟然跃到了一个几人深的烂泥湖里，那黑糊的淤泥冒着泡泡，发出恶臭的气味；而且他的身子开始下陷着。他害怕极了，他用手拼命地拍打着。可是无济于事，他的身子仍在一点点下陷着，先是到大腿，接着到了腰部，再接着到了胸部。他知道再不来人救他就没命了，便大声呼喊救命起来……这个时候他醒了。才知是在做梦。

从此以后，他只要一想到与贾香香的那一幕情景，一股颓丧之气便会笼罩全身，肮脏，丑陋，晦气……足以让他窒息。一想到那个情景，他的全身便会痉挛般地发生一系列不舒适的反应。而且那个可怕的梦境隔几天就会出现一次。倘若说手淫使杨诺产生严重的自卑心理，那么与贾香香发生肉体关系，则使他对自身产生了极度的蔑视和绝望，他看不起自己，他讨厌自己，他用最恶毒的话语辱骂自己。他到感到自己已经彻底完蛋了，他感到自己是一个十足的坏人。

就是在这种状况下，杨诺进入初三毕业班了。

二十世纪八十年代初，高考制度刚刚恢复，举国上下，几乎所有家庭，特别重视子女考学。农民家庭，本来出路就很窄，就把子女考上学当成家里唯一的希望。要是孩子初中毕业就能考上中专，那是最好的，不仅给家里省了钱，孩子初中一毕业就能分到好工作。考不上中专的，考上重点中学也不错，上了重点中学，再通过努力，考上名牌大学，那更是了不起，方圆几十里到处传扬。考不上重点中学的，只好上普通高中了，上普通高中，考大学几乎无望，大多是混几年，混个毕业证了事。还有更差的，连普通高中也考不上的，就只好回家务农，或者掏钱去上县职业中学。

几种结果摆在那里，对每一个初三学生来说，既是一种选择，也是一种鞭策。为了美好的前途，为了将来的幸福生活，不少学生废寝忘食地拼博着，一心希望来年能考出个好成绩。

杨诺是一种什么状态呢？

他仍在浑浑噩噩地混光景。进入初三后，他像是一块石头被挟裹到滚滚洪流之中，四周人都在奋力向前奔跑着。他本来不想动的，只是靠着周围人的推、拉、拽、扯，他才身不由已地向前移动着。家里离学校大约五里路，每天天刚亮，他就得起床，然后跟着其他学生一起，到学校上早学，一节早读上完，再回家吃饭，吃了饭再到学校上四节课。上午放学回来吃饭，吃完饭下午再到学校上三节课。下午时间漫长，最后一节自习课，不少学生都走出教室，三三两两地到学校附近的山上，或者河边去背政治，记英语单词。看到别人用功的样子，杨诺不好意思无动于衷，他只好夹着书，去做做样子。晚上还有三节晚自习。晚自习堂上，几个老师撒雪花一样不停地发训练题。学生当堂完成不了，只好下了晚自习后接着做，有时一做做到十二点多。

初三毕业班的生活就是这样紧张、单调。几乎每隔几天就要考试一次，每次考完，老师都要把分数在全班公布。考试优异者，老师大力表扬；考试不及格的，老师无情地讽刺。

杨诺像个空心人一样，形单影只，无精打采，他被动地学习着，艰难地度过每一天。

他以为自己可能连职中都考不上，可中考结果出来后，他竟然还考上了县普通高中。

杨诺上小学时，学习成绩一直在班上名列前茅，那时候，每学期，他至少要拿回家两张奖状，那些奖状都被母亲用浆糊贴在家里的一面墙上。总共有十多张，占了好大一块儿面积。在父母的眼中，在四周邻居的心目中，他一直是一个品学兼优的好学生。

自从上了初中，父亲得到了平反，家里条件改善之后，他就没有拿回家过一张奖状。一次妈妈问他："怎么上了初中，咋不见你拿奖状回来，是不是学习倒退了？"杨诺听了心慌起来，便撒谎说："初中学习任务重，以考学为主，学校都不发奖了。"

家里就满怀希望他能考上中专，或者重点高中，可是杨诺却考了个普通高中，——这是很难堪的事，等于以前所有的谎言都被揭穿了。杨诺知道自已迟早会露出马脚，但想不到暴露得这么快。

这个夏天杨诺过得特别沮丧，每一天他都感觉漫长无边，度日如年。

杨诺的哥哥杨树平高中毕业没考上大学，已在家务农好多年了。杨树平谈了一个对象，俩人本来关系不错。可自从回家务农之后，对象便嫌他将来没有好前途，俩人关系处于紧张状态。杨树平在家里成天唉声叹气，庄稼活做得稀里糊涂；而且脾气特别大，见了谁都不顺眼。

父亲复职以后一直在粮食局上班，每天工作清闲，而且伙食也好。他本来不想提前退休的，——可是杨诺的哥哥成天在家里闹情绪，谈的对象眼看也保不住了。父亲只好咬咬牙提前退休了，让杨诺的哥哥杨树平接了班。

杨诺曾幻想等过几年父亲退休之后，他高中毕业好去接班，谁料想这班竟让让哥哥提前给接了。这等于把他最后一点希望给扑灭了。杨诺心理虽然不满，但是他没有办法，这是家里大人之间的事情；况且当时那种样子，哥哥除了接班，其他还有什么出路？哥哥接班之后，谈对象的事也终于一锤定音。

一九八三年九月，杨诺别无选择地背上行李到县普通中学——县二中去报到，从而开始了他难忘的三年高中生涯。

第一章　迷茫

县二中位于南县县城东北角，它的四周全是菜农种的菜地。学校正前方大约800米处，是县体育场；东边二三里处，是县河；西边有一条河渠，上面是一座小拱桥，从小桥继续往西去，是个十字路口，往北是县南县烈士陵园，往南是到县城关小学，往东，穿过一条古街道，便是南县县委政府所在地。

县二中虽然是一所普通完中（既有高中，也有初中），但开学初，杨诺还是感觉到了一种昂扬向上的朝气。普通中学的高中是二年制，即高二毕业便要参加高考；而重点高中是三年制，这就是说，普通中学要用两年时间完成重点高中三年的课程。重点高中学生录取的分数本来就高，普通中学怎能与重点高中相比？即便如此，县二中上上一届毕业班有一名学生考上了大学，上届竟然有三个学生考上了大学。其中文科考上了二个，理科考了一个。

当时全县一年总共考上大学、中专的也就是六、七十人，而县二中上届竟有三名学生榜上有名，这对整个二中的学生来说，无疑是给他们吃了一颗定心丸——只要好好学，普通中学照样也能考上大学。开学初，学校重奖了班主任老师及所有代课教师；并且广泛宣传，加油鼓劲，为本届毕业班和非毕业班提出了更高的奋斗目标。

人总是希望自己积极向上的，所谓的消沉、堕落，往往不是人所情愿的，而是一种意外因素，和生活环境导致的。杨诺在全校整体昂扬向上的氛围中，感受到了一种蓬勃的朝气，他特别希望自己能够从以往晦暗的阴影中解脱出来，重新过一种健康美好，充满生机和希望的生活。于是他在内心给自己定了目标：一定要好好学习，把以前耽误的光阴全部补回来。

在所有课程当中，他的英语最差，中考的时候，英语考试他全是乱涂乱写，最后靠瞎摸乱撞，在选择题中，才选对了两个题，得了6分。升入高中，英语更难，看到密密麻麻的英语课文，仿佛是读天书。所幸像他这种状况的，全班何止他一人？班上还有不少同学，或者因为厌学英语，或者因为初中没有好英语老师，英语成绩和杨诺一样差。为了把英语学好，英语老师教了他们一个土办法——死记硬背，只要把英语课文背下了，每一个单词就记下了。这样，一早一晚，杨诺就同其他学生一样，拿着英语课文，在校园里的某个角落，或者学校附近的菜地边上，一遍又一遍的背英语课文。

课堂上，杨诺更是认真。高中老师不同于初中老师，他们当中不少人还是上海知青，这些人学识都比较渊博，许多都是名牌大学毕业生。他们的授课，非常精彩。怀着十分崇敬的求学之情，每节课堂上，杨诺都坐端身子，聚精会神，认认真真地听老师讲解。

在一种健康向上的精神状态下，杨诺感到自己的灵魂和肉体正在悄然地发生着变化。体育课上，他开始学习打篮球；课间休息，有些女生跟他说话，他也能勉强应对了。

他多么希望自己能够越变越好呀！

可是一次意外地与贾香香相逢，又把他拽入到罪恶的深渊。

那是开学四个周后的一个周末。那天上午放学后，杨诺提着菜盒子，挂着书包，与同路的几个同学一块儿，步行往家里赶。

当时交通落后，县城里还没有摩托车，连自行车都很少。所以，在县城上高中的农村学生，无论远近，上学回家，几乎都是步行。五六十里远的，要走到天黑才能走到。在家里住一夜，第二天一早就得背上干粮，拿上干菜，往学校赶。

杨诺回家要走近二十里路，步行得一个多小时。

这天中午英语课上，英语老师公布了一次英语测试成绩，杨诺竟然考了75分，占了全班上中等。这对杨诺来说，无疑是破天荒的，他受到了巨大鼓舞。想一想他过去的英语成绩，能考出这个分数，也算是奇迹了。英语老师还特意表扬了他，说他进步快，希望他继续努力，再接再厉，争取下次考出更好的成绩。

记忆中，杨诺觉得自己怕是很久很久都没有受到老师的表扬了。这次受表扬，令他十分激动，放学回家的路上，他仿佛觉得双腿安了弹簧一样，十分有劲儿，二十里路，似乎一眨眼工夫，便到了。

当他迈着轻快的步子，跨过村前那条小河，沿着一条沙土路兴冲冲往前走的时候，迎面碰到了一个人。

这个人便是贾香香。

贾香香蓬着头，穿着一件洗得发白的蓝衣服，她的双眼似乎还粘着眼屎。见了他，贾香香竟然露出十分惊喜的表情，凑近他关切地问道：

“你放学回来了？”

杨诺顿时有些手足无措，他想赶快溜过去，可是，路太窄，贾香香手里又挽着篮子，他没法走过去。他只好应一声，然后准备侧过身挤过去。这时贾香香看到四周没人，竟把一只手放在他肩上，轻轻拍了拍，意味深长地说：“你咋上了高中就变了？见了我理都不理，我可一直没有忘记你——”

杨诺这时十分厌恶，他仿佛觉得一只癞蛤蟆突然爬到了脚背上。他红着脸，用书包把贾香香扛了一下，然后冲了过去。由于用力过大，他一个踉跄，身子几乎摔倒了。他也不顾这些了，头也不回地走了。

杨诺狼狈地逃回家里。

杨诺这天本来是想把他英语考出了好成绩，老师表扬他的消息告诉给父母的。可是，他却无意间碰到了贾香香，他所有的好心情顿时便被赶得烟消云散，他有种失魂落魄的感觉，家里人跟他说话他不想搭理；母亲给他做的好饭，也吃着无味。到了晚上，他辗转反侧，不能入眠。他本来是想好好上学的，可是这个贾香香，一下子勾起了他对往事的记忆，他的身心，仿佛又回到了过去，他忘记不了那天的情景：下午的阳光从窗棂斜射进来，在他平时睡的这张床上，他让贾香香脱光身子躺下去……这些记忆比面对死亡还可怕，一想到那些东西，他就全身发出痉挛，感觉全身所有的细胞，没一处是干净的，那些记忆仿佛是一只长满毛发的黑黢黢的手，紧紧揪住他的灵魂，把他拽入到黑暗潮湿的地狱。他想让自己忘记它，可是，那些记忆是那么顽固，它们无孔不入地钻入到他的大脑和心灵，把他驱赶到万劫不复的境地。

他该怎么办？是上天堂，还是下地狱？

按说他第二天下午到学校去也不迟，可是，他待在家里，总是担心贾香香会找上门来。如果贾香香找到家里，他和她所做的那件事让家人知道了，那将多么可怕。于是，第二天早饭刚刚吃过，杨诺便揣上母亲给的钱，带上母亲给他装好的菜，早早到学校去了。

从这以后，杨诺最怕的一件事就是回家，他怕见到贾香香，怕看到贾香香那乱蓬蓬的头发，那细小而粘满眼屎的眼睛，那黑糙糙的面孔，还有她对他的那种暖昧的语调，还有来自她身上的那种令人作呕的气息……

为了减少回家的次数，他尽量克制自己，有些上学必须回家要拿的东西，他总是让别人到他家里给他捎，钱粮他尽量节省着花。为的就是他心灵上免遭那份罪。

即使留在学校里，他的心思也无法集中，只要一看书，眼前似乎就出现了贾香香的影子。他极力地驱赶着，可是，贾香香仿佛魔鬼一样挥之不去。这让他痛苦万分，他只好丢下书，在外面溜达去了。

由于贾香香这个女人，杨诺一直处于深深的煎熬和追悔之中。在他心中，经常有两种思想作着尖锐的斗争：一种是积极向上，通过勤奋学习考上理想大学；一种是沉沦于过去，在懊悔中消磨岁月，浑浑噩噩地渡过高中这两年。这两种思想像两头怪兽，张牙舞爪，龇牙咧嘴，互不相让。有时这种思想占上风，有时那种思想占上风，从没有休战过。

思想决定意识。当两种思想激烈交锋时，杨诺感到身心十分疲惫。若是健康向上的思想占上风，他便感到神清气爽，学习便有劲头；若是懊悔颓丧的思想占上风，他整个人就像是掉了魂一样，心不在焉，经常眼睛瞅着黑板，而心却早已跑到九霄云外了。因而听课对他来说往往是一种负担，他常常要花费好大气力来控制自己的思绪，为了达到思维集中，他时常用揪头发，掐大腿，扇耳光种种自虐式的手段，控制住自己不要在上课时胡思乱想——可是，那飞絮一样的思维像空气一样灵活，像闪电一样迅疾，他稍一松懈，它们就从枯燥的讲堂上跑到教室外面去了。每当此时，他便像驯服野马一样把那思绪往回拉，使好大劲儿。有时还可以把它们收回来，有时根本不行。思想收回来了，他还能勉强听课；收不回来了，他就只好听之任之，随那野马一样的思绪狂奔不已。这样导致的结果是——对老师的讲解视而不见，听而不闻，各种知识点他听了跟没听一个样。

为此，杨诺常常惩戒自己，放了学，他便来到一个没人的地方，使劲抽打自己的耳光，拼命揪自己头发，——他痛恨自己没出息，为什么不能像别人一样轻轻松松、快快乐乐地生活和学习？

苦涩的青春岁月呀！

普通高中与重点高中的最大区别，一是重点高中的师资力量比普通高中雄厚，其次是重点高中的管理比普通高中要严密规范。尽管县二中对学生要求也严，但是，由于普通高中的学生普遍学习比较差，而且纪律松懈，自由散漫；尤其是在自习堂上，只要是老师不在教室，不少顽皮学生便会大声喧哗，四处乱窜。杨诺想不到二中学生的学习秩序这么差，每当看到班上乱糟糟的样子，他都五心烦躁，不知所措。

二中住宿生比较多，饭堂只有三两个打饭的窗口。每次开饭时间一到，学生们都用百米冲刺的速度跑出教室、拿上碗筷、冲向饭堂。状况好时，学生会在学校保卫处的几个值周老师的严格监督下，排成四个纵队，依次前去打饭；状况差时，学生乱插队，相互之间为打饭经常在饭堂前打架斗殴。

这天上午放学后，杨诺随班上几个住宿生一块在宿舍里取出碗筷之后就往饭堂跑。由于这天没有老师在旁边监督，所以排队成了虚设，不少学生纷纷找机会插队。杨诺排了二十多分钟的队，眼看快到打饭的窗口了，这时从旁边插进来一个肥胖而且头发已经秃顶的高年级学生。那个学生旁若无人地插到他前面，理直气壮地把两只碗递了进去。杨诺气坏了，就在秃子伸手准备去接炊事员递出来的饭碗时，他一把揪住那家伙的后衣领，把那个学生揪了出来，那只碗也顿时掉在地上，饭溅得到处都是。

那个学生见杨诺把他揪了出来，饭也泼在地上了，大怒，回身就给了杨诺一拳头。杨诺也不示弱，照准那家伙的脸也给了一拳，俩人就在饭堂前扭打了起来。

杨诺毕竟体弱，在撕打中秃子将他的鼻子打出血了，而且头上还重重挨了几拳。

最后还是值周教师赶来才制住了他们的撕打。尽管杨诺受了吃亏，但还是被值周教师狠狠地批评了一顿。

这还不算，由于心情不好，晚自习一下，杨诺准备早早回宿舍睡觉。可是他刚走到宿舍门口时，迎面碰到两个人，仔细一看，一个是上午和他打架的秃头，还有一个是秃头的同伴，四方脸，留着寸头，身材更加高大粗壮。杨诺还没反应过来，那个寸头就上前封住了他的衣领，把他摁到一个墙角处，两人合伙拳打脚踢地狠狠揍了他一顿。最后那个寸头警告他说："你要是敢向学校报告，下次我们就废了你。"说罢俩人得意地扬长而去。

这天晚上杨诺独自在校园里哭了好久，他几乎一夜没有入睡。

他暗暗发誓，一定要把那两个杂种杀了才解恨。

杨诺通过打听从而知道了，那个在饭堂上与他打架的秃顶叫黄开旺，在宿舍门前帮秃头打他的大个子叫陈元来，这两个人都是补习班的，据说那个秃头已经参加三次高考了，都没考上，如今仍在补习。

杨诺想到自己目前考学无望，又被这两个高年级学生欺负，学校又不肯为他出气，他不如自己想办法，杀死这两个仇人算了。大不了一命换一命，他多杀一个，还赚着呢。他知道，那两个人年龄比他大，力气比他大，人家是两个人，他是一个人，明里去杀他们，肯定不行，只有暗杀了。他以前看过关于暗杀内容的电影，有好人杀坏人，也有坏人杀好人，画面上都是阴暗的黑夜，靠一把锋利的尖刀或者凶器去杀人。

很显然，他现在必须得有一把锋利的尖刀。只要有了这把尖刀，他就不愁杀不掉那两个杂种了。怎样才能有把尖刀呢？商店里买不来，商店里的刀一般都是水果刀、裁纸刀，既不锋利，也无韧度，别说杀人了，杀鸡都杀不死。他希望能在街头摆地摊的地方发现一把锋利的尖刀，可是他跑遍了县城的大街小巷，都没有发现理想中的刀子。

没有刀子如何报仇？杨诺非常苦恼，他又思考是否换一种方式，比如用石头，或者木棒打死这两个人。但想来想去，这两种方式都不能一下子把人杀死，他还是放弃了。他唯有找到一把真正的刀子才行。

就在他冥思苦想的时候，他突然眼前一亮——姐夫不是在县综合厂打铁吗？让姐夫打一把刀子不是就把问题解决了？这个办法一想到，杨诺顿时感到心里畅快多了，几天来纠结于心的大难题终于解决了。

于是，当天下午放学后，杨诺便去了县综合厂。

县综合厂在县城的西关附近，从大门进去，偌大的院子两边，一边停的是一辆辆废弃的汽车和拖拉机，一边堆的全是各种各样生满了锈的废铁。中间是一排房子，里面停放的是正在维修的机械，再后面是几个铁匠炉。

杨诺去的时候，正好开饭时间到了。姐夫见他来了，马上给他打了一份：一个馒头，一盘菜，一碗粉条白菜汤。杨诺也没客气，便坐在姐夫那间堆满杂物的房间里，把饭菜全吃了。

姐夫话虽少，人却比较忠厚。杨诺也不绕弯子了，饭一吃罢，就对姐夫说："姐夫，你给我打一把刀子吧。"

姐夫听了比较意外，看了他一眼，问道："你还在上学，要刀子干啥？"

杨诺提前已经想好了，他说："有时周末放学回去太晚，要走夜路，路上怕，拿把刀子防身。"

姐夫一听有理，就说："那行，我抽空给你打一把。"

"钢材要好，要特别锋利。万一遇到狼了，也能把狼杀死。"

姐夫说："行，我就给你打一把锋利的刀子，三天后你来取。"

杨诺谢了姐夫，高兴地走了。

三天后，杨诺按时到姐夫那里去取刀子。姐夫在给他刀子时表情有些凝重，而且是把房门紧紧关死之后才把刀子交给他的，姐夫说："这把刀子可锋利得很，你要小心拿着，不要让外人看见了。"

杨诺小心接过刀子一看，刀口确实锋利，他仿佛感到有一股寒气扑面而来。他准备用手指去试的，被姐夫挡住了，姐夫说："小心伤了你，给我。"说着姐夫把他手中刀子接过去，从墙上取下一只绵帽子，放在桌上，拿刀轻轻一划，那只足有一指厚的帽耳朵齐整整地便被切掉了。

杨诺看了大吃一惊，他想不到姐夫给他打了一把这么锋利的刀子。

为了安全，姐夫还给他做了一只刀绡。

姐夫把刀插好，交给他，再次叮嘱："千万小心，不要伤了人。"

杨诺答应了姐夫，心满意足地走了。一边走，他一边想："有了这把刀子，那两个狗东西的命早晚攥在我手心，想几时要他们的命，就几时要他们的命。"

为了防止别人看见，他悄悄把刀子放在宿舍的木箱子底里。

下来他的任务就是紧盯着那两个仇人，逮住机会，他就把他们杀了。

黄开旺和陈元来这两个仇敌的宿舍和他们的宿舍隔墙相邻，刚好就在他们教室对面。为了观察方便，他故意和一个坐在窗子边的男生换了座位。

每天下午上自习课的时候，杨诺一边瞅着书，一边眼瞅着窗子外面。一旦发现他们去宿舍睡觉，他就会马上去取刀子。

可是这两个家伙很奇怪，他们下午几乎不逃学，他们常常快到开饭的时候才夹着课本回到宿舍。而且他们每次都是一块儿，他根本没有下手的机会。

下午没机会，晚上再找。

学校对上晚自习有规定：高一年级两节课，高二年级三节课。因为上届毕业班，二中竟有三名学生考上大学的，这给二中学生一下子带来了希望和安慰，不仅老师代课有劲了，学生也感到有奔头了；尤其是高二毕业班学生，他们几乎是用尽了所有气力去学习，去拼搏。三节晚自习下了之后，他们往往还要点灯在教室里学习一两个钟头。

高一年级也有用功的，两节课一上，走读生走了，一些住宿生，便回宿舍找些吃的，打打尖，或者在外面溜达一圈子，然后回教室继续学习。

杨诺根本不想再加班，他一见课本就够了。他之所以耐着性子留在教室里，就是一直在等下手的机会。他在教室里坐一会儿，便偷偷去黄开旺和陈元来他们教室旁边瞅一瞅，看他们是否回到了宿舍。他真希望看到他们回到宿舍睡觉了，那样他便可以用刀去解决了他们。

可是，这两个东西偏偏学习刻苦得很，十一点之前，他们几乎很少回宿舍睡觉，有时提前回宿舍了，也是四五个人一块儿，有说有笑的，他根本没有下手的机会。

等了四五个晚上，把杨诺熬得一脸憔悴，白天上课直打瞌睡，走路摇摇晃晃，他实在坚持不下去了，便准备放弃算了。

县二中原来仅仅只有初中部，三个年级六个班，自从高考制度恢复后，面对学生人数逐年增加的现状，县二中按照上级主管部门指示，增设了高中部。由于教室不够，几乎每学期都要搞基建。学校资金紧缺，对盖房子所需的石料，都把任务下达给了各个班级；扒掉破旧房屋，出土方等大量的活儿，也往往由非毕业班学生利用劳动课，或者下午课外活动期间完成。

一天下午自习课，杨诺他们班又有劳动任务，劳动干事在班上宣布，每个人要从外面捡回来五块带面子的石头，石头小了不行，没有面子也不行。劳动干事宣布：谁完成了任务谁早休息，谁完成不了任务晚上都不准吃饭。

像类似的劳动，班上这学期已经组织好多次了。因为这是学校下达的任务，谁也不敢怠慢，谁完成不了任务，不仅班主任要在班上点名批评，而且还会在全校大会上受到批评。谁愿意丢这个人？于是每次任务下来，人人都积极去完成。

可是学校附近的石头都已被捡光了，要想完成任务，就必须走远一点，到附近的山上或者河道边，把石头捡回来。

杨诺没有随大队同学一块儿到县河边去捡石头，他独自一人沿着一条向北去的山路，绕过县烈士陵园，从一个斜坡处上了山，开始也不见有石头，但上了几十米之后，只见一面坡上，遍地都是石头，有不少石头方方正正，随便抱几块下山，就可以完成任务。但杨诺不想这么早就回学校去，他这几天心里就像是塞了茅草一样难受，上课不专心，读书读不进去，他对自己的前途非常担心。他不知道这样混下去会有什么结果。

太阳渐渐的落山了，晚霞将天空染成一片血红。杨诺在一块大石头上坐了下来，看到晚霞映照下的寂静的山川，他真想放声大哭一场。他知道，他之所以走到眼前这一步，全怪那个贾香香，要不是与贾香香发生那件事，他的生命，他的青春，何至于这么乱七八糟？要是没有那件事，他也可以像其他同学一样，一天高高兴兴，健健康康，想说就说，想笑就笑，生命中没有阴影，没有肮脏，更没有让人一想起它就像是身上爬了只癞蛤蟆一般。杨诺不知道那个像魔鬼一样的阴影如何从内心消除掉，他也不知道自己因此还将受到多么深重的折磨。杨诺为自己以往荒唐的经历而充满了深深的自责。

杨诺只坐了一会儿便立起身来。他现在非常害怕回想以往那可怕的一幕，他想在四周走一走，分散一下注意力。

山上有稀稀落落的松木，脱落的松针遍地都是，斗大的石头不时像堡垒一样出现在面前。这里很寂静，几只鸟雀的鸣叫声声声入耳，异常清晰。

杨诺走了一段路，他正准备大吼几声，释放一下心中的烦恼时，突然他听到了附近隐隐约约传来了读书声。杨诺知道，这肯定是毕业班的学生利用下午时间，在僻静处背诵课文，就准备离开这里。可是当他准备起身要走的时候，山洼里那两个人的背影竟那么熟悉，尤其两个人的头颅非常眼熟，一个是秃顶，一个是寸头，头型像大冬瓜。他又走近一些，仔细一看，那不是黄开旺和陈元来两个仇家吗？

一看到这两个仇家，杨诺感到血直往脑门上涌，他忘不了他在饭堂上被打的情景，更忘不了那天晚上他被这两个人摁在墙角，拳打脚踢的疼痛和侮辱。

他一直苦苦寻找机会，不想他们亲自送上门来。这两个人处在下方，他立在山上；他在明处，他们在暗处，而且周围没有人，他只要把山崖上几块大石头推下去，石头不把他们砸成肉沫，也会让他们命归西天。当想到大仇终于能够得报时，他内心十分激动。

杨诺小心地观察好了地形，选择好了石头。他正要把石头往下推时，他突然又犹豫了，他想，把他们砸死又能咋样？他能得到什么？仅仅是报复后的满足？这是两个生命，让他们顷刻变成一团血肉，他内心能承受得了吗？对贾香香这件事上，他已犯下了不可饶恕的罪恶，他还能再犯错误吗？他这样做对得起这个时代吗？对得起自己的青春吗？他的青春都已经够阴暗了，他还能再涂抹上浓黑的一笔？

杨诺推着石头的双手终于放了下去，他伤心地流了一会泪，然后抱着几块面子石头，走下了山。

人做事常常会后悔，凡人大都这样。

杨诺本来处心积虑地想杀掉黄开旺和陈元来这两个仇家，上天也给了他这个机会时，但他却主动放弃了。这天上晚自习的时候，杨诺越想越后悔，越想越痛苦，他忘不了在饭堂上，众目睽睽之下自己被那个秃子打得鼻血直流的情形，更不会忘记当天晚上，他被那两个杂种摁在墙角，一顿毒打的情形。他在心底已经恨透了这两个人，他们凭着自己身高力大，无端的欺负人，可怜他有苦不能伸，有怨不能诉。而下午多么好的机会，他却白白地放弃了。杨诺对自己的软弱很是生气，既然他们打了他，他为什么不能让他们承担欺负人的恶果？他这样放弃报仇的机会，还像不像一个男人？

教室里，别的同学都在认真地做作业，或者复习功课，可是杨诺一点学习的心思也没有，他既不想做作业，也不想看书，他把课本放在面前，心早已飞出教室。三节晚自习，他几乎什么也没干，他全在懊悔中度过了。

其实这样更损耗精力，因为心思想得太多，他感到浑身无力，头昏头胀。随着一阵急促的铃声划破校园的夜空，晚自习下课了，那些走读生说笑着离开教室，三三两两一块儿背上书包回家去了，一些住宿生则相约着出去休息一会儿，准备一会儿回教室继续用功学习。

杨诺发现，别人都是快乐的，幸福的，充实的，唯独他是不幸的，悲伤的，懊悔的。时间尚早，他既不想回宿舍休息，也不想到教室学习，他唯有独自一个人像游魂一样的在校园里那幽暗的角落里徘徊。

杨诺之所以矛盾痛苦，主要是心里那个疙瘩没有解开——他到底该不该杀掉黄开旺和陈元来这两个人？他下午放弃了那个绝佳的机会，到底对，还是不对？

夜已经很深了，夜幕笼罩下的校园显得十分宁静，四下几乎看不到一个人影。

杨诺在黑暗的角落里徘徊着，他仍在苦苦地思索着：下午他那样做到底对不对？他心中是否有必要重新燃起复仇的火焰？

也许是思虑太久，当一切都平静下来之后，他突然发现，自己下午的做法是正确的。倘若他真正地把那几块巨石推下山去，一次葬送掉两个生命，他今天是如何也不会静静地坐在教室里学习了，此刻也不可能在校园里这么专心地思考问题了。报仇只是图了一时的痛快，可埋下的痛苦的种子却会发芽生长。那样划得着吗？杨诺为自己的可怕想法感到阵阵汗颜，他还年少，他不能因为那两个有怨仇的同学而把自己全部搭进去，他应该有新的追求，他应该抛开个人的怨恨，努力地去学习，去奋斗；而不是在这鸡毛蒜皮的事情上纠缠不休。何况，在饭堂上，自己若不先把人家给摔倒，人家何至于来打他？

杨诺做了深刻的反省，最后终于明白，报仇是错误的，杀人更是危险的，他现在唯一的出路就是——摒去前嫌，轻轻松松地学习，快快乐乐地生活。

为了让自己的心灵彻底得到解脱，当天晚上，杨诺把箱子底那把锋利的刀子扔到了学校的厕所里。

一旦把那把刀子扔掉，他感到心灵一下解放了，心里的疙瘩也一下子消除了。

这年秋天，杨诺的哥哥杨树平结婚了。

自从杨树平接班参加工作之后，家里对他的婚姻一直持反对意见。

杨树平的对象叫阮秀丽，她本人也像她的名字一样——灵秀美丽，楚楚动人。

起初，哥哥本来与杨秀丽感情挺好的，双方互敬互爱，你来我往。可杨树平高考落榜回农村后，阮秀丽想到自己爸爸在县上当了领导，就看不起杨树平了，要悔亲；并背着杨树平与县城里一个干部子弟打得火热。俩人在一起好了一段时间之后，那个干部子弟重新找了对象，把阮秀丽给抛弃了。阮秀丽高中毕业后工作也没有着落，终日在家游手好闲。这时她看到杨树平接了父亲的班，从农村走出去了，她的态度又马上来了个一百八十度的大转弯，对杨树平热火起来了。她天天贴着杨树平，杨树平走哪儿她跟哪儿，而且她已公开与杨树平同居了。

以前杨诺他们一家人都很喜欢阮秀丽，可自从阮秀丽中途变卦，而且还与县城里一个花花公子胡混在一起之后，家人都开始讨厌她了。家里几乎每个人都劝杨树平与阮秀丽吹了，重新找一个本本分分的姑娘。

可是，由于阮秀丽贴得紧，加上杨树平爱阮秀丽爱得死心塌地，无论家人如何反对，他咬定了一条——非阮秀丽不娶。

在反对杨树平的这桩婚姻上，母亲态度最为坚决，她坚决要求杨树平与阮秀丽断绝来往，不让阮秀丽到家里来，阮秀丽给她买的东西，她全都扔到门外。

要搁有的女子，家人这么反对，她该识趣地走算了。可是阮秀丽不是一般人，她非常有主见，而且脸面非常厚。无论他们家对她怎样冷淡，怎样无理，她都不在乎，她只坚持一条：一定得嫁给杨树平。

家里实在拗不过，只好同意杨树平在这年秋天把婚结了。

杨树平结婚那几天，杨诺请了两天假回去了。嫂子阮秀丽这天打扮得很漂亮，对所有人都很亲切。大家对她印象也很好；而母亲则不一样，母亲的脸始终板着，而且在上楼取东西的时候，不慎踩空了梯子，从梯子上摔了下来。从而给整个婚礼蒙上了一层阴影。

从此后，杨诺家里几乎就没有平静过。嫂子阮秀丽嫁过来之后，虽然没有工作，但她作为家属，一直跟哥哥杨树平在一起。过去杨树平每个月的工资都上交给家里一部分。自结婚后，工资全由阮秀丽掌握了，家里一分钱也不让给。

父亲退休后，工资一下减到每月十几块钱。杨诺和弟弟杨飞都在上学，一家人花销，如何得够？因此为了杨树平的工资，母亲经常和嫂子阮秀丽发生争吵。

杨树平想到自己是接班的，现在领到工资了，作为长子，他理所应当给家里一部分。可是媳妇把工资管得很紧，没办法，他只好想办法挣钱，然后把挣得的钱偷偷送给家里。

阮秀丽非常精明，她总是能发现自己的丈夫如何捞到了外水，杨树平捞了外水交给她还罢了，若是交给了家里，她则非追回来不可，追不回来她就与杨树平大吵大闹。

母亲为此常常与父亲怄气，一次竟然准备喝农药把自己喝死算了，幸亏父亲发现及时，把她送往医院，给救了过来。

哥哥的婚姻，家里的矛盾，弄得杨诺成天六神无主，异常烦躁，这个学期他最怕家里带来什么消息，只要是家里来了消息，不是父母争嘴打架，就是母亲与嫂子争吵负气而走。

由于这种家庭背景，杨诺还谈什么好好学习？他内心刚刚萌发的一点点学习劲头，又被家里一个接一个的矛盾和风波像风一样吹散了，他又重新回到那种浑浑噩噩的状态。一天晚上，那个可怕的梦境又出现了，极度恐怖的声音在耳边响着，他掉进了烂泥湖，身子一点点地下陷着……这个梦除了让他恐怖之外，更多的是让他产生一种近似窒息般地懊悔。他在极为消沉的精神状态下把这个学期的一百多个日子一天天地打发掉了。

高一下学期开学后，杨诺企图改变现状。可他试了试，根本无济于事。班上他连一个朋友也没有。平时，别的同学都三三两两地在一起，相互学习，相互帮助；而他总是孤独的一个人。他内心有一种可怕的自卑感，他总认为自己比他们任何一个人都肮脏，都下流，他比他们任何人都差劲。看到别的同学快乐地学习，快乐地生活，他内心只有远远地看着，暗自羡慕。

二中女生比男生多，就他们班来说，全班四十个学生，光女生就二十六个，这些女生，家住县城，父母几乎都是吃商品粮拿工资的，她们不仅穿着打扮时髦，而且性格活泼开朗。她们与男生交往，慷慨大方，而且据说有几个女生已经悄悄开始谈恋爱了。见了这些女生，杨诺觉得十分自卑，他不敢主动与她们说话，连瞅她们一眼都不敢。倘若有女生与他说话，他会脸红半天。

班上同学都认为他很孤僻，因此，无论男生女生，都几乎不和他来往。他愈加孤独了，他发现自己成了异类，和整个班集体格格不入。

看到别人健康快乐的样子，杨诺试着与同学搭腔说话，试着与人交往。可是，根本不行，无论和任何人相处，即使是男生，他一说话就脸红，就结结巴巴，就前言不搭后语。别人看他，跟看一个怪物似的。试探了几次，他根本无法加入到他们的行列。他只好退回到自己的内心世界，独来独往。

在教室里，他和谁也不搭腔，遇到不认得的字，不会做的题，不理解的知识点，他硬可让它混过去，也不问老师，更不会去问同学。

课外活动的时候，同学们都相约着去打球，散步，他却一个人，尽量避着人群，一个人在河边游荡，或者坐在山上久久地发呆。

由于上学期与人打架吃了亏，他现在宁可少吃一顿饭，也决不在饭堂前挤着去打饭了，常常是别的同学都把饭打回来了，他才拿着碗，一个人到饭堂去。

这种孤独的生活非常沉重，杨诺时常有一种背着巨石上山的感觉；即使他不加班学习，但到了晚上，他也感到全身疲劳不堪，尤其是大脑，沉重得像铅块一样。身心疲乏，睡眠应该好呀，可是他即使眼睛直打架，一旦睡到床上，脑子马上就清醒得像一盏明灯似的。他经常展转反侧，不得入眠，常常子夜过了，还一点睡意都没有；而到了教室，一看书就发迷糊，课堂上老师讲着讲着，他就睡着了。

自己的生活为什么会弄成这样？一天深夜，杨诺不禁开始反省追问自己，想来想去，他最后还是归结到自己的成长经历——少年时的不良嗜好以及与贾香香那肮脏的一幕。杨诺十分后悔，如果没有这些可怕的历史，自己何至于此？他感到自己的人生全让那些可怕的经历给葬送了。无论他现在再怎样努力、挣扎，都无济于事。

想到昔日那些可怕的经历，想到眼下可怕的生活，想到将来暗淡的命运结局，杨诺不禁泪流满面。他该怎么办？怎样才能拯救自己？

就在这个时候杨诺迷恋上了武侠小说。

一个礼拜天，杨诺又没有回家。一想到回老家有可能遇到贾香香，或者遇到父母吵架，他就不寒而栗。所以他宁可省吃节用，一个星期少花一点钱，也不想回家。其实他留在学校有何用呢？看书，看不进去；做作业，许多题不会做。他只好坐在教室里发呆。星期天的校园十分安静，少数留在学校没回家的乡下学生，不是逛街去了，就是蒙着被子在宿舍里睡懒觉。杨诺独自坐在空荡荡的教室里，内心感到十分的寂寥。这时，他看到一只麻雀落在窗外的阶沿上觅食，一边觅食，一边轻声地叫唤着。那只麻雀非常有耐心，吃一会东西，用嘴梳理一阵身上的羽毛，接着又开始觅食，吃吃，又静静地站立着，像是在倾听什么，过一会儿便开始欢快地啁啾起来，头不停地动着。杨诺眼望着窗外那只小麻雀，看了大约几十分钟，直到那只麻雀突然张开翅膀飞走了。

随后杨诺又看到了教室黑板上方的一只壁虎。那只壁虎有一对灯泡一样的红眼睛，宽宽的嘴巴，深灰色，身上还有好看的花纹。

那只壁虎紧紧地贴在墙上，来去自如。杨诺一直担心壁虎会从墙上掉下来。但壁虎没有。它只要看见前方有一只虫子，便猛扑过去，嘴一张，舌条一伸，就把虫子吸进嘴里去了。黑板上方那一大块墙面，就成了这只壁虎猎食的战场了，它来去自如，左右冲刺，把一只只肉眼几乎看不清的虫子吞进肚里。

观察这只壁虎，又用去了杨诺大约半个钟头时间。后来，也许壁虎吃饱了，也许累了要休息，眨眼间它便跑到屋顶哪个墙缝里去了。

杨诺站起身伸了伸腰，然后就在教室里无聊地走动着。无意间，他看到教室倒数第二排的一个桌兜里放了一本厚厚的武侠小说——《射雕英雄传》。杨诺知道，这是王小波同学的座位。王小波高高的个子，细长的身材。他除了语文课认真听讲外，其余课一概不听，他最大的爱好就是看武侠小说。老师曾经阻止过，但他根本不听，老师看到他上课不捣乱，只好听之任之了。

杨诺没有心思学习，心想，不如把金庸这本武侠小说拿来消遣消遣吧。

杨诺没有想到，他把书拿去一读，刚读了几页，就完全沉醉其中了。

上小学和初中的时候，杨诺也零星地读过一些小说，比如《鸡毛信》、《小兵张嘎》、《闪闪的红星》、《敌后武功队》以及《林海雪原》等。这些小说虽然故事也很吸引人，但是那些书与金庸的武侠小说相比，根本就不在一个水平线上。金庸的小说语言，不仅典雅美丽，而且通俗易懂，写景状物历历在目，刻画人物鲜活生动，武打场面更是惊心动魄。杨诺感到《射雕英雄传》这部书像是有一个巨大磁场一样，把他的身心全给吸引了进去，他一读就放不下了，一读就忘记了周围的一切。直到把他看得脖子都酸了，眼睛也痛了，这才将书放下。一看手表，他竟然一口气看了二个多小时，一百多页。

杨诺惊呆了，他想不到世上竟有这么吸引人的书。

礼拜天，学校伙上不做饭。杨诺花了两元钱，在街上买了一碗汤面，一个饼子，饭一吃，他连宿舍都没顾得进去，直接进了教室。一进教室，他迫不及待地打开了《射雕英雄传》，接着上午看的页码，继续往下看。

杨诺又一口气看了三个多小时，直到教室里来了很多学生，晚自习快要上课的时候，他才把书合起来。

他刚把书合起来，便看到王小波瘦长的身影从教室外面走了进来，他这时想赶快过去把小说塞进王小波的桌兜里，可是已经来不及了，一眨眼，王小波的长腿就已快迈到他的座位跟前了。杨诺有些慌张，便马上起身，拿着书走到王小波跟前。

他以为王小波会生气，因为他提前没有和他打招呼，就把人家书拿走了。谁知王小波根本没有生气，见他拿着他的书就问："你刚才把书拿去看了?"

杨诺红着脸说："真对不起，我今天在教室没事，就把你的小说拿去看了一会儿。"

"没啥，我已看过了。你要想看，接着看。"

"真的? 谢谢你。"

"不用谢，好好看。"王小波大大咧咧地把书包往桌兜里一塞，然后从书包里又抽出一本书。杨诺一看，也是《射雕英雄传》，便问："你还有一本?"

王小波说："你看的是《射雕英雄传》第一卷，一共四卷，我都看到了第四卷。我已是第三次看《射雕英雄传》了。"

听了这话，杨诺感到十分惊讶。

王小波对杨诺说："好了，你拿去看吧，看完了还我。"

杨诺谢了王小波，回到自己座位。

接下来，杨诺用了几乎一周的时间，将1－4卷《射雕英雄传》全部看完了。这是一次全新的阅读，也是一次酣畅淋漓的阅读。整个作品大气磅礴，波澜壮阔，读起来让人如痴如醉，神魂颠倒。作者无论在描写高手过招，还是描写人情世态方面，都精彩绝伦；尤其是对人物形象的刻画，让人过目难忘，惊叹不已。把全书看完的那天下午，杨诺心潮起伏，久久不能平静。他不禁思索着，为什么金庸的小说这么迷人？是语言好？情节紧张？还是其他什么原因？想了半天，是，又不全是。他真不明白世上还有这么好看的书。

那天下晚自习的时候，杨诺看到王小波背着书包刚走出教室，他便把《射雕英雄传》第四卷拿在手上，赶了上去。

他在教室门前撵上了王小波。

“小波，《射雕英雄传》我全看完了，现在把书还给你。”

王小波把书接过来，放进书包里。一边走一边问：“你认为这书怎样？”

“太好了，我以前从没有看过这么好的书。”

“是呀，你看我们语文课本上选的那些文章，全都是臭狗屎文章，那些文章能和金庸的小说相提并论吗？”

“金庸是哪里人，这么厉害？”

“他是香港作家，专门写武侠小说，他的作品非常多。”

杨诺跟着王小波往前走，一边听他扳着指头数着：“他的作品有《射雕英雄传》、《神雕侠侣》、《倚天屠龙刀》、《笑傲江湖》、《书剑恩仇录》、《碧血剑》……有人给他编了一副对联：笑神雕侠倚碧鸳，飞雪连天射白鹿。”

听到王小波如数家珍似的一一介绍着金庸的作品，杨诺对王小波十分佩服，不禁开口称赞道：“小波，你真了不起，金庸的这些书你全都记得。”

“我何止于记得书名，金庸小说中的每一个人物都装在我脑子里，你信不信，他的每一部作品我都能讲下来。”

杨诺听了更加惊叹。

“好了，你不送了。”王小波说：“你若是想看金庸的武侠小说，找我好了，他所有的作品我都有。”

“那你再给我推荐一部。”

“你下来看一看金大侠的《笑傲江湖》吧。”

此后很长一段时间，杨诺几乎全身心地沉浸在金庸武侠小说的世界里，他像吃了麻醉药一样，忘记了学习，忘记了生活，忘记了烦恼，也忘记了贾香香给他带来的种种恐慌和烦恼。王小波像一个负责任的老师一样，不仅给他拿来了一部又一部金庸的武侠小说，而且每次还先给他介绍这部书的要领，让他在未看之前先领略一番书中那些大侠的风采。杨诺对王小波几乎是言听计从，王小波拿来什么书，他读什么书。王小波喜欢哪些人物，他也喜欢哪些人物。他几乎三天时间就能看完一本武侠小说。课堂上，只要老师管得不严，他就在课堂上看。自习堂上，他把作业草草一应付，就抱起小说看了起来。几乎所有课余时间，他都是在阅读金庸的武侠小说。

王小波本身是个金牌金庸迷，他很得意自己又培养了一个金庸迷，他对杨诺一天比一天好。每次杨诺只要一开口，他就把书送来了，杨诺若是有阅读上的不解问题，问他，他会非常耐心地予以讲解。杨诺不得不佩服王小波，金庸小说中那么多形形色色的人物，无论你提哪个名字，这个人物的性格特点，武功招数，他都能一字不差地说出来。

王小波不仅在读金庸的武侠小说方面百般照顾杨诺，渐渐的，在生活上他也开始对杨诺关怀备至。

由于贾香香的缘故，每次周末回家，对杨诺来说都是一种巨大的精神负担。他非常害怕回去，不说别的，平时脑子里只要一想到家乡，他身上都会发生一阵痉挛。而回到家乡，一走过家乡前面的那条小河，他仿佛就觉得贾香香像一条恐怖的蛇一样，随时会出现在眼前。虽然怕回去，可是他又不得不回去。因为他每个周要回去拿菜，拿粮，还得拿零花钱。在没有结识王小波之前，他几乎每个周末都要回去，尽管每次回去都很恐怖，但他还得硬着头皮回去。当然，每次回去不一定都会遇到贾香香，遇不到，是他的幸运；要是遇到了，每次至少会导致他的情绪恶化二至三天。

自从认识王小波后就不一样了。

王小波的父亲在县印刷厂工作，是跑销售的，成天天南地北到处跑。他妈妈没有工作，专门在家做家务，照顾一家人的生活。他们在印刷厂有四间平房，一个小院子。还在印刷厂院墙旁边开了几分地，种了不少蔬菜。

当王小波得知杨诺每次回家的目的就是为了拿菜拿钱后，他就告诉杨诺别回去了。他们家种了不少菜，一年四季吃不清，每回让他妈炒些菜就行了。没有钱，到他那儿拿，他爸每次一给他就是七八十元。至于粮，他家更不缺了，他们农村老家种的还有地，每年打得粮食吃不清。他爸跑销售，印刷生意好，逢年过节，厂里不是发米就是发面。

对于王小波的慷慨，杨诺真是求之不得。以前每次回去拿菜，只能管头两天，后来菜便变馊了。现在王小波每两天让他去拿一回菜，每次菜炒得喷香可口。交粮更不用说了，听说杨诺没有粮了，王小波会让他爸直接开车把粮送到学校，交好，把粮票领出来。

开始王小波给他钱的时候，杨诺心里还有些不好意思。后来，他就心安理得了，况且，这是王小波情愿给他的，又不是他主动要的。

星期天不回去，既省了心，又省了力，杨诺就把这大好时间全用在读金庸的武侠小说上了。往往是这样，礼拜六下午，他们两个一人抱一本金庸的小说，安静地坐在教室里看。他们会一口气看很长时间，除了中途去上厕所，其余时间他俩都在全身心地读小说。他们从下午二点多一直看到六点多，直到夜色降临时，他们才意犹未尽地将书收起来。

晚上，王小波会把杨诺带到印刷厂他的家里去。王小波家就他一个孩子，他平时又几乎没有什么朋友，很少和别人交往。如今，杨诺成了他的朋友，他的父母当然很高兴。每次杨诺去了，他们都像贵客一样对待他。他们把家里的新鲜水果拿出来，还用好饭好菜招待他。

因此，每次礼拜六晚上在王小波家里，杨诺都感到很温馨，有一种家的感觉。王小波的妈妈在厨房里做饭的时候，王小波将小桌子搬到院子里，端上茶水，一边喝茶，一边津津有味地谈论金庸小说中的人物和故事情节。

他们往往为一个复杂人物的好坏各抒已见，争论不休，更为某个大侠与另一个大侠的武功高低看法不一。杨诺父母的文化程度都不高，他们还以为他们的儿子在和他的朋友谈论学习呢，都高兴不已。

吃罢晚饭，王小波会领着杨诺，在县城的各个角落里转悠，一直转悠到快十二点了，他们才一起回到印刷厂睡觉。

礼拜天上午，他俩就在印刷厂看书，王小波为了迷惑他妈，他在面前摆上课本，他妈过来看时，他假装做作业或者看课本。他妈一转身，俩人都把金庸的小说拿出来看。王小波的妈妈对儿子的学习几乎一点儿也不怀疑，她大概认为儿子和他的朋友都是爱读书的好学生呢。她会把茶水给端上来，并想方设法在这天中午做上一顿可口的饭菜犒劳他们。

饭吃罢，睡一觉，下午三、四点的时候，杨诺和王小波一起，高高兴兴地到学校去上课。

看金庸的武侠小说，最吸引杨诺的，往往不是惊心动魄的武林高手对决，而是一个个回肠荡气的爱情故事。《射雕英雄传》里郭靖与黄蓉的爱情，《神雕侠侣》里面的杨过与小龙女的爱情，《倚天屠龙记》里面的张无忌与赵敏的爱情，《笑傲江湖》里的令狐冲与任盈盈的爱情，这些美好的爱情故事，尽管情节各不相同，但都是那么曲折动人，那么令人向往，合上书的时候，杨诺脑海中总是难以抹去那一个个英雄豪杰与他们真心相爱的女子之间的生死相恋的画面。他常常把自己想象成郭靖，杨过，或者是令狐冲，他有一个像黄蓉，小龙女，或者任盈盈一般的美貌女子，他们真心相爱，生死相依，共同对抗着这邪恶的世界。

杨诺发现这种想象真是太美妙了，那一个个貌若天仙而又武功高强的侠女仿佛就活在了他心中，他不仅能看见她们的容貌，而且能听到她们的呼吸，似乎她们身上少女的芬芳他也能闻得着。

然而，就在他幻想着那一个个貌美无瑕的女子，感受着美好的爱情时，他的头脑中不小心便会冒出贾香香那邋遢的身影。每当此时，便如丽日晴空中突然冒出了一大堆乌云，他那好端端的心情霎时便会变得乌云密布，电闪雷鸣。他想把贾香香从脑海中剔除出去，可是，贾香香的形象仿佛魔鬼一样驱赶不走，还不时露出狰狞的面孔，发出阵阵暧昧的笑声。杨诺忍受不了这种邪恶的笑，他会闭上眼，抱着头，用歇斯底里的叫声去驱逐那些可怕的意念。

一天晚上，那个梦又出现了——

一个非常陌生的地方，四边杂草丛生，中间是一条泥泞的小道。天上乌云翻滚，大雨马上要来。他感到很害怕，他想尽快走出这个地方。可是，路越走越难走，路上的湿泥黏满了他的脚上和腿上。他担心什么鬼怪和可怕野兽会出现，他跑了起来。这个时候，他耳边真的传来了可怕的叫声，他从没有听到这么恐怖的声音，像鬼叫，像狼叫，也像一个妇人深夜之中在坟园中的哭嚎声，杨诺的心跳到嗓子眼了。他拼命地跑了起来。可是他每跑一步都非常艰难，而那个声音却越叫越响亮，越叫越恐怖，越叫离他越近，似乎已经挨着他的肩膀了。他使劲往前一跃——可是他万万没有想到，他竟然跃到了一个几人深的烂泥湖里，那黑糊的淤泥冒着泡泡，发出恶臭的气味；而且他的身子开始下陷着。他害怕极了，他用手拼命地拍打着。可是无济于事，他的身子仍在一点点下陷着，先是到大腿，接着到了腰部，再接着到了胸部。他知道再不来人救他就没命了，便大声呼喊救命起来……

有一次，为了在头脑中驱除掉贾香香的影子，杨诺正抱着头大吼大叫的时候，被王小波看见了。王小波不知道是怎么回事，但看到杨诺那么难受痛苦的样子，以为他病了，就关切地把他那极为柔软的手放在他的额头上，问道："杨诺，你咋了？是不是感冒了？"

杨诺想不到王小波会突然出现在面前，吓了一跳，便急忙掩饰说："没事，我是喊着玩的。"

"真的吗？"

"真的。"

"你可别骗我，身上要是有病，我陪你去看医生。"

杨诺说："没事，没事，真的没事。"

王小波对他狐疑地看了半天，眼神中充满了女性的柔情。

杨诺感到很奇怪，为什么书中描写的爱情都是那么优美，那么纯洁，即使是一些不正常的爱情，比如杨康与慕容慈之间的爱情，周伯通与英姑之间的爱情，也仍然优美动人，从没有肮脏的感觉，而他和贾香香之间，为什么那种事一想起来就令人作呕，一想起来就浑身起鸡皮疙瘩，一想起来就后悔万分呢？贾香香也是一个女人，她为什么会给他这种感觉呢？那件事已过去好久了，为什么还像一块脏抹布一样紧紧贴在身上，抖不掉，甩不掉呢？

这是杨诺的内心隐秘，他不会让任何人知道。因此心灵再苦，他也只能一个人独自承受。他时常一个人在黄昏时分坐在学校附近的河边沉思，他非常希望贾香香和那件事能被岁月的大手彻底抹掉，让他成为一个阳光少年。可是——这么长时间过去了，他心里的那个阴影却依然那么狰狞恐怖。他现在唯有躲进金庸的武侠小说里，让自己的心灵和思绪在武林侠客的爱恨情仇中沉醉和麻痹。

时间像流水一样地被打发过去，一天，杨诺突然发现，王小波对他有一种不正常的依恋之情。

自从他们结识之后，王小波不仅在经济上对他慷慨解囊，而且在精神上，也给予了他无穷的慰藉。以前，杨诺无论在教室还是在校园里，他总是形单影只，异常孤独，认识了小波之后，他就有了伴，有了倾诉对象。

因此，每当想到小波时，杨诺内心都十分感动，在他孤立无援、精神面临崩溃的时候，上天给他送来了小波。小波用一种特别的方式——读金庸的武侠小说使俩人亲密无间，感情不断加深。

平时每一天，只要一有空，不是他跑到小波的座位上，就是小波撵到他的座位上，俩人津津有味地交流读小说的心得。金庸的小说太丰富了，似乎就像一座巨大的矿藏，里面似乎永远有着取之不尽的金矿。对一个人物的好恶，对一个情节的质疑，对一种武功秘笈的好奇，往往是他们谈论的核心。他们有时在教室里交谈，有时在校园里交谈，有时还在校园附近的山上和河边谈论这些话题。

他们都觉得，如果哪一天不谈论金庸的小说，他们的生活似乎就缺少了一项重要内容似的，变得索然无味，毫无生机。

每个礼拜天，小波都坚持让杨诺别回家去了，让他到他家去拿菜。

可是，尽管家里不和睦，尽管回去有可能遇到贾香香，尽管每次回去还得步行走二十多里的路，可那儿毕竟是他的家呀。一周两周不回去，没啥；三周、四周不回也没啥；五周、六周没回去，他就感觉不对头了。他的浑身就感觉不自在，心里就会无端的产生一种恐慌和念想。

于是，一个礼拜六上午放学后，他连王小波招呼也没打，就提上菜盒回家去了。

也不知什么心理在作怪，第二天下午他又走得很迟。四点多他才动身返校，路上走了一个多小时，晚自习上课前几分钟他才匆匆赶到学校。当他把从家里拿的菜盒锁进宿舍的木箱里，晚自习第一遍铃声已经响了。他便赶快抱上书，匆匆忙忙跑向教室。

星期天第一节晚自习总是乱糟糟的，不少乡下住宿生都回家拿东西去了。当时交通不便，车辆稀少，学生返校，几乎全都是靠步行到学校的。所以往往晚自习上了一节课了，有些学生还迟迟没到校。班主任老师也知道乡下学生路途远，所以礼拜天的晚自习要求比较松，说归说，对迟到的学生并没有作处罚。所以礼拜天的几节晚自习，教室里往往很热闹，大声喧哗的，相互串位的，走进走出的，不亦乐乎！

杨诺大概觉得自己昨天有些失礼，离校的时候起码要向小波说一声，可他既没打招呼，今天到校又很迟，他应该补偿一下才对。因此在座位上刚刚坐好，他便扭头去打量小波。小波在倒数第二排，二组，他在三排，四组，虽然中间隔了一个组和几排学生，以往他们总是能越过很长一段距离，进行眼光、手势甚至表情交流。可是这天，当他把眼光递过去的时候，发现小波的眼光直瞅着书本，根本没想和他对接的意思。他以为小波很忙，就没太在意，就把作业本拿出来开始做作业。中间的时候，他又几次把头扭到后面，可是小波仍然没有把眼光对过来。

杨诺心想，小波是不是与他生气了？可他又觉得不可能，他又没有惹他，他只不过是回了一趟家，这有什么？

然而，王小波确确确实实生气了，他不仅在这个晚自习拒绝与杨诺进行眼光交流，下了课他也不主动和杨诺搭腔说话，晚自习一下，他便背上书包就走了。

杨诺发现王小波生气后，心里感到很奇怪，自己不就是没和他打招呼回了一趟老家吗？他值得这么生气？王小波这么冷淡他，他也只好那么冷淡他。一连三天，他们既没有搭腔说话，更没有进行眼光交流。杨诺渐渐地觉得有些不适应起来，为那么一件小事他们俩闹别扭，划得着吗？他想该用什么方法解决呢？他们不应该一直这么僵持下去。

就在这天晚自习中间，杨诺正要打开语文课本看书的时候，他看到课本里竟夹了一张纸条：

你想与我绝交吗？我什么地方对不住你了？下晚自习面谈，不见不散。

王小波

看了纸条，杨诺心里一阵轻松。他把纸条装进口袋里，然后再次把头扭到后面，他一下子看到小波那双戴着眼镜眶的眼睛了。但小波只和他对接了一下，就羞涩地把眼光移向了别处。他能感觉出，小波很羞愧，小波也不想这么一直和他冷淡下去。

丁零零……

晚自习下课的铃声急促地响了，同样是宁静的夜晚，那铃声却显得格外悦耳、悠长。教室里一下子开始躁动起来，摔书声、挪凳子声、说笑声，不绝于耳。杨诺还有一道数学题没做完，他正做着，王小波无声无息地走到他跟前。王小波轻轻地触摸了一下他的胳膊说："杨诺，咱们一块出去走走吧。"杨诺一看是小波，便说："你稍等一会儿，这道题我马上就做完了。"

王小波就在旁边静静地立着，直到杨诺把一道数学题做完。杨诺把书和本子收拾好，放在桌兜里，不好意思地说："让你久等了，抱歉。"

小波说："没啥，咱们走吧。"

校园里到处都是放学回家的学生，说笑的，追逐打着玩的，唱着歌的。小波和杨诺穿过校园，来到学校对面的县体委操场上。这个操场面积非常大，上面有四个篮球场，两个排球场，操场旁边都是绿茵茵的草坪。白天，这里有很多来打球和锻炼的人，而到了夜间，偌大的操场上几乎看不到一个人，显得特别空旷安静。

王小波眼睛很近视，他低着头，想找到一个比较干爽适宜两人坐的地方，找了半天，才在主席台上找到了地方。

主席台是每次县上开运动会时用的，大约一米多高，上面长满了杂草。不知什么时候，上面竟然放了几根水泥杆。

王小波用书包把杆子擦了擦，然后用恳求的口气对杨诺说：“请坐吧。”

杨诺客气了一下，先坐了。王小波就紧挨着他在旁边坐下了。

夜色深沉，一轮似圆非圆的月亮挂在海水似的天空中。操场上看不到一个人，周围的一切都好像渐渐地沉入到睡梦中。

杨诺轻轻地吸了一口气，充分地享受着这美好的夜晚，这时王小波突然一下子抱住了他，放声大哭起来。杨诺感到非常惊奇，他不明白王小波为什么会这样。

王小波紧紧地抱着杨诺，手抚摸着杨诺的脊背，头摇摆着，泪水糊满了杨诺的脸颊和脖颈。

杨诺一动不动，僵持着身子，任小波将泪水粘在他的脸上和脖子上。

小波哭了一阵，然后说：“杨诺，你知道吗？我这两天非常痛苦，这全都是因为你。”

“因为我，我怎么了你？”

“怎么了？你上个周末回家，为什么不提前通知我一声？你不仅不吭声就走了，而且礼拜天来校故意来得那么迟，你分明是讨厌我，不想与我见面，是不是？”

杨诺心里有种怪怪的感觉，很不自在，他想把小波的手松开，可是他又不能；而且小波的双手抱得那么紧，仿佛怕他逃脱了似的。

“不是的，你听我说，”杨诺活动了一下身子，“我已经一个多月没回家了，我想回家去看一看。况且，我每周到你们家去拿菜、拿钱，我感到很愧疚。所以我就想悄悄回去一次。别的什么意思都没有。”

“那你好歹也应该提前给我说一声呀。”

“我怕给你说了，你不允许。”

“我咋会那样呢？你只要说，我没有不允许的道理。可你就是那么绝情，不给我说还罢了，还来校来得那么迟，这几天竟然对我那么冷淡。你知道不？看到你冷冰冰的样子，我心上像是插了一把刀，让我痛苦不堪，无法接受。我想索性与你绝交了，可是我做不到，我离不开你。杨诺你知道吗？我真的离不开你。求你了，请你以后不要这样对待我。你不必感到愧疚，你能和我好，到我家去拿菜拿粮，那是你看得起我，我感谢你还来不及呢。我家种的菜吃不完，我爸挣的钱花不完。你不想回家，我知道，你就到我家去拿吧，你要是感到不好意思，我就把钱给你，你用钱买菜、买粮，行不行?”说着，王小波把两手松开，他从衣袋里掏出一沓子钞票，交给杨诺说：“这是三百块钱，够不够，你先拿着。”

杨诺急忙推辞说：“小波，你别这样好不好？我平白无故的接受你的钱，心里是不安的。”

“你别感到不安，你权当这钱本身就是你的。”

“我做不到。钱是你爸辛辛苦苦挣的，你悄悄拿给我，你父母知道了会打你的。”

“不会的，家里的钱随便我花，我花多少他们都会给。你拿着吧，求你了。”

杨诺还是坚持不接。

这时小波又哭了，他扒到杨波身上，哀求道：“求求你，把钱接着吧，你不接我会难受得要死。”

见小波这样，杨诺知道钱不接是不行的，于是便说：“小波你看这样行不行？我先拿五十块，花完了再从你那里拿。”

“那，那你就拿一百块吧。其余的先放我这儿。你可别省。学校伙食不好，你间隔着到街上食堂里买的吃。”

杨诺看到小波那么诚心的样子，便只好答应了。

俩人终于言归于好。虽然时间已经很晚了，但他们又在水泥杆上坐了很长时间。十一点多了，王小波才依依不舍地和杨诺分手了。

很快又到周末了。

这天上午课间操休息的时候，王小波对杨诺说：“杨诺，下午咱们到水库上去玩好吗?”杨诺说：“路太远，怕跑。”王小波说：“我家有辆自行车，咱们骑车子去。”

自上高中以来，杨诺多少次听同学们议论县水库的景色如何优美，那里如何好玩，内心就有些向往，但他却一直没有机会去。所以当小波约他前去的时候，为了弥补前面俩人产生的一点点不愉快，他就一口答应了。

上午最后一节课下课，小波没有走，他陪着杨诺在学校伙上吃饭。午饭是青菜粉条汤，外加两个蒸馍。饭很普通，粉条汤里只漂了零星几点油星子，吃起来非常寡淡。但小波却吃得津津有味，不仅汤吃完了，两个大蒸馍也全吃了。杨诺感到很意外，接触这长时间了他知道，小波在家里吃饭非常挑剔，再好的饭都不对他的胃口，吃什么饭他都要剩一些。他妈妈经常教训他，他就是不听。

当看到小波把学校伙上的饭一口不剩地吃完了的时候，杨诺便对他说："你今天胃口怎么这么好？这种饭竟然全都吃完了。"

小波说："只要和你在一起，再难吃的饭吃起来都香。"

小波是不经意说的，可杨诺听了心里却是一惊。自从前两天俩人闹别扭和好之后，他发现小波对他越来越依恋了。不仅每次下课和他在一块儿，放学在一块儿，晚自习下了，他也总是在他旁边磨磨唧唧不想回家。小波对他的好是不容置疑的，但是，杨诺觉得，这种好离他太近、太浓，让他有些受不了。但他又不好忤逆小波。他发现小波的心非常细，他的一举一动、一言一行都能引起他的注意，稍不小心，他就会见怪。杨诺感到很奇怪，王小波怎么会是这样一种人？

午饭吃罢，时间尚早，杨诺想在宿舍里休息一会儿，他让小波回去骑自行车。

可小波非要坚持要和他在一块儿，他说俩人一起休息，休息好了再一块儿到他家去骑车子。小波硬要这样，杨诺也不好反对，就把他领进宿舍。

宿舍里除了两三个远路的乡下学生没回去之外，其他学生都走了。偌大的宿舍显得寂静异常。天气变暖了，宿舍里苍蝇乱飞，汗味，剩菜的气味直熏鼻子。

这种环境，杨诺经常出入，早已习惯了，他担心小波受不了。可哪曾想到，对于那些难闻的气味，小波似乎没有感觉一样。

宿舍里空床很多，杨诺随便指着其中一个比较干净卫生的床铺说："小波，你睡那张床上。"

但是王小波却不肯，他说："人家不在跟前，睡人家床不好。我和你睡一张床上吧。"

他们睡的是钢管床，上下两层，床很窄。一人睡刚好，两个人睡就有些挤了。但是小波非要和他睡在一起，他又不好意思拒绝。杨诺只好又找了一个枕头，让小波在他的那头睡下。

一张窄窄的床，一床被子，俩人睡在一起，紧紧地。但是小波一点也不觉得不好，在充满气味和苍蝇乱飞的宿舍里，他满脸微笑，很快就入睡了。

午睡起来，已经三点多了。校园里非常安静，风吹起教室两边的杨树叶，发出哗哗的流水般的响声。

王小波的兴致很高，他催促杨诺赶快跟着他，到他家骑车子。杨诺说他就在教室里等着，让小波回去骑，然后到学校里，俩人一块儿走。可小波硬是不肯，他拉着杨诺的手说："咱俩说好了的，俩人一块儿午休，一块儿到我家骑车子，你怎能不认账？你一定得跟我一块儿去，我得看着你，不然你又悄悄溜走了。"

杨诺说："不会的，我怎能悄悄溜走？我答应和你到水库玩去的。"

"咱们一块儿去吧，一会儿直接从印刷厂上大路，不然又绕到学校，浪费时间。"

杨诺一听小波说得有理。俩人便一块儿走出校园，沿着体委大操场旁边的渠坝，走捷径去了印刷厂。

小波的妈妈正在家里焦急地等着小波，见了他，便责怪他中午为什么不回家吃饭，干什么去了？

小波说："我中午和杨诺一块儿在学校伙上吃饭。"一边忙着去推车子。

小波的妈妈问："你才回家，又准备往哪儿去？"

小波说："我们到水库去春游。"

小波妈问："春游？学校组织的吗？"

小波说："是呀，学校组织的，让咱们赶快去集合呢。"

小波妈不再说什么，看着小波把家里的车子推出来。

杨诺跟小波的妈妈打了声招呼，就跟着小波往出走，小波的妈在后面喊：“到了水库小心，不要在水边玩耍。”

小波蹭一下骑上了车子，招呼杨诺赶快上车。杨诺就跑上去，身子一弹，坐上了后座。小波便弓起身子用力蹬起来。自行车冲出印刷厂大门，沿着一条笔直的街道，飞奔起来。

街上行人稀少，自行车像是一条滑翔的鱼，行云流水般穿过了县城的大街小巷，直奔县河水库。

正是春末夏初时节，到处青枝绿叶，一片盎然。去水库的路是一条简易公路，有些路段平缓，但大多路段都坎坷不平，有些地方还是上坡路。因此骑了不到半个钟头，王小波就已经大汗淋漓，汗流浃背了。

杨诺便提出俩人交换着骑。但小波不知是逞能还是怎么的，他一直坚持自己骑，这使杨诺感到怪怪的。与王小波接触时间越久，他越发现他身上有许多地方与一般人不一样。小波明明是一个男子，但他时常眼前产生一种幻觉，认为他是一个女子。他对人大方，有时又特别小气，在他身上似乎呈现出正与反、阴与阳的矛盾体。

杨诺心情本来好好的，却陡然变得糟糕起来。他一声也不吭，随王小波在阳光下卖力地蹬着车子。

大约骑了一个小时车子，他们来到水库的大坝上。

杨诺还是第一次见到县河水库。水库大坝足有三十多米高，一千多米长。大坝两边都有护栏，但站在上面仍有一种眩晕的感觉。大坝里面便是万顷碧波的水库。水库四周，群山环绕，森林茂密。正是午后时光，四周十分寂静。一只白鸽扇着翅膀从水面掠过，洁白的身影投在水中，鸣叫着飞向远处的森林之中。

王小波已来过水库多次，他便向杨诺介绍水库修建的年代，水库的面积，水库的用途，以及水库四周都有哪些美景。

小波的记性好，语言表达又很准确。听了他的介绍，陌生的水库在杨诺眼前顿时熟悉起来，这使他对小波的一丝不满情绪也一下子淡化了。况且，他们是一块儿出来玩儿的，他干吗要与小波赌气？

接着，小波骑上自行车，带着杨诺绕着水库的环形道齐齐地转了一圈，这条环形道依山傍水，绿荫覆盖，穿行其中，凉爽宜人，有曲径通幽之感。有些路段距水面特别近，他们便把车停下来，在水边打水漂，或者看水中游动的鱼。

水库的中心有一个小岛，凡是到这里游玩的游客，大多都会乘船到岛上去。小岛面积虽然不大，但上面景色宜人，运气好的，据说还能在上面的草丛里拾到野鸡蛋。

在水库大坝旁边的两间小房子里，住着一个照看水库的中年男子。小波领着杨诺，找到那个中年男子，交了三元钱。那人便领着他们来到停船的地方，问他们是自己划船到岛上去，还是让他给送过去。

杨诺想，他们也不会划船，不如让人家给送过去安全。可小波却说自己划船过去。那中年男子便让他们上船，并嘱咐他们一定注意安全。

小波嘴里应着，一面招呼杨诺赶快上船。这是一只小木船，脚一踩上去，船身就开始左右晃动起来。杨诺十分担心，一上船便蹲下身子。

小波却很胆大，他直接去了船头，拿起一只桨就开始划起来。船离开岸边，慢慢向水库中心驶去。

船上放了两只桨，小波划了一会儿，见船行驶得慢，便让杨诺也开始划。杨诺就拿起桨，学小波的样子，一下一下划起来，船的速度顿时快了起来。杨诺看到两边的山峦和岸边的树木，纷纷向身后跑去。

划了十几分钟，他们便靠近小岛了。小波先上岸，他上岸之后，先把船稳定住，然后让杨诺下船。

杨诺心里很高兴，这是他生平第一次坐船，而且他也学会划船了。他不知道在大海上坐船是什么感觉，他想，也许和这里坐船比较类似吧。

他们沿着一条小路走上了小岛。

这个岛大约有十几亩地那么大，岛四周都是山岩棱石，岛上比较平坦，上面长满了杂草，还有几棵枝叶繁茂的桑树。

上了这个小岛，仿佛是到了世外桃源一样。风轻轻地吹着，耳边传来树叶和草的响声，小鸟的鸣叫声不时划破了宁静。抬头看天，碧蓝的天空一丝云彩也没有，显得是那么澄静。杨诺感到身心像是被清水洗过了一样，心情变得那么宁静。他想，要是在这上面生活下去该多好。

小波领着杨诺，或是在岛边看水，或者是树荫下小憩，他们很少说话，他们似乎都在全身心地感受着这难得的宁静之美。

出乎意料的是，在一个岩石背后的桑树下，他们竟然碰到一对情侣正紧紧偎在一起，躺在柔软的草地上接吻。

这个情景是小波先看见的，他一看见，脸一下子红透了，便让杨诺去看。杨诺胆怯地伸头一看，便看到一对青年男女紧紧搂抱着，忘情亲吻的热辣辣的场面。他的头脑顿时嗡的一响，热血一下子涌上脑门。他只看了两眼，便马上掉过头去，对小波说："咱们赶快走吧。"

他们悄悄地走了，耳边还不断响起那对情侣亲嘴时发出的呢喃声。

杨诺和王小波仓皇地逃离了这个小岛。

小船还停在小岛跟前，随着水波起伏着。小波在解绳缆时，慌里慌张，急忙解不开，在杨诺帮忙下他才把绳缆解开。

杨诺对王小波看了一眼，他发现小波目光游移，满脸绯红，呼吸声像牛喘气一样。杨诺自己也很紧张，他的神情似乎还陷在刚才那对男女忘我亲吻的情景里。那个场面既热烈又很恐怖，他平静的心田仿佛扔进了一块大石头，泛起了层层涟漪。他现在只想赶快逃离这个地方。

绳索一解开，杨诺和小波就慌慌张张跳上小木船。由于他们行动鲁莽，加上没有稳住船，当小波身子一动，船身突然向一边倾斜过来，小波竟一下子掉进水里。小波吓坏了，急忙抓住了船。杨诺也不会凫水，这会儿也不知道该怎么办？幸亏这里水浅，小波扒住船，待船稳定下来后，他才费了好大劲狼狈地爬上了船。

小波的全身都打湿了，而且还呛了几口水。

小波惊魂未定，便对杨诺说："咱们把船划向对岸吧。"俩人便一人操起一支桨，开始划起来。其实刚才来时，俩人划船还比较默契，二里多的水面，很快就划过来了。可是，一样长的距离，当他们返回时，船行速度却非常慢，俩人不仅配合不默契，船身还一直摇晃，所以木船一直在原地转圈儿。俩人心里越焦急，操作越不规范，操作越不规范，船越行得越慢。因而一样长的距离，他们竟用了一个多小时，当船靠近大坝跟前的石坝时，俩人都累得汗流浃背，浑身湿透。

俩人都感觉到很丢人，其他景色他们都未来得及看，上岸后，小波背着杨诺把身上的衣服脱了拧干，然后骑上车子，带上杨诺就走了。

小波直接把杨诺送到宿舍门口，他的目光有些逡巡，——他想和杨诺一块儿到宿舍去。但是杨诺从自行车上跳下来，头也不回地推开宿舍门就进去了。王小波扶着车把，在宿舍门前等了一会儿，这才怏怏地离去。

杨诺回到宿舍时，有一个乡下学生正打开箱子收拾东西。杨诺和他打了一声招呼，就不声不响地上到自己的床铺，倒头就睡。可是，他无论如何也睡不着——水库上所看到的那一幕，是那么清晰地刻在脑海中，那一对青年男女，那么紧紧地拥抱在一起，他们的身子相互缠绕着，手相互抚摸着，口贴着口，发出那种如饥似渴的呢喃声……

这个情景杨诺虽然只是看了一眼，却在他内心深处掀起了惊涛海浪，从那两个男女的肢体语言中，他已分明看出，那对恋爱中的男女是多么幸福，他们在相互接触，相互抚摸，相互亲吻中获得了多么美好的享受。想象那两个男女忘我亲吻的样子，杨诺不禁浑身发烧发烫，他本想安安静静好好睡一觉的，可浑身却躁动不安，他在床上扭过来翻过去，就是睡不着。

他们睡的是铁管架子床，上下铺。这种床的最大特点是——你不敢翻身动弹，身子稍微一动弹，架子床就会发出咯咯吱吱的巨大响声。杨诺每翻一次身，架子床都会晃动起来，发出刺耳的响声。因为宿舍里还有人，这使杨诺感到很难为情，便控制着，尽量不翻身动弹。可是，想到那种场面，心里就像燃起了一堆火，那火熊熊地燃烧着，让他片刻不得安宁，他只有在辗转反侧中去熄灭那堆火。

如果仅仅想一想岛上那两个人在一起亲密的情景还罢了，过了一会儿，贾香香那种猥琐的形象就从他头脑中冒了出来。很奇怪，只要贾香香一出现，其他什么情景都不见了，只有贾香香的难看的影子顽强地覆盖了他整个思维空间。以前似乎已经淡忘的贾香香的面容再次清晰地回到他的脑海，浮现在他的眼前：那黑糙松弛的肌肤，那黑糙的皮肤，那难看的部位，那恶臭的气味……是那么清晰，那么明白地出现在他眼前，他仿佛能触手可及……

此时，杨诺已顾不得翻身了，他已被自己想象的情景完全打败了。他一动不动地躺着，让那可怕的往事以可怕的重负沉沉地覆盖住他的全身和思维。

这几年，杨诺一直想从灵魂深处把那件事遗忘掉，可是，他一直做不到。起初，那件事对他的影响并不太大，他心中的羞耻感也不那么强烈。但自从上了高中，随着年龄的增长，他便对以往那一幕越加深恶痛绝了，越是憧憬美好人生，他越是在内心深处不可饶恕自己。

杨诺流出了悲伤的眼泪。他对自己充满了懊悔。他想，要是不犯那种错误，他何至于考到县普通中学？成天想进步而不得进步，想学好而不能学好？没有办法了，他这才去找武侠小说，从而结识了王小波。王小波到底是什么样的人呀？他与王小波的交往是否还继续下去？他是继续沉沦还是扬帆奋起？

杨诺痛苦地思索着。

杨诺不想与王小波继续交往下去已是不可能的了。自从俩人到县水库去游玩，在岛上看见了那一对青年男女亲密接吻的场面之后，王小波似乎受到了启发一样，他对杨诺更加依恋，更加亲密了。

此前他们的接触就不少，每次下午放学，或者是晚自习下课，俩人总是聚在一起，谈论金庸的小说呀，议论某个老师呀，或者骂一骂两人共同讨厌的同学呀，等等。可是，此前他们接触，都很自然，而且每天在一起的次数也是有限的。他们两个不在同一个组，每天在一起的次数也就是那几次。现在情况变了，王小波似乎一刻也离不开他，一下课，王小波就蹿到他跟前来了，要是他的同桌出去了，他就坐在那个位子上与他说话；要是他的同桌不出去，他就把他叫出来，俩人靠在教室外面的墙上说话。

就连短短的课间休息时间，王小波都不放过与杨诺在一起。杨诺感到，王小波似乎一直盯着自己，只要一有空儿，他就在眼前出现了。王小波和他在一起，似乎有永远也说不完的话，任何一件微小的事都可以作为他们谈话的话题，围绕着一个小小的话题，他们能谈论很长时间。有时他们即使什么话也不说，王小波也觉得很满足。倘若杨诺和别人在一起，王小波则显得十分生气，似乎是别人夺走了他的什么东西一样。杨诺感到很惊诧，他不明白小波为什么会对他这样，他仿佛觉得自己已成了他的人一样。如果见不上他，哪怕只有短短一会儿，王小波必定刨根问底他到底到哪儿去了。要是长时间见不上他，王小波就会像掉了魂一样。

杨诺感到很害怕，他从小波看他的眼神中，明显已经感受到，小波正在一步步深入到他内心之中。但是小波似乎不是把他当成一个同性的朋友，而是把他当成一个异性朋友似的，不然，他看他的眼光为何那般炽热？他们在一起时，他的呼吸为何那么急促？尤其是他的腔调，那么温柔，那么多情，这些都使杨诺感到心里发毛，忐忑不安，他仿佛觉得有种危险正在一步步向他走来。杨诺想，如果就此发展下去，他怕是会被滚烫的王小波给融化掉。他不明白王小波为什么会这么喜欢他？他那么平庸，甚至那么罪恶的一个人，为什么小波不嫌弃，对他那么好？他准备找小波好好谈谈的，他真的受不了小波对他的那种超过一般朋友的那种关系，他想阻止王小波，俩人做知己朋友尚可，但若是过分亲密了，就会引起别人的异议，班上已有同学对他们整天唧唧咕咕亲密在一起持有一种蔑视的目光了。

可是，他的话刚一出口，就被小波拦住了，小波说："我乐意和你在一起，别人说就让他说去吧。"说完还准备和他拥抱在一起，杨诺见此，急忙闪身躲开了。

杨诺认为王小波是一个心理不正常的人，他务必要摆脱他。

杨诺觉得首先必须减少与王小波见面接触的机会，无论是课间休息10 分钟，还是下午课外活动半小时，他尽量避而不见他，他或者上厕所，或者去找人，或者在座位上写作业。总之，他要寻找借口甩开王小波，不给王小波有任何可乘之机。杨诺想，只要这样坚持下去，有个两三个周，王小波必然识趣地和他保持距离。

杨诺坚持那样做了。每次一下课，他不是以最快的速度离开座位，就是把作业本拿出来，闷着头专心致志地做作业。课间操休息，他尽量去上厕所。下午课外活动时间，他瞅个机会就溜出学校，哪怕一个人在学校附近的菜地里躲着，他也乐意。

三、四天就这样过去了，他坚持甩掉王小波，独来独往。他发现这样挺好，首先他感到身上轻松多了，心灵深处不再承受着巨大负担；其次，他甩掉了王小波，他就不再看到那种热辣辣的目光，听到那种怪怪的女人腔了。

他以为从此就可以摆脱王小波，过那种独立自主的生活了。虽然孤单一点，但他不怕。为了心灵上获得自由，他也只有这样做了，不然他会雾数死的。

可实际上杨诺并没有摆脱掉王小波。无论杨诺采取什么办法，王小波都不在意，杨诺在他心中充满了柔情蜜意，杨诺似乎无论怎样对待他，他都不生气。他坐在教室后面，一到上课时间，他就可以眼睛一眨不眨地长时间关注杨诺。

为了表达自己的内心情感，王小波还认认真真地给杨诺写了一封信，在信中，他细致描写了他对杨诺的美好情感，和对未来的美好畅想。而且在信中，他毫不讳言地说，他喜欢他，就像一个男人喜欢一个女人。

一看到那封信，杨诺不禁毛骨悚然。他真想不到，世上竟有这种事。他想把这事对人说，可他向谁说？老师？同学？家人？他发现这事对谁也张不了口。一个男的怎么会喜欢另一个男的？他该怎么办？他怎么会遇到这种事？

看到王小波的那封信，杨诺首先是震惊，震惊之余则是受辱和害怕。他是偷偷一个人躲在宿舍里把那封信看完的，看完后他三两下就把信撕得稀乱，扔到了床底下。此时晚自习已经下了，他也没心思到教室里加班学习，他一个人走出校园，向西走半里路，来到县河边上。

几天前才下过一场大雨，河道里涨水了，水流声特别大。杨诺从一个缺口处下到河道边上，寻了一个大石头，在大石头上坐了下来。

四周黑漆漆的，眼前只能看到河水翻卷冒出的白花儿。杨诺坐在大石头上，定定地看着奔流不息的河水。他头脑中装满了王小波的影子。很显然，如果听之任之，如此下去，他真的就会和王小波谈“恋爱”，那他成了什么？他到底是男人还是女人？他现在真后悔，后悔那天看了王小波的小说，后悔与王小波走得那么近，后悔从王小波那里拿菜拿钱。他觉得，他即使经济再紧张，哪怕饿肚子，也比现在强，他现在只要一想到王小波看他的眼神，一听到王小波对他说话的腔调，一闻到王小波身上的气息，他浑身就会起一层鸡皮疙瘩，精神上就会窒息，他硬愿受穷受饿，也不愿接受王小波这不阴不阳的人对他的施舍。

在河水轰鸣中，杨诺咬了咬牙齿，捏紧了拳头，在心里发誓：是时候了，必须摆脱王小波。从此以后不拿他一分钱，不接受他一丁点好处。

杨诺说到做到，从此决不理睬王小波了。

第二天课外活动时间，杨诺拿着英语课本正要出去记英语单词，这时王小波从后排座位上撵了过来，热情地说："杨诺，出去看书吗？咱俩一块儿。"

杨诺一听到王小波的声腔，心里一下就紧张起来，他加快了步子，头也不回地冲出了教室。为了怕王小波从后面跟着，一出教室，他几乎是用百米冲刺的速度，经过了校园里那条长长的甬道，又穿过了门口的大操场，然后出了学校大门。

学校附近的田地里，一年四季种满了各式各样的蔬菜。杨诺顺着菜地中间的小路，走了好久，最后找了一个特别隐秘的地方，坐下来，准备安安静静地看一会儿书。

可是，书拿出来后，他发现心里很乱，根本看不进去。他脑子里仍然挥之不去王小波的影子，他不知道刚才他没有理睬他，王小波会不会生他的气，王小波会不会一直坐在他的座位上等他？要么，王小波会不会再给他写信？当思绪开始飞扬时，杨诺急忙控制了大脑，他先是叮咛自己：快看书，别胡思乱想了。可是大脑根本不听，王小波像是空气一样，通过无数个孔穴钻入他的大脑，一钻进大脑，就现出他那双热辣辣的眼光，笑嘻嘻的嘴脸。没有办法，杨诺只好给了自己几耳光，教训自己道：别再胡想了，看书！也许是几下耳光打痛了他的神经，王小波被他强行赶走了，脑海里顿时一片镇静。杨诺重新把英语课本翻开，开始记今天英语老师教给他们的英语单词。

为了加强记忆效果，杨诺放声地读了出来，他先记英语单词的汉意，然后读英语，再记这个单词的字母组合。每个单词记几遍，直到记住为止。

杨诺整整背了二十多分钟英语，他把当天学的英语生单词全记在了大脑。他感到下午还是有收获的，看看时间不早了，便收起英语课本准备离开——开饭时间到了，若不及时回去，晚上就会吃不上饭。

当杨诺收起课本，正要起身离开时，他突然发现，就在旁边的豆荚秧子背后，王小波正站在后面定定地看着他。

一见王小波这种眼光，他内心的怒火一下子从胸中冒了出来，他真想捡块石头砸过去。可是由于内心恐慌和厌恶，他装作没看见，他迅速掉过头，从另一处拐走了，然后拔腿就跑。

这时身后传来王小波的声音："杨诺，等等我，我有话对你说。"

可是杨诺根本不听他的，他跑得更快了。

杨诺断然不理睬王小波之后，虽然内心有些不安，但他认为自己做得对，必须坚持下去。他给自己做了保证：从此以后，决不接受王小波的任何恩惠，断绝和他来往。

就在他刚刚立下保证的当天晚上，杨诺在校园里又让王小波给堵住了。王小波的自尊心向来很强。杨诺以为伤了他的面子，他就不会再与他来往了。可是，这天下了晚自习之后，杨诺正在操场上散步，突然间王小波出现在他面前。杨诺没有想到王小波会在这个时候出现，惊诧不已，准备扭身逃走。可是王小波不仅拦住了他的去路，而且一只手还抓住了他的胳膊。

"杨诺，你为什么这样对待我？我什么地方得罪了你？"王小波两眼直视着他问。

"你没有什么地方得罪了我，你对我太好了，我受不了。"杨诺一面说，一面把小波的手往开掰。但是，王小波的手握得是那么紧，他根本掰不开。

王小波一副哭腔："不是的，不是的，我对你一点也不好，我什么忙也没帮你。你这样冷酷地对待我，一定是见了我的怪。"说着他哭了起来，一下子抱住了杨诺，痛哭流涕地说："杨诺，我有什么地方做得不对，你明说好不好，求你别这样对待我，我受不了，真的受不了！"

这时不远处有几个学生说笑着正向他们这里走来，杨诺感到非常恐惧。便使劲挣脱出来，然后说："你答应帮我是不是？"

"是。"王小波肯定地说。

"那就请做到这一点：不要对我那么好了，与我保持距离。能做到吗？"

王小波正准备辩解什么，杨诺不管三七二十一，拔腿就溜了。

但是，杨诺仍然没有摆脱王小波。王小波除了一如既往地痴迷地阅读金庸的武侠小说外，他还有一件重要的事就是天天密切跟踪着杨诺。在课堂上听课的时候，王小波的眼光不是看着黑板，而是盯着杨诺。杨诺只要一扭头，准能碰到王小波那可怕的色迷迷的目光。有次数学老师正讲课的时候，突然停下不讲了，大声说："王小波，你上课不看黑板，你眼睛瞅到哪儿了？站起来。"老师一连说了三遍，王小波才恍然大悟的样子，然后才怯怯地站起来。

"你刚才眼睛瞅哪儿去了？"老师严厉地问。

这时杨诺心里特别害怕，他非常担心王小波会说出他真正看的目标。不料王小波说："我哪儿也没看。"

"那你就是在发呆了！"数学老师拿起黑板擦子使劲拍了一下桌子，生气地说："你数学成绩一塌糊涂，上课不认真听讲，成天不是偷偷看武侠小说，就是上课发呆，你有什么出息？"

老师批评的时候，王小波一言不发，直到老师说累了，叫他坐下为止。

王小波在课堂上的表现还罢了。只要杨诺出现的地方，王小波都会跟踪而去。杨诺极力想甩掉他，但是很怪，无论再隐蔽的地方，他在那里待得不到十分钟，只要你四下一张望，准能发现王小波就在旁边窥视着他。杨诺感到特别奇怪，他怀疑王小波是不是从金庸武侠小说里学到了什么特异的武功招数，不然为什么他到什么地方，他都能找到？

王小波除了跟踪杨诺，他还继续不断地给杨诺塞钱塞粮票。杨诺的桌兜里，时不时就放了几十块钱和学校伙上使用的饭票。要搁以往，杨诺会乐意地接受这些东西。他家里并不宽裕。但是如今，他一见王小波的钱和饭票，就仿佛是见了一条蛇一样，不但使他内心产生恐惧，而且使他心灵上遭受巨大折磨。因此他毫不客气地把这些东西如数丢到王小波的桌兜里。但王小波会设法再次夹到他的书里。

杨诺感到实在受不了了，他想这样下去，他迟早会被王小波给逼疯的。一天下午，当再次在书里看到王小波送给他的一百元钱的时候，他一下站了起来，准备向全班同学揭发王小波的可耻行为。但他觉得这样很丢人，想想他还是控制了自己。放学后，他又准备找班主任老师，好把这件事和盘托出。他都在班主任老师的办公室门前徘徊了半个小时，可到底他还是没有勇气说出那件丑事。班主任老师对他一向不好，他怕那件事说出去了，班主任不仅不同情他，帮他，反而在全班同学面前讥笑他，那他以后该咋办？所以他还是放弃了去向班主任老师那里打报告。

最后他决定还是换班。他想只要不在这个班待了，起码就可摆脱王小波。

杨诺在高一（3）班，同行班一共四个。他听说高一（2）班学风好，班主任老师姓汪，上海人，课讲得特好，又很体贴关心学生。杨诺便决定换到高一（2）班。

换班不像换座位，给班主任老师说好就行了。这必须给校教导处说好，教导处主任同意才行。可杨诺学习中等，教导处主任他又不认识，怎样才能把班换成呢？

就在杨诺煞费苦心准备换班的时候，王小波突然死了。

那天上午上第四节课的时候，天色突然变得十分阴暗，一会便电闪雷鸣，狂风呼叫，倾盆大雨顷刻便来了。这场大雨整整持续了半个多小时才停下。放学的时候，校园里到处积满了浑浊的雨水，被风刮断的树枝遍地都是，校园里一片狼藉。

一些走读生看到校园里的水积得这么深，有些就不回去了，就在学校灶上吃午饭；一些学生则站在屋檐下等着，等水消下去了再走。杨诺看到王小波一放学就走了，当时天上还落着小雨，王小波什么也没打，光着头背着书包就走了。如果王小波走大路肯定没事，可他偏偏走的是小路，而且是沿着体委操场旁边的水渠走的。当时水渠的水几乎已经溢出来了。王小波仍然从那渠坝上走，绕过体育操场，直接到县印刷厂。王小波就是在回家的途中，失足跌入水渠的，水渠有一米多深。王小波一跌入水渠就再也没有出来。他的尸体还是在水渠出口的挡拦处被发现的。当人们把他从水渠中打捞出来时，他双手还紧紧抱着一本已经被水泡得不成样子的金庸的《笑傲江湖》。

当天下午，王小波之死便传遍了整个校园。当杨诺听到这个消息时，浑身不禁打了个激灵，感到身上阵阵发寒。他不明白王小波为什么会在下大雨之后仍然选择走水渠这条路，这是他故意的，还是失足落水？他知道王小波不识水性，他应该避开危险，走大路，况且大路也远不了多少。可他偏偏选择了这条危险的路。他为什么会这样做？是不是因他这几天断绝和他交往伤了他的心，从而使他产生了轻生的念头？杨诺内心十分恐惧，他怕王小波的父母会找他算账，把责任算在他头上；而且说不定还要让他赔钱、偿命。一连几天，杨诺战战兢兢，坐立不安，他非常担心王小波的父母会找到他。可是他们并没有来找他，而是找到了学校，怪学校没有保护好他们的儿子，使小波落水而死。为了平息这个事故，最后学校只好向王小波的家里赔偿了两万块钱。

王小波之死，在县二中引起了一阵不小的轰动，但两个周之后，一切又恢复如初——老师们依旧在课堂上激情飞扬地授课，学生们依旧在教室里读书学习，没有人再提起那个瘦高个儿爱读金庸武侠小说的王小波。

可杨诺心里却无法平静，全班同学都知道他与王小波关系最亲近，但没有一个人知道他与王小波之间到底发生了什么，更不会有人知道，在王小波去世前，他是如何决绝地与王小波断绝来往。现在王小波死了，全班任何一个同学都不会难过，而唯独他，内心比任何时候都空虚和难过，他什么书也读不进去，每天下午放学后，他都坐在学校附近的一个山坡上长时间发呆。他脑子里时时萦绕着小波那瘦长的身影，或对他哭，或对他笑，或在他面前滔滔不绝地讲述着金庸的武侠小说。

实话说，小波一点也没有做过对不起他的事，小波对他，只有关心和爱，可是他却由开始的欣然交往到最后的断然绝交。小波之死，他到底有没有有责任？他一直想着这个问题。

有一天，他故意到那个水渠上去了。他发现，这个水渠连坝高总共一米多深，水涨满也不会超过一米六，而王小波的身高已达到了一米七，按说他落入水中，只要挣扎，水是不会把他淹死的。可他偏偏是在水渠里淹死的，难道他真是故意落水而死？一想到这里，杨诺顿时惊出一身冷汗，要真是这样，他就是元凶呀。

可是杨诺还是不明白，小波为什么会那么依恋他？他仔细想了想，从他开始到他那里借书看，到后来他经常到他家里去，在他家吃，在他家住，而且还从他那里拿菜，拿钱，拿粮，整个交往过程中，都是小波负出，他得到。他既没有帮过小波，也没给过他什么东西。而且他学习平平，长相一般，无论从哪方面讲，小波都没有理由那么喜欢他，更别说因他与他断绝来往而产生轻生的念头了。

杨诺反反复复地思考着，小波的死到底与自己有没有关系。他想了整整一个周，最后越想越糊涂，越想越复杂，越想越害怕，他甚至自杀的念头都有了。这个时候那个可怕的梦境则不停地出现在睡梦中，每次梦醒时他都大汗淋漓，浑身虚脱了一般。

为了摆脱空虚和烦恼，最后他只好决定亲自到小波父母那里去一趟。

一天下午，学校组织师生到县电影院去观看电影《人生》，杨诺已看过这个影片，他只在电影院里坐了十几分钟，电影刚刚开始，他就悄悄起身离开了。

出了电影院，他径直就向县印刷厂走去。

他去的时候，只有小波的母亲一人在家。

见了他，小波的母亲很惊讶，冷漠地问："你咋来了？"

杨诺也不知道该怎么回答，停了一下，他惭愧地说："小波走了，我心里一直很难过，今天抽空来看看你。"

小波的母亲一听小波的名字，眼泪就流出来了。她用衣袖擦了擦眼泪，说："难得你还记得小波，小波死后，他的同学，你是唯一一个来看望我的。"说着，她便请杨诺到屋里坐。

杨诺听了小波母亲的话，走进他们中间那个屋子。一走进这个屋子，他心里就恐慌得不行，过去他和王小波在一起的画面直往眼前扑。他只好极力地忍受着。这时，小波的母亲给他倒了一杯茶水。

杨诺这次来，是准备承受小波母亲的一番责备的，小波和他的家人对他那么好，可后来他却以那种态度对待小波，他想，小波一定告诉他妈妈了，他现在理应接受小波母亲的责备。

可是，落座后，小波的母亲始终没有说过一句责备他的话，她说的都是小波讲他的好话。

杨诺便试探地问："姨，小波出事前没有对你说过什么吗？"

"没，他那几天话特别少，一回家就钻到自己房间里，常常叹气，我问他咋了，他什么也不说。他是不是在学校里受人欺负了？"小波的母亲警觉地问。

"没人欺负他，他好好的。"

"那就怪了，反正他那几天特别不开心，经常闷闷不乐的。我们就他一个孩子，他不高兴了我们非常担心，就追问他遇到了什么事，可是他就是什么也不说。小波这孩子从小身体弱，五岁以前天天吃药打针，后来他的一个弟弟不在了，对他打击特别大，高烧昏迷了三天三夜，从那以后他性格更加孤避了，一般人他根本不搭理。"

"小波有一个弟弟？"

"对，比小波小两岁，两人感情特别好，小波到哪里都领着弟弟，有什么好吃的，他都先尽弟弟吃；外边有谁欺负弟弟，他便舍命护着弟弟。可是，他弟弟一天突然喊叫头痛，也怪我太大意了，就没当回事，结果那天晚上，小波弟弟就死在小波的身边。"说到这里，小波的母亲哽咽着，不断擦着泪。"老天爷呀，我们现在怎么办呀，小波现在也走了，将来我们指靠谁呀？"

杨诺也不知怎样安慰小波的母亲，他只好低下头来，聆听小波母亲悲痛的倾诉。

过了一会儿，小波的母亲说："杨诺，谢谢你在小波生前对他那么好，除了他的弟弟，小波就你一个朋友。以后，你有空了就来我们这里来，缺什么东西就到这里来拿。对了，小波一次还对我说，他很喜欢你，说你的性情和相貌就像他的弟弟小兵。"

杨诺听了更加惭愧，他感到十分对不起小波，他一刻也待不下去了。

杨诺借口时间不早了，他得回学校去。小波的母亲则硬要他留下吃晚饭。杨诺谢绝了，站起身就走。

小波的母亲招呼他有时间过来玩儿。杨诺口里答应着，匆匆地走了，他怕再待下去他就会忍不住把他对小波种种不好的话和盘托出。

这一学期的剩余时光，杨诺全在懊悔和叹息中度过了。没有目标，没有劲头，更没有希望。期末考试一考过，学校就放暑假了。

杨诺心思恍惚地回到老家。

在家里睡了半个月的懒觉之后，杨诺似乎突然觉得灵醒了。这一年，邻村和本村的学生都有考上大学的，当村里人交口称赞某某人考上大学时的那种极度羡慕的神情，极大地刺激了杨诺。而且，随着年龄的增长，杨诺渐渐地认识到前途命运的重要性，知道往事不堪回首，他确实应该扬鞭奋进。可他现在是什么状态呀。想想刚刚过去的一年，他到底学到了什么东西？他的学业进步了多少？可以说他这一年几乎是碌碌无为，荒度了岁月。他为什么会走到了这一步呢？光后悔有什么用？

一天下午，杨诺正在房间里看书，突然他初中时的同班同学江涛来了。杨诺感到非常意外，他们二人初中时来往并不多，考进县二中后，他们交往也很少，他为什么这个时候来找他？但他们毕竟认识很久了，他心里还是感到很亲切。杨诺马上把家里炒的花生端上来，并热情为江涛沏了一杯茶。

江涛刚喝了几口水，便说："杨诺，告诉你一个好消息，不知你感兴趣参加不？"

"什么消息？"杨诺问。

"东岗区要从本区内召三十多个民办教师，条件是初中毕业以上文化程度的都可报名参加考试。你要是愿意，我们明天先到区教育组报名，半个月后就考试。我爸昨天回家就鼓励我去报名，他说当民办教师也比我们现在整天在学校里混强，县二中一年能考上大学的有几个？我爸决定让我去报考民办老师。我想了想，你刚好条件也符合，咱们又是同学，就把这消息告诉你，你要是乐意，咱俩明天一块儿去报名。"

杨诺一听果真是个好消息，据说民办教师将来还能转正，他为什么不去考？凭他目前这种学习状况，打死他也考不上大学。于是他便爽快地说："好吧，咱们明天一块儿去报名。"

这天晚上江涛留下来在他们家吃饭，杨诺趁机把江涛带来的好消息对父母说，母亲听了很高兴，既然一考上就能上班，有工资，为啥不考？父亲也同意，他让杨诺考上民办教师后不要歇气，要继续学习，考成人大学，或者考民办中师。

杨诺见父母都很同意这事，心里也很高兴，便从父亲那里要了十块钱，准备第二天同江涛一块儿到区教育组去报名。

第二天吃过早饭，杨诺借了一辆自行车，去了江涛家里，然后带上江涛，来到东岗区教育组。由于江涛的爸爸在教育组当会计，杨诺和江涛便受到一路关照，他们很快就报了名，而且还领到了考试大纲。大纲上规定，这次考试内容就考初中学的课程，录取时按语文，数学、政治三课加起来的总成绩，从高往低录取。

杨诺和江涛都很高兴，他们英语学的都不好，可这次刚好不考外语，只要他们好好复习，到时肯定能考得上。

当天，在江涛他爸爸的关照下，江涛和杨诺又都找到了一整套的初中三年的语文、数学和政治课本。江涛他爸叮咛他们，下来好好在家里复习功课，力争考上民办教师。江涛和杨诺满口答应了。

接下来，杨诺就在家里专心致志地复习初中三年所学的那三门课程。父母认为这是大好事，也都积极支持，家里什么活儿也不让他做，只让他每天能好好复习。

杨诺把那三门课程作了安排，早上一早起来背政治，上午学习语文和数学，下午集中时间做试题训练。三门课一共十几本书，内容确实不少，但是不知为什么，也许是年龄增长了，领悟水平高了，或者是通过高中一年的学习，接触到了更高深的学业知识，初中那些课程在杨诺看来并不难了，而且有些知识看起来非常简单。他就拣难点的部分好好攻克，容易的知识点他就一翻而过。

很快，半个月时间就过去了。杨诺和江涛按时去参加了考试。考场设在东岗小学的一间教室里，参加的考生有八十多人，设了三个考场，每个考生都是单人单桌。在考场上杨诺发现，差不多考生年龄都偏大，都是前几年，或者文革时的初中毕业生，还有几个都四五十岁了。而唯独他和江涛最年轻，是在校学生。杨诺还发现，不少考生看他的眼光都怪怪的。在一门考试罢，中间休息的时候，一个头发已经花白的考生问杨诺："听说你还在上高中，是吗?"

“是的。”杨诺说。

“你这娃子呀，眼下形势那么好，好好上高中，考上大学多美，考个什么民办教师？当一辈子民办教师有啥出息？年年爬起来钻山沟沟，工资低得可怜，转正难于上青天。你还年轻，我奉劝你还是不要当什么民办教师，你应该去考大学，奔个好前程。”

“既然民办教师这样不好，那你为啥还要来考？”杨诺问。

那人苦笑了一下，然后说：“我不像你，我年龄大了，以前学的东西荒废完了，我只想找个职业，不在农村做庄稼。我要是年轻十岁，打死我也不考民办教师。”

杨诺听了这个素不相识人的一番话，顿时呆了，半个月来对这次考试所抱有的信心和希望，就像皮球被扎了个洞，一下子泄气了。后来两门考试，他几乎是应付性地把试题做完，而且都是第一个交卷。

几天后，考试成绩出来了，杨诺竟然考了第二名，而江涛却考了六十一名。

按规定，教育组马上就要把这次考上的考生集中起来，进行短期培训，下半年开学的时候就把他们分配到山区那些中小学里任教。

然而，杨诺却放弃了培训，而且他还亲自找到教育组，表明了态度，他要继续上高中，考上的民办教师他放弃了。

也许是杨诺这次考试成绩确实不错，年龄又比较小，教育组就同意了他的要求，并鼓励他好好学习，争取将来考上大学。

江涛他爸见了杨诺，对他放弃当民办教师的做法很不赞成，并大骂了他儿子江涛没给他争脸。

父母本来一心希望杨诺去当民办教师，给家里挣钱拿工资的，可杨诺明明考上了民办教师却放弃了这一名额，父母对他都格外生气。

父亲说：“这可是你主动放弃了去当民办教师，将来高中毕业考不上大学，你可别后悔。”

父亲这样一说，杨诺心里也很矛盾。可是他已经决定了要放弃当民办教师，那他就只好选择一条充满艰难险阻的考大学之路了。在这条路上他将会经受多少坎坷，他暂且不管，但既然选择了远方，他就只管风雨兼程。

第二章　重新做人

一九八四年九月一日，按惯例开学时间又到了。杨诺背上行李来到学校。从这一学期开始，他将升入高二年级。普通高中是二年制，高二年级就是毕业班，两学期一上完就要参加高考。

一开学，县二中高二年级的几个班都开始紧张起来，因为面对他们的，不仅有繁重的课程要完成，而且还有强大的竞争对手——县重点中学高三毕业班给他们带来的压力。县重点中学是三年制，他们在高二下学期结束之前就几乎将所有课程上完了，到了高三，全部用来复习、测试、训练。而且，重点中学的师资力量雄厚，学生学习基础好，教学环境、教学秩序也不是县二中所能相比的。因而二中毕业班的师生感到形势格外逼人，高二一开学，他们就进入了竞技状态。学校也给本届几个毕业班指定了奋斗目标：要求每个班至少考上三名大学生，高考升学率比上届翻一翻。

杨诺感觉自己是糊里糊涂地上了高二，看到周围同学都在奋力拼搏，他干着急，就像砍断了帆的船一样，无法乘风破浪、扬帆远航。说实话，他也想憋住劲儿，奋力拼搏，争取明年考上大学的。可是，以他目前这种基础和精神状态，他能考上大学吗？不要说每天还要消化新课程，高一的课程他几乎没学到多少，这样下去，高考只能是名落孙山。因此他感觉自己就像一匹老气横秋的病马，早晚疲疲沓沓的，根本无法扬蹄奔跑。

县二中为了提高升学率，每年故意从高一升入高二的学生当中，挑选一些成绩非常突出的，做做思想工作，让他们在高一坐一级，接着上高二，再参加高考。杨诺听说，以往二中考上大学的，都是通过这种方式考上的。

按照高一期未考试成绩，杨诺是没有资格坐级的，可是为了打好基础，他必须得在高一坐一级，否则考大学根本没有希望。如何才能坐级呢？况且已经开学了，如果不马上确定，一旦高二年级学籍档案报到教育局，到时想坐级都不行了。这事得给学校教导处说好，可教导处几个老师，他一个都不认识，几个正副校长，他认识人家，人家不认识他。怎么办？那天下午，杨诺根本无心思学习，他不知道怎样才能在高一坐一级。他想了几个办法：

一是亲自找到学校校长，跪着向他求情，同意让他在高一坐一级。

二是给校长写信，恳请他同意他坐级。

三是给校长买一点东西，上门求得他同意让他坐级。

针对这几个办法，他反复勘琢，最后决定还是选择了第三个：买点东西给校长拿去，动之以情，晓之喻理，表明他考学的决心，请求校长同意他坐级。他身上只有几十块钱，他花了八块钱买了些水果和一个礼包，打听好校长家的住址，下午放学后，他连饭也顾不上吃，就提着礼品，来到校长家住的单元楼下。可是，去一问，校长下午到地区教育局开会去了，两天后才能回来。

杨诺没有办法，只好提着礼品回来了。他怪自己考虑不周全，没有打听清楚就把东西买了，校长不在家，这些礼品咋办？退是退不掉了，吃他又舍不得。站在县体育场空旷的草坪上，看到夜色一点点的降临，杨诺感到特别难受，他现在该咋办？索性上高二算了？

就在他灰心丧气的时候，他的脑子里忽然一亮，他记得有一次小姨到学校来叫他到她家吃饭，他和小姨一块从校园往出走时，在学校大门口遇到了学校教导处主任邱邦尧，一见面，小姨先跟邱邦尧打招呼，然后两人还聊了好长时间话。这说明小姨和学校教导处主任很熟。他现在何不去找小姨帮忙，让她给教导处主任说一说，让他在高一坐一级？

看来只有这一个办法了，时间不等人，他得马上去请小姨帮忙。为了把事情办成，他干脆把下午买的东西全部拎到了小姨家里。

当杨诺把自己的想法对小姨一说，小姨一点也没有推辞，她让杨诺就便在她家里吃了晚饭，然后让杨诺提上他刚才买的礼品，她领他去找校教导处主任邱邦兖。邱主任家就在学校，小姨说她一个朋友和邱邦兖的妻子是亲戚，她和邱邦兖只是认识，也没有深交，不知说的中不中。

走进校园的时候，天已经黑了，学校正在上晚自习，校园里非常安静。

小姨领着杨诺，来到邱邦兖家里。邱邦兖和他爱人正在吃饭，小姨和杨诺来了，他们很热情，马上放下碗，给他们端茶递水，并问他们晚饭吃没，要是没吃就在他们这里吃。

小姨说吃过了，她催他们先吃饭，吃了饭她有一点小事请邱主任帮个忙。

邱邦兖夫妇就没客气，继续吃饭。邱邦兖一边吃饭，一边问小姨，有什么事需要他帮忙，只要他能帮忙，决无二话。

小姨就指着杨诺说，“这是我外甥，因高一课程基础没打牢，想坐一级，请邱主任高抬贵手，给帮帮忙。不知行不行？”

邱邦兖问杨诺：“你高一期未考试成绩是多少？”

杨诺难为情地把成绩说了。

邱邦兖说：“按说你这成绩根本是不可能坐级的，坐级的都是学校重点培养的考大学的尖子生。可是今天你姨亲自来说了，我就给你破个例，让你在高一坐一级。下来，你可要保证好好学习，把基础打好，争取两年后考上大学，不辜负你小姨对你的希望。”

小姨见邱主任答应让杨诺坐级了，便感激地说：“感谢邱主任为我外甥开绿灯，杨诺到时考上大学，一定不会忘记你的大恩大德。”

邱邦兖对杨诺说：“刚好高一（4）班少一个学生，就把你分在高一（4）班吧，我一会儿去给高一（4）班班主任说一声，你明天就去报到。”

杨诺想不到事情这么顺利就解决了，心里十分畅快，好像一块大石头落了地。他和小姨又坐了一会儿，然后放下礼品就走了。

第二天，杨诺没有在高二年级报到，而是在高一（4）班坐了级。

高一（4）班一共四十五名学生，女生二十七人，男生只有十八个，这些学生当中，应届新生四十名，其余五名是坐级生。坐级生，这在多少年前是那些考试成绩不及格、品行较差，升不了级的学生，是被人看不起的。可如今，在县二中，坐级生却是一种荣耀，是那些极有考大学希望、被学校重点培养的学习尖子。因此，他们这些人不仅不会被人看不起，反而被所有代课老师另眼相看。

只有杨诺自己知道，他的学习成绩是多么差，面对被师生们高看的眼神，他内心只会滋生出阵阵恐慌和惭愧。其他几个坐级生，杨诺基本上知根知底，他们上一届上高一的时候，每次考试成绩在班上都是前几名，其中一个叫黄权的男生，在全年级四个班成绩中占前三名，他们当中一个最差的在全年级也占前20名，而杨诺，不说前20名，前50名都排不上。

他该如何赶上他们？新学年开始了，他再也不能浑浑噩噩、无所作为了，他先给自己定下目标：先把成绩提到班上前十名。这个目标完成后，他再制定新的奋斗目标。

所有课本内容都没变，现在等于重头学起。杨诺牢记一点：决不因内容学过而麻痹大意，他一定要上好每一节课，完成好每一次作业。

人是需要一种美好的理想来支撑的，经过了一天紧张而充实的生活，夜晚躺在床上，杨诺感觉全身每一个关节都是舒服的，一个个知识学进肚里，仿佛觉得给他身上注入了养分，使他一天天变得高大强壮起来。知识不但滋养了他的身体，更使他的头脑变得更加清醒和智慧。

一晃一个月就过去了，几门课程都进展了不少，各任课教师为了了解学生的学习状况，分别出了单元测试题。

杨诺很重视这次月考，每天都加班学习到十一点多，考试期间，他认真答题，抓住每一个得分点。最后成绩公布，他竟然考了全班第四名。

这个成绩大大出乎杨诺的意料，这对他是一个多么大的鼓舞！通过这次考试可以充分说明，他并不比别人差，只要好好学习，他不仅可以考到全班前几名，而且还能考到年级前几名，他有这个信心。

但是，从客观上说，杨诺觉得自己的学业根基还是不牢。学业是有一定延续性的，从小学到初中，从初中到高中，几门主课，尤其是语文、数学和英语，都是一环套一环，前面，或者中间哪个环节没学好，后面的知识就难以融会贯通。杨诺在整个初中阶段几乎没有学到什么知识，这使他对自己以往的成长经历充满了悔恨。为了打好根基，杨诺觉得现在必须一点一滴做起，前面不会的内容，他要及时补上。语文、数学他还不算担心，尤其担心的是英语，高中英语和初中英语几乎相融在一起，如果前面学的单词记不住，翻译题就根本无法下爪。

于是，在每天下午课外活动时间，或者下了晚自己后，杨诺都把英语课本拿上，在校园里，或者街角的路灯下，一遍遍的记英语单词或者英语句型及读法。

一天夜晚，杨诺正在体委操场门口的路灯下背诵英语单词时，意外地碰到了江涛。让杨诺想不到的是，江涛竟然在两个周前通过他爸找人说情，也坐了级，把他分在高一（2）班。

由于有了暑假一起去考民办教师这段经历，俩人又是初中同学，现在又一同坐了级，这使杨诺与江涛的关系一下子亲近起来。江涛告诉杨诺，他本来是想暑假考上民办教师的，可是考试前一天他感冒了，记忆好的许多知识点都忘得差不多了。家里对他没考上民办教师很生气，说他现在只有一条路了，那就是高中毕业考大学。家里还给他下了死任务，他考不上大学就不要他了。江涛对杨诺很佩服，暑假考民办教师，杨诺轻而易举地考了全区第二名，又听说杨诺在前一次单元测试中，考了全班第四名，对他更刮目相看了。他对杨诺说："杨诺，咱俩是初中同学，你以后可得多多帮助我。"

杨诺说："我基础也不好，以后咱们互相帮助，相互鼓励。"

从此以后，杨诺和江涛就成了形影不离的朋友，下午课外活动及下了晚自习，俩人总是在一块背诵课文，记英语单词。每次周末放学回家，俩人也是一块儿。他们在一起无话不说，有了好吃的东西，也总是给对方留着。学习毕竟是单调乏味的，有了江涛，杨诺仿佛感到生活增加了调味品，有时心情烦闷的时候，他就把江涛叫出去，俩人在一起散散步，谈谈心，通过倾诉，心情就变得好多了。

但鉴于前面与王小波的那段交往的历史，杨诺一想起它心里就发怵，便经常戒备着不能将俩人的关系处得太近了。好在江涛一心为了学习，他不知道杨诺对他有什么心思，他有事必找杨诺，不会做的题总是找杨诺给他解答。

为了迎接国庆三十五周年，这学期，学校举办了“庆国庆三十五周年征文大赛”，要求每个班积极推荐参赛作品。

杨诺小学时就爱写作文，上初中时，他其他课程学得一塌糊涂，但作文一直没有松懈，一次作文竞赛他还得了三等奖。这次学校举办征文大赛，规格那么高，他无论如何要参赛，争取获奖。

语文老师白禹在课堂上把学校举办征文大赛的相关事项讲了，他要求全班每一个同学都写一篇反映改革开放新变化的文章，体裁可以是小说，散文，还可以是诗歌。三个周后把稿子交上去，由他先审，认为好的，他再推荐给学校参评。

杨诺心里暗暗发誓，一定好好构思一篇小说，争取获个名次奖，他现在太需要胜利的鼓励了。于是在回家的路上，在饭堂前排队打饭，甚至是夜里睡觉时，杨诺都在构思这次竞赛作文。他想了几个题目，也开了头，但都不行，没写到一半，都让他给撕毁了，眼看已经过去一个周了，这篇作文他还是没有写好。而班上有好几个同学都已经把作文写好交到语文老师那里去了。

杨诺心里焦虑着，他得想办法完成这篇意义非凡的作文。

为了写好作文，当时班上不少同学都订了《作文通讯》，学习上面的范文，有的甚至还抄袭上面的文章。尽管经济上一直很紧张，但杨诺还是省吃俭用到书店买了两本《作文通讯》。他把上面发表的作文一篇篇看过了，希望得到启发，可是，上面的文章内容几乎和这次征文的主题毫不相关，两本《作文通讯》看完了，他仍是一无所获。

又是一个礼拜天到了，杨诺给自己下了死命令：这个礼拜天不回去，无论如何得把参赛作文写出来。为此他让江涛回去给他捎菜，再顺便给他拿些钱。

江涛问他礼拜天不回去，在学校做啥？

杨诺说他有几道解析几何题不会做，他想请高年级一个同学讲解一下。他没有把他要完成参赛作文的事对江涛说，他怕到时候写不出来，江涛笑话他。

江涛回家刚好路过他们村，江涛很痛快地答应了。杨诺没有了后顾之忧，礼拜六上午吃过饭睡了一觉，起床后他就来到教室。

整个校园里非常安静，教室里更加寂静，除了他，教室里没有其他任何学生。杨诺把草稿本拿出来，动笔开始写。可奇怪的是，他头脑中一片空白，什么句子也想不出来。他开了几个头，都写不下去，只好全撕了。杨诺心里很烦躁，就搜肠刮肚地想出好题目、好构思，可仍然不见效，一个多小时过去了，他身边除了扔在地上的一个又一个纸疙瘩，本子上还是一片空白。

杨诺决定到外面去走一走，也许在外面能获得灵感。想到这里，他便合上本，走出教室。

秋天到了，教室前后的杨树在秋风中飘下一片又一片金黄的树叶，杨诺踩着落叶，走出了校园。

出学校大门，向右拐，经过一座小桥，再沿着一条公路向北去，便是一条通向山区的公路。这条路上行人和车辆都比较少，非常安静。杨诺一边走，一边想着这次参赛作文，他真希望一个好的构思跳进他的大脑里来。

走了二三里路，旁边是一条小山沟，沟两边菊花遍地，金灿灿一片，杨诺便决定不再往北去了，他想到这条小山沟里去看一看。

这条小山沟大约有一二里进深，越往里去，路越来越狭窄，大大小小的石头横七竖八，挡住了人的去路，要想过去，必须越过这些拦路石。正犹豫时，旁边却出现了一条小路，杨诺便沿着这条小路，来到一面坡的半山腰。山腰处有一个凹下去的坑，坑里支着几块平整的石头，坑四周，开满了野菊花。杨诺看到这里环境幽静，便走过去，躺在柔软的草地上，仰面望着蓝天。大概躺了十几分钟，当他坐起身，四处观望时，突然有一只彩蝶在一丛菊花上面盘旋飞舞，盘旋了一阵之后，突然展翅向远处飞去了。杨诺的心中一下子被这只飞向远方的蝴蝶触动了，他顿时想到了家乡这几年发生的一些事情，一些高中毕业生高考落榜后，意志消沉，怨天尤人，虚度光阴，结果几年过去了，一事无成，空留怨恨；而另一些高考落榜生，落榜不落志，他们勇敢地面对人生，到外面去闯荡世界，几年后，这些人已经个个事业有成，打开了广阔的局面。

由此，他为何不写一篇反映高考落榜不落志的小说呢？刚好他们村子就有这样一个人物，就以他为原型写这篇文章吧。杨诺身上带有纸和笔，他就把本子摊开，蹲在地上，扒在青石板上写了起来。

题目他即刻想好了，就叫《山谷回声》。

有了灵感，他写得非常顺利，一个个美丽的句子像泉水一样涌出笔端，人物形象似乎就立在眼前，他只需把心中的意象通过语言描述下来就行了。

他写得非常投入，耳膜里似乎听不到其他任何声音了，只有文中人物的对话，以及主人翁离开家乡时那一声声回荡山谷的豪情壮语。杨诺整整写了近二个小时，终于把这篇作文写好了，他数了数，整整八页，三千多字。

杨诺站起身，活动活动酸痛的双腿和脖子。他现在很高兴，凭感觉，他认为这篇作文写得不错。起码任务已经完成，他现在可以松一口气了。

这天的剩余时间他什么也不做了，他决定给自己放松放松，为了犒劳犒劳自己，他晚上到县城一家食堂里买了一碗西红柿鸡蛋面，估计身上的钱能应付到明天下午，他又掏了一元钱，买了一张电影票，晚上到县电影院看了场精彩的电影。

第二天吃过早饭后，杨诺径直来到教室，教室里仍然一个人也没有。杨诺把作文本摊开，把昨天写的作文取出来，仔细改抄了一遍。

昨天写得太快，错漏字不说，一些句子还存在不妥当之处，一些语句则显得呆板，不够生动形象，通过重抄，他把错字、别字、漏字都纠正过来了；一些不妥当、不生动形象的句子他都进行了修饰和润色。通过这次修改，文章更漂亮了，当他把全文抄完，再仔细从头到尾看一遍后，他不禁暗暗高兴，整篇文章一气呵成，不仅主题紧扣这次作文竞赛的要求，构思也比较新颖，看起来就像是一篇标准的小说。

杨诺小心地把作文本放进桌兜里，内心充满了喜悦，他认为这篇文章至少能获优秀奖。只要能获奖，他就知足了。

当天晚上，他亲自把作文本交到了语文老师那里。

杨诺继续保持比较良好的学习状态，上课认真听讲，作业认真完成，晚自习下了之后，再加班学习一个多钟头。还有，每天下午课外活动期间，他都把江涛叫上一块儿，到学校园附近的僻静处去背诵英语。

由于态度认真，加上学习刻苦，杨诺感觉自己的学习在一天天进步，一个个过去弄不懂和翻不过梁的知识点都被攻克了。杨诺感到心里很充实。是呀，健康的生活，美好的理想会使人觉得人生格外快乐和有意义；而不良的生活习惯，则会使人一步步坠入黑暗的深渊。如今，杨诺偶尔也会想起以前的种种恶习，但他发现这些已不能影响自己了，他想做一棵参天大树，何惧那些晦风邪雨？

杨诺在抓好每一天学习的同时，偶尔也读一些课外读物。语文老师白禹爱好文学，擅长写作，每次布置学生写作文，他自己都要先写一篇范文给全班同学念一遍。自习堂上，他就给他们讲当代中国有哪些著名作家，他们都写了哪些著名作品。从白禹老师那里，杨诺从而知道了除课本之外的一些作家，比如王蒙，张贤亮、路遥、贾平凹，还有张承志、梁晓声……白老师把这些作家的成长经历一一讲给他们听，还把这些作家的获奖小说拿给他们看。

由于学习紧张，杨诺不敢读篇幅长的，他只把白老师推荐的一些中短篇小说读了。那些文章多是反映“文革”给人们带来的深重灾难，后来称“伤痕”文学。杨诺虽然对“文革”没有具体的感性认识，但是那些文章却引起了他内心强烈的共鸣，要不是学习紧张，他会把当时所有获奖的小说找来看一看的。他只好勉励自己，好好学习，等考上了大学，再好好读小说。

杨诺心里仍然关注着上次交上去的那篇参赛作文。这篇作文交上去之后，一直没有音信，他不知道这篇作文能否入语文老师的法眼。

大概过了两个周，又到作文写作课了，上课铃声响了之后，只见语文老师白禹手托着厚厚一沓子作文大踏步走上讲台。

班长喊起立。大家齐声说："老师好！"白老师和蔼地笑了，脸上露出两个圆圆的酒窝。他让同学们坐下，随即把作文本放在讲桌上，扶了扶眼镜，然后说："这次学校举办纪念迎国庆三十五周年征文大赛，我把作文布置下去后，要求大家都踊跃参赛，写出好的文章。从交上来的这些作文来看，一半同学的态度都不够认真，草草应付；更有甚者，有的同学还竟然抄袭著名作家赵丽宏的获奖作品《雨中》，是谁，我就不点名了。我希望大家要好好写作文，只要多读多写，一定会写好的。"说到这里，白老师突然话锋一转："但是，令人欣慰的是，这些作文当中，有八个同学的文章写得非常好，我准备推荐给学校，参加学校组织的征文大赛。我现在把这八个同学的名字念一遍，希望其他同学向他们学习。"

当白老师开始念八个同学的名字时，杨诺的心一下子提到了嗓子眼上，当念到第6个名字仍然还没有他时，他想这下完了，肯定自己写得不好，被老师刷掉了。可是最后一个名字竟然是他——杨诺。而且白老师念了他的名字后，还特别把他的作文抽出来，对全班同学说："在这八篇作文当中，写得最好的是杨诺同学的《山谷回声》，这是一篇很标准的小说，不仅立意好，语言也非常清新，有些地方我稍稍做了修改，杨诺同学下来重抄两遍，迅速交上来。"白老师说完便让学习干事把作文本发下去。

杨诺的内心顿时如煮开的沸水一样，翻腾不已。

白老师的表扬让他感到无比的激动，他想不到白老师会给自己这么高的评价，自上初中以来，他一直不把学习当回事，老师的表扬对他来说，简直是破天荒。这多年来，他连一句受表扬的话都没有听到，这使他一直感到很自卑。可这次，白老师在全班同学面前竟然这样高度地称赞了他的作文。

由于心情激动，这天上午所有其他课，他都一直无法让心情平静下来，因而课听得都不专心，效果不太好。直到晚上，他的心情才出奇地平静安稳下来。晚自习有二节空堂，杨诺就把白老师用红笔修改后的作文，工工整整又重新抄了一遍，然后交给了白禹老师。

大约过了一周多，眼看国庆节就要到了。

一天下午，杨诺和江涛手里拿着书，从学校大门口进来，当他们从学校平时张贴布告的布告栏下经过时，发现不少同学围在布告栏前看什么东西。因为时间已经不早了，杨诺想赶快把书放到教室里，到宿舍取碗到饭堂打饭，所以他就不准备停留。可是，刚走了几步，他似乎觉得这个布告与征文大赛有关，便又折转身，来到布告栏下。他刚走到布告栏下，只见人群里挤出同班一个姓金的女同学，女同学一见他，便激动地说："杨诺，祝贺你，你的作文获了一等奖!"杨诺一听心一热，他有些不相信，说，"你别骗我了，我怎能获一等奖?"女同学说："不信你去看，上面写着呢，你是高中组的一等奖。"

杨诺马上从人群中挤了进去，只见一张大红纸上，公布了"庆国庆三十五周年征文大赛"的获奖名单，他的《山谷回声》名列榜首。获得了高中组小说一等奖。

消息得到确认，心里的一块石头一下子落了地。为了庆祝一下，杨诺马上把江涛叫到一块儿，上街花了四块钱，好好吃了一顿。

眼见杨诺学习不断进步，这次作文又获了一等奖，江涛对他格外羡慕，便说："杨诺，照你这样发展下去，考上大学不成一点问题，真让人羡慕。你以后可得多多帮帮我，我的学习成绩一直提不上去，我爸爸经常批评我，我心里都快急死了。"

杨诺便安慰江涛说："不要急，只要你一步一个脚印稳步前进，成绩肯定会提高的。要注意听课效率，课后多复习，并且要注意学习方法，千万不要死记硬背。"

江涛诚恳地接受了。

在成绩和荣誉的鼓舞下，杨诺的学习劲头更足了，他觉得每天精力特别旺盛，即使晚上加班学习到夜深，他仍然感到浑身是劲儿。只要生活方向端正了，有了理想和奋斗目标，他就不再迷茫。即使有时回去碰到父亲和母亲吵架，甚至要钱急忙要不到手，也不会对他的情绪产生多大影响。

一直到这个学期末，他的学习状态都非常好。他以最佳的精神状态参加了本学期的期末考试。

第三章　意外变故

新学期又开学了，杨诺迫不及待地赶到学校。

高一上学期，杨诺感觉自己各方面进步还是很大的，在班上五名坐级生当中，他的基础是最薄弱的，可事实证明，他并不比他们差，在上学期数次考试中，他的成绩基本上保持在前三名。而且他的成绩还一直处于上升状态。上学期期未考试，班主任老师告诉他，他的总成绩已跃居全班第一名。他当时听了心里别提有多兴奋，他已经隐约认识到，命运开始掌握在自己手上，只有勤奋学习，考上大学，才会有好前途。

开学第二周，学校在大操场上召开了全校师生大会，在这次全体师生大会上，学校表彰了各班的优秀班干部，期末考试年级前五名者，还有上学期学校举办的“庆国庆三十五周年征文大赛”的获奖作者。

在这次表彰会上，杨诺共获得了二项奖励，一是他的参赛作文《山谷回声》获得了高中组小说一等奖，二是他去年的期末考试成绩居高一年级第一名。学校不仅给他发了奖状，还给他颁发了奖品。当他上台领奖时，他看到不少学生对他投去羡慕的眼光。当他回到坐的凳子上时，周围同学仍然不停地扭身向他张望。

手里拿着奖品、奖状，看到那么多同学对他流露出的赞美的目光，杨诺感到鼻子一阵阵发酸，他再次深深地感觉到，一个健康向上的学生是多么美好，你的成绩越好，越会受到同学们的尊敬。杨诺在心暗暗发誓：一定要更加好好学习，不愧对自己的命运，不辜负老师和学生们的期望。

这天晚自习放学后，杨诺拿着两张奖状来到小姨家里，他告诉小姨，去年期末考试他的总成绩在全年级排第一名；另外，学校举办的征文大赛中，他的作文获得了一等奖。

小姨和姨夫一一看了看那二张奖状，都替他高兴。小姨说："看来让你坐级是对的，把基础打好，争取明年考上大学。"

杨诺在心里暗暗发誓：好好学，以后没有什么能影响我了，力争明年考上大学。

可是杨诺发现，自从哥哥杨树平结婚后，家里的各种矛盾更加深了，嫂子没工作，又不想在农村干农活，便经常和哥哥待在一起。哥哥的工资她牢牢掌握着，不让给家里；单位发的福利她也不让哥哥上交父母。家里本来以为哥哥接了班，他就应该对家里多些照顾，因为父亲一退休，每月工资只有十几块钱了，而家里还有两个上中学的学生。

母亲本来就对哥哥的婚姻有一肚子意见，结婚后，嫂子不仅牢牢控制着哥哥，还不让哥哥给家里钱，这更让母亲忍无可忍。母亲有气无处发，只好把气发在父亲身上。

父亲本来就不想提前退休，和他同龄的，人家都在上班。可他退休后在家里不仅享不了福，每天还得上地干繁重的农活；一点退休工资，几乎全供养杨诺和弟弟杨飞上学用了；哥哥接了班，工资全让媳妇攥住不说，家里啥忙也帮不上。这些事让父亲越想越闹心，越想越生气。

这年正月，父亲就和母亲吵了几次架。杨诺还在家里，他知道他们为啥吵，但他没办法。开学后在学校，在紧张学习之余，他脑子里不时会想到家里，他隐隐有些担心，他怕家里会发生什么意外。他多么希望父母能和睦相处，好好供应他上学，让他一鼓作气考上大学呀。

一天早晨，上英语课，老师正领着全班同学读课文的时候，杨诺突然发现不少同学一边跟着老师读课文，一边向教室门口方向张望。杨诺扭头一看，只见教室门旁边的那扇窗子外面，邻居黄婶娘的儿子赵来娃手趴在窗子上，不停地向教室里张望着。

英语老师见了，马上停了下来，把教室门打开，走了出去。一会儿，英语老师进来说："杨诺，你出去一下，有人找你。"

杨诺的脸顿时红透了，感到特别羞愧，心里也有些害怕，他不知道赵来娃有什么事来找他。

他快速地走出教室，并随手把教室门带上了。

赵来娃把他叫到距教室四五米的地方，这才转身对杨诺说："杨诺，你赶快回去吧，你家里出大事了。"

杨诺一听，脑子里嗡的一响，眼前一黑，身子几乎站不稳了。他忍住伤悲问道："到底发生了什么事?"

赵来娃说："你父亲让人打了，你妈也昏倒了。"

杨诺听了眼泪顿时涌了出来，这种事他还是第一次遇到。他感到特别惊慌。

赵来娃催他给老师请假，赶快回去。杨诺便马上到班主任老师那里请了三天假。这时已经下课了，他低着头来到教室里，把书统统抱到宿舍里，然后同赵来娃一块回到家里。

杨诺一走到家门口，便见门口站了一些人，而且他家屋里还传来一阵阵哭泣声。他急忙跑回家，房间里围了一圈人，几个婶娘正一声声地呼唤着母亲，姐姐杨梅一边喊着妈妈一边哭着。杨诺来了，众人给他让了路。杨诺走到床边，大声喊了两声妈妈。这时母亲眼睁开了，看了他一眼，又闭上了眼，眼泪却不停地流了出来。

杨诺在母亲跟前站了一会儿，听着身边的人不停地安慰母亲，他感到内心十分生气，他不明白，为什么家里会闹成这样。路上赵来娃说的都是只言片语，屋子里众多乡邻的话语，也让他模棱两可，他不知道事情的原委到底是什么。

他独自从母亲的卧室里出来，到里面的一间屋子。他突然看到父亲静静地一个人躺在床上，感到有些意外，便走了进去。父亲正蒙着头睡觉，他把被角轻轻揭开，准备安慰父亲几句。可他刚叫了一声"大"，只见父亲睁开眼，对他怒吼道："滚！给我滚出去。"他看到父亲伤痕累累的脸上充满了仇恨。

杨诺想不到父亲会这样，他不明白父亲为什么会对他发那么大的脾气。他赶快从这间屋子里走了出去。

父亲被人打得睡在床上，母亲又气得卧床不起，家里简止乱成了一锅粥。杨诺急得团团转，他不知道如何应对这种突发事件。

他只好找到赵来娃，让他辛苦一趟，再到乡上去给哥哥杨树平打个电话，说家里出事了，让他赶快回来。赵来娃说昨天晚上事情发生后，今天一大早他上城里通知他的时候，顺便就给树平哥打了电话，估计下午就会回来。

听说哥哥要回来，杨诺心里才稍稍安定下来。他顺便走到大伯家里。大伯这几年身体一直不太好，他退休后，一直在家里养病。大伯性情急躁，但为人正直，尤其对杨诺一家人还比较关心。

见了杨诺，大伯便安慰他坐下，不要着急。

杨诺坐下后，喝了几口水，然后问道："大伯，我父亲为啥让人打了?"

"你还不知道?"

"不知道。"

大伯这才一五一十地把事情的前后经过仔细讲了一遍。接着说："你们不要怕，这不是多大的事，那家人他不敢告，给他们赔点钱就行了；万一那家人不同意，我到上面去给你们求情。"

下午哥哥就回来了。哥哥毕竟参加工作了，社会经验比较丰富，由他出面双方协商了对那个事件的处理办法。通过协商，对方不再上告，但是他们要求索赔三千元钱。哥哥考虑到事情的影响，就代表家里答应了。

杨诺在家里待了三天，直到事情完全平息，母亲能起床走路了，他才返校。

请了三天假，耽误了不少课程，返校后，本应集中精力，把耽误的课程补回来。可是回到学校后，杨诺感到精疲力竭，神思恍惚，干什么事都提不起精神。一到上课时间，他的脑海中便浮现出家里发生的那件事的糟糕情景：悲痛异绝的母亲，羞于见人的父亲；还有，周围一些邻居对他们家不怀好意的议论。虽然这件事暂时平息下来了，但影响却相当不好，也许过了几年，十几年，家乡那些人都会议论这件事，把这作为讥笑他们家的笑料。尤其是母亲，将要背负多么沉重的精神负担。杨诺对父亲充满了怨恨，他怪他给全家脸上抹了黑。

耻辱是有重负的，它压在杨诺的心上，像铅块，像巨石，像大山，更像是一头张牙舞爪的魔鬼，让他五心烦躁，坐立不安。他想尽一切办法想把这件事给遗忘了。可是，只要闭上眼，父亲那满面伤痕的样子便出现在脑海里。

但是，杨诺只能把这一切都深深埋藏在心底，他没有对任何人吐露半句，他知道，这是耻辱，是家丑，不能让学校任何人知道；否则，若是事实真相传到班上同学的耳朵里，同学们不把他笑话死才怪呢。他的面皮一直很薄。他想只要他不说，班上同学就没谁知道，过上一段时间，就什么也没有了。

但他万万没有想到，班上同学还是知道了他家里发生的那件事。

一天下午，杨诺在操场边上看了场篮球赛，然后便到教室里做作业。刚进教室，只见班上一个叫李建设的男生正用粉笔在黑板上写什么东西，下面几个同学眼瞅着，显得十分感兴趣的样子。一见他进来，下面那几个同学哄的一声笑了，偷偷地打量了杨诺一眼。而李建设却毫不在乎的样子，不屑地对杨诺瞟了一眼，便大摇大摆地回到他的座位上。

李建设也是留级生，上学期第一次单元测，他比杨诺还高几分，但后来由于他和班上一名漂亮女生来往密切，成绩不断下滑，去年期未考试，他的总成绩已经降到班上十名左右。但李建设似乎一点也不在意，他父母亲都是拿工资的，他将来能考上大学更好；考不上大学，父母自然会给他找一份工作。李建设家庭条件优越，本人学习成绩也不错，平时在班上说话盛气凌人。杨诺很讨厌这种张扬十足的人，他几乎不和李建设搭腔说话。所以李建设在黑板上写了什么东西，他也赖得在意。

一会儿，晚自己上课铃声就响了，值日生见黑板上还有谁写的一行粉笔字，就急忙上去用黑板擦擦掉。可刚要擦时，就被李建设大声喝止住了：“别擦，我让你别擦，留着大家看看。”李建设张狂地说。

那个女生犹豫了一下，说：“要是老师一会批评了，可是你不让擦的。”

李建设神气十足地说："对，你就说是我不让擦的。"

杨诺开始并没留意李建设在黑板上写了什么，当李建设这样一说，他才抬头朝黑板上看了一眼，只见上面写了一句英语：

The son of rascul

这句英语当中，除了 rascul 这个单词较难认之外，其他都好懂。由于字是李建设写的，几个男生便问李建设："ruscul 怎么读？啥意思？"李建设大声读了一遍，并说："ruscul，汉语就是流氓犯的意思。"

李建设这么一说，杨诺感觉脑子里嗡的一响，这句英语译成汉语就是：流氓犯的儿子。联想到他刚才进教室时，几个同学对他的表情，他立刻猜测出，李建设写这句英语，是故意针对他的。这时教室里便马上传出怪腔怪调读这句英语的，还有窃窃私语悄声议论的。杨诺十分生气，他悄悄扭了一下身子，只见李建设正得意地瞅着他，一脸的蔑视。

后来幸亏数学老师来上课了，数学老师是外地人，懂一些英语，他见黑板上还保留有一句英语，便好奇地看了看，并试着读了两遍，然后扭头问全班同学："rascul 是什么意思？"不少学生哄的一声笑了。数学老师不知大家为何发笑，又问："rascul 到底是啥意思？你们为何发笑？"

这时李建设说："rascul 就是流氓犯的意思。"

"流氓犯，谁是流氓犯？"数学老师好奇地问大家，班上同学笑得更厉害了，不少同学便把目光瞅向了杨诺。杨诺顿时感到羞辱像一块巨大的幕布一样彻底的包住了自己。他的眼泪几乎要流出来，但他硬是忍住了。

也许数学老师感觉到了李建设的某种意图，他马上用黑板擦把这句英语擦掉了，一边擦，他一边说："学英语的目的是要掌握知识，可不是用它来骂人。我告诫你们，这样下去可不好。"话题一转，他便把教案本摊开，开始讲数学题。

杨诺是认真听讲的，但是他大脑中一片空白，老师讲了什么，他似乎一句也没有听进去。

从晚自习发生的用英语骂人的事件当中，杨诺已十分清楚地明白，父亲的事已经传到班上来了。这是件极不光彩的事，杨诺以为家乡距学校那么远，家里发生的事不会传到班上，但还是传来了。这让他感到十分耻辱和难受。他的性格本来就很内向和自卑，当得知同学们都知道了他家里发生的事后，他内心更加自卑了。他觉得同学们从此都会笑话他，看不起他，那个不雅的称呼将会一直伴随着他。

是谁那么缺德，把他家里的事散布到班上？杨诺感到很奇怪。

几天后，杨诺终于知道了，是同村一叫马南的学生把消息散布出来的。马南上初中时比杨诺低一级，他爸爸在县上一个公司开大车，平时花钱大手大脚，爱交朋结友。马南一个同班同学与李建设是好朋友，他们有次在县城一家食堂一起吃饭喝酒的时候，马南无意中把杨诺家里发生的事说出了口。李建设平时就很嫉妒杨诺的学习成绩，听了这个消息，他欣喜不已，不仅在班上到处散布，而且那天下午还在黑板上写了那句英语，故意羞辱杨诺。

杨诺顿时陷入巨大的灾难之中。

他本来认为家里那件事情已经过去了，想不到它却似洪水猛兽一样传到学校，而且散布到他们班上。他不知道同学们会以什么样的目光看待他和他的家庭，会用什么样语句恶毒地辱骂他。

他现在该怎么办？每次周末他都迟迟不想回家，不想见到父亲；平时在班上，一看到同学们叽叽咕咕的小声说话，他就认为是议论他的，就如坐针毡。于时，从去年下半年以来筑起的精神防线和渐渐培养起来的良好学习习惯，便在巨大的精神压力和残酷的现实面前彻底的坍塌了。

上课时，他的心思根本无法集中；课后作业，他一点也提不起神来完成。每一天，每一节课对他来说，简直是度日如年，如坐大牢，如受酷刑。他想挽救自己，提醒自己不要灰心丧气，要振作起来。可是他就像一摊烂泥，根本提不起手。他伤心地哭了几次，最后只好放弃挣扎和努力，让自己随波逐流。

那个梦境便如影随形地在夜里出现了——

一个非常陌生的地方，四边都是杂草，中间是一条泥泞的小道。天上乌云翻滚，看起来马上要下雨的样子。他感到很害怕，他想尽快走出这个地方。可是，路越走越难走，路上的湿泥沾满了他的脚上和腿上。他担心什么鬼怪和可怕野兽会出现，他跑了起来。这个时候，他耳边真的传来了可怕的叫声，他从没有听到这么恐怖的声音，像鬼嚎，像狼叫，更像一个妇人深夜之中在坟园中的哭叫声，杨诺的心跳到嗓子眼了。他拼命地跑了起来。可是他每跑一步都非常艰难，而那个声音却越叫越响亮，越叫越恐怖，越叫离他越近，似乎已经挨着他的肩膀了。他使劲往前一跃——可是他万万没有想到，他竟然跃到了一个几人深的烂泥湖里，那黑糊的淤泥冒着泡泡，发出恶臭的气味；而且他的身子开始下陷着。他害怕极了，他用手拼命地拍打着。可是无济于事，他的身子仍在一点点下陷着，先是到大腿，接着到了腰部，再接着到了胸部。他知道再不来人救他就没命了，便大声呼喊救命起来……

这个梦使他心理压力更大了。天天身上一点劲儿都没有，像掉了魂。

最让杨诺担心的还是父母的关系。

母亲是一个很爱面子的人，当她知道事实真相之后，她当即就昏倒了，后来又昏迷了好几次。当她终于从床上勉强起来时，杨诺看到母亲整整瘦了一圈，走路踉踉跄跄，身轻似纸，悲伤和耻辱已经彻底把她给击垮了。后来虽经周围邻居黄婶娘和姐姐杨梅的反复劝解，母亲的精神才稍稍有所好转。但是，那个事件却像一把刀子一样永远插在母亲的心上。

杨诺十分担心父母会因此关系越来越恶化，最后导致离异。因为生活中不少家庭就是因为出了这种事，夫妻反目成仇，从而离婚。很显然，父母离异，伤害最大的还是子女。杨诺和弟弟杨飞还在上学，父母一旦离异，他们就有可能辍学回家了。要是一年前让他辍学，他不会有多么留恋，可自从他经过奋斗，上学期总成绩提到全年级第一名后，虽然他如今还陷在家庭事件中不能自拔，但真正让他回家去种田，他还是不甘心的。杨诺就暗自诉求上苍，千万不要让父母离异。

为了能让父母关系和好，事件发生后的每个周末他都回家去了。尽管在学校里很不愉快，但回了家，他还是装出十分高兴和轻松的样子；并尽量创造机会，化解父母之间的矛盾。尽管杨诺煞费苦心，父亲也很配合，但是母亲根本不买父亲的账。父亲跟她说话，她不理；父亲只要往她跟前一站，她马上转身而去。一个礼拜天上午，父亲亲手把饭做好，又亲手给她端去的时候，母亲竟然手一挥，把饭碗打掉了。一碗捞面全泼在地上。

父亲见母亲对他不依不饶，索性破罐子破摔，想咋就咋，对杨诺和弟弟杨飞态度极为恶劣，动不动就对他们破口大骂。

杨诺对父亲的表现不满极了，但是他没有办法，他不知道他们的家庭状况会恶行发展到什么地步。杨诺在学校里心里时常惴惴不安，他怕父母打架吵嘴，怕从家里传来任何不幸的消息。

这个事件整整持续了两个多月，父母的关系才稍稍有所缓和。然而这件事情给杨诺带来的伤害却仍然在持续。他在班上更加沉默孤独了，虽然他也在努力学习，可是由于心理负荷过重，学习效果非常差，这学期的期中考试，他的总成绩已由上次期末考试的全年级第一名降到班上第十五名，全年级五十多名了。

面对这种成绩，杨诺有口难言，哭笑不得，他也努力了，他也想考好，无奈他的精神涣散了，他根本无法静下心学习。

更可怕的是，随着时光的流逝一切并未得到好转，而且有些情况越变越糟。

一个礼拜天下午，杨诺抹着泪从家里出来，准备到学校去。在村子前面的小路上，他竟然又与贾香香狭路相逢了。

贾香香见他抹着泪，关切地问："作咋了？是不是你父母又吵架了？"

杨诺本不想搭理她的，见她这样问，便冷冷地说："不是的，你不要胡说。"说完便加快步伐，从贾香香旁边走了过去。

贾香香扭过身来，大声问："那你告诉我，你为啥哭了？"

杨诺没有搭理她，他加快速度经过了村子前面的小河，然后一路小跑，上了大路。他怕贾香香从后面赶上来。

由于见了贾香香，杨诺本来就很糟糕的心情更加阴暗了。他感觉全身每个关节都极不舒服。课堂上老师讲题，他脑子光跑毛；课后做作业，尽出差错。他时常气愤地把本子都撕了。

面对每况愈下的状况，杨诺一筹莫展。他知道，学如逆水行舟，不进则退；心如平原驶马，易放难收。这学期的期中考试他就已经掉到班上十名以后了，照这样下去，这学期的期末考试，他的成绩不知会倒退到什么地步。

怎么办？他痛苦地问自己。他多想快刀斩乱麻，把一切不愉快的事统统挥刀斩断，他好专专心心，轻轻松松地学习。可是不行，现在家里好环境已没有了，一切对他有利的因素也丧失了。他感到自己眼下就像是一只病弱的羔羊，前后左右都是狼，他无法在任何一个缺口突围出去。别的同学精神焕发，他却萎靡不振；别的同学专心致志，他却六神无主，神思恍惚。他感到同学们都在为将来的前途命运奋力拼搏，唯独他在种种不利因素的干扰下，学习不断退步。他即使想稳住自己的阵脚都很艰难。上每一节课，他都不停地给自己鼓劲：振作起来吧，其他什么都别想。可是刚刚过了几分钟，种种不愉快的事情就会从四面八方纷至沓来，搅乱他的思绪，破坏他情绪，他只好再次鼓劲。鼓劲这种办法不行，他就用掐大腿、捶脑袋的办法集中自己的思维，为了促效，他掐得很重，大腿都让他掐乌了。

这天早晨上第三节课的时候，语文老师正在分析课文，这时靠近教室门的那扇窗子上，映出了一个乡下妇女的面庞。一些学生便好奇地向那扇窗子张望，有人还小声议论着。

杨诺无意中向窗口一望，顿时魂飞魄散——窗子上映出的那个人不是别人，正是他们村的贾香香。贾香香这天显然把自己收拾了一番，以往蓬乱的头发梳顺了，还用一截红绸布绑了一下。她仍然穿着那身洗得发白的蓝衣服。她眼泡浮肿，眼袋下垂，由于长年在田地里劳作，面色晒得发黑。她双手扒在窗台上，身子前倾，两只细小的眼睛专注地向教室前后左右张望着。

杨诺生怕这个丑陋的女人看到自己，他尽量缩着身子，把脸扭向里面。这样坚持了一会儿，他发现没什么动静，悄悄侧目一望，窗口处已没见了贾香香。杨诺紧张的心里顿时轻松了下来，便赶快调整情绪，好好听课。可哪知，他还没有听到十分钟，贾香香丑陋的面容再次出现在窗口。这次杨诺毫无防备，当他发现窗子外有人，扭头一看时，他的眼光正好与贾香香那细小黏滞的目光碰在一起。他赶快转移视线，但贾香香嘴角对他流露出的一丝笑意还是让他清清楚楚地看到了。

教室里已有人议论着，猜测着，窗子外面这个丑陋的妇女到底是来找谁?

杨诺心里恐慌不已，他心里很清楚，贾香香是来找他的。她平白无故地来找他做什么?天呀，如果同学们知道他与她有过那种事，他还有何面目在教室里学习?由于心里恐慌，接下来老师讲课，他一句话也没听进去，整整一节课，他的心里都像敲鼓一样，发出咚咚的响声，额头上也沁出了粒粒汗珠。

好不容易熬到下课了。语文老师前脚刚走出教室门，一群男生便吆喝着冲出了教室。

杨诺本不想出教室门的，但看到贾香香仍然站在教室外面等着，想到一节课干扰得他一点也没有听进去，心里非常生气，便气冲冲地走了出去。

走出教室门之后，他连贾香香看也没有看一眼，径直向外面操场走去。他故意把步子放得较慢，他一边走，一边胆战心惊地向后面张望，他发现贾香香在他走出十几步之后，从后面跟了上来。

杨诺一直走出学校大门，看看四周没有人，然后才在院墙跟前停了下来。

贾香香一步步走了过来，眼睛眯细着，嘴角露出一丝不易察觉的笑意。

杨诺很恶心地看着贾香香。看到贾香香走到跟前了，他生气地问:"你来找我做什么?"

贾香香这时手伸进怀里，然后掏出一卷钱，说:"我都打听清楚了，你上个礼拜天回家向你父亲要钱，你父亲骂了你。是不是?以后你家里不给你钱花，向我要。这10块钱，是我挣的，你拿着上学花。"

杨诺没有接贾香香递过来的钱。

杨诺眼盯着贾香香，生气地说:"你把钱收起来吧，谁要你的臭钱!你以后不要到教室里来找我。你这是干扰我的学习，你知道不知道?"说完他气冲冲地走了。

贾香香想不到杨诺会这样，她想叫住杨诺，可是杨诺头也不回地走进了校园。她失望地站立了一会儿，然后才走开。

这天，因贾香香的意外出现，使杨诺心情更加糟糕了。他简直忍受不了她那丑恶的形象，那难看的发型，那俗不可耐的面容，那黏滞浑浊的眼光，还有她嘴角泛起的一丝暧昧的笑意。这些无不在他心灵深处引起极度的反感和恶心。他想不到贾香香会恬不知耻地亲自到学校里找他，而且还给他拿钱。他会要她的钱吗？他就是穷死，饿死，也不会要她的钱。他现在只想和她毫无瓜葛，他真希望她是另一个世界、另一个星球上的人，甚至是一个死人。他越是讨厌她，拼命的想忘记她，越是做不到，贾香香就像是他肉中扎下的一根刺，令他时时感到疼痛和羞辱。贾香香更像是他不小心咽下的一种有毒食品，虽然过去很多年了，可那毒性并未消失，而且不时发作。一想到贾香香给自己的人生带来这么多的不幸和痛苦，杨诺对贾香香充满了仇恨。他仍然幻想着，假如没有当初他和贾香香那一幕，他的人生一定会阳光灿烂；自从有了那一幕，他整个人生就坠入到无边的黑暗之中，他只能在没有希望和阳光的隧道里踽踽独行。

杨诺对自己产生了强烈的仇恨。经常晚上做梦，做那种可怕的梦，每次梦醒，他都懊悔不已。

就他与贾香香的那件事来说。其实从根本上讲，责任在他而不在贾香香，贾香香是来向他母亲借钱的，而他却以给贾香香钱为借口，要贾香香与他做那件事。他当时才十四岁，这么小点年龄，他竟如此污秽不堪。他现在受苦受罪，那是赎罪，也是老天对他的惩罚。想到这里，杨诺的眼泪流了出来，他真不知道这种惩罚何时才是尽头，他暗暗祈祷上天：老天爷，饶恕我吧，救救我吧。过去的一切都怪我无知，我知错了，给我指出一条自我救赎之路吧。

杨诺以为他伤了贾香香的脸，又说了很难听的话，贾香香就不会再来找他。可是刚刚过了几天，一天下午，他到县河边背诵英语单词，返校的时候，贾香香突然从一丛豆架后面走了出来。贾香香穿着一件月白衬衫，把她那张脸衬托得更黑更难看了。她挽着一个竹篮子，说："我在这等你半天了，这是我今天上午蒸的馍，还有十个煮鸡蛋，学校伙食差。你饿了就吃……"

杨诺一看到贾香香，心里就反胃，就恶心。贾香香说什么，他几乎一句也没听进去。他真想不到，这个给她带来了无穷烦恼和耻辱的女人这么脸厚，她竟然拿蒸馍、拿鸡蛋给他吃。比起精神上所遭受的痛苦，他宁愿把自己饿死，也不会吃她拿的东西。

杨诺脸色非常难看，他看了看四周，见附近没人，便恶狠狠地对贾香香说："你把东西拿走吧，我是不会要的，我再次警告你，请你以后不要再到学校找我，否则我不会饶你。"说完他看也不看贾香香一眼，气冲冲地夹着书就走了。

这个学期快结束时，语文老师白禹意外带给杨诺一个好消息，他去年在学校国庆征文中获奖的那篇作文《山谷回音》，由白老师推荐给了《少年文艺》杂志社，最近那篇文章在杂志上发表了，而且还有50元的稿费。

这个消息多少给杨诺那极度阴暗的内心深处吹来了一股微弱的春风。杨诺感觉更痛苦了，回想上一学期那么好的学习状态，看看眼下自己狼狈不堪的样子，他真是欲哭无泪。他多想从周围一切不利因素中挣脱出来，专心学习。可是他总是做不到，家庭的，班级的，个人的……种种因素都围拢着他，影响着他，伤害着他。他没有一点办法，没有一点出路，他只能绝望地忍受着一切。

时光就在他深深的叹息中一天天地过去了。

第四章　一九七六年的地震

一九七四年初，贾香香经人做媒，嫁给了比她大 10 岁的郭墩子。这一年她十八岁。

郭墩子是个流浪儿，十几岁逃荒要饭经过甜水井村时，淋雨得了场大病，躺在村里一间废弃的磨坊里奄奄待毙。此事被村里一个五保户郭六斤发现了。郭六斤一辈子没结婚，孤身一人。他想要是把这孩子治好了，不就白得了一个儿子吗？于是他便把郭墩子背到大队卫生所，花了几块钱买了几济药吃了，几天后，郭墩子竟神奇地好了。郭墩子为了报答郭六斤，就当了郭六斤的儿子。郭六斤死后，郭墩子就顺理成章地成了户主。由于郭六斤是个五保户，家里穷，郭墩子又是个拾来的孩子，他一直到三十岁时，经人介绍，才成了亲。贾香香没有想到，郭墩子虽然一副粗壮敦实的身体，男人那方面本事却不行，他们结婚两年了，她竟然没有怀上娃。在农村，女人不怀娃被视为大逆不道，根本无法生存下去。

贾香香很着急，就每天晚上哄郭墩子与她做那件事。郭墩子做农活儿是把好手，可床上功夫却稀匹松，每次她都是百般说好话，他才肯上身，可上去不到几分钟，就从她身上滚了下来，累得直喘气。如此这般，她怎怀得上？她买了好些药喝了，还用了一些民间的土方子医治，可就是不见效，她照样怀不上。

郭墩子却不急，他本人原来就是个乞丐儿，他连他父母姓啥名谁都不清楚。如今能成家立业都已经很不错了，只要有房子住，有饭吃，有衣穿，至于能否传宗接代，他不是很上心。他每天日出而作，日落而息，老老实实做庄稼。

可贾香香就不同了，她是个正常的女人。甜水井村有几对和他们前后一块儿结婚的夫妻，有的比他们结婚还晚些，娃都有了，唯独她至今连身子都没怀上，弄得她在人面前抬不起头，也没有脸面回娘家。她心里干着急，可有什么办法？

一九七六年七月，唐山市发生了骇人的大地震，三十多万人在地震中丧生。甜水井村得到上面指示，夜间不能在家里睡觉，防止地震突然袭来。于是家家户户都在村子附近的山坡上盖起了茅草蓬，里面支上床，晚饭一吃，全家人就提上马灯，全部住到防震棚里。

因为唐山地震死的人特别多，人们都对地震非常恐惧。而且当时说法很多，有人说，唐山发生地震了，别的地方也要发生地震，地震一来，地动山摇，大雨倾盆，侥幸生存下来的机会很小。还有人说，地震发生时，天崩地裂，躲都无法躲，只有等死的份儿。

在种种谣言的传播下，甜水井人战战兢兢，想到死期快要降临了，也不省吃节用了，能吃好的就吃好的，——把屋梁上挂的腊肉取下来，整锅整锅煮得吃；天天中午吃白面，蒸白馍。衣服旧了，直接扔了，揣上钱就到县城里买新衣服穿。

贾香香和丈夫郭墩子像所有人家一样，也在山梁上盖起了一个防震棚。郭墩子虽然没有文化，但他却十分相信地震到来时的种种可怕传言，他非常听话，每天晚饭一吃，一分钟也不耽误，催命一样催贾香香赶快到山上的防震棚去。

甜水井人战战兢兢大吃大喝了半年之久，传言中所说的地震日期也已过了，虽然也下了大暴雨，可是地震并没有发生。于是一些胆大的人嫌防震棚里条件差，便隔三岔五的回到家里住。而胆子小的人仍然天天晚上住在山上的茅草蓬里。

郭墩子命贱，却贪生怕死。每当贾香香晚上要在家里住时，他都死活不让，他吓唬她说："不能回家住，万一地震来了，轰隆一声，房子倒了，人塌死了还不知是咋回事。”

贾香香扭不过郭墩子，只好天天晚上饭一吃，提上马灯就到防震棚里歇宿。

这一年的冬天特别漫长，狼也特别多，附近的村庄竟传来可怕的消息，说狼趁大人夜里睡着了，竟然悄悄把防震棚掏一个洞洞钻进去，把小孩子叼走了。大人第二天早上醒来，才发现孩子丢了，便呼天抢地，四下寻找。结果却在附近的山沟沟里发现了孩子穿的小马兜和几根小骨头。还有消息说，有的人晚上睡着了，竟被狼咬掉了双脚。这些消息传来，令人毛骨悚然。

于是人们再也不敢大意了，夜里睡觉时，大人把小孩子搂得紧紧的，一有动静，大人立马醒了，先摸摸身边的孩子还在不在，然后拧开手电，看看是不是有狼打洞子钻了进来。

贾香香十分怕狼，她生怕狼趁她睡着了，从外面打洞钻进来，咬了她的双脚。所以每次她都让丈夫郭墩子睡在靠茅草的那边，挡着她。即便那样，她仍然害怕，夜里茅草蓬里一有动静，她便赶快叫醒丈夫把灯点着，起来看看究竟是什么，——结果经常看到是老鼠贼一样在床面前到处找东西吃。

一个寒冷的夜晚，丈夫郭墩子到附近一亲戚家送礼没回来。贾香香本想住在家里，却怕发生地震；住茅草棚，却是她一个，又担心狼趁她睡着了钻进了防震棚。刚好那几天又有传言说是最近要发生大地震，贾香香掂量再三，到底还是去了防震棚。由于怕狼，夜很深了，她还把马灯亮着，不肯睡。越是害怕，附近的山上却真传来了狼的嚎叫声，那声音像是妇人在哭嚎，阴森森的，让人浑身起了一层鸡皮疙瘩。贾香香偎在床上正抖作一团时，忽然听到外面传来了敲门声。她喜出望外，以为丈夫走亲戚赶回来了，裤子都没穿，披上衣服就起来开门。门一开，一个黑影倏地钻了进来，定睛一看，却不是郭墩子，竟然是村里的杨喜子。杨喜子一进茅草蓬，就看到了光着下身的贾香香，他笑了一下，说：“贾嫂子长得真白。”说着伸手在她的屁股上摸了一把。

贾香香难堪极了，生气地说：“你再坏，我让郭墩子回来揍你?”

杨喜子说："你不会的，我知道。"杨喜子还没有结婚，人的模样也齐整。白天一起在生产队做活时，杨喜子和贾香香经常开玩笑，贾香香对他印象还不错。但贾香香对他冒充郭墩子骗她把门打开很恼火，她用恶毒的话骂了杨喜子几句，马上从床上拿起裤子，挡在身子面前上，一面催杨喜子赶快出去。

可是杨喜子根本不听贾香香的话，他先把门从里面顶好，然后吹灭了床头的马灯，接着就紧紧抱住了她。贾香香虽然很害怕，但是对杨喜子的行为她并没有做出坚决的反抗。她只挣扎了几下，就半推半就地让杨喜子得手了。

杨喜子此时二十多岁，正是身强力壮的年龄。这天晚上贾香香都记不清他上了她几次，直到天亮前要走的时候，他才离开这间茅草棚。

这天晚上，贾香香体会到了做女人一来从未有过的幸福和快乐。杨喜子好像把她整个人举到了半天空中，让她感到飘飘欲仙，亦生亦死。杨喜子走后好久了，她还在仔细回味他们一起疯狂的每一个环节。她不禁偷偷地乐了，她在心里十分怀念这个难忘的夜晚。

有了第一次，接着就有第二次、第三次。杨喜子不是趁做活歇工的时候，俩人在山坡的树林中做事儿，就是趁郭墩子外出做工的时候，俩人偷偷在一起。杨喜子的功夫真是好，每次都让贾香香快乐得要死要活。

郭墩子老实巴交，尽管她和杨喜子经常在一起野合，他竟然丝毫不知，他们两人乐得自在快活。

不久，贾香香就发现她怀孕了。十个月后，她竟然生下了一个小子。郭墩子非常高兴，他还以为是他的种呢。只有贾香香心里清楚，这个儿子的的确确是杨喜子的种。

自从贾香香生了儿子，丈夫郭墩子便越发把她当成宝贝疙瘩看待，——只让她在家做家务，照看儿子，其他任何体力活，他都舍不得让她插手。

贾香香乐得清闲自在，整天抱着儿子在村子里转悠，饿了，就回家去做好吃的；困了，便回去睡觉。她把自己养得白白胖胖。

杨喜子深深地迷恋着贾香香，每天都骨辘着眼睛瞄着贾香香，一有机会，他便和贾香香在一起偷情。贾香香自然也喜欢杨喜子，只要杨喜子寻着她，无论在什么地方，她都会扒下裤子，让喜子在她身上尽情快活。

孩子小，放在家里不放心，贾香香早晚就把孩子抱在身边，她与杨喜子偷情的时候，就让儿子在旁边玩耍。

儿子人小不懂事，看到两个大人光身子搂在一起打滚，便睁着好奇的眼睛，乐得小嘴张着笑。贾香香虽然十分羞愧，但她还是忍不住杨喜子给她带来的钻心入肺般的快感，便张开嘴大声叫唤起来。贾香香一叫唤，儿子以为她挨了打，便哭开了。贾香香马上不敢叫唤了，让杨喜子停下，她起来哄儿子，儿子哄得不哭了，她才让喜子继续干。

儿子长到了一岁多，快两岁的时候，贾香香又怀上了。甜水井人感到很纳闷儿，真是怪怪事，贾香香结婚初急忙怀不上，怎么过了两年却接二连三地怀上了？是郭墩子真正有本事了，还是她喝药真正见了效？

天下没有不透风的墙，尽管贾香香与杨喜了偷情的事做得很巧妙，但由于他们约会的次数太多，无意中还是让人发觉了；况且，随着这个儿子的一天天长大，他的眉眼、脸庞和嘴巴，无不酷肖杨喜子小时候的模样。这样，即使贾香香和杨喜子想把事情捂住，也捂不住了。孩子的相貌在那儿放着呢。

贾香香第二次怀孕，仍然生的是个儿子，而且长像更加酷似杨喜子。村子里人对他们的闲言碎语更多了，各种难听的话都有。

杨喜子家里人自然也知道了这件事。杨喜子的父亲杨祖青曾经当过生产队的队长，此人性情十分暴躁。一天下午，他把杨喜子叫到跟前，二话不说，先批了他几个大耳刮子，然后呵令他跪下。

杨喜子被父亲的几击响亮的耳光打蒙了，当父亲又命令他跪下时，便犟着不跪，直问父亲："你为啥打人？我犯啥罪了？"

杨祖青指着儿子的鼻子，生气地骂道："你个畜生！干得好事，你以为你有能耐，把别人的女人肚子弄大了有本事是不是？告诉你，你这是白费力气，人家女人生的孩子姓郭，不姓杨。"

听到这话，杨喜子的脑子嗡的一响，他想不到他与贾香香的事情竟然让父亲知道了，这让他感到非常的无地自容，便乖乖地跪下了。

杨祖青接着骂道："雁过留声，人过留名。好事不出门，坏事传千里。你现在这种样子，你让我们的老脸以后往哪儿放？以后还有哪个女子肯嫁给你？你这个畜生。你只图一时快活，你是在害自己。"

"我错了，以后再不去找她了。"

"你可说话算数，以后决不能再去了。你也老大不小了，我已经给你瞅下了一门亲事，过几天就让人家姑娘来看门，你要是乐意，就把事情定了，把心收回来，好好成家立业。要是不满意，我再给你找。"

杨喜子的母亲这时也走进来劝告他说："儿子，娘求你不要再去找贾香香了，听你父亲的话，可不能再胡整了，我们还指望着你延续香火呢，你可不要种了别人的地，荒了自己的田。"说完竟抹着泪哭了。

"记下了，妈。"杨喜子低下头，诚恳地说。

大概过了半个月时间，一位四十多的麻脸妇女领着一个梳着两根长长辫子穿着花格子衣服的姑娘到杨喜子家里看家来了。那姑娘很害羞，从她来杨喜子家，到最后离开，她始终手指绞着辫梢没正眼看人一次，领她的那个妇女问她什么话，她也都是倾着头，用蚊子一样的声音回应了一个字："嗯"，要么是死不吭声。

杨喜子已经历过男欢女爱，因而比较大胆，他清楚这个姑娘是来看家的，当地人也叫相亲，——就是当姑娘的被人领着，先看一看男方的家势如何，被介绍的那个人长相如何，顺便也把自己的模样让男方相一相。要是双方都满意了，这门亲事也就初步定了。

杨喜子就利用吃饭时间，好好地把这个黑红脸膛，浓眉大眼，修着两根粗辫子的姑娘仔细端详了一番，心里也把她和贾香香反复做了一番比较，认为这个姑娘无化哪个方面都比贾香香在上，于是就拿定了主意——娶这个长辫子姑娘为妻过一辈子吧。但他当时心里还没谱，他还不知道人家看没看上他呢。

那姑娘走后第三天，捎来话说，她答应这门亲事。

杨喜子一颗悬着的心终于落了地。他十分高兴，便在他父母的张罗下，紧张的筹备婚事。就在这年的腊月八，杨喜子和那个叫方春莲的女子结了婚。

农村结婚办喜事讲究闹房，有一个不成文的说法是，闹房闹得越热闹，这对夫妻以后的日子越长久，生活越甜蜜，子孙人丁越兴旺。因此新婚三天，不分大小。即使是高两辈的爷子辈，也可以到孙子辈的结婚新房里闹房取乐。

贾香香没想到杨喜子这么快就和方家湾的方春莲结婚了。自从她与杨喜子生了两个儿子之后，她便已经在心灵深处把杨喜子认作是自己的男人了。她知道，郭墩子只是个名誉上的丈夫，是个摆设，窝囊废。她和他在一起，毫无乐趣可言；只有和杨喜子在一起，她才真正体会到做女人的快乐和幸福。贾香香不止一次地想，他要是能与杨喜子保持一辈子这样的关系该多好。别人说不说她不管，偷着来还是明里来她也不在乎，她只在乎俩人的真感情，她已经为杨喜子生了两个儿子，他们应该永远保持那种亲密的关系，好好把两个儿子培养成人，将来娶妻生子。

可她万万没有想到，杨喜子竟然背着她很快娶亲了。第一次听到这个消息时，她以为根本不可能。杨喜子还在她跟前发过誓，要永远和她好，永不变心呢，他怎么这么快的就食言了？第二次听到这个消息时，她才怕了，认真一打听，果不其然，杨喜子说的是方家湾方有鱼的女子方春莲。一旦事情落了实，贾香香恨得要命，她就想立马找到杨喜子问一问，他和方春莲结了婚，他和她关系怎么处？

为此，她在田间地头，还有杨喜子家房子四周等了无数次。

可是，杨喜子一次机会也没给她。

杨喜子大婚的这天晚上，甜水井村很多人都去闹房了。杨家是甜水井的大姓，杨喜子的父母在村里人缘也比较好，很多人都愿意去揍这个热闹。

杨喜子结婚那天，贾香香让丈夫郭墩子也去搭了份子。可是晚上杨喜子家拉席请客的时候，郭墩子却死活不去吃饭——不知为什么。郭墩子不去，贾香香当然也不能去，她怕人们笑话她。可是撤了席开始闹房的时候，贾香香却忍不住独自去了杨喜子家。

这个时候夜已经深了，杨喜子家里仍然灯火通明，人来人往，阵阵笑闹声不断从新婚洞房里飘出来。

贾香香在附近一个阴影处站立了好一会儿，她很想进去看一看新婚之夜的新郎官是个什么样子，她也想看看那个新娘子究竟是个什么模样。如果有机会，她还想问一问新郎官几句话。可是毕竟村子里来闹房的人太多了，她的胆量还是不足。她怕进去了，会自讨没趣，自讨苦吃。

想了半天，她想，既然是同村人，她为何不能前去？没有机会说话，她让杨喜子看她一眼也好。她为他生了两个儿子，难道他那么绝情，有了新欢，就彻底把她忘了不成？她要让他好好记住她。

于是，贾香香便倾着头向杨喜子家里走去。可是她刚走到门口，就被一个人挡住了，抬头一看，竟是杨喜子的父亲杨祖青。

杨祖青黑着脸对她说："你走吧。其他人来闹房我都欢迎，唯独不欢迎你。"

贾香香一听十分生气，问："为啥子？"

"为啥子还用我说吗？你积点德吧，我儿子已经结婚了，他有他自己的女人，他不会再干傻事了。"

贾香香还准备再说什么，这时杨喜子的妈妈挺身而出，并压着声音愤怒地说：

"没廉耻的东西，你快滚，你敢搅了我儿子的婚事，老娘今天要你的命。"说完，她竟把二块钱摔到她面前，说："这是你家搭的礼，我们不稀罕，你拿着滚吧，我们全家都不欢迎你。"

贾香香气得浑身颤抖，她真想破口大骂起来，但她终究没有这个胆量。杨家是村子里的大姓，而郭墩子只是个外来户，为人又老实懦弱，她能和他们来真格的吗？她只好满怀羞辱地离开了。

从杨家那里出来，回到家里，丈夫郭墩子已经呼呼大睡了，两个孩子也已经睡下了。贾香香心里像燃着了一把火，烧得她浑身生痛。她坐也不是，站也不是。便到厨房里舀了一瓢凉水，咕咚咕咚地喝下去，心里的烧劲消下去了不少，但脑子里却一团乱麻。杨喜子的绝情，杨祖青老夫妇俩的狠毒，像刀子一样插在她心上，她感到从心灵到肉体，都在咕咕地向外冒着鲜红鲜红的血。她真想前去一把火把杨祖青家烧了才解恨。可是，她没有这个胆量，她只能在心里仇恨他们。

这天晚上北风呼啸，气温在零下七、八度。贾香香也没生火，她静静地坐在一间屋子里，一夜没有合眼。到天亮的时候，她的袖口上擦下的眼泪，已经成了厚厚一块冰……

生活仍在继续。郭墩子更蔫了，他只是每天按时上山做活儿，回到家里，他总是不言不语，他经常坐在猪圈坝上抽那永远也抽不够的旱烟，两边脸颊上的胡子像杂草一茂盛生长着。两个儿子倒是活泼，且生得白白净净，五官端正。大的取名郭春生，小的取名郭冬生，一个是春上生的，一个是冬日生的。

贾香香非常喜爱这两个儿子，现在她心里只装着这两个儿子，杨喜子在她心里已经死绝了，她别的什么盼头都没有了，她只希望两个儿子能快快长大成人，为她争口气。

郭墩子也很喜爱两个儿子，但是他在贾香香面前却从不流露出来，背过她，他才把两个儿子抱在怀里，用他那胡子拉碴的脸去亲他们那粉嫩的小手和脸蛋。每次看到这个情景，贾香香便喉咙发硬，眼泪不可抑制地流了出来……

光阴荏苒，一晃几年过去了。

这几年里，贾香香忍受了说不尽的委屈和辛酸，她认为她今后的生活就像是一个大粪坑，越来越臭，绝无一点希望了。她诅咒杨喜子这个负心汉，诅咒方春莲这个横刀夺走了她心上人的坏女人。她想那两个人以后肯定会像神仙一样天天过好日子，高兴得要死；而她只能在粪坑里爬，在粪坑里滚，过那种猪狗不如的生活。这是多么不公呀。可是她有什么办法？忍不下去也得忍，过不下去也得过。这就是生活。

可令贾香香稍稍感到欣慰的是，杨喜子结婚后，他的长辫子媳妇并没有给他生下儿子，一连两胎，生的都是丫头片子。这使贾香香感到无比的解恨，看看杨祖青这老东西还张不张，成天把方春莲当神敬，这女人能为你杨家传宗接代吗？有事无事，贾香香故意牵着春生和冬生在村子里转悠，还故意从杨祖青家门口慢悠悠地经过。她看到，杨祖青看她的眼光再没有过去那么张狂了，连正眼看都不敢看她。杨喜子更是怕见到她，老远见了她，急忙绕着走。她听说，杨喜子再也不像新婚初期那样宠爱着媳妇了，他不仅让媳妇上地干各种粗活重活，还经常在夜里打骂媳妇，骂媳妇不中用，尽给她生丫头片子。

贾香香有次正在村前的河边洗衣服，碰巧方春莲也去了。她这时衣服本来快洗完了，见了方春莲，她故意慢慢洗，慢慢搓。一边洗，她一边观察着旁边的方春莲。她看到，方春莲的两根长辫子已经被剪掉了，修成了齐耳短发。这使方春莲一下显得老成起来。她的脸色再也不像刚出嫁时那么红润光洁，由于长年在田间劳作，加上生不出儿子带来的心理压力，她的脸上过早地显出四十多岁女人才有的黑斑来。见到方春莲这般模样，贾香香本来该高兴的，可是，仔细一想，又不禁心酸起来。她能猜得出，方春莲这女人的日子过得大概也不如意，杨喜子对她肯定不好；生不出儿子，两个老的也少不了会冷脸待她。

贾香香偷偷观察方春莲的时候，方春莲一直倾着头，使劲儿地洗衣服，眼睛始终没有对她看一眼。

贾香香心里暗自得意起来，方春莲越是这样做，越是显出她心虚。这个不可一世的女人，如今在她面前再也呈不了什么能耐了。

贾香香和方春莲在一个村子已生活几年了，虽然见面的次数也不少，但她们始终没有说过一句话，刚开始俩人也许真的不认识，但后来肯定彼此都知道对方了。有几次贾香香见面准备与方春莲打招呼的，可是方春莲一脸鄙夷的样子，眼对她斜一下就走了。那时方春莲年轻，漂亮，丈夫一心宠着她。可才几年工夫，由于她生不出儿子，她便失去了杨喜子对她的宠爱。失去了男人的宠爱，她在她面前便再也不敢得意扬扬了。贾香香真高兴，她暗自为自己肚子而感到骄傲，她一生就生了一个儿子，一生就生了个儿子，二次生了两个儿子。可方春莲一生生了个丫头，一生生了个丫头，两次生了两个丫头。

想到这里，贾香香心潮起伏，她恨眼前这个女人，要不是她，杨喜子会那么决然的离开她吗？为了发泄愤怒，她故意拿起棒槌用力地在石头铺子上捶打衣服，发出呼呼的响声。即便这样，方春莲仍然没拿眼瞧她。贾香香有些泄气，她把衣服泡进水里，清洗几道，拧干，放在篮子子里，衣服就算洗完了。恰在这时，贾香香突然看到方春莲的嘴角是乌的——这肯定是被人打的，谁打的？不猜也知道。

于是在拎起篮子起身准备离开的时候，贾香香突然张口问方春莲：“方妹子，你的嘴拐咋了？是不是杨喜子这东西又打你了？男人呀就那个德行，你给了他快活，他还不知足，还想让你为他延续香火，你做不到，他便想打就打，就骂就骂。世上有几个女人能够事事都如他的意？”

听了这话，方春莲突然抬起头，眼睛喷火似地说：“我男人没打我，他对我好着哩。你是不是很眼气？没脸皮的女人，你要胆敢打我男人的主意，有你好果子吃。你信不信，我能把你弄死。”说完，方春莲拾起脚边的一块石头，虎的一下站起身，吼道：“滚，再不滚，老娘用石头砸死你。”

贾香香没想到方春莲这女人这么暴，她立马惶惶地走开了。在她走了三四步远的时候，方春莲用力把石头扔到了河道中的一块大石上，发出“啪”一声响，碎石四溅，一块碎石片竟然溅到了她面前。贾香香倒抽了一口冷气，——这是个厉害的女人，以后应该提防着她。

贾香香内心深处一直无法抹掉杨喜子。

尽管农村已经包产到户，责任田划给个人了，集体上工、收工的情况也已经不再有了。但同在一村，两家相距还不到一里路，她若是想知道杨家的底细，只要留意观察，她就能知道杨喜子最近在干什么，杨喜子与方春莲的关系究竟如何了。那天在河道里，她与方春莲有过一次小小的交涉，她已看出这个女人不可小看，但她灵魂里那个思念的火苗，经常在暗中一窜一窜的。她忘不了杨喜子带给她的一次又一次快乐，她忘不了杨喜子对她的多少次的海誓山盟，她更不会忘记杨喜子给她带来的两个儿子，她一次次的幻想，要是身边躺着的是杨喜子，而不是郭墩子该多好！可是，这一切都只能是幻想。岁月一年又一年的流逝，郭墩子男人那方面的毛病似乎已经根深蒂固，丝毫不见起死回生。他越来越自卑，越来越老实，言语也变得越来越少。郭墩子天天只知道撅着屁股挖地做庄稼，其余啥子都不上心了。

贾香香却不一样，在忙忙碌碌的每一天，只要脑子里一有空闲，她就会忍不住想起杨喜子，就会不自觉地回忆起过去她和杨喜子在一起的难忘时光。她知道，杨喜子有了新妻，方春莲又比她年轻、漂亮，他们一定会白头偕老过一辈子。尽管她时常挂念着他，尽管他们有过那么一段恩恩爱爱的历史。但狼心狗肺的杨喜子怎会知道？他是不会再回到她身边的，一切都只能是空想了。每当想到这里，她都柔肠寸断，眼泪肆流。

一天下午，郭墩子午睡一起来，便扛上锄头到山上锄苞谷草去了。夏天人困，郭墩子走后，贾香香又迷迷糊糊地睡着了，睡梦中，她隐隐约约听见堂屋的门被轻轻推开了。她以为是郭墩子做活回来了，也不去注意。可谁知，这人一进屋就把门拴上了。这让贾香香感到特别奇怪，一下子醒了，一抬眼，竟是死鬼杨喜子进来了。贾香香顿时大惊失色，杨喜子怎么这么大胆，这个时候竟敢开门闯进来，他不怕被郭墩子撞上了？要是被郭墩子捉住了，凭郭墩子的一身蛮力，非把他揍死不可。春生、冬生正在她身边睡觉，一有动静他们就会醒来。于是贾香香就连忙示意，不让杨喜子往她跟前走。可是，杨喜子根本没有听她的，只见他微笑着，一步步走到了床跟前。

杨喜子走到床边停了下来，两眼放光似地瞅着躺在床上睡着的春生和冬生。夏天天热，春生和冬生都只穿着红马兜，圆滚滚的胳膊，圆滚滚的小腿看起来非常可爱，尤其是他们的小鸡鸡露在外面，就像两个饱满的蚕蛹。杨喜子一边看着，一只手便情不自禁地准备去摸春生的小鸡鸡。手还未触到，贾香香一伸手把他打住了，说：“别动，小心把他弄醒了。”杨喜子笑笑，说：“醒了怕啥，我儿子，摸摸还不行吗？”

贾香香压低声音说：“谁说是你儿子？方春莲能给你生儿子，你找她生去，找我干啥？”

杨喜子怕把两个孩子吵醒了，压低声音说：“香香，你下来，咱们到另外一个屋子说话。”

贾香香白着眼睛对杨喜子瞅了半天，然后叹了一口气，轻轻挪动身子从床上哧溜下来。

贾香香披了一件衣服，轻轻走到另一间屋子，这是郭墩子平时睡觉的地方。里面汗臭味特别大，几只苍蝇嗡嗡乱飞。贾香香走进去，对杨喜子说："有什么屁，快放，小心一会郭墩子回来了。"

杨喜子二话不说，一下子抱住了贾香香。贾香香极力反抗着，还用手用力掐住杨喜子的胳膊和腰肌。杨喜子不为所动，他把贾香香抱起来，放在了苍蝇乱飞的床上。贾香香恳求着，让他不要这样，大白天会让人撞见的。可是杨喜子根本不听，他把贾香香往床上一扔，便马上脱掉了自己，然后不管贾香香怎么样挣扎反抗，硬是扒掉了贾香香的裤子。贾香香便不再动弹，闭着眼睛任杨喜子胡来。杨喜子身子一边动着，口一边亲着。贾香香很快便被杨喜子调动起来了，身子随他上下起伏，并忍不住开始呻吟起来。杨喜子害怕把那边屋子的两个孩子吵醒了，忙捂住贾香香的口说："不敢叫，孩子会吵醒的。"贾香香这才不叫唤了，却让杨喜子使劲儿。杨喜子害怕郭墩子猛然闯进来，心里终究胆怯，只用力来了几下，便一泻如注了。

俩人都大汗淋漓，意犹未尽。他们紧紧搂在一起，感到了一种久违的亲切。贾香香问："我好还是方春莲好?"杨喜子用手拍拍贾香香说："当然是你好，你比她强多了。"停了一会，杨喜子又说："咱们还像几年前一样吧，我离不开你。"

一听这话贾香香的眼泪便流了出来，她用力地掐住杨喜子的大腿说："你这个没良心的，你不是不理睬老娘了吗?"

杨喜子忍住痛说："求你原谅我好吗？我错了，我改，我保证以后一定像心肝宝贝一样爱着你。"

能与杨喜子重归于好，让贾香香感到十分自豪和骄傲。她原以为她和杨喜子之间的感情根本没戏了，可她想不到，杨喜子还是回到了她身边。虽然杨喜子不是她法律上的男人，可这又有什么关系呢？只要杨喜子的心归属于她，他整个人就是她的了。尽管他们见面机会少，但只要见了面，他们比夫妻还亲密。这样做肯定要冒很大的风险，但她不怕，她和喜子真心相爱，而且他们有两个儿子垫底，万一事情败露了，他们就走到一起，光明正大地成为夫妻。

后来，杨喜子趁郭墩子不在家时又偷偷来了贾香香家几次，贾香香也趁方春莲和那两个老的不在家时，到杨喜子那里和杨喜子亲密了几回。由于心里胆怯，每次俩人都慌慌张张，毛毛草草，事情做得一点也不尽人意。杨喜子便和贾香香商量，他们不如在外面找个安全的地方，这样便可以放心大胆地在一起。

在村子东头不远的地方，有一座废弃的砖瓦窑，这是大集体时期，生产队每年烧砖瓦用的。大集体解散后，这座窑便彻底报废了。顶上长满了杂草，窑里碎砖烂瓦遍地，洞口堆满了苞谷禾子。杨喜子经过反复侦察，觉得这里实在是个约会的好地方，——这里距村庄大约一里多路，来去方便。关键是这里比较隐弊，几年前烧窑时，一个村民不小心在最后看窑时失足掉进里面烧死了。这座窑废弃之后，人们只要一想起这个窑里死过人，一般人是不会钻到里面去的。这自然给他们提供了保户伞。杨喜子专门到里面去看了，里面竟然十分干爽，只要把里面的砖瓦一拾掇，垫上干草，这里就是他和贾香香的乐园了。

杨喜子找了个找会，砍了一架香瓜刺，蓬在窑顶上，又把里面的砖瓦齐齐拾掇了一遍，空出一点位置，他出去抱一大抱干麦草铺在上面。这样，这里既安全，又适合他们幽会。

几天后的一天下午，杨喜子便把贾香香约进了这个窑里。

贾香香当时还有些担心，杨喜子告诉她，这里不会有人来，她就是叫破嗓子，也不会有人听见。

贾香香问为什么。

杨喜子说，这里以前烧死过人，人们害怕这里有鬼，一般人不敢进来。

一听这话，贾香香吓得脸都白了，便不想在里待了，想出去。

杨喜子一把揪住贾香香，告诉她，世上根本就没有鬼，鬼都是人意想出来的，你不想它，鬼就不存在。

贾香香本来就胆大，听杨喜子这么一说，便听了他的话，不走了。

杨喜子抱住贾香香，倒在了那片垫得软绵绵的麦草上。

这个时候，贾香香才真正体会到在外面约会的美妙，他们尽力地疯狂着，她想怎么喊就怎么喊，他们整整做了好长好长时间，直到双方都筋疲力尽了，才了事。

此后，每隔三至五天，杨喜子便会约贾香香来到这个砖瓦窑里，他们多半是下午，或者晚上去的。去的时候，他们从不一起来，一个先去，一个后到。俩人去的路线也不一样。一个顺路直走，另一个则要绕好大圈子，从其他地方绕到窑跟前。

开始几次，贾香香心里还有些胆怯，可随着一次又一次欢快酣畅地做爱，从而使她彻底消除了警戒和恐惧。她很感谢杨喜子，更感谢有这个废弃的砖瓦窑，每当杨喜子进入她的体内时，她便有种说不出的美妙和幸福，她总会大声叫着："狗日的喜子哟——"

女人做什么事总是爱刨根问底。第二次重新和杨喜子好上之后，贾香香一直感到很怀疑，论年龄，方春莲比她年轻；论容貌，方春莲也不比她差。可杨喜子为什么会再度和她好？他的父母不是让他坚决断绝和她来往吗？于是在一次极度缠绵之后，贾香香依偎在杨喜子怀里，问他："你为啥又和我好上了？你不是已经在你父母面前发了誓，坚决断绝和我来往吗？"开始杨喜子不说，可经不起贾香香的再三追问，杨喜子才说："和方春莲这女人在一起没一点意思，我早都想离开她了。"

"你是不是嫌她没给你生儿子？"贾香香问。

杨喜子既没否定，也没肯定，他略有伤感地说："你知道，我们家三代单传，父母对传宗接代很在意。我们结婚初，我父我母对方春莲可好了，像神仙一样敬着，啥子重活也不让她做。可是她一连生了两胎，两个都是女孩。生了女孩也就罢了，你自知理亏也行。可她倒好，生了女孩还有理了，你就不敢说她，一说她就和你吵，就一蹦多高。这种女人，谁受得了？"停了一下，杨喜子接着说，"她这人太小心眼，她竟然一直怀疑我和你好。我们经常为一些鸡毛蒜皮的事争嘴打架，结果越争越生番，越打越仇恨。"

"她知道我们以前相好的事？"贾香香问。

"她咋不知道！"

"谁告诉她的？你父母吗？"

“不是，大概是她姑姑方晓慧。”

“方晓慧是她姑姑?”

“对，她俩人娘家是一个村的，方晓慧比方春莲早几年嫁到我们村，在娘家，她们是姑侄辈，嫁过来成了平辈。但方春莲一直按嫁家关系叫方晓慧为姑姑，她们俩人没事的时候，成天在一起唧唧咕咕的，我估计，我们俩以前的事，大概方晓慧对方春莲说了。”

“你如今又和我好上了，这事方春莲知道吗?”

“她大概还不知道。”

“要是知道了咋办?”

“咋办? 大不了离婚，我早都不想和她过了。”杨喜子说。

这话贾香香听了十分得意，不禁问道：“你和她离了，是不是再找个黄花大闺女?”

杨喜子说：“不会的，我再也不听父母的了，和方春莲离了，我马上娶你。你肯吗?”

贾香香说：“我也一天都不想和郭墩子过了，你要是第一天和方春莲离了，我第二天就嫁给你。”

杨喜子听了更加心花怒放，把贾香香搂得更紧了。

但贾香香还是有些担心，通过那次和方春莲在河边的一次短暂交锋，她已看出方春莲绝不是个好说话的女人，便忧心忡忡地说：“喜子，假如方春莲坚决不跟你离怎么办?”

杨喜子说：“她要是不离了，咱们就明里来往，你敢不敢?”

贾香香听杨喜子这样说，很感动，便说：“我有啥不敢的，只要你敢我就敢。就怕你又和上次一样，把我扔到一边。”

“以后不会了，决不会了。”

“你敢发誓吗?”

“当然敢，再重的誓我都敢发。”

“那好，我就再信你一次，今后咱们无论发生什么事，咱俩都要心连心，决不背叛。”贾香香说。

“心连心，决不背叛。”杨喜子信誓旦旦地表态。

从此，贾香香和杨喜子又好得如漆似胶了。

村头的那座废弃的砖瓦窑成了他们的乐园，每隔三五天，他们就像爱偷嘴吃的猫一样，一前一后来到那个隐蔽的地方。虽然每次相会的时间并不是很长，但足以弥补各自内心的煎熬。对贾香香来说，杨喜子简直就是她的天，她的地，她所有的精神依靠。她庆幸自己有能耐，一连给杨喜子生了两个儿子，要不是这两个儿子，她猜测，杨喜子肯定不会重新回到她身边，这使她心里很难受，但转而又很坦然，他不是又回到她身边了吗？他爱她也好，爱她两个儿子也好，都一样，儿子是他们两人共同生下的。她真希望他们能天长地久地保持着这种关系。虽然他们不能明里来往，但暗暗地相爱不是更有刺激吗？每当他们要幽会，头天晚上她都激动得难于入眠。俩人在窑洞里一见面，她更是激情万分，她把所有的柔情都献给了杨喜子，她想用自己的爱彻底地融化杨喜子，让他们一生一世相依相守，永不变心。

他们在这个秘密的地方秘密相会大约持续了半年多时间，一直都没人发觉。他们也就彻底放心了，认为这里百分百安全，任何人都不会发现。因而他们的警备心便逐渐松弛下来，有时大白天他们竟敢进去。

果真是爱情冲昏了头脑呀。

一天晚上，俩人私下约定的时间又到了。时令已进入秋季，天气凉爽宜人。晚饭一吃罢，贾香香就出了门，急不可耐地向那砖瓦窑方向走去。

到那个砖瓦窑里去，必须经过杨宝娃家门口，贾香香以为天黑了，杨宝娃夫妇肯定在家里吃饭，没想到她走到她家门口时，方春莲的姑姑方晓慧正打着手电，在地上找着什么东西。

贾香香猛然碰见了方晓慧，躲避已经来不及了，只好热情上前打招呼："方嫂，拿手电找啥呢？"

方晓慧见了贾香香很吃惊，说："天黑了，我看有没有收漏下的花生。"

"方嫂真会过日子，一颗花生也不放过。"贾香香说，"我家的一只下蛋的母鸡不知方嫂看见没有？天黑了，却没有回鸡笼去，我到处找都没有找见。"

方晓慧说："我们只顾收花生，没看见你家母鸡。"

"那我再到别处找找。"贾香香说完便慌慌张张向东边去了。

一拐过杨宝娃家门口，又走了一段路，便到了那座砖瓦窑跟前。贾香香以为杨喜子还未来，正左右张望时，她听到了窑里发出一声熟悉的青蛙叫声，这才知道杨喜子已经到了，心里大喜，听听周围没动静，马上猫身钻进了窑里。

贾香香一钻进那个砖瓦窑，就被杨喜子紧紧抱住了。黑暗中，杨喜子一边亲着贾香香，一边抱着她往那有麦草的地方挪动。一到地儿，俩人仿佛比赛着脱衣服，一眨眼工夫，俩人就已经脱得一丝不挂，缠糖麻花一样紧紧缠在一起。

贾香香积极迎合着杨喜子，忍不住问道："你到多会儿了?"

杨喜子一边忙活着，一边说："我来不到一碗饭时间你就到了。"

贾香香又问："你从哪儿来的?"

杨喜子说："从杨宝娃家门口过来的。"

贾香香一听慌了，接着问道："你跟他们搭腔了?"

杨喜子说："没跟他们搭腔。他们正忙着把花生往家里背，我想天黑了，他们认不清我，就悄悄从他们旁边走过了。咋了?"

贾香香一听，马上把杨喜子从身上推下来，一轱辘坐了起来，说："糟了，我刚才碰见方晓慧了，还搭了腔。你也从那儿走的。咱们相隔时间那么短，肯定引起方晓慧的怀疑了，说不定方晓慧这会儿已经告诉方春莲了，他们正要前来捉我们哩。"

杨喜子一听也怕了，俩人急忙去摸找衣服。黑灯瞎火中，俩人各自把衣服找到，慌里慌张地穿好，然后狼狈地逃窜了。

这件事情过后，贾香香和杨喜子虽有些恐慌，但看看各自家里和周围人的反应，都没见什么异常，便认为那天晚上是虚惊一场，方晓慧肯定没有怀疑到他们。俩人又开始大胆地在那个砖瓦窑里相会，可刚相会了一次，杨喜子第二天突然来告诉贾香香说："香香，糟了，方春莲发现我们俩相好的事了。"

贾香香一听吓坏了，忙问是咋回事。

杨喜子说："昨天夜里方春莲向我摊牌了，她说她看在两个女儿的面子上没有把我们俩烧死在砖瓦窑里。她要我收手，坚决不和你来往了。她可以原谅我，既往不咎；否则她说她一定不会轻饶我们，让我们没有好下场。"

"那你是什么态度?"贾香香问。

杨喜子道："我对方春莲说：随你便，你想咋就咋。"

贾香香一听很感动，马上扑到杨喜子的怀里说："这次咱们一定不要妥协，不管发生什么事，哪怕是天上下刀子，咱们也要好下去。"

杨喜子说："你放心，这次谁也别想拆散我们，天王老子也别想拆散我们，我只喜欢你一个。"

俩人都很感动，他们搂得紧紧的，恸哭了起来。

由于杨喜子没有回心转意，方春莲十分生气，整天一副冰冷的面孔，她不与杨喜子说话，不与杨喜子一块儿吃饭；夜里，也不和杨喜子在一张床上睡觉了。

杨喜子说到做到，不管方春莲生气不生气，仍旧和贾香香保持经常幽会。

直到有一天，杨喜子突然告诉贾香香，方春莲不知为什么对他的态度又好了起来，不仅和颜悦色地对他说话，还主动给他做饭、端饭，上地做活，出门走亲戚，她也和他出双入对。

杨喜子很得意，他认为方春莲肯定是想通了，她自己既然生不下儿子，有什么理由阻止她丈夫去见别的女人呢？她阻止不了，就该对他们睁一只眼，闭一只眼。

贾香香却感到有些怕，她劝杨喜子要提防方春莲，小心这女人害他。可杨喜子不以为然，他认为方春莲胆子小，谅她也不敢对他怎么的。

一天下午，贾香香和杨喜子又在砖窑里见面了。虽然这次两人都很尽兴，但由于天气渐渐变凉了，他们今后再在这里面偷情，光身子恐怕受不了。而且这里光有麦草，没有被子，每次身上都硌得生痛。他们想拿一床被子放到这里，可是，窑洞没有门，他们害怕让其他人发现了。放在苞谷杆里吧，也觉得不安全。最后贾香香想出了一个点子，不如每次都到她家里去。她找借口把郭墩子支走。她让杨喜子放心大胆地到她那儿去，她把门一栓，他们可以尽情地乐。若是郭墩子中途回来了，她让杨喜子从后窗子上逃走。杨喜子当然高兴了，认为这个主意好。贾香香也给他定了时间，下一次他们相会就在她家里，时间在三天后的下午，她一定把郭墩子支应走，她好生在家候着他。杨喜子满口答应了。

很快幽会的日期就到了。

这天上午，贾香香特意做了丈夫郭墩子喜欢吃的闷米饭，她还做了一盘豆角炒腊肉，一盘酸菜炒粉条。郭墩子整整吃了三大碗。那盘肉，他一个人几乎吃下去了三分之二。贾香香一鼓劲儿地给他碗头上夹菜，这让郭墩子很感动。吃罢饭，贾香香让郭墩子歇了一会，然后把背篓、锄头拿出来，让他下午把大阳坡顶的几分地红薯挖了，再把红薯拾掇干净背回家。她说，她还有几件针线活要做，等活做完了，她一定到山上去给他帮忙。郭墩子上午吃到了可口的饭菜，心里特别高兴，二话不说，笑眯眯地背上背篓和锄头就走了。

贾香香还不放心，一直望到郭墩子过了村子门前的小河，去了大阳坡的那条路之后，才转身回家。为了能和杨喜子尽情取乐，她把身边的小儿子也支应到村子里玩耍去了，告诉他傍晚了再回来。然后，她便一门心思的等候杨喜子的到来。

她家里有一个老式钟表，表里一只公鸡在啄米，每啄一下是一秒钟。当看到钟表里显示的时间已过了下午两点时，贾香香不禁心口开始激烈跳动起来，她想，喜子肯定会如约前来，杨喜子到来后，他们一定尽情享受。她感到她如今越来越喜欢喜子了，一想到一会儿他们在一起的那火辣辣的场面，她不禁脸红得发烧，下身也感觉润润的胀胀的了。

可是，三点过了，杨喜子还没见过来。

开始，贾香香以为杨喜子肯定手头有事给耽搁了，事情一忙完，他一定如约前来。自从他们二度相好之后，喜子特别在意她，只要是他们约定的事，他从来没有失约过。他这次没能如约前来，只能说明他有事走不开身。

贾香香很通情达理，杨喜子没按时来，她就耐心地等待着，她想他要不了一会儿就会到。

可哪知，她从两点等到三点，从三点等到四点，从四点等到五点，一直等到六点过了，杨喜子始终没有前来。

想到好好的事情泡汤了，贾香香心里很窝火，便不顾羞耻，亲自到杨喜子家门口去了。结果去一看，除了两个老的在家领孩子，根本没见杨喜子的影子。杨喜子是不是被方春莲扯着去山上做活了？贾香香想。

看来只有这种解释了。贾香香失望地走了。

随后几天，贾香香一直希望能看到杨喜子。可奇怪的是，杨喜子像是一下子从甜水井村蒸发了似的，她既没有等来杨喜子偷偷来会她，在村子里，她也看不到他的身影了。贾香香偷偷地找了好几次，也没有找到杨喜子。

杨喜子突然间不知到哪里去了。

贾香香想去打听，可是她又不好意思，甜水井村几乎没有人不知道她与杨喜子在偷着相好。

没有办法，她只好干等。她想，也许杨喜子出门走亲戚去了，只要他还在世上，过一段时间，他总会回甜水井村的，只要回甜水井，他就不会不来见她。对这一点贾香香深信不疑。她知道杨喜子很喜欢她，杨喜子不仅喜欢她，而且还喜欢他们的两个儿子：春生和东生。

贾香香耐心地等待着。其间，她曾两次遇到方春莲。第一次是在山上遇到的，当时她挽着篮子准备到她家自留山上去摘红辣椒，结果在半道上与方春莲相遇了。方春莲正背着一捆柴从山上下来。相遇时，因为旁边没人，她心里有愧，准备先向方春莲打声招呼的。可她刚准备张口，方春莲凶狠地剜了她一眼，气呼呼地从她身边一闪而过，柴梢子一扬，竟然一下子抽到她脸上。

贾香香看着方春莲气愤的背影，分明感受到了方春莲这次与前面每次相见时的不同。这次，她从她的眼神中分明感受到了冷森森的杀气。一想到她那刀子一样寒冷的目光，贾香香不禁浑身打了个激灵。

第二次相遇是在她家的房屋背后。她家的黄母鸡不见了，已经二天没回家了，这只母鸡几乎三天下一只蛋，很准时。她非常喜爱这只黄母鸡。

这天早上吃过早饭后，她又把她家里的几只鸡从鸡笼里放出来，当发现那只母鸡还没回来时，她便准备到村子里去找找，她不能没有这只母鸡。她在门前的猪圈里、猪圈棚里、红薯窖里，都找了，都没见。于是她又准备到房屋背后看看。刚到房屋后面，竟然与方春莲不期而遇了。显然，方春莲也没想到会遇见她，脸竟然煞白了。俩人站着对视了几秒钟。她想到上次俩人相遇的情景，就准备从她旁边走过去，不跟她搭腔了。谁知方春莲这时竟然先开口了，方春莲问："你说，人做了恶事，是不是应该有报应?"

"谁做了恶事?"她问。

"还能有谁。"方春莲说完就走了，又撂了一句："恶人不遭报应，天都不答应。"

这天贾香香本来是找母鸡的，与方春莲不期而遇，又听了她那几句恶毒的咒语，把她的心情和计划一下子打乱了，她便懒得找鸡了，回到家，一边生闷气，一边思索：这方春莲咋了？她想了很久，也没想出个什么子丑寅卯来。而且这天晚上，她竟然做了一个梦，方春莲竟然把杨喜子捆住藏到了红薯窖里，然后她和她姑姑方晓慧忙着担水，不停地往那红薯窖里灌。她知道杨喜子藏在红薯窖里，便极力阻止她们往进倒水。可方春莲恶狠狠地对她说："他是我男人，我想倒水，与你有什么关系?"她说："求你们别倒了，一会儿会把喜子淹死的。"方春莲一面催她姑姑赶紧往里面倒水，一面说："没关系，他死不了，他在下面睡着了，倒些水，他睡得更熟。"说完，又把两桶水全部倒进了红薯窖里。水一下子把红薯窖填满了。她看到满窑的水直往上冒泡泡，心想杨喜子肯定活不了了，便着急地大声喊叫："杨喜子，喜子——"就在她伤心欲绝地呼喊着杨喜子名字的时候，她醒了。她是被丈夫郭墩子拍醒的。郭墩子已经把电灯拉亮了。郭墩子睁着赤红的眼睛，奇怪地看着她。

贾香香心里仍在怦怦地跳着。但是，当着丈夫的面，她什么也不敢说。郭墩子愣了半天神，说了一声："我知道你和杨喜子……你们是不会有好下场的。"说完拉灭了电。想到刚才做的噩梦，听到郭墩子愣不通冒出的这样一句话，贾香香着实吃惊不小，她以为郭墩子不知道她和杨喜子的事，谁知他完全清楚。怎么办？她和杨喜子的关系将如何发展下去？

日子一天天地过去，贾香香也慢慢学乖了，她极力地讨好着丈夫。春生马上就要上学了，冬生也基本上能自己照顾自己了。看到丈夫活重，她有时就把两个孩子放家里，让他们自己玩，她跟着丈夫一块儿上地干活儿。可郭墩子似乎一点儿也不买她的账，俩人在地里做活，她做她的，他做他的，郭墩子连一句话都懒得跟她说。看到别的夫妻俩在田地里一边做活，一边打情骂俏的情景，贾香香心里十分眼气。她怪自己命不好，找了这么一个老实巴交的丈夫，心里就无端地想起了亲亲的杨喜子，一想起杨喜子，心里就十分挂念，心里就痛。狠心的杨喜子，你究竟到哪儿去了？走时怎么也不对她吭个气，喜子已整整两三个月没露面了.

后来，贾香香还是听邻居王大婶说的，方春莲告诉她，杨喜子和他老表一起到南方贩药材去了，贩药材很挣钱，一天能挣上百块呢。这个消息几乎传遍了整个甜水井村。杨喜子的父亲逢人就说他儿子到南方做生意去了，而且很快他们家将会成为村子里的头家万元户，因此说话比平时气势不少。有人向他借钱，他便慷慨地十元、二十元的往出借。

这个消息大约传播了半月时间，谎言就被戳穿了。

这天贾香香到河里去洗衣服，郭墩子给一块菜地浇大粪。贾香香洗到一半的时候，邻居王大婶慌慌张张来到河边告诉她，她家里出事了，让她赶快回去。她立马将没洗好的衣服用棒槌压好，挽着洗清好的衣服就回去了。刚走到家门口，她就看到门口围了一圈人，并且听到丈夫郭墩子粗重的吼叫声。贾香香不知道这是怎么回事，拨开人群一看，只见丈夫郭墩子正捉住方春莲，对她拳打脚踢。方春莲这么厉害的女人，竟然打不还手，骂不还口。贾香香正惊诧的时候，突然听到旁边人说，方春莲把冬生掐死了，方春莲把冬生弄死之后，正要谋害春生时，恰好被赶回家的郭墩子碰见了。

贾香香听了这话，心里像扯了一道闪电，她马上把篮子往地上一放，上前问郭墩子："冬生呢？冬生在哪里？"郭墩子此时根本不理她，依旧逮住方春莲往死处打。贾香香扭身一看，只见冬生直直地躺在厨房门口的柴堆旁边，而春生还蹲在厨房里使劲儿呕吐着。贾香香见此情景，大叫了一声，像母狼一样扑向方春莲，双手掐住方春莲的脖子，往死处掐。周围看热闹的人见此不妙，便一拥而上去拉架。由于人多，这才把双方拉开了。

由于牵扯到人命案，有人便报了案，不长时间，当地派出所便开着警车就来到了甜水井村。根据现场目击者指控，方春莲立马被公安人员用手铐铐走了。

当人们纷纷猜测方春莲为什么谋害贾香香的儿子时，公安人员已经把方春莲作案的动机审讯出来了。方春莲杀害冬生、春生的目的就是为了报复贾香香和杨喜子，不仅如此，方春莲还供出了一个骇人听闻的案子：几个月前，她趁和丈夫一起走亲戚的机会，在半路上用砖头把丈夫拍死了，然后趁天黑把丈夫埋葬在路边的一个坑里。她回来后编了一个谎言，说是丈夫和他的一个老表到南方贩药材去了。

这个骇人的消息一爆出，全村人都惊呆了。杨喜子的父母听到了这个消息，当下就昏迷了过去。

这个案件成为南县轰动一时的大案，此时恰逢全国严打，一个月后，方春莲作为罪大恶极的杀人凶手，被执行枪决了。

第五章 污淖生活

杨喜子死了，郭冬生死了，方春莲作为杀人凶手被执行了枪决，一连串的事件让甜水井村人目瞪口呆，惊骇不已。起初，人们都对方春莲痛恨不已，都骂这个女人蛇蝎心肠，不仅谋害了自己的丈夫，还弄死了一个才四岁多的孩子，太狠毒了。可后来，当人们分析方春莲杀人的动机时，不少人又渐渐同情起了这个女人。方春莲杀死丈夫杨喜子，是因为杨喜子对她不忠，长期与贾香香鬼混。而杀死郭冬生，则是因为郭冬生是杨喜子与贾香香偷偷整出来的儿子。人们对待方春莲，是由开始的愤恨，到同情，到一步步理解；而对贾香香，却由开始的同情，到鄙视，到最后的愤怒，——要不是她不守本分，勾引人家丈夫，怎会导致杨喜子的丧生和自己的儿子丧命？一切的根源都在贾香香身上，是她导致了杨喜子家破人亡，同时也给自己招来了灾难。风向一变，人们开始恨起了贾香香，平时见了她，都避得远远的；只要路上遇见了她，就往地上吐唾沫。

贾香香在得知杨喜子和小儿子郭冬生都丧生后，几乎感到天已经塌陷了。她在床上整整躺了半个月时间。可是当她勉强能下地走路之后发现，村子里几乎所有人，不仅不同情她，反而把她当成了罪魁祸首，把满腔的仇恨泼洒到她头上。她与杨喜子的恩恩怨怨算起来也有好多年了，要说起源，都怪1976年那年的地震，要不是在山上搭草棚，要不是那天丈夫到亲戚家送礼，她也不会和杨喜子发生任何故事。是杨喜子先占有她，人们怎能把责任全怪到她头上呢？杨喜子和方春莲结婚后，本来已经和她断绝了关系，可方春莲生不出儿子，夫妻俩闹矛盾，杨喜子又和她重续旧情。在他们的交往中，杨喜子一直占据着主动地位，而她，作为受害者，却遭到了全村人的唾弃和痛骂，这公平吗？

贾香香发现自己已成了过街老鼠，她走到哪里，人们不是鄙视她，就是用恶毒的言语咒骂她。她家养的鸡常常被人偷偷打死，喂的猪也被人下了毒药；地里的蔬菜和庄稼，不是被人偷了，就是被人践踏得不成样子。别人仇恨她还罢了，丈夫郭墩子自从完全明白她与杨喜子的关系后，对她的态度一下子大变了，她跟他说话，他连理都懒得理。家里的活儿，他想做就做，不想做就拉倒，你再急他都不管。他一改过去勤劳节俭的习惯，经常在家里睡大觉，肚子饿了，要是饭没好，就摔东西，家里的碗几乎让他摔碎光了。

贾香香没有办法，谁让她有愧于人家呢？丈夫不上地干活，她只好干。各种繁重的体力活她都干遍了，挖生地，砍柴，背麦捆子……这些平时男人干的重活，几乎都让她干了。

还未等她喘过气儿，一件不幸的事又发生了，——郭墩子一天到河里挑水时，迎面碰到两只公牛在河道边疯狂地抵架，他躲闪不及，让牛角狠狠地抵了一下，当下把他抵得摔倒在地，昏迷了过去。她马上把郭墩子送到卫生院，住了一个月，出院之后，郭墩子的腰便彻底直不起来了。别说干活了，一到阴雨天就痛得在床上直打滚，汗水直淌。郭墩子彻底成了废人。

郭墩子成了废人之后，家里的活儿便全撂在贾香香肩上了。不仅如此，为治丈夫的腰痛，得经常买药喝。郭墩子虽然成了废人，脾气却大得出奇，他动不动就破口大骂，要不就动手打人。贾香香稍不如他意，他便把她的头发揪住，往死里打。没有办法，贾香香只好家里活做着，气受着，另外还得挣钱抓药，治郭墩子的腰痛病。沉重的负担压得贾香香气都喘不过来，她经常在夜深人静时偷偷地哭泣，有多少次，她真想喝药把自己毒死，上吊用绳子把自己勒死算了。

就在这种暗无天日的困境中，贾香香又成了甜水井村两个男人的玩物。一个是已经卸任的甜水井村原生产队长杨生茂，一个是聋子窦金宝。杨生茂已经六十多岁了，自从大集体解散，实行联产承包责任制之后，他昔日的威风便烟消云散了，成了一个游手好闲，没人理睬的糟老头子。他成天背着双手，瞪着昏花的双眼，在村子里四处转悠。一天下午，贾香香正在村庄背后的山坳里割草的时候，不提防杨生茂走到了跟前。杨生茂浑浊的眼睛对她定定地看了半天，然后四下瞅了瞅，对她说："躺下吧，老子要睡你。"贾香香当时听了十分生气，准备逃走时。杨生茂已经扑向了她，将她按倒在草丛里。想到他是长辈，贾香香便向他求情，让他饶了她。可是杨生茂根本不听，他一边往她身上骑，一边解她的裤子。贾香香毕竟年轻，见杨生茂要强行占有她，心里发了怒，开始极力反抗，并一掌子将杨生茂搡倒在地上，一下子站了起来。杨生茂从地上爬起来，喘着气，本要发怒的，忽又变了脸色。他对贾香香笑了笑，说："狗日的婊了，力气蛮大的。"说完他从身上掏出一张十元的票子，喘着气说："你若依了我，这钱便是你的了。"

贾香香想，杨生茂虽然不当生产队长了，但人家家势大，尤其是他那五个生龙活虎的儿子，她要是把这人惹下了，她在甜水井就更难立足了。况且她眼下实在缺钱，郭墩子昨晚腰疼得直叫唤，她要不立马弄到钱给他抓药，恐怕又要遭打了。于是，她就接了杨生茂递过来的 10 元钱。看看四下没人，便主动撸下裤子，躺在一片干草上。

杨生茂高兴坏了，马上压在了她身上……

后来，杨生茂只要睡她，就揣着钱来找她，每次 2 元，5 元的，渐渐的，贾香香也不在乎了，只要杨生茂给钱，她就让他睡。杨生茂岁数大了，在那方面其实已经远远不行了，他完全是图新鲜，图刺激。他干不动了，就用牙咬，用手掐。贾香香的奶子让他咬得到处都是伤。一次杨生茂竟得意地告诉她，年轻时，村子里多少娘儿们让她睡过，张某某，王某某，还有李某某。贾香香一听，这些人差不多都是五六十岁的奶奶了。

贾香香和杨生茂的事情做得很巧妙，但还是让聋子窦金宝碰着了。

窦金宝又名窦聋子，他是小时候发高烧，因无钱医治，把耳膜烧坏的。这人极聪明，不仅能识数，还能写自己的名字。长到二十多岁时，该找媳妇了。因为他有残疾，家里也不敢高攀那些长相俊俏的女子，就让人做媒，给他找长相差，或者是有点残疾的姑娘。可想不到窦金宝眼睛头却高，长相丑的，有些残疾的，他根本看不上，媒人介绍了七八个姑娘，一个都未成。一晃窦金宝都已经三十多了，仍未找下女人。后来，窦金宝见自己找不上漂亮姑娘了，就给家里比画说，那些死了丈夫，或者离了婚的女人也行，只要长得好看。结果，因为窦金宝耳聋，长相端正的女人看不上他，模样丑的女人他又看不上，就这样，三耽误，四耽误，到了四十多岁以后，模样差的女人都不愿意嫁给他了。

窦金宝很着急，时常因为没有女人而对其母大发脾气。可发脾气顶什么用？他妈妈便责怪他，怪他前几年挑三拣四，要是那时候找个模样差一点的女人为妻，现在说不定儿子都有了。

窦金宝也清楚自己在婚姻方面算是彻底完蛋了，就自暴自弃起来。他家养了十几头山羊，以前都是他父亲每天把羊赶到山上去吃草，一次他父亲赶羊滚了岩，摔断了一条腿，后来就由窦金宝负责放羊了。甜水井村前面有一条河，河道虽不宽，但水量丰盈，两岸绿草茵茵。小河里鱼虾特别多。窦金宝经常在河道里放羊。

一天下午，村子里一群孩子沿着河道，往上游去打鱼，走到距村子二里远的河湾处，那里有一片茂盛的芦苇，芦苇中间长了几棵河柳。这群孩子已经捉了不少鱼，准备往回返时，手上打的鱼拿不下了，其中一个孩子建议，去把那柳树枝折一条来把鱼串上。一个叫石头的孩子便往芦苇丛里面的柳树走去。谁知，当他刚扒开芦苇时，便一眼看到一只母羊被绑在柳树上，窦金宝光着下身，正把他那根硬戳戳的东西往母羊沟子里塞。石头见状大惊失色，扭身就往出跑，一边跑，一边喊："日羊了，窦聋子日羊了！"

其他孩子不相信，便悄悄扒开芦苇丛往里看，结果他们都看到了窦金宝与母羊连在一起的那恐怖画面。这些孩子争着往前看稀奇，结果闹出了动静，被窦金宝发现了。窦金宝羞死了，马上松开羊，穿上裤子，拣起几个石头就追，那几个孩子便一溜烟地跑开了。

窦金宝日羊的事传遍了整个甜水井。男人们听了，都感到吃惊和好笑；女人们听了，一个个羞红了脸，口里骂着："这个死聋子，真是造孽。"

窦金宝做下这种下作的事让人知道后，他也感到特别丢人，遇到人多的场合，他从不敢前去凑热闹；见了小孩子他满腔仇恨，有几个小孩子都让他揍了。他渐渐变得暴戾起来，他不仅到处偷东西，遇到力气比他小的人，他则想办法欺负人家。

贾香香也不知窦聋子如何盯上她的。窦聋子过去从不到她家门口去，可不知为什么，一段时间，他竟天天在她家门口晃荡。见了她，还用手比画着，在她面前献殷勤。贾香香想到聋子竟然干日羊的勾当，感觉十分恶心。窦聋子每次要跟她搭腔说话，她都想办法应付一下，赶紧走开了。

但窦聋子并没有放过她，一次她在厨房里做饭时，窦聋子突然溜进来了。窦聋子一进来，就从身上掏出几块钱，硬要塞给她。她十分生气，把钱往那聋子身上一塞，就把他往出推。窦聋子见她生气的样子，只好嘴里哇哇两句，恨恨地走了。

可是贾香香怎么也没想到，一次，杨生茂把她带到娘娘山的一个山洞里做事时，竟然让窦聋子当场逮着了。那次杨生茂刚上了她的身，便听到洞口有动静，杨生茂吓得马上扒在她身上一动也不动。过了一会儿，见没什么情况，杨生茂又开始动作时，窦聋子竟突然从洞口走了进来。窦聋子一进来，嘴里就哇哇地叫个不停，并指着她和杨生茂大笑不止。杨生茂羞坏了，马上从贾香香身上爬起来，提上裤子，头也不回地狼狈逃走了。

窦聋子见杨生茂逃走了，马上不笑了。他飞快地脱掉了裤子，上了她的身。她本来是想拒绝的，可是她与杨生茂都被他当场抓住了，她还有何脸面拒绝他？她只希望聋子睡了她，能够替她保守秘密。

可是贾香香哪里想到，从此以后，她就成了这两个人的玩物了。这两个人只要想她，就悄悄去找她。这个时候，丈夫郭墩子的身体更差了，经常卧床不起，天天吃药。春生上学了，也要花钱。没有办法，贾香香只好满足这两个男人的兽欲。杨生茂和窦聋子知道她缺钱，俩人隔三岔五的送她一些零花钱，多少缓解了她的燃眉之急。

杨生茂的体力已经很不支了，每次见了贾香香，他都信心百倍，想把活儿做漂亮。可是，他已经年老体衰，各种办法都想遍了，就是不行。有时好不容易有点行了，还没来几下，就又蔫乎了。杨生茂感到非常非常羞愧，就扒在贾香香身上讲他年轻时与哪个女人在一起的非凡壮举，那时他的功夫有多大，怎样把那些女人伺候得离不开他。听到这些，贾香香十分恶心，就把这个老头子从身上掀下来，让他去找当年的老相好。

杨生茂见她恼了，连忙去哄她，并用他那恶臭的嘴在她胸上乱拱。贾香香没有办法，便只好闭上眼睛，任这个老畜生在自己身上糟践。

窦聋子更可恶。这个一辈子没结过婚的聋哑人，虽然已经四十多岁了，但体质仍保持得相当好，他只要上了她的身，每次不折腾够是不会休歇的。聋子十分粗陋，他根本不会爱抚，一脱裤子就硬挺挺的往进钻，把贾香香痛得直钻心。每次一见他，贾香香心里就直打战。给他讲道理，他听不懂；给他比画，他也不知道啥意思，他只知道往进钻。尤其是想到这个聋子曾经干过日羊的勾当时，贾香香便恶心得要吐。可她有什么办法?一次又一次，她感到都快成任人宰割的羔羊了。

在与这两个男人的不正当交往中，贾香香感觉生活真是暗无天日呀。但她没有办法，生活所迫，让她走到了这种万劫不复的地步。她感到自己特别肮脏——就像是丢在粪坑里的一块臭抹布。她特别怀念以前和杨喜子相爱的日子。可惜杨喜子已死，那曾经有过的爱情，仿佛是上一辈子的事情。

就在这个时候，她想不到和刚刚才十四岁的少年杨诺有了那种关系。

那天下午，贾香香本来是去向杨诺的母亲王桂梅借钱的，那几天，她手头干了，一分钱也没有。在甜水井村，她只有和王桂梅还算有点交情，桂梅婶子不嫌弃她在甜水井的坏名声，也不嫌弃她家里穷。她的丈夫杨敬文平反复了职之后，她家里的条件一下子改善了，贾香香手头紧的时候，就到王桂梅那里去借，以解燃眉之急，只要她张口，都不会落空。这天贾香香也是准备向王桂梅借几元钱，到商店买几斤盐的，她家连一粒盐也没有了。

她想不到去的时候桂梅婶子不在家，她的二儿子杨诺在家里。她本要转身走的，可是杨诺竟然喊住了她，说他身上有钱。

就在她感到好奇的时候，杨诺竟然用手拉住她的胳膊，把她拉进了里屋。贾香香这时也想不到杨诺会提出那种要求。当杨诺战战兢兢地说出那句话，再看到杨诺那幼稚的面孔时，她几乎笑出声来。她当时也不知是怎么回事，就糊里糊涂地允了杨诺。杨诺猴急猴急的，看都不敢看她一眼，就匆匆忙忙扒在了她身上。由于没有经验，急忙弄不成事，他显得惊慌失措，嘴里嘟哝着，让她帮忙。她只好帮他。可是，还不到一分钟，就完事了。这孩子当时吓坏了，马上就从她身上滚下来了。临走时还叮嘱她不要把这事对他父母说。

事情前后还不到一碗饭时间。

这个事情虽然很短暂，却给陷入污淖的贾香香留下了美好的回忆和念想。

在一次次无奈地与杨生茂和窦聋子发生关系时，只要一想到和杨诺发生的那短短的几分钟时间，她都感觉到是一种安慰。一天晚上，她做梦梦见自己掉进了茅厕里，又臭又脏，危险万分，许多人从旁边经过，理都不理她一眼，走了。后来一个少年来了，那少年不顾恶臭，竟然一把将她从茅厕里拉了上来。她仔细一看，那人竟然是杨诺。虽然那只是个梦，但贾香香却把它当成真的一样，她内心对杨诺充满着感激和喜爱。与那两个畜生相比，杨诺长得太好看了，白白净净，眉清目秀，就像个女孩子。只要一想到他羞羞答答惊慌失措的模样，她就禁不住要笑出声来。他的皮肤很白很光滑，她当时已经抚摸了，那种美好的感觉真是令人陶醉。

在心情烦恼的时候，在感觉自己污秽不堪的时候，在感到生活已经毫无希望的时候，她只要一想到甜水井村还有一个美少年杨诺喜欢她，她身上就会稍稍产生一种力量和安慰。她就会感到生活还没有完蛋，她还有梦，她的头顶上还有一方明亮的天空。

杨诺一年年长大，初中毕业后，到县城上高中去了。虽然见面的机会少了，但是贾香香的心里一直没与忘记这个少年。她多希望杨诺能再叫她一次，可是她发现，自从上高中以后，杨诺变得十分忧郁了，而且对她也变得十分冷淡和仇恨起来。她也不明白这是为什么。就在这一年，杨诺家里发生了一件大事。杨诺的父亲杨敬文酒后误进了上王庄一个妇人的房里，而且俩人做成了荒唐事。这事被那妇人的丈夫和儿子逮住了，两家几乎打了官司。后来经人说情，杨敬文陪了人家五千元钱，算是私了了。这事对杨诺的母亲王桂梅打击很大，夫妻关系一下子紧张起来。杨诺每次回来要钱，他父杨敬文要么不给，要么就是动口骂他是花钱大王。贾香香经常看到杨诺红着眼睛离开家到学校去的。

这事贾香香看在眼里，痛在心里。这个时候，她得关心杨诺，她不能让杨诺吃苦。她就是再累，再下贱，她也要想办法挣些钱，援助杨诺上学。于是她就想办法从杨生茂和窦聋子手上要钱，只要他们约她，她就伸手向他们要钱，不给钱她就不让他们粘她的身。这两个男人没办法，只好乖乖地把钱交给她。她的丈夫郭墩子已经瘫倒在床，也没有什么希望了，她只给他买几样常规性的药，暂时维持着他不死，其余的钱，她都攒着，准备给杨诺用。

在村子里，她没办法给杨诺钱，她就撵到杨诺的学校去。可是，她想不到杨诺一点也不领她的情，他不仅说话难听，不要她的钱，而且不要让他再看见她，他让她走远些，否则就对她不客气。

贾香香真不明白，杨诺怎么会用这种态度对待她?

她什么地方做得不对吗?

第六章　教师出走

虽然生活是那么艰难，时间却过得飞快，留级后，高一两个学期眨眼间就完了。一九八五年九月一日，新学期又开学了，按照以往惯例，杨诺背上行李到县二中报到。从这学期开始，他便正式进入毕业班，明年将参加高考了。

杨诺再次下决心一定要把学习成绩提上去，他觉得如不这样，真是愧对自己了。只有把各门功课学得非常好，明年高考才有希望。

然而，当他满怀信心地来到二中校园时，竟发现到处乱哄哄的，连老师影子都不见；来报到的学生，三个一群，五个一堆地聚在一起热烈地议论着。有的满脸忧虑，有的喜形于色，还有的漠不关心，在操场上追逐打闹着玩儿。

杨诺感到很奇怪，这些学生为啥不报名？他们都站那儿干啥呢？更奇怪的是，报名处和收费处都找不见。杨诺不明白学校到底发生了什么事，他先把行李和书包放进宿舍，然后一打听，才明白，原来县二中有十几名高中部老师，嫌工作待遇低，在校长江铁南的带领下，伙同县内其他几十名教师一起，集体到湖北省十堰市应聘去了。因为这件事是在暑期秘密进行的，教育局事先毫不知情，开学了才发现，可那些老师都已经远走高飞了。于是便出现了学校开学无人管、学生乱哄哄不知所措的局面。

杨诺想不到好端端的学校会发生这种怪事，心中刚刚萌发出的一股奋发向上的火苗，被迎面泼了一瓢冷水，顿时熄灭了。这天晚上，宿舍里乱糟糟的，由于宿舍还没分，一切还按上学期的住宿安排暂住。不同年级的学生混杂在一起，有的在打扑克，有的在一起划拳喝酒，还有一些学生则用恶毒的语言咒骂着那些到十堰市去应聘的二中教师。

杨诺准备靠在床头看一会书，可是，当他刚把课本打开，有两个学生便开始在宿舍里追逐打闹起来，一个在前面跑，一个在后面追，在前面跑的是个瘦猴，他在一个又一个床铺之间上下窜动。后面追的是个胖子，动作虽然笨拙，但依然紧追不舍。追赶之间，那个瘦猴突然跑到杨诺的床铺上，然后又飞快地跳到旁边的床铺上，一面手舞足蹈地讥笑追他的胖子是猪。胖子气急败坏，便从脚上把鞋脱下来，扬手狠狠地扔了过来。可谁知，那只臭鞋没有砸着瘦猴，却一下子砸到杨诺身上，把杨诺手上的书当场砸落到地上。杨诺气坏了，指着那个又黑又胖的学生骂道："你眼睛瞎了，好端端的，你为啥用鞋砸人?"

胖子打错了人，马上灰溜溜地回到他的床铺上。杨诺睡在上层，书还掉在地上，见胖子把他手中的书打掉了，却连书也不给他捡起来还给他，非常生气，吼道："你把人书打掉了，连捡都不捡，有理了是不是?"可那个胖子竟躺在他的床铺上，一动也不动。杨诺气愤填膺，实在忍无可忍了，他准备从床铺上冲下来，和那个无理取闹的学生好好打一架的。这时，那个瘦猴赶快跑到他跟前，先把书从地上捡起来，然后向他赔礼道歉，让他原谅他们，胖子是失手打掉了他的书，不是故意的，他请他息怒。毕竟在一个宿舍住，瘦猴的一番话使得杨诺的气消了一大半，想想果真打起来了，他一个人，人家两个人，他根本占不了便宜，便说："老子正烦着，不要把我惹躁了。"瘦猴连说："对不起！对不起！我们不闹了。"

杨诺想接着看书，可看了一会儿，根本看不进去，宿舍里划拳喝酒的，打牌嬉笑的，噪音大得震耳朵。而且别人都在玩，他一个人在学习，尤其显得格格不入，他发现，有几个人，不断地用鄙夷的目光打量着他，有人竟不冷不热地说："老师都跑了，还看个球书呢，装什么熊?"

杨诺强忍着继续看书，可一个个字就像张牙舞爪的螃蟹一样，在他面前横冲直闯。他实在看不下去了，便气愤地将书合上，压在枕头底下，然后把鞋从床垫底下摸出来，穿上，下了床铺，走出了宿舍。

外面漆黑一团，天气十分闷热，像是要下大雨的样子。他心里乱糟糟的。他漫无边际地在校园地走着，一件又一件不愉快的事像大山一样的向他头上压来，让他感到生活如此艰难。他真想放声大哭一场，以发泄心中的苦恼。

杨诺原以为，二中这么大一所学校，十几个老师走了，大不了教育局再分进来一些老师就是了，哪会影响正常教学秩序？可他想错了，走的这十几个教师，大多是高中部教师，大部分是毕业班老师。他们不仅文凭高，而且在学校起着顶梁柱的作用，他们这一走，等于把本来师资力量就比较薄弱的二中的筋都抽光了。况且眼下正好是学校开学时间，县内其他学校也都按部就班开学了，根本没有多余的老师来支援县二中。

学校没有办法，只好找教育局，教育局把全县其他学校摸了一下底，也没有办法解决。而且不光是二中走了十几个教师，县一中，包括县照川、土门中学也都有教师出走。面对这种情况，教育局只好让县二中一名副校长暂时主持工作，维持正常教学秩序。然后，教育局把本县教师大量外聘的情况反映到地区教育局，让地区教育局尽快想办法解决二中教师紧缺的问题。

杨诺在学校里混了两天，两天里，他看书看不进去，睡觉睡不着，便只好在学校附近的山上，还有县河边转悠。他的内心充满着忧伤，对未来悲观绝望。他知道，这一切都是咎由自取，谁让他初中阶段荒渡岁月，不好好学习呢？考上这种普通中学，只有活受罪了。

开学第五天，学校才对现有的教师进行了分工，让学生尽快安心到教室上课，空缺的教师只能暂时空着。杨诺终于能进教室上课了，可他哪里想到，带他们班的八个老师，有七个教师都跑了，只有一个姓何的数学老师，兼班主任，暂时维持现状。

这种状况让杨诺不寒而栗，要知道，他们现在正上高二，是毕业班呀，时间就是生命。可是，连代课老师都不齐，他们如何能和县一中的毕业班学生竞争？更可气的是在课堂上，语文、政治、英语、历史、地理、物理、化学七门课的老师都没有，只有数学老师一人上课，而他上的是什么课呀！

数学老师叫何志敏，四十多岁，上海籍人。他是为响应“知识青年上山下乡”的号召来到南县的。何老师是名牌大学毕业生，文凭高，按说他最有资格到十堰市去应聘，他之所以没有去，原因是他妻子张淑华也在县二中执教，俩人工资都不低，而且他们已有回上海的打算，他不想中途到其他地方瞎折腾。

何志敏中等身材，面黄无须，小嘴巴，小眼睛，异常消瘦。这一年的天气异为反常，立秋已过了，天气依然非常炎热。上课铃声响后，只见何老师穿着大裤衩，趿着凉拖鞋慢腾腾走进教室。同学们都很惊奇，他们从没见过老师穿裤衩来上课的。何老师不仅穿着大裤衩，而且上身仅穿了一件薄薄的有了窟窿的白背心，他那消瘦的胸肌历历在目，连他那瘪瘪的乳头都看得见。不少乡下女同学便害羞地低下了头。

何老师却一点也不在乎的样子。他一上讲台，便撅着嘴，直愣愣地看着大家，直到把大家都看笑了，他才把粉笔盒和课本放在讲桌上，然后取出一支粉笔，转身在黑板上写了“何志敏”三个大字。写完之后，他便开始介绍自己，他用了整整三十多分钟时间介绍自己。他专门拣惹人笑的话题说，惹得班上不爱学习的学生笑声不断。可无论别人再怎么发笑，何老师那张黄瘦却有些浮肿的脸始终不笑，而且还一本正经的样子，这使得同学们笑得更厉害了。一节课看看剩余时间不多了，他才打开课本，只用了八分钟时间就讲了一节的新课内容，并讲了一道例题，还有四分钟时间，他布置了作业题。刚布置完作业，下课铃声便响了。只见他把粉笔盒和课本往背后一背，撅着嘴，踢着拖鞋，松松垮垮地走出了教室。

同学们从没见过这种老师，都大笑不止。

对于何志敏老师的这种授课方式，班上同学褒贬不一，一部分同学认为何老师讲课风趣、幽默，课堂气氛好，又没有误课；而另一部分同学认为，何老师讲课主次不分，闲话扯得太远，对课本内容讲得时间太少。

杨诺倾向于后者，他承认何老师有水平，讲课三言两语便能把问题讲清。但是，他的闲话真是扯得太远了，比如他穿裤衩上课这件事，他本人认为是很正常的，他说天热，这样穿着凉快呀。一边说，一边还把他那件窟窿眼睛的白背心的下摆提起来，一直提到胸腔上，露出了他那排骨嶙峋的腰肌。他用他那地道的上海普通话说："这有什么？有什么不好意西（思）？"同学们笑了，都定定地看着他。可有些女同学仍不敢向他张望，而把眼睛瞅到桌肚里。还有些女同学则不好意思地用双手捂住了眼睛。见此，何老师便开始讲他老家上海滩的故事，他边说边比画：在上海，每到夏秋的傍晚，一对对情侣便手挽着手在黄浦江沿岸散步，他们紧紧相偎着，亲亲密密。沿岸栽了不少风景树，树中间有一张张座椅，那些情侣坐到椅子上之后，先是手拉手说亲密话，说着说着，便开始拥抱，接吻。何老师一边说，一边比画着各种拥抱、接吻的恣式。高中学生，十七八岁左右，正是对异性充满着好奇的年龄，听到何老师在讲台上竟这么露骨地讲述男欢女爱的事情，不少同学大有醍醐灌顶的感觉，有的听着听着，便脸红耳赤；有的听着听着，浮想联翩。几个城里的顽皮男生，则大笑不止，称赞何志敏老师讲得精彩。

何老师听到有同学喝彩，兴致更大了，接着继续往下讲："那一对对情侣，拥抱也拥抱了，接吻也接吻了，还不满足，怎么办？"他睁着他那小小的豌豆一样的眼睛问大家。全班鸦雀无声。

这时何老师便装作害羞扭捏的样子说："这时候，那男的就跑到女的面上去了。"

啊！——下面的溜光蛋学生听了，都哄堂大笑起来。

何老师还没完。他接着讲到：座椅上这种男女摞在一起的很多呀，路过的人一眼就能看见。有些人若无其事的样子，想看就大胆看一眼；而有些人则把脸扭在一边，不敢看。还有一些人，装作不好意思的样子，用双手把脸捂住。何老师这时也用双手把眼睛捂住，说：他们虽然把眼睛捂住了，却睁着眼睛，从手指缝里偷看。何老师故意把两手的手指缝弄大，做出偷看的样子，引得下面的男生笑得更欢了。

何志敏老师就是这样，把该讲的，不该讲的，统统在课堂上讲了出来，不仅起不到教育的作用，反而启到一种很不好的诱导作用。高中生毕竟还不是成年人，以这种方式过早让他们了解男女之间的性事，不是诱发他们胡思乱想吗?

可是，何老师还总是爱讲这种话题，每次从一个小事件说起，一说就是半个多钟头。每当讲这些话题的时候，杨诺便不禁想起了自己初中时所做那件荒唐事，一想到那件事，他便想到贾香香，这时他浑身就格外不舒服起来，内心充满了悲哀。

无论何老师在课堂再乱讲，他毕竟还能讲一些课本知识，高二八门课程，只有这一个宝贝老师，其他几门课程根本没人带。到了上这些课的时候，何老师作为班主任，有时间了他背着手在教室里转一圈，没时间了就让大家自己看书学习。可谁肯看书学习?没有老师管了，同学们就像脱缰的野马，想说话就说话，想窜位就窜位，几个顽皮捣乱的学生则把书纸撕下来，折成子弹，然后用弹弓打那些看书学习的女生和乡下来的老实男生。

杨诺以为县教育局会想办法很快就给县二中配备教师，以添补那十几名教师的空缺。可哪里想得到，几个周过去了，一切照旧。其一是因为教育上有名文规定：凡教师调动一律在暑期进行，其他时间原则上不准调动。其二，县二中出走的都是高中部骨干教师，县一中不可能有多余的教师匀给二中，县上其他中学也是一个萝卜一个坑，哪有剩余的教师?没有办法，一切只好维持现状。县教育局只得继续和地区教育局协商，再慢慢想其他办法。

由于教师空缺得太多，县二中教学秩序非常混乱，每天都有打架斗殴的，学校的门窗今天刚刚安装好，第二天就被打得稀乱。情况最恶劣的还是杨诺所在的高二（3）班，这个班八个代课老师，七名教师都走了，仅剩一个上海籍老师何志敏。但他仅仅只是维持现状，班上不出人命案就行了，至于学生上课不上课，捣乱不捣乱，他根本不予理会。所以，高二（3）班每天教室里都乱得不可开交，除了有三四个学生勉强在课堂上看书外，其他学生不是在一起说笑，就是疯狂地打得玩，说笑声、骂人声、尖叫声，不绝于耳。由于没有老师管，一些乡下学生就跑回了家，大部分学生拉帮结派，不是在教室里玩耍，就是相约着到县上一些风景优美的地方逛得玩。

杨诺心里非常苦恼，可他有什么办法？想看书，教室里根本看不成，宿舍里也不行。他只能走出校园，在附近的河边，或者山上看书。在外面看书效果非常差，看书的时候，脑子经常跑毛，他往往要用很大的气力来稳定自己的情绪，控制自己的思维。可现状摆在那儿，他的心情如何能够平静？明年七月份就要参加高考，学校还是这种样子，他心里能不急？

光苦恼是没有办法的，杨诺只好安慰自己，算了吧，别的同学都在混，我为什么不能混？别人都在玩，我为啥不能玩？于是，他想看书了，就一个人到野外去看看书，不想看书了就在宿舍里睡大觉，或者和一些同学一块出去玩耍。这样一天天过去了，虽然夜晚睡在床上，感到没学到什么知识，心里空荡荡的。可毕竟苦恼少了，心里的压力也减轻了不少。

就是在这种精神状况下，杨诺和江涛渐渐成了形影不离的朋友。

江涛在高二（1）班，这次二中教师到十堰市去应聘，高二（1）班的老师也走了五个，虽然情况没有高二（3）班严重，但也好不到哪里去，留下来的三个教师，一个请了病假，还有二个，则在一种消极思想影响下，上课没精打采，纯粹应付，他们想上就上，不想上就在教室里转一圈就走了。

江涛他爸爸在东岗区教育组，家里一直希望他能考上大学。江涛学习基础本来就差，又碰到二中目前这种状况，他想把学习成绩提上去，真是难于上青天。江涛心里很着急，教室里看不成书，便拿着书，在学校附近的山上看。一天下午，江涛便和杨诺不期而遇了，当他们坐在一起，说到各自班上的状况时，都不禁忧心忡忡。可现实无法改变，他们只好将就着，一天能学多少东西就学多少东西，只希望县教育局能够尽快把二中空缺的教师补齐，恢复正常的教学秩序。

从此以后，江涛和杨诺便经常在学校外面学习。虽然他们不在一个班，也不住一个宿舍，但他们总是约在一起到附近的山上看书。礼拜六放学回家，他们也是一块儿。多少年后，当回忆起这段生活时，杨诺深有感慨，那时要不是有江涛与他做伴，他也许坚持不下去了。

杨诺听说到县图书馆办张借书证，便可以随便在里面借书看，想看啥书都有。他便拉着江涛一块，每人花了两元钱办了个借书证。每当教室里乱哄哄无法学习的时候，他们便一起到县图书馆的阅览室里去看报纸，临走前，他们再用借书证借一本自己喜欢看的小说。

这个学期，杨诺在图书馆借了很多小说，有战争题材的小说，有言情小说，也有新时期作家写的反映“文革”题材的伤痕小说。由于大量苍白的时间无法打发，杨诺就在别的同学吵吵闹闹时，他津津有味地阅读小说。

杨诺很喜欢阅读那些伤痕小说，这些小说可读性很强，而且表现手法多样，语言结构都很新颖，每篇小说读后，都会让人产生深远的思考，——这和此前王小波让他读的武侠小说完全不一样，武侠小说只是好看、热闹，打打杀杀，但打打杀杀之后，根本不会让人产生任何思考。杨诺渐渐长大了，那些打打杀杀的武侠小说已引起不了他的兴趣，他要读那些能给人带来思考，如何走出困境的小说。

县图书馆的书非常丰富，而且好书特别多，他一本本地看着，那一个个悲伤的故事深深地撞击着他的心灵。

有了这些小说，杨诺对学校由于缺少老师无法正常上课所带来的痛苦似乎淡化了不少，无论教室里再乱，他都可以抱着小说读进去，他常常读得如痴如醉，废寝忘食。下晚自习了，他靠在床上，还能继续读上个把小时小说。那些顽皮学生知道他是在读小说，没有人会讽刺打击他。

一天下午，杨诺和江涛在河边散步的时候，他说出了他的远大理想——长大后他要当一名作家。

江涛不懂文学，也不知道文学写作的深浅，但他对作家很崇拜。于是鼓励杨诺说：“那你就写吧，你不是在征文大赛中获得过一等奖吗？你一定能当作家。”

有了江涛的鼓励，杨诺的劲头更大了。他说干就干，他一方面继续在图书馆借书，一面开始创作了，他决心用一至两年时间，把自己的小说发表出去，争取写篇像何士光的《乡场上》一样的小说，也拿个大奖，从而改变自己的命运。

由于有一种理想做支撑，杨诺写小说的劲头非常大，他几乎天天都要写一篇小说。这些小说都不太长，一千多字，二三千字，内容都是反映校园生活苦闷的。每当写成一篇小说，他都要让江涛看一遍，让江涛提提意见。江涛每次都说写得好，鼓励他继续创作。杨诺的字写得不怎么样，可江涛的钢笔字写得非常清秀。为了把写好的小说保存下来，杨诺便让江涛每次都给他重抄一遍，几个周下来，杨诺就写了厚厚一沓子了，杨诺用订书机把这些小说订起来，设计了一个封皮，并用其中一篇小说《泥泞的路》作为书名。

杨诺痴迷地做着作家梦。

杨诺这一举动很快就被全班学生所知晓，加上他高一学期曾获得过全校征文大赛一等奖，于是班上不少学生都对他另眼相看。二十世纪八十年代的中国，文学还处于黄金时期，人们对文学如饥似渴，对作家更是格外崇拜。

无论杨诺将来到底能不能当作家，可他现在不是在努力读书和勤奋创作吗？因此同学们都对他格外尊重起来，觉得他很了不起，不仅男同学不会干扰他，那些女生见了他，也都一脸羡慕的样子，对他十分客气。

杨诺想，既然大部分代课老师空缺，考学无望，他就不如努力当作家吧，人们不是说条条大路通北京吗？走文学这条路照样能实现人生的价值，而且这种价值比考大学更大。

杨诺更加废寝忘食地读书写作，天天坚持写日记，在他的影响下，江涛也几乎把课本丢下了，天天陪他一块儿记日记，读小说，或者上图书馆借书。每当写完一篇文章，杨诺都会把江涛叫在一起，他先朗读一遍，让江涛提提意见，再修改几遍，最后再让江涛工工整整地在作文本上抄一遍。

杨诺在文学这条路上越走越远。要不是后来突然发生的一件事，他会沿着这条道继续走下去，直到高中毕业，回到农村。

一个礼拜六上午，杨诺像往常一样，放学后，他和江涛一道，提着菜盒，书包里塞了一本历史课本和一本丛维熙的长篇小说《北国草》，从学校往回走。深秋季节，景色迷人，他们沿途观赏着秋景，说着与文学相关的话题，不知不觉就快到家了。

当俩人分手的时候，江涛告诉杨诺，让他明天下午一定在家等他，二人一块到校。杨诺高兴地答应了。

当杨诺背着书包，提着菜盒子经过村子前面那条小河时，迎面碰到母亲提着篮子下河洗菜。

看到他回来了，母亲竟定定地站住了，不高兴地说："听说你们的代课老师跑走了，课都没人上，你还上啥学？不如回家做活算了。"说完，母亲就径自到河边洗菜去了。

母亲那看似很平淡的一句话，一下子让杨诺呆在那儿了。他脑子里先是一片空白，接着是一阵恐慌，——一个很现实的问题一下子摆在面前：他将上不成学了，他得回家当农民，做活养活自己。

杨诺记不清自己是如何走回家的，当他傻呆呆的走回自己平时住的那间厢房，把书包和菜盒放下时，那个可怕的现实问题越来越沉重地压在心上。开学一个多月了，他一直不敢把二中教师到十堰去应聘的事告诉家里，他怕家里人知道后，不支持他上学了。可想不到家里人还是知道了。他该怎么办？

很显然，母亲说的没错，连老师都没有，还上什么学？还不如回家种田，给家里做点贡献。可是，他能这么做吗？若是回家种田，他一辈子就得永远留在农村，与土壤和哪些没有知识的农民为伴了，他能甘心吗？

这个重大的现实问题他以前可是从来没有想到过，可今天却一下子清清楚楚摆放在眼前了。而且他也十八岁了，不小了，也该为父母出点力了。

他甘心吗？他还想做作家梦呢，一旦回家，生存都很困难了，他能写作吗？

杨诺感到苦恼极了。他痛恨自己不该有荒唐的过去，要是好好学习，他会考上县二中吗？不上二中，他会遇到大量教师到十堰去应聘这件事吗？要是没有这件事，母亲也不会平白无故地让他回家务农，母亲向来很支持他上学，可现在没有办法了，老师都跑走了，上什么学？

这天中午吃罢饭后，杨诺原打算好好睡一觉，下午专心读从维熙的小说《北国草》的，从维熙是新时期脱颖而出的一位中年作家，他写的几部小说影响都很大。杨诺听说从维熙的《北国草》写得很好，这才专门从县图书馆借来，礼拜六在家里看。

这个计划被母亲的一番话彻底打乱了。

虽然吃午饭的时候，母亲没有再重复那个话题，可是他知道，母亲是轻易不会说出那种话的，哪个做父母的不望子成龙？母亲说那种话，只能说明她已完全知道了学校的底细，完全失去了培养他考大学的信心。这比什么都可怕，一旦失去了家里的支持，他根本不可能再继续上学。

想到自己即将面临的选择，杨诺坐立不安，他想睡一觉，可是，一躺到床上，母亲的话就在耳边萦绕，回家当农民的重大现实问题就像山一样压在他心上。他想去说服母亲，同意让他继续上学。可是，母亲会同意吗？学校连老师都没有，上学有什么用？那就回家吧，村子里不少和他一样大的幼时伙伴不是初中毕业都回家种地了吗？可是，他们一个个什么样？穿得破破烂烂，天天撅着屁股在山上挖地，二十岁不到，孩子都几个了。一想到他们的生活方式，杨诺不寒而栗，回家种田，别说做什么作家梦了，连体面的生活都不会有。

杨诺心里很悲哀，想到自己不幸的命运，他辗转反侧，无法入眠，想着想着，他不禁失声痛哭了起来。

第二天，杨诺才知道事情真相，村儿里有一个人在县上某局当副局长，他的妻子在二中附近一个门市部当售货员，那个门市部和县二中离得不远。二中教师大量到十堰去应聘，以及县二中教学秩序混乱的消息，自然传到了那个副局长妻子的耳朵里。那个副局长和杨诺家有一些小矛盾，于是他妻子便把听来的二中的坏消息，在村子里到处传播。母亲就是在听到了这些话后，才产生了让杨诺回家务农的想法。

这天晚上，父亲再次向他摊牌："听说二中教师都跑完了，课都没人上了，你还到学校上啥课？不如回来算了，多少还能为家里出点力。"

杨诺说："老师只走了十几个，哪是全部都走了？而且教育局正在想办法给二中配教师，要不了多久，一切都会正常的。"

"你不想回来？"

"……不想，你让我上到高中毕业吧，没毕业就回来，连毕业证都没有，以后啥子机会都没有了。”

父亲听了他的话，脸上显出不高兴的样子，但是嘴里也没说什么，黑着脸走了，嘴里嘟囔着：“上到毕业又能咋？一个普通高中毕业证有啥用?”

其实杨诺也知道父亲说的没错，一个普通中学的高中毕业证根本啥子作用也没有，混到高中毕业也不会有什么好结果，只是多花家里几百块钱而已。可是，他就是不甘心，不甘心就此回家当农民，尽管没有办法考上大学，冥冥之中，他似乎认为，一切还没有到最坏的地步，等待他的应该还有机会，他还可以抓住一根救命稻草，改变自己的命运。也许学校境况突然得到好转，柳暗花明，他眼前会出现新得转机。于是，杨诺心里打定主意，决不回家当农民，一定要上到高中毕业。

可是，母亲却一心想让杨诺回来，她说服杨诺：“现在我和你爸一年年老了，杨飞一中上学就不说了，你哥接了班也不肯回家帮忙做活，你嫂子成天待在你哥那里，家里的活儿就我和你爸两个人干，根本做不过来。你回来了，多少也能出出力。”

“我年龄还小，现在回家种田，心里不甘。你们就让我把高中上完吧。”杨诺说，“你们要是不支持，我就自己想办法，总之不想回来。”

母亲说归说，星期天下午当江涛来叫杨诺一起到学校去时，她并没有阻挡，不仅把他要的菜拾掇好了，还比平时多给了他三块钱。杨诺摸不清父母的意图是什么。

自从父母表明态度，要杨诺辍学回家之后，杨诺就感觉心上早晚压了一块巨大的石头。以前，他可从没有认识到上学的珍贵，这下可好，父母让他回家务农，他将从此告别学生生涯了。一想到自己一辈子将窝在农村，面朝黄土背朝天，当老实巴交的农民时，他心里就感到无比悲哀。数学课堂上，无论何志敏老师的笑话如何引人入胜，其他同学都笑成一片了，可是他一点也笑不出来。而且别人越高兴，他越悲哀。他这一举动自然引起了何老师的注意，在让学生上黑板做题时，故意让他上黑板，而且让他做一道很难的数学题。他自然做不出来。结果何老师让他端直站在黑板前，讽刺挖苦了好半天。

到了夜晚，他更是难熬。别的同学在宿舍里打闹说笑不停，快到十二点的时候，他们才陆续入睡。可是杨诺却睡不着，他脑子里仍然挥之不去父母让他辍学这件事，显然，父母不是说着玩的，学校的真实情况也确实像他们所了解的那样——老师跑了十之八九，学校整天乱哄哄的，连正常教学秩序都保证不了。他该怎么办？是听父母的话回去算了，还是赖在学校？假如赖在学校不回去，母亲会同意吗？父亲会答应吗？自从让哥哥接班，父亲提前退休之后，杨诺就没见过父亲有过好心情，加上去年父亲又发生了那件事，见了他，冷冰冰的，要理不睬的样子。家里平时的花销，全靠父亲的一点退休工资，而其中他和弟弟上学的花费就占了很大一部分，他要是不上学了，就能给家里省下不少钱，给父母减少不少负担。那他就回去吧，省得在学校整天受罪，想学学不成，想玩又不自在。当农民有什么不好？那么多人当农民还不照样一辈子。可这样的话，他一辈子还有什么奔头？当清楚他人生的归宿是那种结局时，他的心就一下子沉到无边无际的黑洞之中。他能忍受吗？杨诺的眼泪哗哗地流了出来，耳边响着宿舍里此起彼伏的呼噜声，脑子里想到自己不幸的命运结局，杨诺喉咙发硬，眼泪顿时夺眶而出。一天晚上，多久没有出现的那个噩梦又在梦中出现了——

那个非常陌生的地方，四边杂草丛生，中间是一条泥泞的小道。天上乌云翻滚，雷声嗡嗡地响着，大雨即将来临。他感到很害怕，他想尽快走出这个地方。可是，路越走越难走，路上的湿泥沾满了他的脚上和腿上。他担心什么鬼怪和可怕野兽会出现，他跑了起来。这个时候，他耳边真的传来了可怕的叫声，他从没有听到这么恐怖的声音，像鬼嚎，像狼叫，也像一个妇人深夜之中在坟园中的哭叫声，杨诺的心跳到嗓子眼了。他拼命地跑了起来。可是他每跑一步都非常艰难，而那个声音却越叫越响亮，越叫越恐怖，越叫离他越近，似乎已经挨着他的肩膀了。他使劲往前一跃——可是他万万没有想到，他竟然跃到了一个几人深的烂泥湖里，那黑糊的淤泥冒着泡泡，发出恶臭的气味；而且他的身子开始下陷着。他害怕极了，他用手拼命地拍打着。可是无济于事，他的身子仍在一点点下陷着，先是到大腿，接着到了腰部，再接着到了胸部。他知道再不来人救他就没命了，便大声呼喊救命起来……

梦醒后，他格外对自己初中阶段的荒唐行为感到十分的后悔、痛恨和绝望，他恨自己，更恨那个导致他下地狱的臭女人，要不是那个女人，他会糟遇到眼前这种不幸吗？他会这么悲伤吗？天呀，他的人生之路已经走到尽头，他该怎么办，他能怎么办？就这样，他静静地躺着，让眼泪不停地流着，让悲痛像一块巨大的石头，沉沉地压在他身上和心里。当悲哀的打击到了极限的时候，一股抗争的火苗突然在杨诺心里一窜，不，他不能这样忍受命运的摆布，他要抗争，抗争，他并不笨，高一年级，他的成绩不是已经考到全年级第一名了吗？他的参赛作文《山谷回声》不是获得了全校一等奖吗？只要拼命学习，他是能够考上大学的，他不是想做作家梦吗？他曾设想，先把大学考上，然后再努力当作家。可是，学校眼下这种状况，考大学有希望吗？一想到他们八个教师跑了七个，他的心里就充满了悲伤。就这样，整个晚上，杨诺的心里经常反复做着激烈的斗争，常常夜里连两个小时都睡不到，每次天要亮，当别的同学准备上早操时，他才刚刚入睡。

一天中午，小姨找到学校，告诉杨诺，家里捎信让他马上回去一趟。杨诺担心家里又发生了什么事，假也没请，当即就把书包放回宿舍的箱子里，离开学校就往回赶。

母亲见他回来了显得很高兴，问他吃午饭没有。

“你捎信让我回家，家里发生了啥事?”杨诺急切地问母亲。

母亲没有回答他这个问题，又问：“要是午饭没吃，妈给你做。”

杨诺说：“我以为家里又发生啥事了，急着跑回来了，还没顾上吃。”

母亲一听说他没吃饭，马上开始生火做饭。杨诺见家里很安宁的样子，不像是发生了什么事，这才放心。可心里却不禁嘀咕起来，母亲让他回来到底有什么事?

母亲烙了两张薄饼馍，又用粉条和瘦腊肉做汤。这是杨诺很喜欢吃的饭，他美美吃了两大碗。

杨诺刚吃罢饭把碗放下，母亲便拿出了一套崭新的衣服让他穿上，说："这是我卖桐子挣的钱，给你做了一套新衣服，你穿上试试，看合身不。"

杨诺听了母亲的话，当下就把衣服和裤子穿上身。布料是当时比较流行的公安蓝，棱棱整整的，上衣三个兜，两只袖子上各栽了两粒扣子。衣服大小，样式都很好，穿在身上，特别精神。母亲仔细看了看，又把衣服后面抻了抻，说："很合身的，我放心了。"

杨诺试完了衣服，便要把衣服脱下来。谁知母亲伸手挡住了他，说："不要脱，买了就是为了让你穿的，脱啥？刚好你身上的衣服也脏了，脱下来洗洗。"杨诺听了母亲的话，就没脱。他心里仍然有些困惑，难道母亲就为了一套衣服捎信让他回来吗？

这时母亲又叮咛他让他就在家里，不要哪里去，她出去有点事。杨诺看到今天母亲有些神神秘秘的，而且脸上有种掩饰不住的喜悦，就更加疑惑了，到底母亲让他回家做什么？

杨诺便从家里找了一本小说认真地看了起来。

大约过了一顿饭时间，杨诺听到母亲回来了，而且不止一个人。杨诺也没理会，继续看书，但心里却猜测着，母亲今天让他回来到底为了什么事？

正猜测着，杨诺听到母亲在外面喊叫他名字。杨诺马上丢下书，起身向外面走去。一出门，他大吃一惊。母亲竟然领着贾香香和一个女子来了。杨诺的脑子顿时翁的一响，他一时手足无措，显得格外慌乱。

母亲却一脸微笑，她招呼杨诺说："诺儿，这是你贾嫂子的妹妹，叫兰兰。听说你从学校回来了，想跟你见见面，认识认识。兰兰也读书识字，有文化，你们在房里好好谈谈，我和你贾嫂子在厨房做饭。"

杨诺脑子里仍然一片空白，愣在那里不知该怎么做。母亲便催他回自己房子里，又轻声对贾兰兰说了两句悄悄话。

当贾香香的妹妹羞答答地走进杨诺的房间时，杨诺十分害臊了，羞得几乎抬不起头。两人都不说话，房间里静得连根头发掉在地上都听得见。半天了，杨诺听见贾香香的妹妹说道："我姐都对我说了，我愿意。"

杨诺这时才明白，原来母亲捎信让他回家，竟是准备张罗给他找对象，让对象看门来了。杨诺抬起头，认真地看了看贾香香的妹妹。看了之后他很吃惊，贾香香的妹妹比她姐漂亮多了，简直可以称得上是美人。她身材高挑，鼻梁高挺，皮肤红里透白，两只眼睛很大，很有神；尤其是那两根黑粗的辫子，使她显得格外纯朴迷人。她穿着白底碎花的衬衫，蓝裤子，红色灯芯绒方口布鞋，站在那里虽是羞羞答答，却亭亭玉立。

有几分钟时间，杨诺确实动心了，他知道母亲的意图是让他把对象找了，从此打消考大学的念头。他心里想，既然贾香香的妹妹长得这么好看，不如就把这事定了，他辍学回家算了。学校那种样子，他再努力有什么用？

可是，这种念头在头脑里停留的还不到五分钟，他立即又否定了。他首先想的是他在初中阶段犯下的罪孽，干下的荒唐事。结果导致他遭受了那样大的痛苦和委屈，他一直想摆脱那件事带来的阴影，可他现在却要接受这人的妹妹，他根本做不到。再者，一旦他真答应贾香香的妹妹，他根本就不可能继续在学校上学了，家里会很快把亲定了，过上一年半载就让他结婚，生子，牢牢得把他拴在农村。他还谈什么理想？还做什么作家梦？经过了激烈的思想斗争，杨诺便对贾香香的妹妹说：“对不起，我还要上学，婚姻大事我不想这么早考虑。你走吧。”

贾香香的妹妹听了这话，脸色顿时大变，她立即把门拉开，抹着眼泪跑了。

杨诺生生地把母亲精心准备的一桩婚姻给弄砸了。而母亲和贾香香还在厨房里做饭，她们还以为杨诺和贾兰兰已经把事情谈得差不多了，过了一会儿母亲以拿东西为名前来探明情况时，竟发现房子只有杨诺一个人。

母亲大为惊诧，问杨诺：“咋你一个人？兰兰呢？”

杨诺把头从书上抬起来，说：“她走了。”

“走了！你们谈得咋样？”

杨诺见事情捂不住，只好说：“妈，我把她打发走了，我还小，不想这么早就谈婚论嫁。”

贾香香这时也走了进来，杨诺的话她听得清清楚楚，生气得转身就要走。母亲一把拉住了她，然后百般向她解释、道歉；又把一块她舍不得穿的布料送给了她，贾香香这才罢了。

贾香香走后，母亲一句话也不说，定定地看着杨诺。

杨诺分明看到母亲的脸上写满了愤怒两个字，他心里很惭愧，他不该违逆母亲的意愿，把贾兰兰气走，贾兰兰的模样确实好看。于是，杨诺站起身，向母亲道歉说：“妈，对不起，我不该不听你的话。”

“贾香香的妹妹咋了你看不上?”母亲责问道。

“我不是看不上.”

“那是为啥?”

“我要上学。”

“上啥学?老师都跑光了，待在学校有啥用?儿呀，你不如听娘的话，老老实实回家。我再去给贾香香说说，就说你愿意，把她妹子娶下，那女子模样好，心眼好，你们俩很般配。你看这样好不好?”母亲走近杨诺，苦口婆心地劝说。

杨诺也很想听母亲的话，把贾兰兰娶了。贾兰兰确实长得好看。可是，他才十八岁，他要是极早就把婚事定了，他还有什么前途?更重要的是，他心理上过不了这个关，要换成别人，他也许会动摇，可她偏偏是贾香香的妹妹。一想到几年前和贾香香的那一幕，他心里就起了一层鸡皮疙瘩，于是他下了决心，决不能妥协，决不能答应母亲的要求。

母亲好说歹说，终是不能说服杨诺，便气愤地说：“你想咋就咋，以后你的婚姻大事我就不管了。”母亲说完扭身便走了。

当天，杨诺便返回学校。

学校里仍然一片混乱。

杨诺听说，受那些到十堰市应聘教师的影响，现在留守二中的教师普遍人心惶惶。十堰市是一个新兴城市，教师待遇高，教学环境好。而且，只要文凭高，教学水平高，不需要任何手续，便可以到那里去任教，周边市县的不少高学历的教师便纷纷到十堰去应聘。

看到学校这种现状，看到学生终日吵吵闹闹一片混乱的样子，杨诺心急如焚，他多么渴望县教育局能够尽快把走失教师的空缺补回来，让教学秩序尽快步入正轨啊。他已经拒绝母亲给他找对象了，倘若他在学校不能好好学习，到时候灰溜溜再回到家里，他有何面目见人?

第七章　伤心的妹妹

兰兰是贾香香的小妹，比她整整小八岁。

在贾香香的心目中，小妹就像仙女一样，不仅人长得漂亮，而且性情温和，非常善解人意。每次她回到娘家，兰兰对她格外亲热；她家里有什么事，兰兰马上就过来帮忙。

兰兰本来学上得很好，可惜当时家里困难，加上上学路程远，初中毕业后，她就回家务农了。虽然生长在农村，但兰兰会收拾，爱干净，她经常把自己打扮得干干净净、体体面面，一点也不像是农村姑娘；加上她模样好看，上下几十里的小伙都争相把她娶到手，经常有媒人上门提亲。对婚姻大事，兰兰一时拿不定主意，于是便请她这当姐的帮她选择。

贾香香最疼爱小妹，她知道，凭妹妹的长相、人品，找个品貌家势都不错的小伙子不成一点问题。可惜的是，瞅来瞅去，不是这不行，就是那方面不足。这事让贾香香很苦恼。

一天，她到杨诺家去串门，和杨诺的母亲王桂梅在一起聊家常的时候，她听桂梅婶子说，杨诺他们学校的老师大量的跑到湖北十堰去了，学校课没有人上，学生没人管，很多学生都回家不上了。桂梅婶子打算让杨诺回来做活，省得在学校花冤枉钱。

听到这个消息，贾香香又喜又忧。喜的是，杨诺不上学了，她便可以经常见到他了，自从那年和他有了那种事后，她心里一直疼爱这个小伙，心里一直放不下他。今年上年，她到学校去看杨诺，谁料杨诺对她十分仇恨的样子，还警告她不得再上学校干扰他上学，否则就对她不客气。听了这话，她十分伤心，她就是想帮他，别的什么想法也没有。忧的是，杨诺上不成学，一辈子当农民怪可惜的，农村的天地毕竟太小了，一回到甜水井，再飞出去太难了。但是，回到农村也并不是就没有幸福，作为一个男人，最大的幸福就是找一个既能干又贤惠长得又好看的媳妇。贾香香想，既然自己心里很喜欢这个小伙，俩人之间又发生过那种事，她便在心里把杨诺认作是自己的人一样，她要为他一辈子的幸福着想。她已年长色衰，杨诺肯定看不上她了，她也不会再去主动找他，她要为他的名声着想。想来想去，她决定把自己的小妹兰兰介绍给杨诺。

这个念头产生后，贾香香又反复在心里掂量着，认为这两人郎才女貌，很般配。杨诺家景又不差，兰兰嫁过来不吃亏，而她姊妹二人又可以相互关照，何乐而不为？于是一天下午，她便主动找到杨诺的母亲王桂梅，把她的想对王桂梅说了。王桂梅见过她妹妹，一听这话，十分欢喜。她们的俩仔细交换了意见，最后决定由贾香香先把兰兰叫过来，王桂梅捎信让杨诺回家。俩人都认为这事一拍即合，八九不离十能成。

兰兰听说她有事叫她过来，当天下午就来了。一来就焦急地问有什么事。贾香香把兰兰叫到屋里，试探着问：

“兰兰，你喜欢姐姐不？”

兰兰脱口而出：“这还用说，在家里我最喜欢姐姐了。”

“那要是让你一辈子跟姐姐在一起，你干不干？”

“干呀，可是，”兰兰睁大眼睛问，“这怎么可能？你在甜水井，我在贾家湾。”

“那要是你也嫁到甜水井，不就行了？”

“姐姐开玩笑。”

“姐姐真不是开玩笑，我今天把你叫过来，就是有一件重大的事和你商量的，你要是同意了就听姐姐的安排，要是不同意了，姐姐也不勉强你。”

“啥子事嘛？”

“我们村有个高中生叫杨诺，因为学校老师都跑走了，他家里打算不让他上学了。这个小伙子长得文文静静，家势又不错。我想把你说给他，你看行不?”

兰兰一听，当下红了脸，低下了头。

“你要是愿意了就点点头，不愿意了就摆一下头，没关系的。”

兰兰想了想便说：“我听姐姐的。”

贾香香一听妹妹愿意，当下高兴地抱住了妹妹，说：“真是我的乖妹妹。”然后她便马上去了杨诺家里，把这个消息告诉了杨诺的妈妈王桂梅。桂梅婶子听了大喜，便积极开始准备，只等杨诺从学校回来。

可是，她们万万没有想到，杨诺竟然没有看上兰兰，并且当场把兰兰气走了。一个姑娘家，贾香香知道，再也没有比这更耻辱的事了。

兰兰一气之下回到贾家湾了。

贾香香心里着实生气，第二天就赶回娘家，亲自来向妹妹赔礼道歉。

贾香香平时很少回娘家，除非娘家家户里有非回去不可的红白喜事她回去，平时她硬愿待在自己家里。是父母和弟弟对她不好吗？不是，他们都喜爱着她，她也爱他们，她经常做梦梦见和他们。而且甜水井与贾家湾相距也不远，翻一个山梁，再走三、四里路就到了，可她就是不愿回去。这一方面原因是她家的日子过得不如意，见了娘家的人，她格外感到羞愧。人这一辈子谁说得清？她也不明白，为什么走着走着，在她身上发生了那么多倒霉事，让她变成了一个人不人鬼不鬼的女人。更是基于这一点，她才不愿意随便回娘家。

可这天她无论如何要回娘家一趟。走前，她给丈夫郭墩子作了交代，让他好生照顾好春生，春生放学回来，要及时把饭做好，并要监督春生在家做作业。她回娘家住一晚上，明早就回来了。然后她把去年打的花生油装了一胶壶，回娘家去了。贾香香是半晌午走的，走到娘家屋门口，太阳已经到头顶了。

贾香香这次回娘家，本打算是好好承受父母的一番指责和臭骂的，她怪自己太鲁莽，提前不和父母沟通就把兰兰叫过去看家，结果把事情弄砸了，把妹妹气得当下就跑走了。她想，兰兰回来后，肯定把事情经过都对父母讲了，父母知道事件真相之后，一定心里对她恨死了，怪她管得宽，要知道未出嫁女子的名声多重要呀，倘若她没被人看上的消息传出去，上下人家谁不笑话？贾香香对自己恨得要命，她真是多管闲事，无事生非，结果弄成今天这种尴尬局面。

贾香香拎着花生油，战战兢兢走进娘家屋里。屋里静悄悄。她心里有些怕，她想父母一定在家里生闷气呢。结果门敞着，却不见一个人。她把胶壶放下，走了出来，刚出门口，只见母亲挽着一篮子豆角，从外面回来了。一见是她，母亲马上热情走上前，关切地问："香香回来了，啥时到的？"

贾香香说，"我刚到。门开着，我以为你们在家呢，谁知一个人也不见。"

"你父在山上挖红薯，你妹不是在家吗？这会儿又疯哪去了？"

一看母亲的神情，不像是要指责她的意思。贾香香便问母亲："妈，兰兰昨天回来天黑了吧？"

母亲说："还没黑，咋了？"

"她回来没说什么？"

"说啥？她说你让她住一晚上，她没答应，就回来了。"

贾香香一听，心里悬着的一块石头顿时落了地。她非常感激妹妹，妹妹对父母保了密，同时也她给她解了救，她在心里更加喜爱这个温柔、懂事的妹妹了。

母亲把豆角拎回来倒在门口的阶沿上，然后便开始掐豆角。贾香香也搬了条凳子，坐在母亲对面，帮母亲干活。

贾香香担心母亲看出什么破绽来，便哄母亲说："妈，我好久没有回娘家了，很想你的，这次回来也没什么好拿，我给家里拎了十斤花生油，放在堂屋的香火桌上。"

母亲对她瞪一眼说："你回来就是了，谁让你拿东西？你家里的背景我又不是不知道，那么困难，油你自家吃，给我们拎啥？"

"妈，一点点东西，拿不出手，你就不要再说了。我家里好着哩，你不要操心。"俩人正说着，妹妹兰兰从外在回来了，一见姐姐的面，她大吃一惊，有些慌乱的样子。

贾香香便站起身来，说："兰兰，姐姐本想和你一块回娘家哩，让你住一晚上，你偏不愿意，硬要先回家，这不，我不是也回来了。"一边向兰兰示着眼色。

兰兰聪慧，知道姐姐的意思，便说："我在外择床，睡不着，就没等姐姐，姐姐不会怪罪我吧?"

"怪啥子，姐姐做得不好，没照顾好妹妹，让妹妹受罪了。"

"好着哩，好着哩，咱们亲姐妹，姐姐就不要说客气话了。"

看到这姐妹俩一来二去说着亲热话，母亲很高兴，豆角掐好之后，她马上拎到厨房，开始做饭，一面让兰兰把姐姐叫到房里去，让她们姐妹俩好好拉拉家常。

贾香香说："父亲还没回来，我到山上去帮一下父亲吧。"

母亲说，"不用帮，活儿不多。你回来稀客，好好玩玩，不用做啥。"

兰兰趁机拉着贾香香的手说："姐姐，你就听妈妈的话吧，你在婆家辛苦了，回娘家了要好好休息休息。"一面把姐姐拉进了她平时睡的屋子。

一进屋子，兰兰顺手把门关上，问："姐你咋来了?"

"姐对不起你，我回来是专门向你赔礼道歉的。"

兰兰把头低下了，半晌才说："姐姐别说这话，姐姐是为了我好，我懂。可人家看不上我。"

"那人是个瞎子，是个二球。我妹妹多么好的女子呀，要长像有长像，要人品有人品，谁娶了我妹妹，一辈子享不完的福。那个姓杨的小子，上学白上了，认不清人，他会后悔一辈子的。"

兰兰说："姐，那事都已经过去了，咱们就不提了。请姐姐为我保密，不要让父母和哥嫂知道。"

"我懂，我懂，妹妹，你这样做是保护了我，不然父母非打我一顿不可。"

"事情没那么严重。当时我心里有些生气，过后一想，也没啥了。那个叫杨诺的和我不是一条道上的人，既就是硬凑在一起，将来过日子也不一定幸福。人家是有抱负的，一心想去考大学；我却是泥腿子农民，一辈子只能以土地为生，好高骛远只能给自己找痛苦。”

贾香香听了妹妹的一番话，心里十分感激，她想不到妹妹这么小的年龄，竟把人生看得这么透。她想，妹妹将来一定不简单，也一定会找到称心如意的心上人。

于是贾香香说：“祝愿妹妹早日找到如意郎君，让姐姐早一天吃到喜糖。”

兰兰笑了笑说：“我年龄还小，我还要陪父母好好生活几年哩。”

这天上午，母亲焖了米饭，做了一桌子菜，并且把弟弟一家人也一起叫来了，一家人吃了一顿热热闹闹的团圆饭。吃罢饭，贾香香又和家人聊了半天家常，半下午的时候，她才辞别他们回到甜水井。

临走前，母亲从屋梁下了二块腊肉让她拎上。她不肯要，父亲生气了，她才收下，抹着泪走了。

第八章 人生低谷

杨诺清楚，他这次是把母亲得罪很了。母亲本来想促成他与贾兰兰的婚事，可他倒好，硬是把贾兰兰气走了。他这不是不给人家面子吗？贾兰兰的模样真是好看，母亲一定花了不少力气才牵成了这条线，可却让他一下子把这条线给斩断了。

在家里，杨诺最尊重的人便是母亲了。在他的记忆当中，母亲从没有轻轻松松在家休息过一天，每天天一亮，母亲就不停地忙碌着，从琐碎的家务活儿，到繁重的田间劳作，家里哪一件事能离得开母亲？母亲一生养了不少子女，杨诺的一个哥哥和两个姐姐都因病，在几岁，或者十几岁去世了，这给母亲造成了多大的心灵创伤。前几年，哥哥的婚姻又让母亲伤透了脑筋。而父亲出的那件事，更让母亲蒙羞含垢。说真的，杨诺实在不想伤母亲的心了，母亲受的苦实在太多了。可是，他要是听了母亲的话，他一辈子还有什么出息？让他老老实实当一辈子农民，他确实一点思想准备都没有。尽管他现在上的是一所普通中学，而且这学期老师走了不少。但是，他相信，学校不会一直都是这种样子，那些不负责任的老师走了，一定会有更好的教师来替补，学校迟早会走上正轨的。

据了解，县上将正式任命教育局一个姓高的主任来担任二中校长，高校长即将赴任。他想，只要新校长到任，空缺的教师便会一一补齐。但是，这需要一个过程，二中现在的秩序仍然很混乱，不少教师仍在徘徊观望。十堰市优厚的待遇，仍吊着不少高学历教师的胃口，每个周都有教师以有事请假为名，悄悄踹着文凭，前往十堰市中学与校方洽谈。南县二中学生由于缺乏严格监督和管理，教室里仍然吵吵闹闹，不时发生学生打架斗殴现象，而且连续发生了几起偷盗事件。

杨诺心里清楚，越是在这种恶劣的形势下，他越是要下决心好好学习。鉴于刚刚发生与母亲对抗的事件，他暂时终止了当作家的梦想，他认为当作家是一个漫长的过程，他得首先把大学考上，有了工作保障之后，他再好好读书写作。他强行命令自己：收起那些文学书，把以前写的小说也全部压在箱子底，他目前要做的最重要的事就是咬紧牙关学习，先考上大学。

此后不久，学校通过反复做工作，已经让一部分到十堰而未正式办手续的老师返校，开始上课了。其中就有杨诺他们班的体育老师杨大才。杨诺想，这是一个好兆头，一些教师会回来的。

数学老师何志敏依然如故，每天上课前三十分钟，他都是以讲评作业为由头而生发开去，大讲特讲学校，或社会上所发生的奇闻异事。一开讲就如黄河决口，滔滔不绝，无边无涯。何老师似乎一直很陶醉、很得意自己的这种授课方式，对学校发生的大量教师出走这件事，他似乎一点也不在乎。他的课堂上永远笑声不断，他讲数学题，也永远是一节课只讲一道例题。他告诫同学们：学习，一定不要贪多，一天学一点，日积月累，一年就能学很多东西了。可他知道不知道？二中毕业班的学生已经耽搁了太多的时间，如果还老牛拉破车一样的慢慢学，明年能考上大学吗？当然，班上很多学生就没打算考大学，那些城市居民户口的学生，没有后顾之忧，他们一毕业，父母都会为他们找到工作，他们只需要混个高中毕业证就行了。农村来的一些学生，除了极少部分想考大学外，大部分学生都是想弄个高中毕业证，以备当兵和找工作用。可杨诺不一样，他现在已经被逼到绝路上来了，他除了考大学，别无选择。所以，班上别的同学能在何志敏老师的数学课上开怀大笑，鼓励何老师讲一个又一个引人发笑的故事。可他不行，他一直在心里祈祷着，盼望何老师能够抛弃他这种荒唐的教学方法，正正经经、紧紧张张地给他们上数学课，还有那么多的课程没有讲，还有那么多难题不会做，他每天心急如焚，时间不等人啊。可是，人家何老师并没有因为他一个人的意愿而改变自己，他一如既往的在课堂上废话连篇。

自习堂上，就像是自由市场，班上同学想干啥就干啥，几个顽皮捣蛋的学生经常把整个教室弄得乌烟瘴气。面对这种状况，没有一个人去制止。

杨诺感到，所有人都是快快乐乐的，唯独他烦恼不堪，他极力的忍耐着一切，包括很多课堂上一些顽皮学生的飞扬跋扈。

杨诺感到格外的痛苦、孤独和无助。得罪了母亲，他失去了家庭那道港湾。学校秩序的彻底混乱，又使他把前沿阵地丢失了。他现在真是无立锥之地了，他还能坚持下去吗？

杨诺强撑着，每天数学课一上，除了做数学作业，其他时间，他要么在宿舍里，要么和江涛一块儿，把书拿上，到县河边上，或附近的山上看书。

江涛和杨诺一样，家里一心希望他高中毕业能考上大学，可学校目前这种状况使他根本无法正常学习，他就和杨诺一起，一到自习课上，就把书拿出去看。

在学校这种非正常的状态下，杨诺幸亏有江涛做伴，只要有机会，他们就在一块儿，背英文单词，背课文，记数学公式……共同的境遇，共同的信念和理想，把他们这对乡下学生紧紧地连在一起了。

在学校苦苦坚持了两个周以后，杨诺身上的钱粮都用光了。周末到了，他不得不回家拿钱拿粮，否则下个周吃饭都成了问题。放学后，杨诺是和江涛一块儿走的，这天江涛不知道为什么兴趣特别高，沿途又说又笑。可杨诺心里却一直忐忑不安，两个周过去了，他还不知道母亲原谅他没有。因此，江涛越高兴，他越忧虑。很显然，他现在还不能独立生活，生活费用，买学习资料，一切都必须依靠家里支持。倘若得罪了父母，父母放弃支持他，他就彻底完蛋了，什么理想呀抱负呀，都会成为空话。就学校目前这种状况，父母完全有理由不支持他，据他所知，同年级有好几个家庭困难的乡下学生，就是因为父母供应不起，开学没几天就卷行李回家务农了。但杨诺又认为父母不可能这样做，他之所以坚持不和贾兰兰处对象，完全是为了将来能考上大学，有一个好前途，为父母脸上争光，他们应该以有他这样的儿子而高兴，怎么会反对他上学呢？想到这里，杨诺心里稍稍感到轻松一些。万一父母不高兴，他给他们做做思想工作，父母也是明白人，不会想不通的。

从学校到家里二十多里路，当杨诺走到家门口的时候已经一点多了，他放学时也没在学校伙上吃饭，这会儿又渴又饥。以往周末放学回家，母亲差不多都已经把饭做好了，想到他在学校生活差，母亲就特意给他做好吃的，改善改善生活。可今天家里的门都锁着，一个人都不在家里。

杨诺顿时垂头丧气，他把堂屋的门打开，把菜盒子和书包放下，然后便去向旁边的邻居打听，他父母到哪儿去了。邻居告诉他，他们上山挖花生去了，估计快回来了。

杨诺听说父母快回来了，心里便不再焦急。刚好门口的猪圈棚上晒有花生，他就攀上去抓了一捧下来吃，吃完了花生，他感觉有些困，便把鞋脱了，上床就睡。

一觉醒来，已是下午四点多了。他感到肚子饥饿异常，咕咕叫个不停。他以为父母挖花生早已经回来了，可能把饭都做好了。便马上穿上鞋走出去。一看，堂屋和厨房的门仍然紧锁着，家里连他们的影子都没有。

杨诺顿时感觉到父母是故意的。他两个周都没有回来了，他们明明知道这个周他会回来拿钱拿粮，而且是饿着肚子从学校回来的，他们竟然还在山上做活。他有一种被父母抛弃的感觉，眼泪不觉哗哗的流了出来。但很快，他就止住了流泪，他用衣袖把眼泪擦干。心想，父母这样做，肯定是想惩罚他不听他们的话，他要是服软了，他们肯定高兴。所以他必须要坚强，父母越是这样待他，他越要显得不在乎。杨诺的心情很快平静下来。他又上到猪圈棚上抓了些半干的花生，又从邻居家倒了半缸子开水，吃吃花生，喝几口水，花生吃完了，半缸子水也喝干了，他的肚子也基本上不饿了。于是，他便坐到临窗的桌子前，开始记《世界历史》上面的历史知识。

父母是下午七点多才从山上回来的，这个时候，天已刹黑了。杨诺在房间里听到外面有动静，走出去一看，只见父亲背着高高一背篓花生禾，手里拎着锄头。母亲不仅背着一背篓花生，手里还拎着一篮子花生。由于背的东西太重，又走了很远的路，父母看上去都有一种不堪重负的感觉，步子看起来非常沉重。看到此情此景，杨诺前面对父母产生的一丝不满和怨恨心理顿时又变成一种内疚和不安。他马上走过去，当父母走到阶沿处时，他便迅速从从后接住，让他们缓缓把背篓放下。

对杨诺的主动帮忙，父母并没有给他好脸色，父亲只是冷淡地问了一名："回来了。"母亲连招呼都不打一声，她黑着脸把篮子和背篓里的花生倒在堂屋的地上。又搬出梯子，上到猪圈棚上，把上面晒的花生装进蛇皮袋收回家。天黑实了，母亲才开始收拾做饭，这时杨诺的肚子已经饿得实在受不了了。

第二天吃过午饭，杨诺就准备把粮背上，再向父母要二十块钱，就到学校去。可他向父亲和母亲要钱的时候，他们都说家里没钱，要上学，他自已想办法。听了这话，他顿时傻了。他一个学生，能想出什么办法弄到钱？他的眼泪顿时又流了出来，一扭身就走进他住的小厢房里。他以为父母会想办法给他借点钱，可是过了一会，当他走出门时，却发现父母已经背着背篓和锄头上山挖花生去了。

杨诺感到了从未有过的伤心和绝望。但他还是忍住了没有流泪。他知道，这是父母故意的，父母想用这种办法逼他回来。他们越是这样，他偏不回来。他咬了咬牙，想，既然他们不给他钱，他就去借，再艰难，他都得坚持下去。

他从菜园里弄了些菜洗净炒好带上，把书包挎上，然后背起粮食就走了。路途中他几次都要流泪，他都强行忍住了。

杨诺把粮背到学校之后，先放在宿舍。学校规定，一斤粮交 2 毛钱。没有钱，便交不成粮，交不成粮，便兑不成饭票，兑不成饭票，饭都吃不上。他这次拿了十几斤细粮，四十多斤粗粮，得一块多钱。钱虽不多，对他来说却是大难题，父母不给，他从哪里去借？他打算向班上同学借，可他走进教室，试了几次，都张不开口。他几乎没有一个关系好的同学。他便到隔壁教室去找江涛，想从江涛哪里借点钱。可是江涛不知为什么现在还未到校。看看晚饭开饭时间都快到了，粮还未交。独自站在校园里，杨诺有一种惶惶无助之感，他现在能找的只有一个人了，那就是他的小姨。

杨诺快速走出校园，径直向小姨家里走去。

小姨在县机械厂当工人，早晨八点上班，下午六点下班。这个时候，正是她下班的时候。杨诺想，小姨和姨夫都有工作，向她借两块钱，应该不成问题。但是他实在张不开口，自从他的学习再次陷入低谷之后，他都不好意思见小姨了，小姨帮他坐了级，他应该好好学的，可是，他学的是啥？眼下又遇到不少教师到十堰市去应聘，学校连正常的教学秩序都保证不了，这让他如何面对小姨？想到这里，杨诺内心十分痛苦和复杂，他感到太对不起小姨了。他有什么办法？他也不想这样呀。他现在面临着走投无路的境遇，只有开口向她借钱了。他想，小姨要是给，那就好；要是不给，他就不上学了，他打算跑到外面流浪去，永远不回家了。

小姨家住在县新华书店对面的一条巷子里。当杨诺刚走到小姨家门口时，一眼看到小姨穿着一身褪了色的工作服，一手拎两只水壶迎面走过来。机械厂有锅炉，开水免费对本厂职工供用。小姨为了省钱，每天下午下班都要拎四壶开水回来。杨诺见了，马上走上前，从小姨手中接过两只壶。小姨问杨诺："你这个礼拜是在学校还是回家了？"

"回家去了。"杨诺说。

"晚饭吃没有？没吃一会在这吃。"

杨诺说："吃过了。"

小姨把门打开，先走进去。

姨夫正在家里做饭。小姨的两个儿子小兵小勇为了一个玩具冲锋枪正打得不可开交。小姨一回来，一声吼叫，小兵和小勇顿时住了手，不敢争抢了。杨诺把水壶放好，便一声不吭地坐在一只凳子上。杨诺以为姨夫不在家，这样他才好意思开口，可是姨夫和他们的两个孩子都在家里，他便不好开口了。姨夫是外地人，为人十分精细，他每次到小姨家去，小姨夫对他都不冷不热的样子，有姨夫在当面，他真不好意思张口向小姨要钱。可是，没有钱，粮就交不成。想来想去，他打定主意，无论如何还得向小姨要钱。

小姨一回家，先把衣服换了，然后便端菜准备吃饭。见杨诺还老老实实坐着，额头上出了不少汗，便问道："饭好了，你再吃一点?"杨诺紧张地说："不了，小姨，我吃过了。"他正要开口说要钱的话，姨夫便催小姨赶快吃饭。小姨便走过去，围到一张餐桌一家人开始吃饭。杨诺没有走，他急得汗不停地从额头上往出冒。虽然天已经开始变凉了，心里一急，汗就不停地往出冒。他不知道怎样开口要钱。

这时小姨手里端着饭碗，把杨诺叫出去，小声问："你有啥难处吧?"

杨诺憋红了脸，低着头说："我，我交粮忘记带钱了，姨身上有吗?给我借，借一点先用。"

"得多少?"

"一块四。"

小姨一听，对杨诺看了一眼，然后转身把饭碗放下，过了一会儿她从屋子里出来，把两块钱交给杨诺，问："这多够不够?"

杨诺感激得眼泪在眼眶里打转，低下头说："够了。"

"那你赶快去交粮。"小姨催促说。

杨诺赶紧把钱揣上，谢了小姨，转身便往学校跑。

这次回家拿钱交粮遭到父母拒绝，使杨诺心灵受到巨大伤害，他想不到父母会做到这一步。虽然他从小姨那里拿了钱把粮交了，可是这毕竟不是常事，离毕业还有那么长时间，他难道次次都到小姨那里去拿钱？而且，他去向小姨要钱时，姨夫对他已表现出强烈的不满。小姨家住得拥挤，正攒钱准备盖房子，两个孩子一个上小学，一个上幼儿园，都需要花钱，他们哪有多余的钱供他上学？想到这里，杨诺五内俱焚，现实问题如一张巨大的黑网，牢牢地罩住了他，他找不出一点解决问题的办法。因而一连多天，他心情十分低落，每次和江涛一块儿出去看书，他总是唉声叹气，心不在焉。江涛见他情绪低落，就问他咋了，是不是有什么烦心事？他能开口吗？他是一个自尊心很强的人，他能把父母对待他的这种态度说出口吗？不能。他唯一能做的就是把这件事深深埋在心里，省吃俭用，尽量让这次交的粮能够坚持得时间久一些。其他需要花钱的地方，他一律不花。他拿的菜吃光之后，每次吃糊汤都不用菜，实在坚持不下去了，他就从学校旁边的菜地边上捡一些菜农扔掉的菜，拿到河里洗净，回去切碎，向同学要些盐，腌着吃。靠这种办法，他艰难的坚持着。由于学校伙食油水轻，他吃的菜又连一点油星也没有。他每天感到饿得非常快，常常吃了饭还不到两节课，他的肚子就开始叫唤了，到了放学时候，他已经饿得有气无力，脸色发灰。可到了打饭的时间，他又不能多吃，他得节省着。这样，次次饭都是半饱，饥饿便像魔鬼缠身一样，早晚缠着他。他不知道这种日子什么时候才是个尽头，他时常望着天空祈祷老天爷："救救我吧。"可是叫天天不应，叫地地不灵，他只能在这种残酷的现实面前苦苦支撑。有时他也想，也许父母会回心转意，说不定哪天会给他带钱来，无论怎么说，他是他们的亲生儿子，他们不可能那么绝情。可是两个周过去了，三个周过去了，他们一直没有来。杨诺感到失望极了，过了四个周，他上次交的粮彻底吃完之后，他再次陷入巨大的恐慌之中。

星期六上午放学已经好长时间了，杨诺还在教室里徘徊。校园里随着学生的离去，渐渐变得空旷而寂静。杨诺望着空荡荡的校园，一时六神无主，到底是回家去还是留在学校？他现在身无分文，饭票一两也没有了，要是还有几毛钱，几两饭票，他都硬愿坚持下去。可是，回了家，要是父亲再不给他钱怎么办？他害怕再次受到沉重打击。想来想去，这种打击不可避免，他只有硬着头皮回去了。自从土地承包到户之后，毕竟家里粮食不紧缺了，他先把粮的问题解决好再说。拿定主意之后，杨诺迅速回到宿舍，取出菜盒，往书包塞了几本书，就走了。

回到家已经下午两点多了。杨诺又渴又饿，他想找点剩饭充充饥，可是厨房里竟然什么剩饭也没有。想到以前每次周末回家都有现成饭吃，而现在连剩饭都吃不上时，杨诺感到鼻子阵阵发酸，喉咙发硬，眼泪决口似的要往出流。他硬是给抗住了。没有饭，他只好自己动手了，看到篮子里有洗的现成的白菜，他先把菜切了。然后到橱柜里去寻其他能吃的东西，一找，找到了半把挂面，他顿时高兴起来，马上生火做饭。他以前还从未做过饭。眼下，他饿得两眼发黑，他只好自己动手了。他先把菜炒好，然后就添水下面。这其实是最简单的饭，但他却没有做好。挂面本身是咸的，炒菜时就要少放盐，可他不懂，仍然放了满满一勺盐，结果面吃起来咸得无法入口。由于肚子实在饿了，他也不管咸不咸，半把面全让他吃进了肚里。

刚把饭吃罢，母亲便回来了。母亲对他自己动手做饭感到很惊讶，问他做的什么饭，他说下的挂面。母亲只在家待了一会儿，就扛着锄头上地做活儿去了。

杨诺吃完饭，感到身上好受多了。可是刚才面太咸，他口渴得不行。便倒了一大缸子水喝了。喝了水，他在村里转了一圈。他发现村子里的人都忙忙碌碌，唯独他悠闲自在。他不好意思在村里转悠了，只好回到家里。看了一会儿书，感到困得很。便关上门，脱衣睡下了。

杨诺一口气睡到天黑才醒。他穿上衣服走出门时，看到父亲正蹲在阶沿上吸烟，父亲的身影看不清，只能看到红红的烟头，和吸烟时，烟头的光映出父亲的一张极不满意的脸庞。母亲正在厨房做饭。杨诺想和父母过好关系，便主动去了厨房，帮母亲烧火。但母亲似乎并不领他的情，脸一直板着，和他一句话也不说。晚上饭很简单，红薯糊汤。尽管杨诺肚子还不饿，但他仍然吃了两大碗。

第二天吃罢早饭，杨诺回到自己房里，正要把书打开看书的时候，父亲推门进来了，说："上午你和我们一块上山挖荒地吧，挖好放一冬天，明年开春种花生。"杨诺为了顺利能把钱要到手，就答应了。他正准备去换衣服和鞋，和父亲一块上山时，弟弟杨飞回来了。

弟弟今年已考上县重点高中。弟弟一回来，母亲便关切地问他吃没吃饭。看到弟弟一回来便受到母亲的关心和问候，而自己却倍受冷遇时，杨诺心里感到极不舒服。他不就考的是普遍中学吗？何至于受到如此轻视？这还罢了，弟弟回来后，父亲不仅没让弟弟上山挖荒地，还接二连三地催他赶快走，说一会儿晌午了。杨诺心里很来气，他难道不是他们亲生的吗？怎么差别这么大？难道弟弟上了重点高中，就应该处处受得优待？父母有时也是那么势利呀。没有办法，杨诺只好穿上一件破旧的衣服，扛上锄头，随着父亲一块上山去了。

东草沟的整整一面坡，全是他们家的荒山。父亲选择了半山腰一处土层厚的地方开始挖荒地。挖熟地不需要用多大力，而挖荒地必须使很大力，并且要一边挖地的时候，一边把根根绊绊的东西，连同石头一起捡出去，扔掉。不仅如此，荒地十分板结，挖三、四锄头才能挖出小小一块土，有时不小心还会一锄头挖在石头上，震得手心发麻。

杨诺以前也做过不少农活，但像挖荒地这种重活，他还是头一次。要是心情好，也没关系，他会耐心地，一锄头一锄头挖下去。可是今天，想到弟弟一回来就受到父母的优待，而他却备受冷遇时，他越想越生气，越生气越没劲。刚好他一锄头挖到了一棵树根里，锄头别进去了急忙抽不出来。心里一来气，他便握紧锄把使劲儿一别，不想咯喳一声，一下子将锄把别断了。父亲见状，生气地说："我看你是故意的，走吧走吧，不想挖了回去。"

一听父亲这话，杨诺更生气了，便索性拾起别断的锄头，头也不回地下山了。

回到家里，弟弟正在看书，弟弟热情地跟他打招呼，问他为啥这么早就回来了。他心里很来气，你不就是上了重点中学吗？神气个啥？他懒得理弟弟，也拿起一本书，在自己房间里看。

吃罢午饭，弟弟就揣着父亲的钱上学去了。可当杨诺向父亲要钱时，父亲却板着脸不肯给他。杨诺生气得几乎要哭出来，他直问父亲："杨飞一要你就给，为啥我要钱你不给，我不是你们的亲生儿子吗？"

父亲瞅也不瞅他一眼，说："你要上的是你弟弟一样的重点中学，你一要钱我也会给。可你上的是啥学校？连老师都跑了，成天在学校打哄哄，我把钱给你打水漂呀。"

听了父亲这句话，杨诺头一扭就走了，他发誓从此不再向父亲要钱上学了。

杨诺扛着一袋粮食艰难地走到学校，一路饱含着委曲和伤感。想到自己受到的不公平的待遇，他不禁喉咙发硬，泪水不时往出流。很显然，父母已不指望他能考上大学了，他们对弟弟所寄于的殷切希望，与对待自己的失望和放弃已形成鲜明的对比。杨诺承认，弟弟学上得好，没有走弯路，家里应该大力支持。他走了弯路，耽误了学业，如今正处于人生关键的十字路口，父母更应该伸出慈爱和援助之手；可他们却冷漠之极，连维持上学基本的生活费都不供给他了。他们这样做的目的，不就是想让他却步，回家务农吗？他能这样做吗？想到这里，杨诺的心陡然坚硬起来，父母越是这样不公平对待他，他越是要坚强，自己的命运篡在自己手里，他不能屈从命运的摆步，越是艰难，越要坚持。这份苦难是他自愿承受的，他愿意把这沉重的十字架背下去；而且他一定要做出成绩让所有人看看，他不是一个无用之人。

一边走，杨诺一边想着眼前遇到的这个大难题，——这次交粮的钱该怎样解决。上次他是向小姨要的，这次肯定不能去了，他该向谁借呢？杨诺在脑子里把能借来钱的人齐齐过了一遍。他发现几乎没有一个人能帮他这个忙。有人身上有钱，但他无法向人家张口；有人可以张口借，可是那人身上肯定没钱。一直走到学校门口了，他还是没有找到如何解决问题的法子。

杨诺把粮食背到宿舍。宿舍里已来了不少农村来的学生，他们一个个悠闲自在地坐在一起聊着闲话。看到他们这样无忧无虑的神态，杨诺十分心酸，他们不愁吃喝，不愁没钱花，可他连交粮的钱都没有寻下。这就是人和人的差别呀。在家里，弟弟处处受到优待；在学校里，每个学生都比他幸福。想到自己眼下的处境，杨诺不禁鼻子发酸。而这一切，怪谁呢？归根到底，还是怪自己。既然是自己一手造成的，要拯救自己，就得靠自己了，他还怨天尤人干什么？杨诺的心一横，他把粮放好，就走出了人声嘈杂的宿舍。

星期天下午的操场上空空荡荡，杨诺低着头在操场上走着，一心想找出一个弄到钱的办法。小姨那里决不能去了。他只好向亲戚那里去借。可县城里几个亲戚当中，除了小姨家，还有可能弄到钱的大概就是姐夫那里了。

自从高一受人欺侮，他让姐夫给他打了一把刀之后，杨诺好久没到姐夫那里去了。姐夫会一手电焊和机械修理，早晚都很忙，加上姐夫耳朵不太好，每次去，姐夫对他不冷不热，他就很少去了。但这次不一样了，这次是为了能够把学继续上下去，他必须得向他借钱。他提前已经想好了，姐夫对他冷也好，热也好，只要能给钱，啥样的脸色他都能忍受。思虑好之后，杨诺就去了县城西门口处的综合厂，找姐夫去了。

想不到这次去综合厂，里面的情形已彻底变样。过去一进院子，到处堆放的都是山一样多的废弃的汽车、拖拉机以及成堆的机械零件，现在这些东西统统不见了，院子里空空荡荡，就连后面几排厂房，也都清理得干干净净。杨诺想不到半年时间没到这里来，这里却发生了那么大的变化。他心里疑惑着，一边向里面走去，直接走到了姐夫以前住的地方。结果门锁着，连姐夫的人影都找不见。正东张西望时，杨诺看见姐夫的徒弟从外面院子走进来。杨诺知道他姓朱，叫朱一平。便向他打招呼，一面问他他姐夫上哪去了。朱一平说："综合厂已经改制，被解散了，厂房买给了别人，工人都散伙了。你姐夫回老家去了，在他们家门口开了一个修理铺。"

杨诺一听顿时傻眼了。他准备向姐夫借钱的，这下泡汤了。

杨诺返身往回走，悲观失望的情绪彻底笼罩着他。他还指望能从姐夫这里要到钱的，可没想到姐夫他们的厂子解散了。杨诺只好想别的办法。杨诺脑子里一片空白，他实在想不出一个解决问题的办法。他多么希望一个好心人出现，送给他几块钱，好让他把粮交了。可茫茫人海，谁无缘无故地会给他钱？他多么希望能从地上拾到几块钱，好把他最苦恼的问题解决了。可是，地上好不好的咋会有钱？当时人们普遍都很缺钱，谁会把几块钱放在路上？除非有人粗心大意把身上的钱丢了。这样的好事咋会叫他遇上？然而，让杨诺意想不到的是，当他刚走到学校大门口的院墙根时，他竟看见路边的地上出现了一张五元面额的人民币。杨诺有点不相信自己的眼睛，他一把把钱抓到手里，然后东张西望，当他确信四周没有人时，这才迅速地把这宝贵的命一样的五元钱揣进口袋里，然后兴冲冲地交粮去了。

有了这拾到的五块钱，摆在杨诺面前的各种大难题便迎刃而解了。首先，他交粮就不成问题了，平时买菜用的零花钱也不成问题了。起码，下来几个周，他就不用发愁了。杨诺的心情别提有多高兴了，仿佛拾到了一块保命的金子似的。交粮只花了一块多钱，还剩三块多，杨诺把这剩余的钱小心地装进贴胸的口袋里，不时用手在上面按按，不放心，又拿出来认真瞅瞅。这突如其来的好事一时让人喜不自胜，父母带给他的各种不愉快的心情也顿时一扫而光。他想，真是天无绝人之路呀，父母不给他钱上学，他能在路上拾到钱，可见上天还是同情他，让他继续把学上下去。想到这里，杨诺不由得自豪起来，他认为自己一定是个不简单的人，不然上天也不会眷顾于他。因而，他就更应该好好珍惜自己，发奋图强，成为一个了不起的人。

这天晚自习他一直被一种自命不凡的激情鼓舞着，情绪虽然不够稳定，但看书的效果还不错。而且这天晚上，他听同学们说，二中新任校长正四方游说，一方面劝解二中那些举棋不定的教师尽快稳下心来，好好在二中教书，一面和县教育局领导一块儿，找到南县县委书记牛文科，请他以县委政府的名义出面，和十堰市进行交涉，不让他们再继续招聘南县高中的教师了。

杨诺想，二中教师大量出走的风潮也该结束了吧。现在各班的纪律不是都在走向好转吗？

在学校秩序逐渐好转之时，杨诺的心情突然又糟糕起来。根源就是那拾到的五块钱。几天来，他都因为自己在校门口拾到的那五块钱而沾沾自喜。可是，有一天上课时，他竟突然意识到，自己犯了一个巨大的错误，从小学到高中，老师不断地教育他们，要拾金不昧，捡到的东西要归公，可他是怎么做的？不仅不拾金不昧，而且还心安理得地花掉它。对自己的这种行为，他不仅不以为耻，反以为荣，看样子，他真是不可救药了。一旦想到这里，杨诺顿时沮丧极了，失望极了，几天来的好心情一扫而光，而代之的是无穷的惭愧，他厌恶自己的行为，鄙视自己的人格，学校门口出现的五块钱，肯定是哪个学生掉的，丢了五块钱，那个学生的心情会是多么难受和悲伤！那个学生也许是用这五块钱交粮，也许是用这五块钱买学习资料，还可能是用这五块钱办其他重要事情，可这五块钱丢了，让他拾到了。他拾到了，就应该马上交给学校，让学校在喇叭上广播一下，这样，那五块钱就会物归原主。可是，他竟没有这样做，而是心安理得地占为己有。他这是什么行为？是一种小偷行为，是一种不道德的行为。对待这种行为他应该深恶痛绝，有错改之才是。自己初中阶段一步步学坏，不就是对自己要求不严所导致的吗？人变坏容易，变好难，而现在恰恰是关键时刻，他能否变好，就取决于这五块钱了。要是把这五块钱交上去，他的心灵从此就可以变得高尚；要是他继续把这钱昧下去，那么他就会越变越坏。既然这样，他就把五块钱交到学校去吧。虽然已经过去四五天了，交，总比不交强，交了，他心里就安然了。拿定主意之后，利用下课时间，杨诺便准备把钱交给学校教导处。可当他快步走到教导处的门口时，他又为难地停住了。让杨诺感到万分悲哀的是，他现在身上只有三块多钱，其中一块多钱他用于向学校交粮用了，还有五毛钱，他买菜了。他如果想拾金不昧，把五块钱交给学校，就必须把那已经花掉的两块钱吐出来。他做得到吗？所以，他只能交三块钱。可这三块钱一交，他下来用什么买菜？每天早上打饭的时候，饭堂跟前的屋檐下都有附近的老奶奶来卖菜的，她们用担子挑来一盆盆炒的，或者调的酸菜，二分钱一勺子。这是吃糊汤必不可少的，没有菜，糊汤根本下不了口。他如果把这三块钱交给学校，他想买菜就不可能了。想来想去，杨诺只好打消了拾金不昧的念头。他想，那五块钱也许不是学生丢的，而是哪个有钱的人丢的，也许是个小偷丢的，那么他拾到这五块钱就不算什么错了。而且，他也实在是困难，没有钱，如果他身上有钱，他肯定会把那五块钱想办法交给失主。况且，他是用这五块钱上学用的，并不是随便挥霍。这样给自己找了说辞之后，他才转身向教室走去。他心里不由感叹：要做一个高尚的人真难呀。没有办法，为了继续上学，他还得做一个卑微的人。而且后来，下午比较累的时候，他故意在学校门口和街道上溜达，他一边走，眼睛一边定定瞅着地面，他希望地上再次出现五块钱，不是五块，一元两元也行。可喜的是，后来每当危急时刻，杨诺总能在大学校大门外面拾到钱。有时是五元钱，有时是两元钱。他把这拾到的钱全用于交粮和买菜了。

因为妹妹兰兰的事情，贾香香在心里恨透了杨诺，她恨这个有眼无珠的人，恨这个无情无义的人。她发誓，以后，永远也别理这小子了。可是，过了几天，她对杨诺的恨就很快消失了。她不仅不恨他了，反而处处替杨诺考虑。杨诺他妈一心想让杨诺回家务农，并以给他找对象为名，让他接受。倘若杨诺同意了这门婚事，他还上什么学？从这一点上说，他认为杨诺是聪明的，勇敢的，有出息的，他没有上家里的当。其次，她妹妹那么好的一个姑娘，杨诺都不为所动，这说明杨诺真是有理想和抱负，要搁有的农村小伙子，还上什么学？巴不得找下这么好的媳妇。因此她认为，杨诺确实不是一般的男子，她有什么理由怪人家？人各有志，杨诺一心想考大学，根本不是个甘于一辈子撅着屁股在田里刨命的农民。这种人，岂是初中文化程度的兰兰能配得上的？

一旦把这些道理想通了，贾香香便不再痛恨杨诺了，反而对他更加疼爱了。于是，每个星期六上午，她故意在村子前面的路上做活，以便见一见这个与她有着不寻常关系的男娃。可是，她见他的机会特别少，她每次在路边的田地里守候了大半天，连杨诺的影子也见不上。

贾香香早晚放心不下杨诺，她不知道杨诺是咋回事，他该不会和他家里断绝关系了吧？

一天下午，她串门串到杨诺家门口，刚好杨诺的妈妈王桂梅在家。

王桂梅一见她来了，立即请她屋里坐。她就进去了。

王桂梅搅了一杯子红糖水递给她，然后十分亏欠地说："香香，真是对不住你，上回那件事，让你妹妹难堪了。唉，这个不省心的东西，不知他吃错了啥药，兰兰那么好的女子他看不上，硬要上那破学。你说说，二中教师都跑光了，他上那个学有啥用？为这事把我气坏了。"

"事情都已经过去了，王婶也不要放在心上。别的啥也不要说，要怪就怪我妹兰兰没有福分成为你的儿媳妇。"

"唉，就怪我平时把他惯坏了，你说这本该是多好的事，兰兰多好的姑娘呀。他不听话，我们也没便宜他，上个周他回来拿钱，我们就没给他。没有钱，我看他怎样坚持下去。他要是从学校回来了，我还有个想法。"停了一下，王桂梅说，"要他真是从学校回来了，我还想麻烦你一下，再给兰兰做做工作，把他们俩的事能够促伙成，不知行不？"

贾香香想不到王桂梅仍然眷顾着妹妹，她心里很感激，便说："上回杨诺拒绝了我妹妹，我妹妹伤心透了，我特意回娘家好好安慰了她。要是杨诺不上学了，他俩倒也般配，到时我再好好向妹妹解释解释。我担心的是杨诺不会从学校里回来，我能看得出，你儿子一心想考大学，人家是个有理想有抱负的人。”

“啥理想抱负，学校都成那样了，有理想能咋？你放心，等着瞧吧，过不了几周，没有钱他肯定坚持不下去，到时乖乖地从学校滚回来。他一回来了，我就告诉你。行吗？”

贾香香见王桂梅这么诚恳地想让兰兰嫁给杨诺，便说：“到时看吧，只有他从学校回来才好说。”

后来几个周。贾香香一直盼望着杨诺能够从学校回来。说心里话。她也真心希望兰兰能够嫁给杨诺，兰兰要是能够嫁过来，她们姊妹俩不仅可以经常见面，而且能够相互帮助，她太爱这个懂事的妹妹了。可是等了几个周她始终没有把杨诺等回来。这个时候，她不禁为杨诺担心起来。在学校上学，没有钱怎能行？有一天下午，她忍不住又跑到杨诺他们学校去了。为了怕杨诺看见，她提前躲在饭堂对面的一个楼梯口处。打饭时间到了，她发现其他同学争着跑着去打饭，就是不见杨诺，她还以为杨诺不来打饭了。正要走时，只见杨诺孤单单一个人拿着洋瓷碗打饭来了。他只打了半碗糊汤，然后连一分钱一勺的酸菜都没有买，就蹲在饭堂旁边的阶沿上，狼吞虎咽地吃起来。

贾香香看到，杨诺比以前瘦多了，脸上布满了愁容，走路有气无力的样子。一见杨诺这种样子，贾香香不禁鼻子发酸。她知道，由于家里不给钱，杨诺只好拼命的挣扎着，他连一分钱一勺的酸菜都买不起，他每天都忍受着饥饿。想到这些，贾香香十分难过，多么可怜的小伙子呀。

这天从学校回到家里，贾香香脑子里一直忘不了杨诺那孤苦无助的样子。她便在心里祈祷着：“杨诺，你回来吧，受那罪干啥？你若回来，我保证把我漂亮的妹妹嫁给你，让你过上幸福美满的日子。”

可是杨诺还是没有回来，他一直坚持着。

贾香香开始担心起来，她生怕杨诺会饿死在学校。有天晚上做梦，她竟梦见杨诺衣衫破烂的在街上乞讨，结果被狗撵得无处事逃，拼命地叫唤。这梦把她吓醒了，再也睡不着了。

不行，她得援助他，不然她真受不了，她不能让杨诺受罪。虽然她家里也很紧张，但她一定要想方设法弄到钱，把钱送给杨诺。给人打短工挣钱太慢，她就上山挖药材卖，为了挖到贵重的药材，她常常要翻几架山。有时实在弄不到钱了，他只好厚着脸皮去找聋子窦金宝和糟老头子杨生茂。窦金宝当然高兴不已，她一去，他就把门一关，直到把她弄得浑身散了架似的。

所以，她每次都害怕去找窦聋子，她无法忍受那种野蛮和钻心的疼痛。她宁愿去找杨生茂。可杨生茂也好不了多少，他为了保护自己的名声，总要把她带到最安全的角落。那些地方，要么臭气熏天，要么狭窄拥挤得无法容身。在那些地方，她感觉自己连猪狗都不如。

贾香香拼命忍受着，在经过每一次的羞辱和蹂躏之后，她痛苦地从他们手中接过他们送给她的几块钱。

从窦聋子和杨生茂那里挣下钱后，贾香香还不能直接给杨诺，那样杨诺一定不会要。那怎样才能把钱交给杨诺呢？贾香香想了好几天，有天在路上她终于想出了个好办法。当一天下午她顺利地把钱送到杨诺手中后，暗中看到杨诺欣喜若狂的样子，她心中激动万分，她终于为自己喜欢的人干了一件好事。但杨诺还不知道是她干的，这让她又很心酸，她又开始怀疑自己花那么大的代价做这件事到底值不值，要是自己突然死了，有谁知道她做了一件这样的事？恐怕全世界人都不相信这人会这么傻。但最后贾香香还是想通了，她不管人们理解不理解，也不管他人知道不知道，她是听从心灵的驱使去干这件事的，她问心无愧，她喜欢这个小伙子，她愿意为他做出一切牺牲，即使要她的命她都乐意，她贾香香就是这种人。

后来，她就用这种办法，又先后数次把钱送到杨诺手上。

第九章　特殊的年味

到了这年 11 月底的时候，南县县委书记牛文科带领一班人通过和十堰市政府及十堰市教育局进行交涉，十堰市中学才终止了向南县招聘教师，大部分教师被劝回，二中的混乱局面才彻底结束了。后来地区教育局又从商洛其他县区向南县二中调了十多名高学历教师，这才填补了因教师出走而留下的空白。教师一配齐，二中教学秩序迅速走向正规。

还有一个多月这学期就要结束了，各科任课教师迅速加快进度，抓紧补课。由于这学期大部分学科停课时间太久，不少学生都把课本放在箱子里睡大觉，当教学进度一加快，百分之九十以上学生叫苦连天，感觉消化不了，适应不了。但还有一小部分学生，在别人都玩耍的时候，他们提前坚持自学，虽然学得一知半解，毕竟对知识点有所熟悉，经老师的讲解和点拨，他们很快就融会贯通了。杨诺就是这方面做得比较好的一个。虽然这学期他过得很不愉快，并且家里几乎断绝了对他的经济供应。但他始终没有放弃学习，在别的同学玩耍胡混的时候，他先自学各门学科，他的理解力比较强，通过自学，各门学科他已经掌握到大半以上，经过老师的细心讲解，不少难懂的知识点差不多都被攻克了。

一个月后就是期末考试。学校考虑到这学期授课时间太短，原打算取消期末考试的。可是，不期末考试，学生的学习成绩就无法掌握，教师的教学业绩也无法考核；再者，明年一开学就要分文理科，分科的依据是什么？经过研究商讨，学校还是对高中各年级进行了期末考试，并且声明：高二年级这次的期末考试将作为下学期分文理科的依据。

听到这个消息，二中高二年级不少学生都傻了眼，他们都后悔这学期荒废了太多时间，这会儿即使昼夜不睡觉，也来不及了。有的只好破罐子破摔，懒得复习了。

杨诺为这次期末考试积极准备着，因为打算明年分科时他想进文科班，他对理化的复习，比重就轻得多。经过几个周的紧张复习，这次期末考试，杨诺的八门学科总成绩考了全年级的第一名。除了理化成绩稍低之外，其余课目，他的成绩都在85分以上。虽然这次考试难度有所降低，但题量仍比较大，许多学生考试题都没做完，大部分学生的成绩都不及格。杨诺的成绩让不少任课教师对他刮目相看。

这是多不容易的成绩，这成绩单里，凝聚着他的心血和汗水，和说不尽的委曲和心酸。在泪水中他一步步走过来，在泪水中，他逐渐变得坚强。

但是，他知道，这一切都还没有结束，距高考还有一个学期了，那几个月才是决定他命运的关键时期。

这一年放寒假离校的时候，杨诺故意从班主任老师那里要了份入学通知书。

杨诺记忆犹新，以前上小学和初中，每逢放寒假的那一天，都要从班主任那里领一份自己的入学通知书。通知书其实就是老师对学生一学期学习好坏的总结报告，上面除了写明下学期的开学时间，学杂费和书费外，最重要的一项是上面写着班主任老师对该生的操行评语，以及本学期该生的各科考试成绩；另外，通知书上还有家长对其子女的意见。家长意见不填，下学期就不能凭此报到。在杨诺的记忆中，自己整个小学阶段学习都比较好，那时他每一学期的考试成绩总是在班上遥遥领先，不仅各科老师喜欢他，同学们也喜欢他。当然，那时他家里很穷，好好学习是他唯一的目标。可到了初中就不一样了，到了初中，他父亲平反了，家里条件改善了，他在学习上却开始大幅度滑坡。加上受堂哥杨树林的影响，他沾染了一身的坏习气，而且和贾香香有了那种羞于言齿的事。因此他在初中阶段的学习简直是一塌糊涂。每次期末考试他各科考试成绩都不及格，操行评语一栏中，班主任老师总是写着：该生本学期学习不用功，上课不认真听讲，作业爱抄袭，成绩较差。望该生严格要求自己，克服不良习气，迎头赶上……

每次拿到这样的通知书，杨诺都无地自容，惭愧不已。面对老师所下的不堪入目的操行评语，还有那一门门很糟糕的考试成绩，他能拿回家让父母看吗？肯定不能，父亲若是看到他这种通知书，不仅揍他不说，连他下学期的学费都不会给他。怎么办？他只好想了一个办法，趁班主任老师不在房间里的机会，他和另一个成绩很差的同学一起，悄悄潜入到班主任老师的办公室里，偷走一份空白通知书，然后模仿班主任老师的笔迹，写上很好的操行评语和很高的考试分数。要是空白通知书实在偷不到手，他们就在原通知书上改分数，他常常把 48 分改成 98 分，56 分改成 86 分，把 60 分改成 80 分。由于紧张，每次涂改的都有印记，父亲看了总是产生疑问，但由于他上小学成绩好是出了名的，父亲并没有过深的追究。靠着这种涂改通知和偷通知书的办法，他蒙骗了父亲一次又一次。

回想以往他的种种恶劣行径，杨诺对自己深恶痛绝，后悔无比。他要是那时就知道好好学习该多好，他要是那时不涂改通知书，让家里极早发现他的不良行为，痛打教训一顿也好。那样，他就不会在错误的道上越走越远，越陷越深。从而导致最后考入到县普通中学，因而才有了他今天这种局面。这是不是老古话所说的：恶有恶报呢？往事真是不堪回首呀。

这次，他各科考试都跃居全班之首，这是他发奋学习的结果。他真希望班主任老师在通知书上填好他的操行评语，还有每课的考试成绩。他有那么好的考试成绩，班主任老师一定会把他的操行评语写得很好。有了这样一份通知书，父母看了一定会很高兴，他们再也不会让他辍学了，一定会大力支持他考大学。

可是，自上高中以来，班主任老师每次只是把期末考试成绩和名次在班上公布一下，压根就不发通知书。怎么办？因为太需要通知书了，杨诺只好去找班主任老师，让他破例给他填写一份入学通知书。班主任老师开始不想写，嫌那麻烦，眼下也不兴这东西了。可当杨诺把他的意图说了一遍之后，班主任老师还是欣然同意了，专门给他制了一份通知书，并填写了他各科的考试成绩和非常好的操行评语。

杨诺高兴极了，他像是揣上了一份皇帝的圣旨似的。他太需要家里对他的支持了。

杨诺几乎是和弟弟杨飞同一天放假的，但弟弟杨飞放寒假后到一个同学家里玩去了，捎信回来说他三天后才回来。

杨诺先回家。这个时候已是腊月二十了，家家户户都在忙碌着准备过年：杀猪、宰羊、劈柴、做豆腐、收拾庭院和房子；另外就是上城置办年货。杨诺是怀着一份好心情回家的。他想，通过努力，他这次期末考试终于考到了全班第一名的好成绩，二中跑走的教师也都得到了补充，教学秩序已迈入正规。他相信，父母看了他的通知书，并且知道他们学校的真实情况后，对他的态度一定会大大转变，他们一定不会再让他辍学，更不会逼他找对象了。

回家把被褥和书包一放下，杨诺就小心翼翼地从上衣贴胸的口袋里掏出了那份珍贵的通知书。父亲当时正蹲在阶沿上抽烟。这是让父亲看通知书的最佳时间。杨诺走过去，对父亲说："大，你看一下，这是我的通知书。"一面把通知书递了过去。父亲对他看了一眼，咳嗽了几声，这才伸手接过他递来的通知书。父亲只粗略地看了几眼，就把通知书还给了他，不悦地问："明年开学咋要那么多钱？"

杨诺说："那是学校定的，除了学杂费、书费，还有住宿费。"

"啥子烂学校，连老师都配不齐，收钱却一个顶两个，你说你上这号学校有啥用？白花老子的钱，你趁早回来算了。"

杨诺想不到父亲会说这种话，但也不怪父亲，谁让二中今年发生了十几个教师集体出走这件事呢？于是，他便耐心地对父亲解释说："二中现在状况好了，校长是新上任的，走的教师都补齐了。而且，这学期期末考试总成绩，我考了全年级第一。"

"是吗？让我看看你各课都考了多少分。"父亲又把通知书要过去，仔细看了半天。他脸上的表情渐渐好起来，像冰雪融化，像花朵绽放。看到父亲脸上表情好起来，杨诺心里也美滋滋的。可是父亲却突然问道："你这些分数该不会是假的吧？你上初中时可没少糊弄我，结果连一中都考不上，你现在要还是糊弄我，弄些假分数，骗的只是你自己，好歹高中毕业还有半年时间了，到最后，你就乖乖回来了。"

杨诺见父亲不相信自己，便辩解说："你要是不相信，可以亲自到学校去问。要是假的，你就把我从学校拽回家。"

"谁有功夫去问那个。只要是真分数就行。"

杨诺把通知书拿回家让父亲看了之后，当天晚上吃罢饭之后，他又把通知书拿去让母亲看看。母亲小时候只上了半年私塾，认不出几个字，但是母亲却认得阿拉伯数字，他考试的分数母亲能够认出来。杨诺之所以要让母亲看他的通知书，目的还是想得到母亲对他的支持。这学期二中教师出走，母亲本想让他回家，并打算把贾香香的妹妹说给他做媳妇。可他断然拒绝了。这件事让母亲很难堪，他们母子之间的关系从而出现了很大裂缝。杨诺不想这样，以前，母亲一直很关心他，在考学上从没有想过要放弃他，只是因为他初中阶段不好好学习，考到普通中学，并且代课老师大量出走的情况下，母亲才产生让他辍学的打算。杨诺心里不怪母亲，一切都是咎由自取，他要是学得好，像弟弟杨飞一样考上了县一中，母亲会让他回家吗？现在好歹学校走向正规了，他的精神状态也调整过来了，要是再得到母亲的大力支持，他就没有后顾之忧了。

这天晚饭吃罢后，母亲坐在灯光下纳鞋底。杨诺走到母亲身边，把通知书拿出来说："妈，你看，这是我的通知书。这学期期末考试，我考了高二全年级第一名。"

母亲一听，马上放下手中的活儿，接过通知书，站起身，把通知书凑近灯泡跟前看，她一边看，口里一边念着杨诺各科考试分数。杨诺看到，母亲对他考出这么好的成绩很自豪。母亲把通知书看了半天才交给他，然后问道："你们学校走了的老师都回来了？"

杨诺说："有些回来了，没回来的，上面又重新调来了好老师，现在学校一切都正常了。"

母亲说："那就好，要是连老师都没有，那还叫什么学校？"杨诺还准备向母亲发誓，他一定要考上大学，但是他终究没有这个胆量，他现在只想消除他们母子之间的矛盾和隔阂，让母亲大力支持他上学。他发现，这份通知书果真奏了效，看罢通知书之后，母亲对他说话的语气变得亲切了许多，每顿饭好之后，都亲自喊他吃饭。父亲也是一样，自从知道他这学期考了全班第一名之后，眼里对他不再是冷漠和不屑，而是流露出一种自豪和期盼。从这些微小的变化中杨诺已深深感受到：父母还是爱他的，只要他好好学习，力求上进，父母是不会放弃他的。父母之所以对他产生放弃的想法，就是因为他过去太荒唐了，成绩太差了，这怪不了父母。

就在父母对他的态度有所好转时，弟弟杨飞放寒假回来了。让杨诺意想不到的是，弟弟这次回家拿了两张奖状，一张是数学竞赛奖，还有一张是考试考了班上前五名发的奖。杨诺很羡慕弟弟，不亏上的是重点高中，不仅各科搞竞赛，而且期末考试前五名的都发奖。他虽然考了全年级第一名，别说发奖状了，连通知书都是他私下特意向班主任要的，孰优孰劣，一比就比出来了。

父母看到了杨飞拿回来的两张奖状和学校所发的钢笔和笔记本之后，高兴坏了，他们让杨飞把奖状贴在堂屋的墙上，逢人就夸他学习好。而对杨诺重新又是一副冷冰冰的面孔，父亲甚至还怀疑杨诺所说的全年级第一名的成绩是假的，不然为啥杨飞考好了都有奖状、奖品，而他什么都没有呢？

杨诺感到非常痛苦，他怎好解释呢？没有办法，他只得好好表现。反正腊月间琐碎的活儿非常多，每天不用父母催，他不是去劈柴，就是帮母亲去磨粮做豆腐。而弟弟杨飞不是在房子里认真学习，就是跑到他同学那里去玩，家里活儿他横竖不粘。

杨诺虽觉不公，可是他半句话也说不出口。他发现，尽管自己极力表现，却仍然比不上父母对弟弟亲热。弟弟每天什么活儿也不干，却衣来伸手，饭来张口，公子哥似的。杨诺感到十分委屈。他切肤地认识到：在普通中学上学，就是学得再好，希望也很渺茫。要想赢得父母的好感，只有考上大学才算数。

腊月二十四这一天，家里杀年猪。

父亲头一天已给杀猪佬说好了，第二天一早就让他来他们家杀猪。

过年杀猪是一件喜庆事，也是一件稀罕事。前几年，家家户户有交生猪的任务，叫交统购。到了八十年代，交统购渐渐被取消了，各家各户可视自己家的经济状况，把猪卖了也行，杀了吃也行。把猪卖了，说明这家经济不宽余，缺钱用，不卖不行；把猪杀了，则说明这一家经济状况还比较殷实，把猪杀了自己吃肉。实际上，农户人家辛辛苦苦一年把一头小猪娃喂成二三百斤的大猪，就是希望过年杀了吃的。人一辈子图啥吗？不就是为了吃好、穿好，生活有质量吗？钱哪有多少的？因此，除非实在缺钱用，一般庄户人家都想过年杀一头大肥猪。

家里这头猪大约三百斤重了，这是母亲一年到头辛辛苦苦喂大的。在杨诺的印象中，母亲每天最关心三件事：家里的一日三餐，上地做活，喂猪。正是由于母亲的精心喂养，这头猪才长得膘肥体壮。

头天下午，哥哥杨树平带着嫂子，还有他们的儿子，从单位回来了，他们不仅把单位发的米面带回来了，还卖了些鸡、鱼和牛羊肉。杨诺和弟弟帮哥哥把这些东西搬回家之后，父亲说："三个儿子都回来了，明儿就把猪杀了吧。"接着他便开始联系杀猪佬，并让杨诺下午就上山去拉葛条。

杨诺很高兴，下午就别把镰刀，去了村子对面的娘娘山去拉葛条。几年前，杨诺经常与同村的一些小伙伴上山去砍柴，柴砍够之后，就用葛条一捆，背回家。杨诺知道，娘娘山葛条多，而且长得好。

可是，当杨诺到了娘娘山，他以前经常拉葛条的地方，到处光秃秃的，连草几乎都没有了，哪还有葛条？杨诺不知道，那几年村子里烧石灰窑的特别多，烧窑需要大量的柴草，于是窑主就四下张贴告示，大量收购柴草。缺钱的人家，都上山去砍柴草。柴草要用葛条捆好，才能背回去卖钱用。村子附近的山山峁峁，柴草被砍一空，就连路远的山上，柴草也被砍得稀稀拉拉，像喇痢头。

拉不到葛条，猪杀罢之后，猪肉就无法绑着往出晾；再者，如果连葛条都拉不到，父亲肯定会责骂他，说这点小事都指望不上，他还能做什么？他不能让父亲不高兴。杨诺只好翻过娘娘山，到更远的地方去拉葛条。

杨诺翻过了高高的娘娘山，来到高粱沟。这里路比较远，虽然情况略好些，但是急忙还是找不到好葛条。深冬季节，天寒地冻，不少葛条都干枯了，根本用不成。稍好一点的葛条，都被人割走了。杨诺心里这才焦急起来，他原以为拉葛条是件很简单的事，想不到这么麻烦。时候已经不早，他得赶快找到，不然到天黑了葛条还拉不够。

杨诺只好到陡峭的山崖上，或者刺架里面去找。这些地方危险不好走，如果上面有葛条，人们一般不会去拉。这次杨诺想对了，在一个刺架里，他拉了好几条新鲜葛条，虽然弯弯曲曲，不太顺溜，但是还能用。只是刺架里拉葛条非常不容易，葛条比较柔软，见东西就缠，那些葛条往往就缠在刺架上，要想把葛条拉出来，得费九牛二虎之力。但为了完成任务，杨诺只好小心翼翼，一点一点地把缠在刺架上的葛条顺开，拉一根条，往往得费半天工夫。为了节省时间，杨诺想了一个办法，找到葛条后，他先把根部割断，然后就拽住葛条根部往出拽，直到把葛条从刺架上拽下来。在拉其中一根葛条时，由于使劲太猛，一根刺悠过来，一下子抽到他脸上，他顿时感到一种钻心的痛，手一摸，刺把他脸都扎出血了。

杨诺蹲在地上休息了半天，当疼痛稍好一点之后，他才接着继续在刺架当中寻找葛条。

天黑之前，杨诺终于拉够了一把弯弯曲曲的葛条。

第二天天亮不久，杀猪佬张绣石就背着杀猪桶来了。

张绣石的外号就叫杀猪佬，他真名根本没人叫。其实他一年杀猪只在冬腊月，平时也不杀猪。但由于方圆十几里以内，他杀的猪最多，猪又杀得好，人们直接就给他取了个绰号叫杀猪佬。他这人脾气特别好，谁和他开玩笑他都不恼，杀猪费用也比较低；关键是他的猪杀得干净利落，猪肉块子割得均匀整齐。杀猪生涯几十年，他从没出过事。因此，到了腊月间，人们都争相请他去杀猪。

杨诺他们弟兄三个一大早就被父母喊叫起来了，杀猪可不是件容易事，需要他们父子四人全都出马。可是，父亲一见杨飞就说："叫杨诺过来帮忙，杨飞就不上了，去看你的书。"杨飞一听，就得意地回他房间看书去了。哥哥杨树平看了杨诺一眼，杨诺马上把头低下了，他感到心里一沉，原本很高兴的事，一下子让他悲哀起来。

堂哥杨树林也被母亲叫来了。突然见到杨树林，杨诺几乎都认不出来了，个头比原来高了二三寸，体格比原来壮了许多。杨树林是前不久才从狱中出来的。

杨树林一来，便走到杨诺跟前，拍了一下他肩膀问道："放寒假了吗?"

杨诺点点头，说："大前天放的。"

"咋不找我玩儿?"

"我不知道，你出来了。"

"嘿，你怕影响不好吧？告诉你，我在里面表现很好，还立了功呢，我是提前释放的。"

要搁有的人，若是坐了监狱，出来了连头都抬不起来，羞于见人。可杨树林却不，他家常便饭一样说着他坐监狱的事，仿佛是件光彩事一样。这使杨诺心里对他产生了一种敬佩之心。上初中的时候，他就是受这个堂哥的影响，整天不好好学习，跟着他粘染上了一些恶习，荒废了学习。否则，他也不会考到县二中，不上二中，也就不会有他这一系列的不幸和磨难。想到这里，杨诺便对杨树林板起面孔，不再搭理他了。

人一到齐，张绣石便对几个人进行了分工，他让杨树林和杨树平二人负责到猪圈里把猪逮着，然后往猪圈坝上传递。其他三人在上面接应。

猪圈就在门口，张绣石一吩咐，杨树林和杨树平就先后跳到猪圈里。猪大概已经知道今天要挨宰了，躲在猪圈棚里不出来。哥哥杨树平就用石块往出赶。但是再打，猪在里面光叫就是不出来。杨树林便让给他递一根棍子。杨诺便从柴堆上抽出一根树棍，递给了杨树林。杨树林让杨树平闪开，他把棍子捅到猪圈棚里乱打。只桶了几下，猪就吼叫着冲了出来。猪一出来，杨树平和杨树林两面夹击，很快就把它逮住了。俩人一手拽住一只猪耳朵，往猪圈坝跟前拖，猪拼命嚎叫起来。猪被拖到坝跟前了，上面也做好了接手准备。杨树平和杨树林歇了口气，然后喊了一、二、三，一齐用力，就把这头二百多斤重的大肥猪甩到猪圈坝上面。上面早已做好了准备，下面刚一松手的一刹那，他们马上捉住了猪耳朵，立马就往上拖。杨树平和杨树林在下面托住猪屁股往上一推，猪就上去了。猪一被拖上去，杨树平和杨树林就赶快从猪圈里爬上来，几个人一起，连拽带推，把猪拖到杀猪桶跟前。杀猪桶上面早已放好了门板，几个人又一起用力，把猪掀到门板上。猪一到门板上，叫唤得更厉害了，几个人捉耳朵的捉耳朵，按腿的按腿，把猪给牢牢控制住了。

杨诺本来是捉猪尾巴的，他嫌脏，就去按猪后腿。不想，当杀猪刀刚捅进脖子里去的那一刻，猪受痛拼命挣扎，后腿用力往开一蹬，杨树林力大把一只腿稳住了；杨诺力小，猪腿一蹬，一下子把他蹬得坐到了地上。杨诺顾不得疼痛，马上爬起来，准备再次把那只猪腿按住，可是猪腿蹬得更厉害，他根本无法下手。杀猪佬一边用长刀子在猪脖子里桶，一边说："那只腿不用按，把上面那只腿按住就行了。杨诺正要去给杨树林帮忙，不料父亲板着脸说："你到一边去，帮不上忙还尽碍事。"

杨诺想不到父亲会这么说他，刚才猪腿用力一蹬，一下子踢到他手上。他现在手上还火烧火燎的痛。这回又受到父亲这样的斥责，他感到心里非常委屈，便索性离开了这里。

杨诺一个人去了村庄背后的山坳里，直到半上午他才回去。这个时候猪已被杀好了，肉块也全部堆放在堂屋的竹篮里，父亲正在收拾猪大肠，见了他，满脸不悦地问："杀猪你不帮忙，跑哪逛去了？"

杨诺不想回答，径直走到自己屋里。

腊月二十八，家家户户都忙于煮肉，炸油条，空气中到处弥漫着浓郁的香气。因为过年用的东西差不多都已经备好了，家里已不再吩咐杨诺干什么活儿了，杨诺便可以安心在房间里看书。可是，不知为什么，他心里一直毛躁躁的，无法安静下来。看书，看不进去；做数学题，打不起精神。正烦躁不已的时候，堂哥杨树林来了。

杨树林这天穿着崭新的带拉链的羽绒袄，牛仔裤，脚蹬白色运动鞋。整个人看起来非常精神。

杨树林一走进来，便笑着对杨诺说：

"马上要过年了，看什么书，走，到我家去喝两杯。"

杨诺定睛看了看杨树林，他感到很奇怪，四年多的监狱生涯，似乎在他身上没有留下任何痕迹，从他脸上丝毫看不出犯人的那种萎缩和自卑。他的眼光不仅不呆滞，反而光彩神气，仿佛他是荣归故里，或者是衣锦还乡一样。

杨诺本来是想拒绝堂哥的，他不会忘记在少年时代，由于堂哥的引诱和带动，对他的负面影响有多大。要不是他，他何至于弄得现在这样狼狈不堪？可是，在内心深处，他却一点也不想拒绝他，反而见了这个臭名远扬的堂哥，就有一种亲近感，亲切感。因此，堂哥一叫，他就把书合上了，随堂哥走出了房门。

杨树林是杨诺他二伯的儿子，杨树林兄弟姊妹三个，他的一个哥哥，一个姐姐都很本分，唯独他从小顽劣，而且因偷盗被关进了监狱，让他的父母蒙羞含辱，平时只要一提到他的名字，他的父母无不咬牙切齿。

杨树林热情相邀，杨诺没有理由拒绝。

杨树林家和杨诺家相隔四五户人家，以前杨诺经常到杨树林家去，自从杨树林被关进监狱后，杨诺几乎很少踏进他家的门槛了。加上他这几年上高中，学习紧张，他连村子都很少去。

杨树林家有三间正房，两间厢房。他的哥哥在家务农，已另立门户，结婚生子了。姐姐也已经出嫁了。

路上，杨树林告诉杨诺："你知道吗？我现在和我爹妈分开过了。"

"啥时候分的家？"

"腊月十五那天分的。"

说着话，杨树林领着杨诺走进他家屋子。他告诉杨诺："我大我妈嫌我累赘，就把我分出来了，他们另过。给我分了一间正房一间厢房。"

杨诺瞅了瞅，房子里放了一张板床，两只木柜子，一张小桌，两只椅子。墙上用报纸糊了一道，床头还贴了两张电影明星的画，一张是刘晓庆的，还有一张是傅艺伟的，都很好看。

杨诺一来，杨树林就热情地让杨诺坐下，他给杨诺发烟。杨诺一看是大前门，比较贵，当时农村人普遍抽的还是羊群烟。但杨诺不会抽烟，便客气地说："谢谢！我不会抽烟。"

"你几年前还和我一块儿抽，现在咋不抽了？"杨树林还把烟杵在那里。

一听这话，杨诺心里隐隐作痛，便说道："就怪你，那时候教了我一身的臭毛病，你可把我坑苦了。"

"我把你坑苦了！咋把你坑苦了？"杨树林愣着眼睛问。

一见杨树林这表情，杨诺笑了，说："说着玩的，你当真了？我不会抽烟，你抽吧。"杨树林不再勉强，便给杨诺倒了一杯子茶水，说："你喝茶，我去端菜，菜都拾掇好了，等着你呢。"

在杨诺喝茶的时候，杨树林一口气端上来四盘菜，两凉两热，两荤两素。他把菜依次在小桌上摆好，然后去拿了酒、酒壶、和筷子，又到厨房，用铁锨端来一铁锨烧红的木炭。他把火盆从床底下拉出来，把炭放进火盆里，然后端到小桌旁，对杨诺说："今天刚好没事，快过年了，咱兄弟俩喝喝酒，聊聊闲话，怎么样？"

杨诺感到很温馨，他感到几年前他们之间的那种亲密无间的气场似乎又回到了身边。尽管他知道堂兄一身的缺点和坏毛病，他和他在一起不会带给他任何好处，稍不注意就会把他领上邪路。但是，很奇怪，他就是喜欢和他在一起，喜欢堂哥带给他的那种轻松愉快和亲如骨肉的气场。

杨诺和杨树林在小桌的面对面坐下，旁边放着一盆旺旺的炭火。

"先吃些菜，垫垫底，然后咱们再开始喝酒。"杨树林用筷子指着一盘卤肉说。

杨诺便拿起筷子，开始吃菜，每盘菜他都夹的吃了。杨诺想不到杨树林做的菜这么可口，便不解地问："你这做菜的手艺从哪学的？以前你可一点都不会做菜。"

"哪学的？你猜猜。"

"猜不着。"

"还有哪儿？局子里嘛。"

"监狱里？不会吧！那里能学到厨艺？"

"想不到吧，告诉你，和我关在同一囚室的有个四十多岁姓欧阳的杀人犯，他老婆和公社里一名干部好上了，让他捉奸在床。他十分愤怒，便拾了一把菜刀把那个公社干部的老二给剁掉了，最后法院给他判了二十多年刑。同监狱的几个无赖看他年纪大，经常欺负他。我进去后，和他结成了同盟，把几个流氓拾掇住了。为了感激我，他便将一手的厨艺教给了我。”

“监狱里，又没有锅台，他咋教你?”杨诺不解地问。

“告诉你兄弟，我在监狱里只待了半年就和老李一起关到了一所劳改场上去了。开始是给人家挖土，运土、搬砖。活儿可重了，饭食还差。后来无意间一次机会，欧阳师傅把厨艺露了一手，让管伙食的胖子大吃一惊。他们就不让欧阳做活了，让他给劳改场做饭。先是给犯人做饭，后来给管教人员做饭。欧阳跟我关系好，见我手眼灵活，就把我叫上了。所以这几年，我就跟着欧阳在劳改场职工食堂做饭。欧阳经常给那些领导做菜，我跟着他学到了不少厨艺。”

杨诺眼睛瞪得大大的，难怪从杨树林身上看不出一点监狱犯的那种自卑萎缩的形象。

杨诺夹了一筷子菜咽下，说：“看样子你这几年没受一点苦了。”

杨树林嚼着菜说：“那还用说，我这几年不仅没受到苦，反而吃香的喝辣的，啥子山珍海味都品尝了。另外，我还告诉你，食堂的粮食、肉类、蔬菜都是我负责去采购的，从中我还得到了不少实惠，我和欧阳经常与劳改场里的那些头头脑脑在一起喝酒，他们认为我够朋友，就给我减了刑。我本来不想回来的，我舍不得欧阳师傅，可是在那里面也不是长久之计，我今年都二十四了，我还得娶妻生子是不是？于是我就提前回来了。好了，不说这些了，咱们开始喝酒。”

杨诺根本不会喝酒，更别说划拳了。

杨树林便教他喝酒划拳。杨树林说：“别小看了吃喝，尤其是划拳喝酒，男人一生离不了的。劳改场一个指导员告诉我，他一生关键的两次提干，就是在酒桌子上替领导喝酒，被领导赏识才被提拔的。所以你得学会它。”

杨诺尽管认为提干什么的与他没有任何关系，他还是被杨树林的一腔热情说服了，便端起盅子和杨树林碰杯喝，头两盅子把他辣得眼泪都出来了，喉咙里更是烧得不行。但几盅子过后，渐渐好了。这时杨树林便教他划拳比着喝。

俩人从下午五点多开始喝的，一直喝到晚上十点，直到把两瓶子白酒彻底喝光了才为止。

杨诺感到头重脚轻，眼前东西直摇晃，但是他心里十分的痛快，同时也觉得杨树林十分亲切。

杨诺本不想回家去的，可是杨树林怕杨诺的家人来找他麻达，便搀着杨诺的胳膊往回送。

杨诺大着声说："哥呀，我真不想回去，我就住你这儿，你这儿好啊，我一辈子都不想回去，就住你这儿，让你带上我，带上我，行不行？"

杨树林口里应着，一边架着杨诺踉踉跄跄走出他的屋子。

外面不知什么时候开始下雪了，地上、房屋上落了一层雪，在纷飞的大雪中，杨诺被杨树林架着，一步步走回家。

杨诺一边走，一边大声说："我不想回家，一辈子都不想回家，你送我去哪儿呀？"

杨诺这次和杨树林在一起喝得时间太长了，他们从下午五、六点一直喝到晚上十点多，两瓶白酒竟然让他们喝得一点儿都没剩。这对杨树林来说不算什么，因为他年长，这几年在外面他也经常喝酒。可对杨诺来说却是破天荒的事，他以前从未喝过白酒，而且第一次喝白酒，他就喝了那么多。杨树林把他送回家，扶上床，盖上被子就走了。

杨诺先是兴奋，接着便感到天旋地转。他感到酒劲上来了，——头晕、目旋，心里开始恶心起来，而且那种恶心越来越厉害，他知道自已要吐，正准备下床，却来不及了，便趴在床头上吐了起来。刚吃过的饭菜，刚喝过的酒，全都吐了出来，屋子里顿时臭气熏天。

杨诺翻江倒海般地往出吐，他感到像是把肠子和心脏都吐出来了。

家里人闻声，都赶来了。他感到很难堪，想忍住，可是，偏偏憋不住，肚子里的饭菜、酒，还有喝的水，像标枪喷水一样往出喷射，难闻的气味弥漫着整个屋子。

父亲生气地说："你可真行，别的不学，和那个不正干的人在一起学喝酒，这下可好受了吧。"

母亲却没说什么，她赶快拿来了一个塑料盆，让杨诺吐在盆子里，一面不顾臭气难闻用铁锨和扫帚清理杨诺吐的脏物。弟弟杨飞见杨诺吐得可怜，便给他端来了一杯温开水，让他漱口。他吐了几起子之后，暂时停了下来，母亲把他吐的脏物倒了，用水把塑料盆涮了一下，然后又放到他的床头上，叮嘱他吐在盆子里，别吐在床上。

家人在他的房子里站了一会，都走了。灯仍亮着。

杨诺想睡一会儿，可是心里难受得要死，胃里更是恶心得不行，他刚动了一下身子，肚子里的饭菜又一下子涌到喉咙了，他赶快用嘴包住，探出身子，对着盆子又吐开了。

这天晚上，杨诺吐吐停停，停停吐吐，整整闹腾了一夜，到鸡叫三遍的时候，他才迷迷糊糊睡着。

第二天早晨，谁家孩子放的几声鞭炮响把杨诺炸醒了。眼睛一睁开，杨诺首先感到头疼欲裂，心里十分难受。他想爬起来，倒杯水喝喝。可是，刚把身子坐起来，便一阵恶心。他马上翻过身子趴在床头，又开始吐起来。经过一夜的呕吐，他肚子里的东西已经吐光了。没有东西吐更难受，他不停地干呕着，然后吐出黄黄的胆汁一样黏黏的东西。他的眼泪都出来了，肚子拐，还有全身都酸痛无比。

这个时候母亲又进来了，见他吐得可怜，便用手在他背上轻轻地拍着。说："你咋和杨树林在一起喝酒？他是什么样人你难道不知道？看吧你喝成啥了！"

杨诺还在干呕着，吐了半天，才吐出细丝一般的胆汁。

母亲给他倒了一杯白开水，让他喝下涮涮胃。他就接过杯子，一口气把水喝了，刚喝进肚子不到三分钟，立马又吐了出来。

杨诺感到后悔无比，吐酒吐得他浑身无力，眼冒金星，他想不到酒这么厉害，要是知道酒醉这么难受，打死他也不去堂哥那里喝酒。

母亲问他想吃什么饭，她去做。

杨诺说不想吃，他一点儿食欲也没有。

母亲走了，轻轻把房门关上。杨诺又睡着了。

再次睡到下午五点多，杨诺才醒过来，虽然心里仍然有些难受，但好多了。他马上把衣服穿上，下了床。

母亲和嫂子正在厨房里忙着煮肉，炸油条，父亲和哥哥在堂屋里拾掇过年用的红灯笼。

杨诺感到胸腔里很憋闷，上罢厕所，他便从厕所旁边一条小路折过去，向村庄背后的一道山梁上走去。

地上的雪已积了一尺多厚，附近的房屋，树上，全盖了一层厚厚的雪。天上灰沉沉的，大雪虽然停了，但小雪仍在稀稀落落地下着。

杨诺踩着厚厚的积雪，一步一步向那山梁上走去。

杨诺一直走到山顶。站在山上放眼望去，到处都是雪的世界，他不禁想起了毛泽东的《沁园春·雪》，口里也不觉朗诵了出来：

北国风光，千里冰封，万里雪飘。望长城内外，惟余莽莽；大河上下，顿失滔滔。山舞银蛇，原驰蜡象，欲与天公试比高。须晴日，看红装素裹，分外妖娆。江山如此多娇，引无数英雄竞折腰。惜秦皇汉武，略输文采；唐宗宋祖，稍逊风骚。一代天骄，成吉思汗，只识弯弓射大雕。俱往矣，数风流人物，还看今朝。

这首气势磅礴的诗词让杨诺浑身为之一振，昨天晚上喝酒带来的不适似乎一下子烟消云散了。他大吼了两声，以发泄心头的不快，让呼吸更加顺畅，然后，他两手叉着腰，定定地望着山脚下的家乡。沉沉雾霾中，零零落落的村庄显得异常零乱、闭塞和落后。面对生养自己的家乡，杨诺深深地意识到：自己必须从这里跳出去，走向外面那广阔的世界。外面才是他追求的方向，若是沉浸在这个小山村，他今后会有多大出息？说不定就会向堂哥杨树林一样，沦为囚犯。他发誓不再与杨树林交往了，通过这次喝酒，他再一次明白，杨树林虽然能给他带来口舌之快和浅层次的心里愉悦，但后果却是巨大的伤痛和后悔，这就像是抽大烟，吸着舒服，但是上瘾害人。自己让他害得还不够深吗？以后确实应该远离他。他已经不小了，他应该明白道理。

“我会明白的。”他心里说，“马上就要过年了，快乐些吧。”

第十章　歃血盟誓

这一年的正月显得尤其沉闷和漫长。

整个正月里家里都忙忙碌碌，不是有亲戚来拜年，就是父亲请客吃饭。

每当家里来了客人，杨诺便夹上课本，悄悄地溜出去，到村庄背后的一道山梁上看书。

深冬季节，大地一片萧瑟。寒风吹过，路边枯干的小草瑟瑟发抖。站在寂静的山坡上，杨诺心里有种说不出来的沉重和惆怅。正月里，人们都沉浸在节日的欢乐之中，而他却一点也高兴不起来，他从来没有像今天这样对前途和命运充满着深深的忧虑。还有几个月就要参加高考了，凭他现在的学习程度，能考上大学吗？尽管上学期期末考试他考了全年级第一名。可是，这是在什么情况下才考出的成绩？是在校高中部教师大量出走，整个教学秩序瘫痪，几乎所有的学生都放弃学习的情况下，他才考了个全年级第一名。况且，高考不是二中学生之间的竞争，而是全县、全地区、全省之间的竞争，就凭二中这样一所普通中学，就凭去年教师大量出走，整整荒废了大半个学期，他们如何能与成千上万个重点中学的高三学生竞争？然而，更可怕的还是他精神方面的萎靡不振，眼看距高考的日子不远了，可他的内心深处总有那么多的消极因素，使得他无法安静、专心、高效率地去学习，这种精神状态，他如何能参加形势非常严峻的高考？

这个问题深深地困扰着杨诺。每次从家里出来，他脑子里都要思考半天这个问题。他希望有一种灵丹妙药能够使他产生一种非凡的勇气和动力，从而专心致志、全力以赴地去参加决定他命运的高考。可每次都令他垂头丧气，世上哪有这种灵丹妙药？实在想不出有什么办法了，他只好停止了思索，拿出课本，找到一个避风的地方，专心学习。

整个正月间他都是这样，若是家里安静，杨诺就在家里学习；若是家里来了客人，他就夹上书，在村子背后的山上学习。有一天，他正在学习时，脑子里突然冒出了以前他和王小波一起看武侠小说的一个画面：为了完成一个复仇计划，几个志同道合的武林侠客秘密集聚在一起，先倒一碗酒，然后抽出刀，唰一下刺破手指，歃血盟誓。他现在正处于人生危难时期，他何不去学古代的侠客呢？对，这肯定是个最好的办法，一想到用刀刺破手指，鲜红鲜红的血一下一下滴到酒里，还有一口喝下血酒时的悲壮场面，杨诺不禁热血贲张。他想，这一定是个很好的办法，只有用这种办法才能使他从颓丧萎靡之中解脱出来，振作起来，斗志昂扬地进入到激烈的高考竞技之中。

可是，他一个人不行，他得再找一个伙伴。谁？想了想，同学江涛无疑就是最好人选。

于是，当天下午，杨诺也不学习了，他立即徒步来到江涛他们家里。当他把想法告诉给江涛时，江涛起初还不理解，当说到实效时，江涛马上同意了。江涛的家里也一心想让他考上大学，光宗耀祖，可江涛总感觉力不从心，学习劲头不大，他也非常想找到一个好办法能让自己振作起来，高效率地学习。当他听说歃血盟誓就是一个很好的办法时，他何乐而不为呢？

杨诺和江涛商量好了，把一切所用的东西准备好，开学前一天，即正月十五下午，他们提前一天到学校去歃血盟誓。

这年的正月十五是个阴天。早晨起来，天空阴云密布，到了下午天色愈加阴暗，冷风一阵阵地吹着，寒冷异常。下午四点钟左右，江涛背着行李来杨诺家叫杨诺。杨诺早已准备好了，江涛一来，他就背起被褥和书包，拎起母亲中午给他炒好的菜，走进寒风之中。

路上杨诺问江涛："让你准备的毛笔和酒带上没有?"

江涛说："准备好了，在被褥里夹着呢，你把刀子找到没有?"

"找到了，背着呢。"

"可要锋利呢。"

"你放心，非常锋利。"

他们走到学校时已经是下午五点多了，天色愈加阴暗，冬日天短，看起来天马上就黑了。

杨诺先把宿舍门打开。宿舍里光线更暗，几乎看不清人影了。杨诺拉了两下电源开关，灯泡并没有亮。他这才知道没有到开学时间，电还没有送。想到晚上要举行的特别仪式，没有亮怎么行? 两人一商议，他们决定马上到商店去买根蜡烛。

趁天色还没有完全黑下来，杨诺和江涛先把床铺铺好。江涛本来不在这个宿舍，因为他们宿舍门打不开，他今晚只好和杨诺睡一个床铺。床铺好之后，俩人就坐在床铺上吃了些从家里带来的干粮。然后他们将宿舍门锁上，走了出去。

一出门，才看到外面一片白，一眨眼工夫，天上开始下雪了，地上已积了薄薄一层雪。校园里非常安静，四下看不见一个人影。

杨诺神情凝重，心灵深处，他对今晚上的行动充满了一种庄严和悲壮感，他认为有了这个特别的仪式，自己以后就可以彻底甩开思想包袱，轻装上阵了。

出学校大门往西走，过一座小桥，便是县城的一条南北向的街道。这时，他们听到不远处传来噼噼啪啪的鞭炮声，咚咚的锣鼓声，还有咿咿呀呀的唱腔，——这和学校寂静的环境形成了强烈的对比。杨诺知道，元宵夜，县城里正在玩花灯。在杨诺的记忆中，小时候他经常被母亲领着，到县城里看花灯。可是今晚上不行，今晚他们还有非常重要的事情要做，他哪有心思去看玩灯?

江涛看着对面街道上一字长龙似的玩灯队伍，对杨诺说："这么多灯，真热闹，咱们去看一会儿行吗?"

杨诺看了江涛一眼，说："咱们提前到校的目的是什么？可不要因为看灯把正事误了。"杨诺这样一说，江涛才闭了口。江涛接着说："咱们赶紧去买蜡烛，回来就歃血盟誓。"

"那好吧。"

附近商店稀少，而且都关着门，要买到蜡烛必须沿着这条街道继续往南走，在体委操场附近的几个商店去买。这样。他们就和玩灯的队伍迎头碰上了。

虽然天上飘着雪花，可玩灯的人却一个个热情高涨。玩灯每到一个点，首先有人放炮，鞭炮响一阵子，接着是花子炮火星乱飞，人们害怕炮星子烧着了衣服，纷纷往后躲，这样便空出了一个场地，——玩灯的这叫炸场子。场子炸出来以后，先是舞狮子，狮子绕着场子不停地转圈，做出各种摇头摆尾的动作。人们害怕被狮子踩着了，又往后靠一点距离，——这叫作清场子。场子清好之后，舞狮子的继续往前走，接下来便是撑旱船，刘海戏金蟾、鹭丝叼蚌等节目，再往后就是各种各样的灯展，有唱的，有跳的，非常热闹。

街道两边人挨人，每进一步都非常艰难，虽然天上下着雪，可是人们看灯的劲头没有受到丝毫影响。

杨诺几乎是目不斜视地往前走，他现在只想快点走出这拥挤的人群，把蜡烛买到手。为了防止两人走散，杨诺拉着江涛的手往前走。他们不断地拨开人群，从人缝中往前挤。有时前面太拥挤，他们只好在人群中站立等待，有空隙了再往前走。杨诺发现，只要一有机会，江涛就会踮起脚尖，从人缝里看灯，看着看着，便笑逐颜开。杨诺很不满意江涛的这种表现，他们今晚要做的是一件关乎两人命运的大事，他们都应该庄严肃穆才对，可江涛一看灯就忘乎所以地傻笑，这算是什么事？于是他故意用鼻子哼一声，脸板得更严肃了。江涛一见杨诺这种表情，知道自己做错了，马上把视线收回来，俩人一道挤出人群，在一个日用品商店里买了两根红红的蜡烛，另外还买了一盒火柴。

当再次回到二中时，才发现整个校园已经白雪皑皑。天上虽然看不见月亮，但毕竟是十五，光线还比较亮。校园里落着雪的树木，还有一间间教室，都看得很清楚。

校园里有三五处路灯亮着，灯光下，只见鹅毛大雪纷纷扬扬地下着，很绸很密。整个校园里一个人影都没有，非常安静。

杨诺很庆幸今天晚上校园里没人，否则，要是有老师，他们还不好意思干这种事呢。

杨诺把宿舍门打开，俩人走了进去。外面光线比较亮，里面却是一片漆黑，而且经过了一个寒假，宿舍里仍然弥漫着一股剩菜剩饭的气味。

杨诺把蜡烛点上，用蜡油把蜡烛固定在对面床铺的床板上，然后各自把准备好的东西取出来。杨诺拿出了一把锋利的尖刀，一只碗，还有一张誓言。江涛拿出了半瓶酒，一沓子白纸和一支毛笔。

“那我们现在就开始吧。”杨诺庄重地说。

江涛点点头说：“好。”

“第一项：宣誓。”说完，杨诺一手拿起那张誓言，一手捏起拳头宣誓：“我们的人生已经到了生死存亡的关键时期，为了振作精神，专心学习，我发誓：一、不胡思乱想，专心听好每一节课，做好每一道题，过好每一天；二、不怕困难，冲破一切艰难险阻，勇往直前；三、不做任何对学习不利的事，不思任何与学习无关的事。专心致志，百折不挠，直至考上大学……”

杨诺照着提前拟好的誓言每说一句，江涛便从后面跟说一遍，直到把誓言念完。

“第二项，歃血。”杨诺郑重宣布。

这时江涛把酒瓶子打开，先把酒倒进碗里。本来他只需倒一点就行了，可他竟然把将近三分之一的酒都倒进去了。

杨诺拿起尖刀。这把刀子还是从他哥哥那里悄悄拿的，有一扎多长，还有刀鞘。杨诺把刀抽出来，刀子在烛光下发出一道寒光。杨诺伸出了左手。这时他心里有一阵胆怯，但也只是一刹那的事，为了命运，他还怕疼吗？他咬咬牙，用刀照准左手中指刺了一下，这时一阵刺心的疼痛立刻传遍全身，血顺着口子流了出来。杨诺把手放在碗上面，鲜红的血便一滴一滴滴到碗里面，发出清脆的滴答声。滴了七八滴血之后，杨诺便把刀子交给江涛，让他也把指头刺破，把血滴到碗里。

江涛犹豫了一下，问：“我不滴行不行?”

杨诺说：“那怎么能行！歃血盟誓，必须是用咱俩人的血，这样才能起到激励本人的效果。”

江涛有些怕，但他还是伸出了左手，先比了比，然后用尖刀在中指上刺了一下。其实他刺的口子很小，只滴了两滴血就没了。但江涛看起来还是很痛的样子，他赶忙把刀交给杨诺，用纸把刺伤的手指包了起来。

第二项任务完成之后，接着是第三项：喝血酒。

杨诺端起了酒碗。烛光下，小半碗血酒殷红殷红的。杨诺对着碗连喝了三口，一种辛辣味呛得他咳嗽了几下，但他很快便镇定住了。

江涛也学着杨诺的样子，喝了几口血酒，连说：“真难喝!”

最后一项是写血誓。杨诺对江涛说：“你的字写得好，最后一项由你来完成吧。”

江涛很乐意接受这项任务，他把准备好的白纸摊开，把那支未润开的小毛笔用唾液舔开，然后蘸着血酒，把杨诺刚才宣读的誓言一笔一画抄写了两份。

看到白纸上鲜红鲜红的誓言，杨诺的心里不由得激动起来。他对江涛说：“这两份血誓，我们各自保存一份，当我们意志消沉和动摇时，就把它拿出来看一看，相信它一定会坚定我们各自的意志，克服一切困难，考上大学。”

江涛说：“好，一定让这份血誓激励我们考上大学。”

血书很快就干了，杨诺把一份交给江涛，另一份叠好，放进了他的箱子里。

夜已经很深了，但是两人都很激动，睡不着，他们决定到校园里透透气。一出门，只见外面的雪下得更大了，雪落在地上，发出簌簌的响声。

第十一章　拼博，拼博

由于上学期二中教师大量出走耽误的课程太多，为了弥补损失，这学期开学的第二天，学校要求各班一律开始正式上课。

一开学，学校就做出决定：高二四个毕业班，以上学期期末考试成绩为依据，分文理科和快慢班。文科两个班，一个快班，一个慢班；理科两个班，一个快班，一个慢班。学校原则上规定：数理化成绩突出的，分到理科；语文、英语、史地成绩突出的，分在文科。但学校最终还是尊重学生的个人选择，由学生先报，除了个别成绩比较拔尖的学生由学校教务处确定外，大部分学生都是自己决定，针对你个人实际，愿意报文科的就报文科，愿意报理科就报理科，报好之后，教务处再视分数情况做个别调整并分快慢班。

这本来是一项很复杂的工作，但学校为了把耽误的时间抢回来，决定利用三天时间把文理科和快慢班分好，第四天正式开课。这个通知一出来，高二毕业班的学生顿时一片哗然。表面看起来只是分个班，实际上这是每个学生决定自己命运的关键一步。然而，供每个人考虑的时间只有短短的两天。有些学生文理科程度的优劣自己心里清楚，而相当一部分学生的文理科成绩大不差一。有的学生主见性强，而有些学生自己根本拿不了主意，这样，他们就只好回到家里，征求父母和哥哥姐姐的意见。

分班这几天高二年级不上课，每个学生自己决定，回家征求父母的意见也行，在教室里学习也行，总之务必在第二天下午六点以前，把自己选择的结果报到到指定的老师那里。

杨诺心里已经确定好了，他选择报文科。虽然他的理化成绩也不错，但是他认为自己的理化基础非常薄弱，初中三年，他几乎都在混光景，根本没有好好学习，理化能好吗？要想学好理科，基础非常重要，基础不牢，后面的知识往往漏洞百出，中等偏下的题还能将就，高难度的题根本无法下爪。况且，从二中的实际情况分析，它是一所普通中学，高中是两年制；而一中是重点中学，高中是三年制。一中本来师资力量就比较雄厚，去年下半年老师出走的也非常少，教学几乎没有受到影响。南县一中的理科成绩在全地区都赫赫有名，实力非常强。他若是报了理科，毫无优势可言；而报文科就不一样了，文科学得好不好，主要看你记忆力怎么样，若是记忆力强，最后几个月再加强复习，高考当中也许能和一中的高三文科班学生争个高低，这是一方面；还有一个原因，他之所以报文科而不报理科，是因为他想当作家，他听人说了，若是学文科考上了大学，就可以上中文系，中文系主要就是学习语言文学的，中国文学、外国文学、古代文学、现代文学、当代文学。把这些文学都了解了，他不就能当作家了吗？当然，这些话不能明说，那是他内心的秘密。通过上高中以来所经受的种种挫折，他越来越认识到他对文学的喜爱，他希望自己将来能够成为一名真正的作家，把自己所经历的苦难写出来，灵魂得救；同时让自己真正成为一个健康向上的人，一个对社会有贡献的人。

因为心里有了主意，杨诺显得从容自若，气闲神定，而不少学生却问东问西，拿不定主意，急得团团转。杨诺每天一吃罢饭就到教室里去学习，放学了，他和其他年级的学生一块，到饭堂去打饭。

这天吃罢早饭后，杨诺又到教室里去学习。教室里空荡荡的，只有他一个人，不少学生都回家去了，还有一些学生待在宿舍里，正在为自己究竟上文科还是理科犹豫不决呢。杨诺很镇定，他已拿定主意了，但是他还没有到老师那里去报科目，他想好好学习一天，到下午四五点左右，他再到老师那里去。

安静的环境正好适合看书学习。杨诺聚精会神地看着、记着、思考着。这时江涛突然进来了，江涛一进来就问：“杨诺你真行，都这个时候了还能静下心学习。”

杨诺说：“为啥不能静心？”

江涛说：“大家都在为到底选择文科还是理科举棋不定呢，咋有心思学习？”

杨诺笑笑说：“这有何难的？结合自己的特长，选一个就行，至于那么困难吗？”

江涛说：“对于你来说当然很简单了，你样样功课都很拔尖，你无论选哪个都行，而我们就不一样了，哪样课都不冒尖，总觉得选这个不行，选那个也不行，因而才那么困惑。”

“你到底上文科还是理科？”杨诺问江涛。

“我数理化不行，我觉得还是上文科好一些。可是我爸爸硬要让我上理科，说是理科大学比文科大学多得多，每年招的大学生也多些，容易考上。我来就是问问你，你报什么科，我想和你报一样的。”

“我报理科。”

“报理科？”

“对。”

“那，那我也报理科算了。”

“我要是报文科呢？”

“我也报文科。”

杨诺笑了笑，说：“怎么我报什么你就报什么？你应该有自己的主见，不能随我报。”

江涛说：“我不像你，门门功课都学得好，而且有主见。我这人意志力不强，只有在朋友的帮助和鼓励下，才能干成事。认识你好几年了，我越来越佩服你，跟你在一起，学习才有劲头，所以你报什么科我就报什么科。”

面对江涛第一次敞开心扉称赞自己，杨诺心里不禁一阵自豪，同时也充满了感激，他说：“江涛，其实你也很不错啊，你稳重踏实，为人谦虚诚恳，我也很喜欢和你在一起。这样吧，咱俩就选同一科——文科，怎么样?”

江涛说：“好。”

然而，下午当杨诺去到老师那里报自己所选择的科目时，负责登记的杨老师告诉他，他属于学校重点培养的考大学对象，他，还有其他八名学生，学校教务处已经提前帮他们选择好了，把他定在理科快班。

听到这个消息，杨诺心里自然一阵高兴，这说明学校对自己很重视。想想他开始入学时，他学习平平，有哪个老师会注意他？更别说学校把他作为考大学的种子选手了。这是他刻苦学习的结果。而从另一方面说，人只有优秀了，才能得到别人的尊重，一个平庸的人，只能是默默无闻，这怪不了别人。可是，因为是关乎命运的大事，他这次不能听从学校的，尽管上理科选择的余地要宽一些，但就二中的实际情况分析，他上理科考大学非常渺茫，而上文科考大学却有一丝希望，这是实际情况。

杨诺问杨老师：“老师，教导处的决定能改吗?”

杨老师说：“一般情况下不能改，因为这是上了会的。而且学校也是一番好意，是根据你个人所长来给你确定的。你就听从学校的决定吧，时间不多了，好好学习，力争今年考上大学。你有这个实力。”

杨诺说：“我理科学得有些吃力，基础太差。文科才适合我，我还是要报文科。”

杨老师有些为难了，想了想说：“既然你一心想上文科，你去找一下教导处主任吧，只要教导处同意你改，你就上文科。”

教导处主任邱邦兖杨诺认识，邱主任曾帮他在高一时留过级，杨诺就直接去找邱邦兖主任。

杨诺敲门进去的时候，邱邦兖正和学校一个老师在房间里说话，邱邦兖问他来有什么事。杨诺说：“邱主任，听说学校教导处把我分到了理科班，我想请你们尊重一下我个人的选择，让我上文科。”

邱邦兖看了看他说：“你为啥要改？说说理由。”

杨诺说：“我的文科学得轻松些，理科学得有些吃力，尤其理化成绩不太好。所以我选择报文科。”

邱邦兖说：“你知道吗？每年理工科大学招生人数比文科招生要多好

几倍，而且理工科大学名校多，对你将来参加工作有好处，这是为你的，你咋不理解?”

杨诺说：“谢谢你们的好意，我考虑好了，我还是上文科。”

旁边那个老师笑了，说：“这学生有意思，很有主见。”

邱邦兖说：“他叫杨诺，高二（三）班的，去年期末考试成绩全年级第一，进步很快。”

那个老师一听，便对杨诺表现出一种特别的好感，这时他便帮杨诺说话：“邱主任，既然杨诺同学是学校重点培养的考大学对象，学校最好还是尊重一下人家个人的意见，毕竟学生本人对自己的了解比学校了解得要透彻。杨诺想上文科就让他上文科，这是他选择的，将来考得好坏与否他自己负责。要是学校硬让他上理科，万一将来没考上，学校不是有责任了吗?”

听这个老师这样一说，邱邦兖便笑了，他对杨诺说：“你也算是熟人了，既然你坚决想上文科，那我就为你破个例，把你改到文科班，这事你不得对其他同学说。上了文科你可得努力学习，力争今年考上大学，听到没有?”

杨诺见这个问题就这样轻易解决了，心里一阵轻松，他高兴地说：“听到了，谢谢邱主任。”杨诺对邱邦兖和旁边那位可敬的老师鞠了一躬，走出了教导处。

第三天，学校教导处将文理科分科的结果，用大黄纸写好贴在了二中校园里的一面墙上，文科两个班，理科两个班，杨诺和江涛都分在了文科快班。

高二文理科分科结束后，学校立即召开了为期半天的高二教师复课动员会，给每位毕业班老师加油鼓劲。这些老师都是经过学校精心挑选，筷子当中拔旗杆挑选出来的。学校对本届高考制定了优厚的奖励办法：班上考上一名大学，任课教师人均奖励三千元，班主任除课程奖之外，另外再额外奖励三千元；对考大学抹光头的班级，不仅各任课教师要受到经济上的惩罚，班主任也要连带受到惩罚。奖罚办法的制定，使二中的学习风气一下子得到彻底的改观。各任课教师和班主任都纷纷表态，一定使出浑身解数，把班带好，把课教好，力争让本班有学生考上大学。接着，学校又在大操场上为全体高二学生召开了动员大会，新任校长用振奋人心的语句鼓励全体高二学生勇于拼搏，抱着咬钉吞铁的决心，刻苦学习，勇攀高峰，为实现自己远大的理想而努力奋斗，他神情激昂地说："……我殷切的期盼同学们发扬一不怕苦二不怕累的精神，只争朝夕，分秒必争，勇于拼搏。我相信，五个月之后，大学录取的光荣榜上一定会有在座的我们某些学生的名字，一定会有。我们全体老师拭目以待！祝你们愿望成真，考上理想大学！"

杨校长的讲话让全体高二学生和高二代课老师热情高涨，大家报之以热烈的掌声。

在动员会上，学校还对高二年级上学期期末考试居年级前十名的同学进行了奖励，（1—3）名，奖50元钱，另外还有一个笔记本，一张奖状。（4—10）名，奖励20元，另加一个笔记本一张奖状。

当听到校长的激情讲话，又上台领了奖后，杨诺激动万分，他在心里暗暗发誓：一定不能辜负学校对自己的殷切希望，一定要扫除一切障碍，奋力拼搏，几个月后让自己的名字出现在大学录取的光荣榜上。

战斗的号角已经吹响，而这最后阶段的学习将更苦更累，竞争将更激烈更残酷。但是，为了自己的命运，他不怕，这两年来，他已经吃了很多苦，经受了许多磨炼，他有决心应对一切艰难险阻。学校大环境已经彻底改观，只要好好把握自己命运，舍得下苦功，考上大学应该是有希望的。开学前一天，他不是已经歃血盟誓了吗？他应该有这个血性，为实现美好的理想奋不顾身。

当天晚上，杨诺给自己制定了严格的作息时间表，除了正常的上课时间，每天他的加班学习时间不得少于三个小时，也就是说，每天夜晚他要加班学习到十一点多。礼拜天，他除了回家拿钱拿粮，也不得放松一刻学习时间。因为高考时间不多了，他要分秒必争。

文科快班共有38名学生。其中上学期期末考试占全年级前十名的就有六个。全班共25名女生，占了总人数的一大半。班主任老师叫李志宏，兼代历史课。李老师是老牌历史老师，省师范大学历史系毕业，身高一米八左右，浓眉大眼，声如洪钟，管班十分严厉。学校经过反复酝酿，才决定让李志宏老师挂帅担任文科快班的班主任，对他寄予了很高的希望。李老师一接手就雷厉风行地实行了三项措施：（一）不经过同学选举，由他直接指定了班干部；（二）调座位。班上前十名的同学可以自己自由选择，想坐哪排就坐哪排，十名以后的同学按高低个和男女生搭配分座位。李老师尤其强调了男女同学搭配座位的重要性——这样可以避免上课说话和做小动作。但是由于班上女生占绝大多数，最后还是不可避免地出现了女生和女生坐的现象。

杨诺本来想和江涛坐一个座位，江涛也想和他坐在一起。可是李老师定的原则是同性别的不能坐在一个座位，除非成绩都在班上前十名，江涛的成绩仅仅差了三个名次，他是全班第十三名。所以他就不能和杨诺坐在一个座位。杨诺是全班成绩第一名，李老师先让他挑，他给自己挑在二排正中间的位子上，第二名第四名都是女生，她们也都挑了自己的座位，第二名就和第三名坐到了一个座位。第五名又是一个女生，当老师让她挑选座位时，她竟然挑到和杨诺坐同桌。她的名字叫苏艳，是班上最漂亮的女生。当苏艳坐到杨诺的旁边时，杨诺心里一阵紧张，同时也稍微有一丝丝的高兴，也许是内心深处他就希望和苏艳坐同桌吧。虽然以前他和她不在一个班，但是由于苏艳长得非常美丽，加上学习成绩比较突出，他不止一次地听同学们私下议论到她，说她是二中的校花。能和这样的女生坐一个座位，当然是他的骄傲了。当苏艳坐下之后，杨诺发现不少男生对他投以十分羡慕的神色。

李老师实行的第三项措施是在教室后面的黑版上列出全班每个学生的考试成绩名次表。名次提升的在后面贴红旗，下滑的，贴黄旗，以此鞭策每个学生奋力拼搏。

经过李老师的这三项举措，全班学习面貌顿时肃整，加上快班的学生本身素质比较好，上课的时候，全班学生坐姿端正，聚精会神，没有一个同学上课开小差。

看到班上上课气氛这么好，杨诺心里暗暗高兴，想想上学期班上混乱不堪的样子，真是变化太大了，他心里不由得深深感激学校。同时也庆幸自己在上学期恶劣的环境下没有放弃学习，自暴自弃；否则，现在若是分在慢班，他就是想学好，也万万不可能了。人呀，总是要有信念，无论在什么艰苦的环境下都不要放弃对理想和信念的追求。否则机会来了只能是望洋兴叹，后悔莫及。杨诺给自己确定了一个奋斗目标：高考之前的每一次考试，一定要保持全班第一名的成绩，只能前进，不能后退。

江涛个头比较高，但由于他的成绩不在前十名，他的座位就排到了第四排，靠中间的位置。按说他的位置也不错，但江涛一直闷闷不乐，仿佛觉得自己低人一等似的。杨诺就给他做工作，让他放下包袱，专心学习，力争在下一次月考中，考到前十名，这样他就可以自由选择自己想坐的座位了。因为李老师已经说过，座位一月一排，第一次排座位以上学期期末考试成绩为依据，下次排座位，肯定是以第一次月考为依据。成绩名次上升者，则优先挑选自己的座位；成绩下滑者，则会让别人抢了你的座位，你就得自动让贤。

经过杨诺的劝解，江涛才振作了精神，决心下一次考试一定考到十名以前。

其实，不光江涛想不通，班上有不少学生都对李老师的管班理念不理解，认为这个李老师太偏心眼，不仅仅是排座位，包括宿舍分床铺，劳动……等等，他一切都是对学习尖子优先照顾。就连他的课堂提问，他也只问中等偏上者，对中等偏下的，他几乎不闻不问。

对于李老师的这种做法，一些同学便在底下骂他势利眼，说他唯成绩论。这种私下的议论不知怎么传到了李老师的耳朵里，他便在课堂上对一些学生进行了反驳，他说："我当这些年班主任，历来就是这样，谁要是不适应，那就请你另选高明，到其他班上去。我之所以这样做，就是训练大家一种适者生存的技能。同学们学中国现代史，知道有个现代政治家严复，他翻译了一本书叫《天演论》，这本书的观点就是达尔文的物种起源论，即：物竞天择，适者生存。高考制度本身的潜规则就是竞争，你比别人强，比别人学得好，你就考上了；你比别人差，自然就考不上。你的成绩考在了后面，你有什么资格坐在最好的位置？在许可的范围内，我会尽量照顾成绩优异者，力争让他们不受干扰的奋发学习。这个机会对大家都是均等的，谁学习好，我优待谁；谁学习差，我冷落谁。你要想不受冷落，没有别的办法，只有一条：把成绩提上来。”

李老师是省师大历史系毕业，本人又阳刚十足，他的话铿锵悦耳，震耳发聩，那些对他不满的，纷纷低下头，脸红耳赤，心服口服。

同学们都感叹，要想在李老师的班上立住脚，别的什么办法也没有，唯有把学习搞好。

在严格的纪律约束下，在李老师一切以学习成绩论的管班理念熏陶下，班上没有一个学生不感到形势逼人。同学们一个个铆足了劲，拼命地往前冲。就连下课那几分钟，除了去上厕所，同学们都不想站在教室外面浪费时间。课外活动时间，有的同学在教室里做题，有的把书拿着，一个人，或者二、三个人一块儿到校园外面去记英语单词，或者史理知识。下了夜自习，走读生回家去学习，住宿生则一直加班学习到十一点多，有的学到了十二点。

面对班上这种拼命学习的架势，杨诺不禁胆战心惊，他生怕自己成绩下降了，同学们拼命用功，他也拼命用功。每天晚上，夜深人静，当他和江涛一起筋疲力尽地抱着书回宿舍休息的时候，他都有一种担心，这样高强度的学习，能坚持下去吗？

杨诺隐隐担心的还是家里。在每天高强度学习的空暇时间，他的思绪时常会飞向家里，一想到家里的状况，他的内心总是无来由地发出痉挛。对很多人来说，家是避风的港湾，是加油站，是休养所。累了，乏了，受伤了，失意了，饿了，首先会想到家里去避风躲雨，养精蓄锐，从而精神换发地投向人生的战场。可是，杨诺每次一想到家里，一股寒气就从背上飕飕往出冒，心里就会生出隐隐的担心。

他也不知道这是咋了，是他杞人忧天吗？家里一切好好的，有什么可担心的？分科后第一次回家的时候，杨诺特意从学校奖给他的 50 元钱当中拿出 20 元，给父亲买了一条好烟，给母亲买了一件衬衫，而且他还把学校发给他的奖状拿回去让父母看，让他们觉得他是有希望的，让他们像支持弟弟一样支持他考大学。父母也许是从他考试名次中看出，他是一门心思考大学，从而改变了以往对待他的那种态度，他周末回去拿钱的时候，只要他们身上有，他们都二话不说就给他了。

但是，他就是害怕。哥哥结婚以后把嫂子带在身边，而且给她找了一份临时工作，不是逢年过节，他们几乎很少回家。弟弟杨飞在县一中上高中，比他只低一级，家里只有父母俩人。

父母二人承担着繁重的劳动，农村实行联产承包之后，他们家里也划分了很多山地和责任田，因为家里没有其他劳力，他们家整个一面坡的山地，还有上十亩的责任田，都要靠父母一锄一锄地挖，一粒一粒地种。其实农村像父母这种状况的又不止他们二人。但是，杨诺觉得，也许别人，别的家庭，劳动再苦再累，人家都能承受得了，可他的父母却不行。为什么？首先是父亲，父亲是为了让哥哥接班，提前从粮食局退休的，退休后的他，本该好好休息，颐养天年的。可是，他能休息吗？能颐养天年吗？每天天不亮，他就得上山做活，晌午太阳到头顶了，他还迟迟不能回来。退休后，他有限的一点退休金，也几乎全供给他和弟弟杨飞两人上学用和家里平时零花了，他连自主买条好烟的机会都没有。于是父亲就很躁，杨诺很少看到父亲高兴的样子，父亲的不高兴总是明显表露在他的眼神和举止上，他一有气就骂哥哥杨树平，说哥哥忘恩负义，接了班之后只顾自己享受，对家里不管不顾。其次是父母之间的关系，自从前年父亲发生了一次不光彩的事件之后，父母之间的裂痕就产生了，随着时间的流逝，他们之间的裂痕越来越大，杨诺很少看到父母在一起和和气气、亲亲密密的样子，他们在一起很冷淡，很隔膜，无事还好，一有事，俩人就一赌好长时间不说话。这才是根源，如果父母之间的感情好，他们会很乐意地承受繁重的体力劳动和大山一样压在他们肩上的责任，可是他们之间不和，这就像根基一样，他们二人都摇摇晃晃，上面建造的整个房屋会安稳吗？能承受得了风雨吗？

每个周末回家，杨诺心里都暗暗祈祷，希望家里平平安安，父母之间和和气气。星期天下午从家里走的时候，他也希望家里不要发生任何变故，只要能坚持到高考结束，他就不怕了。但是，家里隐藏的种种矛盾和危机，总是时时啮咬着他的心；尤其是高强度的用功学习，他的神经显得特别敏感和脆弱，各种各样的忧虑和担心，一有机会就钻入他的心灵，让他胆战心惊，忧虑重重。这无形中影响了他的学习效率，他每天总是要用很大气力驱赶内心乌七八糟的思绪——这就导致了他每天的学习都是那么累，那么吃力。每当意志力动摇时，他都要偷偷地把正月十五晚上那份血书从箱子底拿出来看几眼，一看到那鲜红的血字，一读到坚定不移的誓言，他那动摇的心顿时会为之一紧。他总是握紧拳头告诫自己：坚持住，一定不要泄气，光明就在眼前。

毕业班的生活是枯燥和单调的，几乎每天都是教室——饭堂——宿舍，三点一线，循环往复，周而复始。由于每天要做大量的习题，要记忆大量的知识点，在饭堂吃饭纯粹是为了填饱肚子，饭好饭差，口里几乎尝不到味。非毕业班学生在饭堂打了饭，常常是三个一群，四个一组的蹲在一起，一边吃饭，一边说笑。吃了饭，他们会一边唱着歌，一边敲着碗，优哉游哉地往宿舍里走。可毕业班的学生不一样，他们到饭堂打饭像是狼撵来了，吃饭狼吞虎咽，吃罢饭，他们一刻也不停，马上把碗一丢，钻到教室里去学习。

对于到饭堂去挤饭，杨诺一直心怀余悸，那一年在饭堂上与人打架的事至今仍在他的记忆中挥之不去。因此每次去吃饭，他都要落在最后。由于去得晚，有时饭都快凉了，有时伙上饭做不够量，去打时没饭了。没打到饭，他只好找点东西充饥，草草应付过去。

为了减少回家拿钱拿粮的麻烦，杨诺吃得非常节省。别人一天吃八两、一斤的，他一天只吃六两，而且他舍不得买好菜，每个周先吃从家里带的菜，家里带的菜吃光了，他才去买一分钱一份的酸菜。

由于油水轻，营养差，他又处于发育长身体的年龄，杨诺感到每天走路都很吃力，上课经常饿得肚子咕咕叫。尤其是中午最后一节课，上课正听讲着，肚子便开始叫唤："咕——咕咕，咕咕咕——"声音很响亮。杨诺感到很难为情，每次肚子一叫唤，他的脸都羞红了，马上用手把肚子捂住，不让声音传出来。

杨诺这一举动自然逃不过同桌——苏艳的眼睛。每次杨诺的肚子一叫，他刚把肚子捂住时，苏艳便对看一眼，嘴一抿笑了。当发现自己肚子的叫唤声让女同桌听到了时，杨诺的神情更加难堪和紧张了。

一天上午，正上数学课时，杨诺的肚子又突然大声叫了起来。刚发出第一声，杨诺马上双手用力把肚子紧紧捂住了，因为老师正在讲数学题，大家都在聚精会神地听讲，教室里非常安静，任何细小的声音，大家都听得清清楚楚。

也许是这天太饿，尽管他把肚子紧紧捂住了，肚子里的叫声仍然不绝于耳，顽强不屈的样子。杨诺慌了，只好把身子靠近桌兜，双手扒住桌子，用桌沿狠狠地抵住肚子。由于用的力气过大，他额头上的汗都冒出来了，但好歹肚子里的叫声终于给镇压下去了。

这堂课的后半节课，杨诺就是一直用桌沿紧紧抵住肚子的。即使动手写字时，他也是一只手扒住桌子，一只手动手写，生怕声音冒了出来。

直到下课铃声响的时候，杨诺才松了一口气，把手放下来。谁知手刚一放，肚子里便接二连三地叫唤起来。但这个时候同学们都开始收拾东西准备出教室了，教室里响声很大，没人听见他肚子的叫唤声。

这时苏艳小声问他："你早晨是不是没吃饭?"

杨诺一愣，说："吃了，咋了?"

"吃早饭了，肚子怎么饿得咕咕叫?"苏艳笑着问。

杨诺羞红了脸，便低头只顾看自己的书。

苏艳说："你应该多吃些，学习那么紧张，营养可要供上，不然身体可吃不消。身体累垮了，学习就会退步。这事你可得想清楚。"

这些话一字一句地钻入杨诺的大脑，有种振聋发聩的感觉，他承认苏艳说得在理，可是家庭现状摆在那儿，他能有什么办法？现在好歹家里供应着，有粮吃就不错了。所以，杨诺也不去辩解，仍然只顾低头看书。

见杨诺没有开口，苏艳又问："是不是家里困难，粮吃完了交不起?"

杨诺一听，便说："不是，不是，我有粮。"

"有粮为什么不吃饱?"苏艳仍坚持着问下去。

杨诺有些生气，便说："早上去晚了，只打了二两。"

苏艳一听是这原因，便说："我听说你经常最后一个到饭堂去打饭，你学习真勤奋。可是，你不敢用力用太猛了，距高考还有好几个月呢，这样下去怎能受得了？你应该适当放松放松。人常说绷紧的发条容易断，你千万不可把自己的发条上得太紧了。”说完，她莞尔一笑，把书包往肩上一跨，理了理她长长的披肩发，轻盈地走出教室。

杨诺很不满苏艳的多事，他肚子叫，碍她什么事了？他难道不想把肚子吃饱吗？可是他家庭状况在那儿，他能放开肚皮吃吗？真是饱汉不知饿汉子饥。他仍然日复一日地省吃节用，每当肚子饿得咕咕叫时，他便一手扒紧桌子，用桌沿狠狠地抵住肚子。

让杨诺痛苦不堪的不仅仅是肚子饿，还有宿舍里嘈杂的环境，那才是最要命的。

高二文理科分班之后，宿舍也进行了重新调整，文科班男生一个宿舍，女生一个宿舍，理科也是一样。也就是说，快慢班教室分开了，但宿舍却没办法分开。这样就导致了宿舍的混乱现象。

由于每天学习太用功，学习强度太大，杨诺的神经就很衰弱，他最怕晚上睡觉受干扰，一干扰，他往往很长时间睡不着觉。

可是，一些慢班的学生往往白天在宿舍里睡大觉，到了晚上，他们不是到县城里的食堂饭店喝酒，就是找地方看电视连续剧，当时正在热播港台电视剧《霍元甲》，这些学生一看就是一晚上，到了下夜自习的时候他们才吵吵嚷嚷回宿舍。每次杨诺一身疲倦地回到宿舍，刚脱下衣服睡到床上，那些慢班的学生就像是一群游魂鬼一样从外面窜回来了。他们不是说一些不堪入耳的脏话，就是发出一些怪叫声，要不就是学那些武打动作，手脚并用，把宿舍弄得地动山摇。

杨诺躺在床上，刚要入眠，就被他们惊醒了。他就克制自己，不要理睬他们。他想他们闹一阵子，就会入睡。可这些学生根本就不打算让别人休息，他们不是为一点小事大吵大闹，就是出节目让每个人讲一个下流不堪的故事，而且还比赛谁讲得下流。

通过几天晚上观察，杨诺发现，他们的目的就是让快班的学生休息不好，从而影响他们的学习，将来考不上大学。要是目的达到了，他们就高兴异常；要是目的没达到，他们便会出更精彩的节目，闹出更大的动静。他们每次不闹到十二点多，是不会罢休的。

每当这些学生闹腾的时候，杨诺都忍气吞声。他知道这些学生是故意的，他们是嫉妒。谁要是站出来反对，他们就会齐了心对付你。所以，无论那些慢班学生闹得再厉害，快班的男生始终没有一个人肯站出来阻止他们。这些人更嚣张了，他们认为快班的学生怕他们，就更加肆无忌惮，有恃无恐了。

杨诺想，每天晚上睡眠时间就很有限，再一干扰，他每天的睡觉时间连五个小时都不够，这样下去，他如何吃得消?

杨诺和江涛睡上下铺，他在上铺，江涛在下铺，下铺比上铺受到的干扰更大。

一天下午，杨诺问江涛："你晚上睡得好吗?"

江涛生气地说："好啥！慢班的那些狗东西，天天晚上吵闹，让人根本睡不成。"

"我担心这样下去我们都会让他们给毁了。"杨诺心事重重地说。

"那你说咋办?"

"不行咱们就去给学校说，让学校来管。"

"他们要是知道了会不会变本加厉地报复咱俩?"

"那也比这强，你看他们每天晚上闹成啥了？可是没一个人肯站出来管，我们每天晚上连五个小时的休息时间都保证不了，这样下去能坚持到高考吗?"

"找谁说呢?"

"就给分管教学的副校长说吧，为了学校的升学率，这事他不会不管。"

但是为了安全其间，杨诺和江涛还是采取了一个折中的办法：由他们二人共同拟定了一封信，由杨诺口述，江涛执笔，把高二男生宿舍每天晚上的混乱现象写清楚，然后恳请学校予以彻底解决。后面落款写的是快班的所有男生。信写好之后，他们悄悄地把信从那个副校长办公室的门缝里塞了进去。

这名副校长看到这封信之后果然很生气，当天晚上他便亲自带了保卫处几个干事潜伏到高二文科班男生宿舍附近。那些慢班的学生根本不知晓，于是事态重演，丑态百出，被抓了几个现行。第二天学校开大会，那几个捣蛋学生在大会上做了深刻检讨。学校对他们进行了处分，并郑重警告，要是再夜深影响他人休息，学校将开除他们。

这次批评教育对那些慢班学生打击很大，他们再也不敢在宿舍里大声喧哗了。但是这种局面并没有维持多久，当学校管理稍一松懈，他们又死灰复燃了。

没有办法，再恶劣的环境，你只有去适应它才能生存。为了弥补睡眠不足，杨诺只好趴在桌子上休息。午饭后教室里很安静，他就趴在桌子上睡上半个钟头左右。

一眨眼，文理科分科后的第一次月考时间就到了。

杨诺对这次考试格外重视，他知道，上次期末考试，他是在别人没有好好学习、没有引起重视的情况下，他才取得了全年级第一名的成绩。如今不一样了，自从分科分班之后，他们班的每一个学生都在狠着劲拼命学习。就像是别人都在走你在跑一样，你虽然跑到了第一名，那是大家没用心。而现在，你在跑，别人也在跑，你要是还能跑到第一名，那才叫真本事。这个道理杨诺心里清楚，他想学校也很清楚，学校也正想通过分科后的第一次月考，测试一下每个学生的真实程度到底如何。

这次月考是在开学后第四个周通知的，中间还要赶新课，复习时间全靠每个人自己挤，老师根本没留时间让你复习。

杨诺只好在把当天作业完成之后，开始复习前面所学的内容。毕业班作业量都比较大，每个代课老师每天都要布置大量作业，并且分发模拟试题。这样，每天复习的时间就非常有限。杨诺只好拣重点和难点的内容复习。对要记忆的知识点，他便放在课外活动其间在学校外面记。

学生们叫苦连天，感觉自己像台机器，每天拴在一道又一道训练题和一个又一个知识点当中。不仅新知识学不好，学过的知识也掌握不好，大家对这次月考普遍一点把握都没有。

杨诺和大家一样心慌，没把握。他感觉每天的学习和生活就像爬大山一样，每前进一步都气喘吁吁、汗流浃背、疲倦不堪，他不止一次地想放弃这种超负荷的学习，只身到外面去流浪。可是，当这种念头刚一滋生，他就想到了正月十五之夜，他和江涛写血书的情景，一想到那个庄严的场面，所有荒唐的念头顿时消失了。他的意志力再次变得坚定而又执着，有时累得快要倒下时，他便一个人悄悄来到宿舍，把宿舍里他那只木箱子打开，取出那份血书，并且把血书默默地念一遍，让血书上的每一个字，每一句话都变成一股强大的力量。

第一次月考如期而至，杨诺沉着应战。没想到，这次月考不仅题量大，而且难度也比较大，几门考试结束，杨诺大失所望，他想，自己这次成绩一定会退到全班十名以后了。

然而，几天后成绩陆续公布后，杨诺的总成绩仍是全班第一名。

这次班上学生成绩的变动非常大，班上前十名的，有四名都掉到十名以后了。当然也有成绩中等的，上升到中上等，成绩中上等的，滑到了中下等。

班主任李老师利用周一班会时间，对这次月考成绩进行了详细的点评分析，他严厉地批评了成绩下滑者，对名次提升的学生，他则给予了大力表扬。对杨诺，李老师首先给予了充分肯定，表扬他学习扎实，能两次考试成绩保持全班第一名，说明他具有很强的实力，考上大学极有希望。但是，说到这里，李老师话锋一转，他告诫杨诺要注意学习效率，不能死用功。否则，他全班第一名的成绩就会被他人所取代。

李老师说："这次全班总成绩第二名的是张涛同学，他的总成绩比杨诺仅仅只差 2 分，第三名是郝玉霞，她又和第二名的张涛仅差 1.5 分。目前这三名同学可以说是最有希望考上大学，你们要好好珍惜自己。首先要舍得下苦功，要有舍得一身剐的勇气，排除一切障碍好好学习。其次，要掌握技巧和方法，不要死记硬背。学习尖子与尖子之间的比拼，最后比的就是意志、毅力和方法。你们三个切记，谁要是在这三方面的哪一方面出了问题，你就会掉队，就会被其他人撵上、超过。所以说，机会对每个人都是均等的，只要你功夫下得比别人多，方法又比别人灵活，你就可能向上去；否则，你就会一直往后掉。我盼望在你们每个人身上发生奇迹。"

月考成绩出来后，李老师马上兑现他的诺言，又按成绩高低对座位重新作了调整。不少坐在后面或者坐在边边上的学生，由于成绩名次上升了，从而调到了理想位置。而一些坐在好位置的学生，由于名次落后了，又从好位置调到比较差的位置。

杨诺的位置没有变，他的同桌苏艳名次也上升了一个位次，他俩人仍保持同桌。

调罢座位的这天课外活动时间，杨诺独自来到学校附近的一座山上，这里有一座七米之高的古塔，站在那里向下俯瞰，可以清楚地看到二中校园的整个面貌。望着学校一排排的教室，杨诺心里一点也轻松不起来，他知道，这次考试成绩是他下了多大工夫才取得的呀，别人下了六分力，他起码下了八、九分力，他要不是拼了命用功，是如何也不能保持全班第一名的成绩的。李老师说得对，第二名第三名紧随他之后，总分数仅差二、三分，他要是不注重技巧和方法，就会被他们迎头赶上。

杨诺当然清楚自己的不足在何处，他要是不排除那些干扰因素，别说保持全班第一名的名次了，就会大踏步地退步。

杨诺非常迷茫，有些阻力他能克服，而有些阻力，他如何能够克服？

杨诺望着黄昏下渐渐模糊的校园，想到不可知的命运，他有一种无助的感觉，他不禁鼻子发酸，眼泪哗的一下涌了出来。

第一次月考成绩公布后的周末，杨诺特意回了一趟家。

冬天已经过去，春天正悄然来临。河边的杨柳已绽出绿芽，一些野桃树也已开了花，一丛丛的，远看就像是天空中飘着的云彩。

感受着宜人的早春气息，杨诺那沉甸甸的心灵似乎变得轻快多了。虽然分科以来他学得很艰难、很吃力，但他毕竟再次考了全班第一名。李老师都已经说了，他是二中高二年级考大学最有希望的学生。这句话多有分量呀。他多么希望通过考大学走出闭塞的家乡，走出多年一直笼罩他的阴暗生活，从而实现他人生的美好理想。

他这次之所以回家，就是为了解决今后学习上的障碍，使他能够全力以赴、轻装上阵、高效率地去拼搏。

他总结这次月考没有考出更理想成绩的根源有两点：

一是学习强度太大，营养太差，每顿饭吃不饱，导致精力不济；

二是宿舍环境太差，夜里休息不好，导致上课注意力难以集中。

他想，要是没有这两方面因素的影响，他的月考成绩一定会更好一些。面对班上竞争带来的压力，他不能视而不管，他一定要想办法、想对策。

对那两个困难，他没有别的办法，他只能求助于父母。

为了解决营养不足的问题，他必须说服父母，保证每次交粮交足，给钱给足，从而不至于每次吃不饱，饿得肚子咕咕叫。

为了说服父母，他特意把这次全班月考成绩汇总单要了一份，他要让父母看清楚，他又考了全班第一名，他考大学是有希望的。这是个很有说服力的理由，哪个父母不望子成龙？相信他们看了他的成绩单，一定会放弃过去对他的偏见，全力以赴支持他考大学。

为了让父母同意他的建议，杨诺礼不顾一连几周高强度学习带来的极度疲倦，下午从学样一回来，他就随父母一块儿去了他们家的自留山挖地。当太阳缓缓落山，他们收工往回走的时候，他把他的考试成绩对父亲说了，并且把成绩单从身上掏出来递给了父亲。

父亲特意停下来，把这次考试成绩单仔细看了一遍，然后问道："上次你考了第一，学校还奖钱了，这次学校奖啥？"

杨诺说："上次是大考，学校给了物质奖励，这次是月考，学校目的是了解每个学生的真实学习状况，不奖钱。但是班主任在排座位时，成绩在前十名的可优先选择座位。"

"那你得努力，要永远保持全班第一名。"父亲鼓励他说。

"大，我这次月考本来还可以考得更好，可由于一些原因导致我没有发挥好。"

"啥原因？"

"宿舍里一些慢班学生天天晚上在里面打闹，夜晚休息不好。还有——就是每顿饭没有吃饱，营养跟不上，学习精力不足。"

听了他这话，父亲对他望了一眼说："学生在宿舍打闹，你可以反映给学校，让学校管；吃不饱，你可以多吃些。"

"给学校汇报了，可是，管一次只能维持二、三天，一没人监督，那些学生又闹开了。"

"那你说咋办？"

“家里能不能在学校外面给我租一间房子?”

“在外面租房子？那你这学期交的住宿费不是白交了？你弟杨飞在外面租房子，你也在外面租房子，我一月的退休工资只有二十多块，家里还要花，咋够撕扯？你哥这个不讲良心的，接了班拿了工资，只管给自己老婆花，家里不管不顾。他要是一月多少支援一些，我也不会那么紧张，想想真是寒心，养儿子我图了啥了？退休了，都六十好几了，还成天干二三十岁小伙子干的活儿。”

父亲的这番话说得杨诺哑口无言，所有的希望像是被浇了一瓢冷水，顿时让他心灰意冷。从父亲的话里可以看到，要想让家里给他在外面租房是不可能的了，一个月多给他几块钱的愿望也不可能实现。

父亲说那番话的时候，母亲就在后面跟着，听得一清二楚。她始终没有吭声。

这天晚上，杨诺的心情格外沉重，他满怀希望困扰他的两个问题家里能设法给予解决，想不到被父亲一口回绝了，这让他感到分外的伤心和绝望。他知道，这两个问题解决不了，自己学习的阻力会更大，就会有二个、三个，甚至更多的学生超过他。怎么办？他的人生已到了最关键时刻，他若不抓住时机，迎难而上，自己的一生就完蛋了。于是，在沉沉之夜，他静静地躺在床上，搜肠刮肚地思索如何去解决这两个棘手的问题。

一直想到半夜，他也想不出一个好办法来。这让他感到格外颓丧。就在他无计可施的时候，他突然想到了哥哥杨树平，在这危难之时，他唯有求救哥哥了。他想，他们毕竟是亲亲的一奶同胞，在这关键时刻，哥哥不会袖手旁观。

想到这里，他急忙从床上爬起来，把灯拉亮，拿出一沓子信纸，开始给哥哥写封求救信。

当他把三大页信写好之后，他又从头到尾仔细看了一遍，认为信写得非常诚恳，而且有一种悲壮之感，他相信哥哥看了他的信之后一定会深受感动，从而对他伸出援助之手。

这个时候，第一遍鸡叫声划破了夜的宁静。杨诺大惊，连忙熄灯就寝。

第二天，杨诺利用下午返校之机，顺便把昨天晚上熬夜写的信，寄给了哥哥杨树平。

此后，他便天天盼望哥哥能够回信，或者哥哥亲自来到学校，找到他，帮他解决那两个很紧迫的问题。哥哥虽然不在县城工作，可他毕竟是国家职工，据他所知，哥哥还是粮站的会计，哥哥要是想帮他，怎样都能帮。可是一天天过去了，杨诺什么也没有等来。

杨诺心情特别暗淡，他真不知道这个时候该怎么办。随着高考时间的一天天逼近，班上每个学生都在想方设法提高学习效率，赶上或超过别人。就连江涛，也搬到东岗区教育组，在他爸爸的单位上找了一间房子住下了。

高二男生文科班混合宿舍一如既往的混乱不堪，那些慢班的学生完全成了这个宿舍的混世魔王，他们想在宿舍做啥就做啥，打牌、喝酒、抽烟、吵闹，有的甚至把女生带到了宿舍。在这里面住宿的快班的男生，除了有几个根本不怕干扰，头一挨枕头就能入睡之外，其他有门道的学生都搬出这个混乱宿舍了。

那些慢班的学生更嚣张了。

杨诺极力地忍受着。越是这个时候，他越明白一切以大局为重，他要是因受干扰而和这里面的慢班学生闹矛盾，受吃亏的只能是他，这些学生本来心理就不平衡，就嫉妒他，他要是公开与他们为敌，他们就会联起手来对付他，他如何能招架得了？

由于家里困难，父亲每月也没有多给他钱，而是按原先的数额，一月五块钱给。这些钱他得算计着花，稍不注意，钱就不够用。

上次他粗粮多交了一些，细粮交得少，营养还是跟不上，又没有多余的钱买零食，他每天感到饥饿异常。随着白天一天天变长，他感觉每一天都十分难熬，有时他简直饿得眼冒金星，真想一头栽到地上，永远都不起来了。

可他想不到，一天下午刚放学时，堂哥杨树林来学校找他了。

堂哥这天穿着一身笔挺的蓝西服，打着鲜红的领带，头发梳得溜光，他站在教室门口大声喊着："杨诺！杨诺！"

杨诺一看是堂哥叫他，心里陡然一热。这时班上学生都看着杨树林，不知这个人是干什么的。但从堂哥一身装束和潇洒的派头上看，他们一定以为堂哥是个国家工作人员呢。

杨树林在外面微笑着向他招手，杨诺马上把书本收起来，快步走出教室。

一出教室，杨树林就搂住杨诺的膀子说："我是听到放学铃声响了才来找你的，我是来给你捎钱的。走，哥今天请你出去嘬一顿，怎么样？"

杨诺肚子已经开始叫唤了，他高兴地说："好！"

杨树林是骑着自行车来的，他骑在自行车上，对杨诺说："上。"杨诺揪住车后座，一纵身坐了上去。

杨树林径直把杨诺带到一家国营食堂里，一口气点了四个菜。他准备还点的，让杨诺给挡住了，杨诺说："就咱俩个人，你点那么多菜干啥？吃不完浪费。"

杨树林说："我听说你在学校顿顿吃不饱，今天遇上我了，就让我好好慰劳慰劳你。"说着又点了一荤一素两个菜。

点了菜，杨树林又拿了一瓶白酒，对杨诺说："咱弟兄俩好不容易碰上了，喝几杯，怎么样？"

杨诺说："不了，不了，要喝你喝吧，晚上我还要上课，老师要是发现我喝酒了，非处罚我不可。"

"处罚谁也不会处罚你呀。"

"为啥子？"

"我刚才在你们学校的光荣榜上都看到了，你现在是文科尖子班的第一名，你是学校考大学的种子选手，老师一定偏向于你，咋会处罚你？陪哥喝两杯吧。"

杨诺想不到堂哥这么聪明，便说："我只喝三杯怎样？要不然我就一杯也不喝。"

"好好，就依了你。"杨树林让服务员拿了一瓶酒，他把酒瓶打开，把酒倒到酒壶里。杨树林先用酒把酒盅一个个刷了一遍，然后依次把六个酒盅全加满了。

一会儿，服务员就把菜端上来了。

杨诺到现在还记得去年腊月他与堂哥杨树林一起喝的那场酒。那次他喝得足有六两酒，整整吐了一夜，让他难受得要死，后悔得要死。他曾发誓坚决不与堂哥来往了。但是非常奇怪，尽管堂哥一身的坏毛病，可一见了他，他就有一种说不出的亲切感。堂哥做事喜欢随着性子来，他在他面前什么话都可以说，自由自在，无拘无束，他感到堂哥甚至比自己亲哥还亲。

今天堂哥来看他，而且还请他出来吃饭，更令他激动不已。而他给自己亲哥去信已足足10天了，至今连个音信都没有。

菜还没有上齐，堂哥就催他动筷子。杨诺肚子也确实饥了，见了这么多好菜，便不客气地大口大口吃起来。

吃了一会儿菜，堂哥便端起酒盅对杨诺说："兄弟，把盅子端起来。哥祝你今年顺顺利利考上大学，给咱杨家争光。"

杨诺就把酒杯端起来，俩人碰了一下，然后一口喝了。那尖锐的辣味顿时呛得杨诺咳嗽了两下。他马上夹了一口凉菜把酒压下去。

杨树林这时从口袋里掏了一卷钱交给杨诺说："这是你妈让我捎给你的，一共5块钱，你数数。"

杨诺从杨树林手中把钱接过来，有两张1元的，其余都是1毛、二毛的票子，总共5元钱。

"这是你妈挖药挣的钱，她担心你吃不饱肚子，用这些钱可以买些吃的，添添肚子。"

杨诺听到这话，鼻子里酸酸的，他知道这些钱来之不易，都是母亲偷空一分钱一分钱挣来的。

杨树林这时又从身上掏了一张10元的票子递给杨诺说："这个你也接着吧。"

杨诺疑惑地问："这钱是怎么回事？"

"这是我给你的。"

"你给的？你为啥给我钱？"

"我这几年身上还攥了一些钱，这10元钱你就拿上吧，缺什么就买。”

杨诺还在犹豫，堂哥便硬塞给他说：“咱俩是亲兄弟，还见什么外？你拿着，以后身上缺钱对哥说，我也不让你还，你只要考上大学就行。”

听了这话杨诺鼻子酸酸的，想哭。对于这个堂哥，他的情感是复杂的，刚进入少年时期时，就是这个堂哥，成天领着他逃学、害人，偷东西。堂哥的言传身教，教会了他很多恶习，尤其是流氓习气，从而导致了他与贾香香发生的那件事。这件事仿佛噩梦一样，一直纠缠了他好多年，至今仍盘踞在他内心深处，不时还伸出头来，张牙舞爪，让他变得自惭形秽，心灰意冷。要不是这件事，他何以像现在这样经历着一种地狱般的生活，成天暗无天日，前途渺茫？他本来打算永远远离这个一身臭毛病的堂哥。可是，恰恰是他最困难的时候，心灵最无助的时候，反而是堂哥出现在他面前，请他吃饭，给他钱，还鼓励他考上大学，为家族争光。

在杨诺的情绪发生起伏的时候，杨树林又端起杯子说：“再碰一杯。”杨诺就端起杯子，和堂哥碰了一下，然后一干而尽。这次的辣味不再那么强烈了，反而有一种舒服感，好像心里坠上的千斤重担一下子卸去了一半。

杨树林接着说：“杨诺，说实在的，哥听说你现在学上得好，我心里很高兴。哥这一辈子完了，你可不要学哥，要往正道上走，即使再艰难，也要咬牙走下去，只要坚持，就会有好结果。”

“哥，你现在在家干吗？我看你一天早晚怪潇洒的。”

“别提了，我现在在村里人嫌狗不爱的，我不就是局子里关了几年吗？这有啥？可是所有人都以为我是个坏人，像瘟疫一样躲避我。就连我的父母都不愿和我一块儿过，把我分开了。其他人见了我，不是把脸扭在一边，就是看都不看我一眼。唉，别提了，你不知道我现在在家里有多孤独，不说别的，我成天连个说话的人都没有。我今年都二十四了，早该成家了，可是花钱托人做了几次媒，那些女子听说我坐过监狱，就都一口回绝了，你知道我是离不开女人的。没有女人的日子，我如何过得下去，你说我怎么过得下去？”说到这里，杨树林把一杯酒一下子倒进嘴里。

杨诺便安慰堂哥说：“哥，找媳妇是大事，急不得，慢慢来，你身上有钱，又长得一表人才，脑子还那么灵活，相信哪个有眼光的女子一定会看上你的。”

听了这话，杨树林顿时喜笑颜开，他把两只杯子加满，对杨诺说：“兄弟，你这话哥喜欢听，说实话，哥哪一样差了？哪个姑娘能看上我，是她的福气。来，咱哥俩再干一杯。”

杨诺推辞说：“哥，我还要上课，不敢喝了。”

杨树林说：“你就喝这最后一杯，喝了你先吃饭，吃了饭你先走。”

听了这话，杨诺就和堂哥碰了最后一杯，然后他吃了一碗捞面。

堂哥想送他回校的，被他拒绝了。

“哥，你少喝几杯，一会儿还要骑车子回去，路上不安全。”杨诺对堂哥说。

“哥记住了，你去上学吧，记住，有啥困难对哥说。”

“哦，我记住了，那我走了。”

杨树林对杨诺挥了挥手，继续坐下来喝酒。

外面天色已开始黑下来，街灯也亮了。看看时间不早了，杨诺马上急速向学校跑去。

几天后的一天下午，小姨亲自来到学校，找到了杨诺。

一见面，小姨就说：“你妈今天上午到我家来了，吃了饭走的。她说你说的，学校宿舍住不成，咋住不成？”

杨诺说：“宿舍里快慢班混杂在一起，那些慢班的学生天天晚上在宿舍里打闹，一闹就是十二点多。”

小姨说：“你妈让我给你找一间房子晚上住。房子是有，里面乱糟糟的，你看去不去？”

“在哪儿？”

“轻工机械厂我的换衣间。”

“……我去。”

“你要是打定主意去，我今天就去拾掇拾掇，那是我和厂里另外一个女同事合用的。收拾好了，你明天就搬进去。”

“谢谢小姨。”

第二天下午，小姨来学校叫杨诺，说房间收拾好了。

杨诺叫上江涛给他帮忙，把宿舍里他的被褥和一些生活用品全搬走了。吃饭用的洋瓷碗他就放在教室的位兜里，班上许多男生都这样。

那间房子面积很小，也比较阴暗，里面除了两张单人床，一张三兜桌外，还码了不少纸盒子。房间里拉了两根铁丝，一根铁丝上挂着小姨的散发着铁屑味的工作服，还有一根铁丝上挂着另外一个女职工的工作服。小姨是和他一起来的，小姨帮他把被褥铺好，然后对他说：“你白天不要进来，晚上在这住就行了。这里面的不少东西是那个人的，你不要随便动。晚上回来，就在这张桌子上学习，这里有一个暖壶，我每天把开水给你打好，渴了就喝。”说完，小姨把配好的一把钥匙从身上掏出来说：“钥匙给你，注意每天走的时候把门关好。有人问你，你就说你是我的外甥。”

“我记住了。”

小姨就先走了。

杨诺再次把这间房子环视了一遍。房子虽然阴暗、潮湿、气味大，但晚上一定很安静，有了这样一个地方，他就可以免受其他学生的影响了，杨诺心里顿时变得轻松许多。

而这一切，都是母亲帮他解决的。这使杨诺对母亲产生了一种深远的愧疚之情。他以为家里人都忘记了他，不管他了，其实母亲一直挂念着他。前天，母亲让堂哥杨树林给他捎了五元钱，今天，母亲又亲自找到小姨，给他找了一个能够晚上学习住宿的地方。杨诺发誓，一定要好好学习，决不辜负母亲的一番苦心。

江涛这时对杨诺说：“快回校吧，晚了就没饭了。”

杨诺便把门拉上，俩人一同返校。

第十二章　患难之交

这一年贾香香二十九岁了。

二十九是劫根头，男怕进，女怕出，刚开年她的家里便发生了一件倒霉事儿，——丈夫郭墩子卧床数年之后，一命呜呼了。

郭墩子死的时候已经瘦成皮包骨头了，长年的卧床不起，加上病痛的折磨，已使他完全脱了形。临死之前，郭墩子伸出鸡爪子一样的手拼命地握住贾香香，恳求她无论如何答应他两件事：一是在他死后，给他选一处好坟地。二是逢年过节的时候，请她带着儿子春生，到他的坟上去给他烧钱，不要让他在阴间冷冷清清，受穷受苦。

“我，求你了，香香，临，临死之前，我只，只向你提，提这两个，个愿望，希，希望你，你能够，让，让我，如愿以偿。我命苦，很小的时候就没，没了爹娘，十二岁时，逃，逃荒到，到甜水井村。一辈子也，也没，没享啥福，你，你就让我，在阴间享享福吧。我，我给你磕头了——”说罢，郭墩子就挣扎着把身体转过去，就在床上，面对贾香香磕起头来。额头碰到床帮上，发出呼呼的响声。贾香香使劲拉他不要磕，她一定满足他这两个愿望。可是，郭墩子犟得很，决绝地磕了八个响头，直到把额头都磕出血了。

贾香香悲伤无比，她抱住郭墩子的头说：“墩子，你咋这老实，碰得不痛吗？你放心，我就是再艰难，也要把你的坟地选好，还要请人给你打戴式，做孝曲，逢年过节的时候，我把春生带上，到你的坟上给你烧钱，让你在阴间享不尽荣华富贵。”说着她把儿子春生唤来，对春生说：“你现在对你爹说：爹，你放心，你走后，我一定听妈妈的话，逢年过节到你坟上给你烧多多的钱，让你有钱花，有福享。”

春生已经上小学四年级了，非常聪明，妈妈教给他的话，他已经记住，他便走到床跟前，对着爹说：“爹，你放心，你走后，我一定好好听妈妈的话，逢年过节就到你坟上给你烧多多的钱，让你有钱花，有福享。”

郭墩子激动得呜呜地哭了起来，几滴浑浊的眼泪从他那干枯的眼眶内滴了下来。贾香香把他抱得更紧了。

这天晚上十点多的时候，郭墩子平静地死去了。

尽管郭墩子几乎没有给贾香香带来任何幸福和快乐，但毕竟俩人在一起生活了十几年。在他的腰没有被牛撞坏之前，家里的重活儿几乎全让他给包了。想到墩子一辈子的可怜，尤其是想到自己背着他，干了那么多对不起他的事时，贾香香觉得格外惭愧，于是，她就趴在丈夫的身上，放声痛哭起来。她用真诚的哭声表达着她的内疚，她用真诚的哭声抒发着对丈夫的同情，她用真诚的哭声倾诉着失去丈夫的深切的悲伤。

在她悲伤的痛哭时，儿子春生也放声痛哭起来。

这个时候村子里不少人家还没有入睡，听到贾香香母子俩的痛哭声，三邻四舍的人就闻声赶来了。一看郭墩子已经去世，乡邻们都很同情，连休息都不顾了，一些人劝解她不要悲伤，人死不能复生保重身体才是对死者最大的安慰。一些人则帮她料理郭墩子的后事。

第二天，贾香香强撑着让人到方家湾去请了当地闻名的风水先生，选了上好的坟地，又从章家小沟请了戏班子，为郭墩子打戴式，唱孝曲儿，整整唱了两天晚上。

第三天，郭墩子在嘀嗒嘀嗒的唢呐声中被人抬上山，入土为安了。

为了兑现丈夫的临终意愿，贾香香把家里仅存的一点积蓄全花光了。悲伤加上劳累，把郭墩子送上山回来之后，贾香香就病倒了，她在床上整整躺了五天，这五天里，全靠妹妹兰兰来照顾她。

第六天，贾香香终于从床上爬了起来，她起来之后所做的第一件事就是把郭墩子生前用过的东西，包括他睡过的床草，盖过的被褥全烧掉了。然后他把妹妹送走了，妹妹在她家里待的时间够长了。

兰兰仍不放收，对她说："姐，你一定要挺住，心情不好了，就回娘家去散散心。"

贾香香说："放心吧兰兰，姐姐坚强着哩，郭墩子去了也了却了我一个心病，卸了一个包袱，我不会倒下的，我一定好好活下去，把春生培养成人。"

这年的整个春天，贾香香的心思都全用在给死去的丈夫郭墩子做头七、二七、三七直到七七上。农村比较讲究做头七和七七，这一天，后辈都得到坟上敬香、烧钱，为亡灵在阴间祈福。贾香香不仅给丈夫做了头七，二七、三七……直到七七她全都做了，每次她都为丈夫做几个热菜碗，端到丈夫的坟头摆好，然后把香点着，恭恭敬敬得放在坟坝上。接着，她和春生便跪到坟前，把打好的火纸点着，一张张地烧。一边烧，贾香香口里念叨着："墩子，给你烧钱了。"儿子春生也按她教的说："爹，儿子春生给你烧钱了，快来捡钱。"纸烧完之后，贾香香便让儿子虔诚地磕几个头，然后才离开。

郭墩子的坟地选在甜水井村杨家坟山的西北角，在这个凹形的山坳里，安葬着所有杨家故去的先祖，大大小小的坟冢像馒头似的一座挨着一座，有的坟冢前面立了碑，坟坝也修得很气派；有的坟上长满了荒草，坟坝也塌陷了，成群的地鼠在里面进进出出。这块坟地非常寂静，每次从坟地经过的时候，贾香香都感到阴凄凄的，而且时常听到一只乌鸦哇哇的鸣叫声，贾香香的心里更瘆了。

在这块坟地中间，就有杨喜子和方春莲的坟冢。当年，杨喜子被方春莲害死，案破之后，尸身被族人从十几里外的野地里迁到这块坟地葬了。方春莲犯了故意杀人罪被执行枪决之后，尸体也被家户里领回来，草草葬在杨家的坟地里，算算，也就是几年时间，这两座坟已荒凉得不成样子了，上面杂草丛生，几乎把坟头遮严了，坟坝前面的草也长到齐人深，逢年过节，仿佛从没人来栏过坟，烧过纸钱。

每次从这块坟地经过的时候，贾香香的目光总是不自觉地被这两座荒凉的坟包所吸引。这两座坟不在一块，一高一低，斜斜地对峙着。每次看到这两座坟，贾香香的心就怦怦跳个不停，这是她内心的死结。事情虽然过去这么多年了，但她仍然无法忘记当年所发生的一切故事。她忘不了杨喜子给她带来的欢乐和痛苦，也忘不了方春莲对她所产生的刻骨仇恨。每次看到方春莲的坟冢，她仿佛能感到一种森森的杀气。这是一个生前让她害怕，而死后让她恐惧的女人。可这件事的始终，能全怪她吗？在方春莲没嫁给杨喜子之前，她就已经和杨喜子好上了，而且生了两个儿子。后来，是他们杨家重男轻女，导致杨喜子与方春莲夫妻关系破裂，她这才和杨喜子旧情复燃。而她，若是没有遇一九七六年那场地震，不在野外搭防震棚住，她如何会和杨喜子发生那种关系？这一切怪谁？冥冥之中难道不是老天爷做的怪？如今，郭墩子死了，杨喜子和方春莲也死了，方春莲生的两个女儿，被杨喜子的父母收养着，艰难地度着时日。想到这过去的一切，贾香香内心感慨万千。对，还是错？该，还是不该？她都说不清，一切都让别人评说吧，让老天爷定夺吧。

在给丈夫做完七七的那天上午，她事先带了铁锨和镰刀，在郭墩子的坟上烧完纸之后，她动手把杨喜子和方春莲坟上的杂草全部清理了一遍，并用铁锨铲了几锨头，加固在那些塌陷而有了窟窿的坟头上，最后还在这两座坟上分别烧了一些纸，祈祷他们到了阴间能够过上幸福日子。

看到她在杨喜子的坟前神情那么悲伤，儿子春生问她："妈妈，这里面埋的是谁?"

贾香香脱口页出："你爹。"

"我爹？我有几个爹?"春生不快地问。

"他是，你干爹。"贾香香轻声说。

当做完这一切，贾香香心里感到一种少有的轻松和解脱。是的，死的已经死了，活着的应该好好活着，再艰难也要好好活着。

让贾香香感到欣慰的是，从去年开始，老东西杨生茂就很少找她骚情了。由于年岁的增长，加上疾病缠身，杨生茂已经像只奄奄一息的老骚狗，稍有一点风寒，就卧床不起了，维持生命尚且艰难，他哪有精力去找女人？贾香香一成几个月也见不到他一面，有时在村子里碰见了，杨生茂也是弯腰驼背，手拄拐杖，走一步都要歇好几步，见了她，几乎羞赧得连头都不好意思抬。

“活该!”每次见了杨生茂一副行将就木的样子，贾香香心里都一阵快感。杨生茂年轻的时候，长时间担任甜水井村的生产队长，加上他会玩弄手腕，村子里好几个年轻媳妇都长期让她霸占着，老了老了，还占有了她好几年。想到这样一个马上就要进坟墓的人竟然能把她降服，成为他的玩物，贾香香感到特别的自卑和下贱。这还不是生活逼迫的？贾香香只好这样替自己辩解。好在这个老杂毛连路都走不动了，自己终于能够挣脱他的魔爪，清静地生活了。

但是，村子里除了杨生茂，还有一个聋子窦金宝让她实在难以招架。

窦聋子的父母去世后，他的两个哥也不管他，他便只好独立门口。窦聋子一身蛮力，样样庄稼做得都没话说。所以他一个人的日子倒过得格外滋润。窦聋子很勤劳，一有空就上山打猪草，一年喂养两头大肥猪，年终时卖一头，杀一头，不仅手头零花钱有了，一年吃的肉也有了。而且他还经常给人帮工，他给人帮工，不讲究吃，只要工钱给得利索，做活就分外卖力，一个人能抵两个人。方圆几十里的人家都喜欢请他去做活。

聋子家里啥都有了，就是缺少女人。四十五岁一过，窦聋子知道这辈子找媳妇已彻底无望，他便把心思全用在贾香香身上，隔三岔五，他就揣着钱，找到她干那种事。贾香香每次在聋子的身子底下都有一种极度屈辱的感觉，聋子没文化，又不能说话，每次一上来，二话不说就硬邦邦的往里塞。贾香香根本就受不了他这一套，每次都让他放温柔些，她是人不是牲畜。可是聋子听不见，也根本不懂，一切照旧。

郭墩子死了，窦聋子感到非常高兴。在郭墩子的灵柩停放在家里那几天，窦聋子表现得格外好，不仅给她拿了两块腊肉，还自动充当了八仙。

把郭墩子送上山的第二天下午，窦聋子竟然穿戴一新，来找贾香香，并向他比画说他想娶她，他想他们两个人一起过日子。

一听到这话，贾香香就连连摇头，比画着说：“不行。”

窦聋子看她一口回绝了，竟哇哇大叫起来，眼瞪着，手比着，向他暗示，她已经让他睡了，他又给了她那么多的钱，问她为啥不想嫁给他？

贾香香有贾香香的想法。她现在还不老，才二十九岁。以前有郭墩子，郭墩子活着时，她没办法。可郭墩子死了就不一样了，她不能一辈子就这么窝窝囊囊地活着，她要找一个懂得体贴人而且身体正常的男人，过完下半辈子。窦聋子是个残疾人，耳聋，没文化，只会使蛮力气，她怎么会看得上他？所以她坚决拒绝了他。而且她发誓，以后再也不和他做那种见不得人的事了。没有一个好名声，哪个好男人会要她？她自身条件也不好，对对方要求也不高，只要有文化，身体健全就好，结过和没结过婚她都不在乎。

可是窦聋子自以为他占了理，竟对贾香香不屈不挠。

过去窦聋子找贾香香，都是悄悄地在暗地里找，因为那时郭墩子还活着。现在郭墩子死了，他以为他就是贾香香名正言顺的男人了，所以他连人都不避，每天大摇大摆地到贾香香家里去，见了饭就吃，晚上一坐就是好长时间，赶都赶不走。

贾香香气坏了，窦聋子这么做，打定主意是想败坏她的名声，她如何肯依？所以她早晚瞄着，一见窦聋子到门口来了，她便马上把门拴上了，让窦聋子推不开。

窦聋子见贾香香把门拴上了，不仅不生气，反而大声笑起来，手舞足蹈，嘴里哇哇不停，然后便使劲拍门，一边拍，一边大叫。门拍不开了，他便用脚使劲踹，把门踹得山响。

贾香香听到嗵嗵地踹门响，心里气坏了。可是，她有什么办法？

贾香香像躲避瘟疫一样躲避着窦聋子。

聋子打定主意要把贾香香缠到手。他已近五十岁了，任何老姑娘，包括一些守了寡的女人都不会嫁给他这样一个人。他现在唯有把贾香香弄到手了。窦金宝虽耳聋，心智却不差，他算计着，贾香香才死了丈夫，跟前还有一个儿子，他要是把她娶到手，不仅女人有了，儿子也有了，机会难得。因而，他便不遗余力地去纠缠贾香香，任贾香香再怎么拒绝他，骂他，摔东西打他，他都能忍受，在贾香香面前，他表现出了从未有过的耐心和厚脸皮。在眼下这个时机，他唯有抓住这根救命稻草了。

越是这个时候，贾香香的态度越是明确，——坚决不要和窦聋子纠缠了。贾香香总结自己结婚十多年的生活之所以不幸。不怪别的，就怪自己嫁错人了，要是嫁对了人，她的人生也就不会有那么多的灾难。所以，当郭墩子死后，她便打定主意，结束过去的一切，清清白白做人；捞个好名声，找个好男人。为了实现这个人生理想，即使再艰难，她也要争取。

于是，在村头，田野，或者河边经常出现这样一个情景：窦聋子悄悄地躲在一棵树，一堵墙，或者一道坝之后，看到贾香香走近了，便猛扑上去，一把抱住贾香香。贾香香受到突然袭击，总是先大叫一声，然后便拼命挣扎。她手脚并用，又是抓，又是骂，又是踢，使出全身力气，以摆脱窦聋子。

窦聋子以为贾香香会就范，想不到贾香香这么厉害，这么野蛮，像条母狼似的，每次他都悻悻作罢。但他还是不想撒手，贾香香已让他睡了好几年了，现在又死了男人，应该同意他才是，她为什么变得这么冷酷？窦聋子简直想不明白这是为什么。

每一次从窦聋子手上挣脱之后，由于使出了全身力气，贾香香都感到全身无力，仿佛虚脱了一般，她感到特别伤心，经常放声痛哭。

对于她这种不幸遭遇，村里几乎没有人给以同情，因为大家都知道她的过去，知道她是个不正经的女人，而且大家也知道，她以前经常和窦聋子做那种肮脏事，她现在突然不干了，人们不理解，也不屑于理解。人们都认为她这是在演戏，背过人，还不知她和窦聋子做了多少见不得人的事呢。所以，无论窦聋子再纠缠贾香香，再欺负贾香香，从来没有人去拉过架，或者帮她说过话。

一天上午，贾香香打了一篮子猪草从山上回来。刚走到那个废弃的水磨跟前时，不提防窦聋子从磨坊里突然窜出来，准备一把搂住她。贾香香见窦聋子扑来，便把那一篮子猪草迎面向他砸去，趁窦聋子躲闪的机会，她撒腿就跑。

窦聋子哪里肯依？他用手一挡，一把将篮子挡到地上，然后跟身就追。

贾香香哪跑得过窦聋子？眼看窦聋子就要追上她了。正在这危急时刻，贾香香看到二流子杨树林两手插在裤子袋里，嘴里叼着烟，大摇大摆地迎面走来。情急之中，贾香香喊了声："树林兄弟，救救我。"说着，便一下子躲到杨树林背后。

贾香香此时是病急乱投医，她也不知道杨树林会不会救她。但杨树林也许是太无聊了，见窦聋子对贾香香穷追不舍，贾香香又一下子躲在他身后，便张开了双臂，护住了贾香香。

窦聋子见杨树林张开双臂护住了贾香香，便停了下来，很生气的样子，手指着杨树林的鼻子，比画着让他走开。

杨树林觉得很好玩，一边嬉笑着，一边张开双臂，像老鸡护小鸡一样护住贾香香。贾香香此时也没有办法，她知道，如果没有杨树林在跟前，窦聋子一定会把她抱住，拉到水磨房里，占有她。所以她便紧紧地贴住了杨树林，把杨树林当成保护神。

开始杨树林并没有想打架的意思，他只是觉得好玩儿。可是窦聋子却认为杨树林是想真心保护贾香香，坏了他的好事。在他一再指示杨树林闪开，而杨树林仍然一副嬉皮笑脸的时候，他大怒了。他走上前，照着杨树林就是一拳头。

杨树林也是个惹不起的主，他本来只是想和聋子开个玩笑，然后让开的，他根本没想到要保护贾香香，贾香香与他有啥关系？可是，窦聋子竟然一拳头打在他的嘴上，当下就把他的嘴打出血了。

钻心的疼痛使杨树林勃然大怒，他先抹了一下嘴角，一看，满手是血。这个时候窦聋子仍然很嚣张，还准备往前扑。杨树林便捏起拳头，暴风骤雨般地打在窦聋子的头上和身上。窦聋子招架不住，当即抱头鼠窜。

看到杨树林痛快淋漓地将窦聋子打得抱头鼠窜，贾香香感到十分解恨。她想不到杨树林这么厉害，窦聋子一身蛮力在村子里是出了名的，他只要耍横，村里几乎没人敢和他斗的。可杨树林竟然一点也不惧他，而且把他打败了。当然，杨树林也挨了窦聋子一拳头，并且嘴都被打出血了。

窦聋子走后，杨树林一面吐着血沫，一面用衣袖擦着嘴角的血。

看到杨树林这种样子，贾香香感到特别惭愧，这都怪她，是她让杨树林平白无故地挨了打。于是，她便向杨树林道歉说：“树林兄弟，对不起，都怪我。”

杨树林又吐了一口血沫，然后用手把嘴角擦净，说：“没啥，小意思。”说完径自往前走了。

贾香香悻悻地站着，她不知道该怎样感谢杨树林。杨树林越是轻描淡写地看待这件事，她越是有愧，杨树林是因为她才挨了窦聋子一拳头的。

站立了一会儿，贾香香才回过神来，才明白今大她是出来打猪草的，刚才为了阻挡窦聋子抓住她，她把篮子扔到了窦聋子的脸上。这会儿，篮子还在路边，猪草散了一地。

贾香香马上动手把地上的猪草一一拾到篮子里。这个时候杨树林还两手插在裤子袋里，嘴里叼着烟，慢悠悠地往前走着。

因为是一个村子的人，贾香香对杨树林并不陌生。杨树林从小就以害人出名，十几岁的时候，他就敢和比他大好几岁的女人睡觉，后来还因为偷盗，被判了刑，在监狱里一关就是好几年，如今，他的父母几乎都不认他，让他独立门户了。

可是，这样一个声名狼藉的人今天却救了她。贾香香这时才认识到，其实人是有多面性的，杨树林并不像人们说的那么坏，他也有正义感，他也知道舍己救人。今天她要是遇到村子里的任何一个男人，保证他们不会出手相救。贾香香是有过阅历的，她更能充分认识到人在危难时被救的可贵。而且她在村子里也是臭名昭著，一般人谁肯搭理她？于是她就彻底改变了一往对杨树林的看法，认为杨树林是个仗义救人的好人，是个了不起的男子汉。

该怎样感谢一下杨树林兄弟呢？贾香香手挽着猪草心里想着，突然她灵机一动，她听说杨树林爱喝酒，不如上午她拾掇几个菜，让杨树林到她家喝几杯，她家里刚好有几瓶白酒。于是她就赶快对着杨树林的背影喊道：

“树林兄弟，你停下，我有话对你说”。

杨树林听见她喊叫，马上转过身问：“啥话？”

贾香香把篮子放下，快步跑了过去，说：“兄弟，你帮了我，我也没啥感谢的。这样吧，我回去拾掇几个菜，你上午到我家里去喝几杯，你看行不行?”

“好嘛，有酒喝还不行?”

见杨树林这么爽快的就答应了，贾香香心里很高兴，便说：“你再转悠一会，到时候你直接上我家去”。

“好的，你可把菜弄好些。”杨树林笑着说。

贾香香一回家就开始动手做菜，她平时比较勤劳，家里啥也不缺。为了表达真诚的谢意，贾香香精心挑选着，把家里最好吃的东西拿出来，真心款待这次舍身救她的恩人。

很快，贾香香就把四个凉菜收拾出来了，两个热菜也已经备好。她还淘了米，准备上午闷干饭吃。

春生这时已放学回来了，可是杨树林还不见来。贾香香想，杨树林是不是不来了，刚才他只是说着玩的?要是那样，做这些菜不是浪费了?春生一回来，就嚷嚷着饿了要吃饭，贾香香只好先给儿子找些吃的打个尖，案板上的菜不让春生动一下。

春生问：“做这些菜给谁吃?”

贾香香说：“给杨树林叔叔吃”。

“为啥要请他吃饭?”

“他今天救了妈妈。”

“妈妈今天发生什么事了?”

“妈妈今天上山打猪草遇到恶狼了，幸亏遇到了你杨树林叔叔，他把恶狼赶跑了。”

春生信以为真，便说：“那就应该好好感谢杨叔叔。”

正说着，杨树林嘴里叼着烟，笑嘻嘻的来了。

杨树林一来，贾香香马上请他到家里坐，先端上茶水，然后又把烟递上去。

“菜都做好了，正等着你呢，生怕你不来。”贾香香一面拾掇桌子，一面说。

杨树林说：“帮一点小忙，就来你这里吃喝，心里不好意思。”

“看你说哪里话，咋是小忙？兄弟你不知道，上午要不是遇见你，我怕我都应付不了，杂种窦聋子，那个害人的畜生。”

杨树林问：“他为啥一直纠缠你?”

贾香香说：“还不是看我孤儿寡母的，好欺负。好了，不说这些了，你赶快坐桌子，肚子都饿了吧?”

贾香香便把案板上拾掇好的四个凉菜一一端到一张方桌上，然后把酒、酒壶、酒盅全取出来。

看到杨树林一个人喝酒孤单，贾香香又摆了两张凳子，她和儿子春生也坐了过去。

春生一入座，便问杨树林：“叔叔，妈妈说你今天帮她赶走了大恶狼，是不是?”

杨树林听了一愣，但马上应道：“是的，叔叔今天赶走了一只凶恶的大灰狼。”

春生顿时对杨树林敬佩得不得了。

贾香香低头笑了。她把酒倒好，然后催促杨树林说：“开始动筷子吧，也没啥菜，你包涵。”

杨树林也不客气，便拿起筷子就吃，吃了几口，便赞不绝口，夸贾香香菜做得好。

贾香香本来不会喝酒，但为了让杨树林喝多些，她也端起了酒盅，说：“你今天能帮我，我感激不尽，我先喝一杯，然后敬你六杯。”说完，她先把一杯酒一干二净。然后她便执起酒壶，一连给杨树林倒了六杯酒。贾香香倒一杯，杨树林喝一杯，六杯酒喝得起起的。

见杨树林这么爽快，贾香香很高兴，就让杨树林不要光顾了喝酒，要动筷子吃菜。

杨树林说：“不客气，你们也吃吧。我喝我的，你别管。”

杨树林吃着菜，喝着酒，与贾香香母子说着闲话，不知不觉一瓶白酒就快喝光了。

这时贾香香又起身又炒了两个热菜，让杨树林把酒喝足之后，又吃了一大碗焖米饭。

杨树林这天喝得很尽兴，饭也吃得非常可口。

从贾香香那里离开时，他对贾香香说："以后窦聋子再纠缠你，你对我说，我见一次打一次。别人怕他，我可不怕。"

"那我真是感激不尽了。"贾香香说。

杨树林笑笑，说："多少年没打架了，手痒痒，窦聋子刚好让我练练手。就这样说，我走了。"

说完，他吹着口哨，大摇大摆地走了。

贾香香知道，窦聋子虽然挨了杨树林的一顿打，但他是不会轻易放过她的。一个人在家的时候，她总是把门拴上；上山做活，她也尽量提防着窦聋子，一见窦聋子的影子出现，她马上躲起来，要么逃掉。

但不管她怎样防也难以防住窦聋子，别看窦聋子听不见，但脑子相当机灵，而且极有心计。一天下午，村子里来了一伙玩魔术的马戏团。当时村子里还没有电视，一有热闹，全村人都去看热闹。贾香香是中途才去看的，去的时候，村子前面的大道场上已经围满了人。人群中间，一个身材瘦削穿黑色衣服的男子正在玩魔术。只见他手拿一把折叠的大纸扇，绘声绘色地说着一串笑话，一边自夸他能耐有多大，要啥有啥，想啥来啥。他问下面的人信不信。

有人说："信!"

有人大声说："不信，你变出个东西来才算有本事。"

那男人听了嘿嘿一笑，然后说："老少爷们，兄弟姐妹们，大家好，常言说：眼见为实，耳听为虚，牛 B 不是吹的，火车不是推的。说得好不如做的好，做得好，得看——现货。"只见那人扭动着身子，舞着扇子，来回舞。看得人眼花缭乱，突然，那人一手拿起扇子，覆在另一只手上，轻轻晃了一下，然后猛然把扇子一揭，只见原来那只手上出现了一只酒壶。

下面的人见了，无不高声喝彩。

那人把酒壶拿起来，问大家："这是什么?"

下面人大声说："酒壶。"

那人把酒壶口朝下摆了两摆，问大家："这里面有酒没有?"

下面人说："没酒。"

那人嘿嘿一笑，说："没有酒，我会让它变出酒来。大家看着。"说着，他把扇子盖在酒壶上面，对下面说："大家看着，变，变，变，出来了——"只见他把扇子一抽，把酒壶托起来，对大家说："现在酒壶里有酒了。"他收了扇子，一手执壶，口朝下，壶嘴里果真流出一线酒来。

下面的人一个个大声惊呼，连连称奇。

贾香香只看了一碗饭时间，感到身体有些困乏，便从人群中退出了。

从人群中一出来，贾香香便匆匆回了家。想到人们都在兴致高涨地看魔术，她根本也没提防聋子，一回家，她把门一掩，便回房里睡觉了。

她哪里知道，窦聋子这天一直瞄着她，趁她刚睡觉的时候，窦聋子轻轻推开门溜了进来。

贾香香困得很，上床就睡着了。窦聋子轻手轻脚地摸到床边，见她还没发觉，便一下子扑上去，紧紧抱住了她。

贾香香被弄醒了，一睁眼，见是窦聋子，便大声叫唤起来，一面极力反抗着。

窦聋子哪会轻易放弃？他一面按住贾香香，一面想把贾香香的裤带解开。贾香香打定主意不让窦聋子得手，她不断地用手护住裤带扣，让窦聋子解不开。窦聋子扯了半天，始终没办法把裤带解开，很生气，便扬起手，朝着贾香香扇了两耳光，然后不顾一切地去解贾香香的裤带。

贾香香嘴里大声骂着，喊叫着，身子一边不断地扭动，让窦聋子无法得手。可是她的力气不如窦聋子大，挣扎了一会，她已实在没有力气了。正要放弃抵抗时，耳边传来了推门的声音。贾香香一抬头，见杨树林进来了，便大声求救："树林兄弟，快救救我！"

窦聋子听不见，还只顾去解贾香香的裤带。刚要把裤带解开，他就被杨树林一把扯开，重重摔倒在地上。

窦聋子想不到杨树林又出现了。他从地上爬起来，由于恼羞成怒，五官都变形了，他吼叫一声，不顾一切地扑上来，想好好把杨树林揍一顿。

杨树林这次有了提防，窦聋子连打了两拳都打空了。窦聋子以为杨树林怕他，越发愤怒地往前扑。杨树林抓住机会给了窦聋子两拳，窦聋子被打蒙了，一愣神功夫，被杨树林一脚踢倒在地。杨树林趁势骑上去一阵猛揍，打得窦聋子双手抱头，哇哇哭叫。

贾香香害怕杨树林把窦聋子打残了，急忙上前劝阻，让他饶了他。

“这东西，你不把他打怕，他会一直纠缠你。”杨树林说，接着他又照住窦聋子的胸部和肚子狠捶，打得窦聋子使劲咳嗽起来，脸上也变了色。

“树林兄弟，不敢再打了，打坏了就麻烦了，你教训他一顿就是了。”贾香香使劲拦住了杨树林。

杨树林又使劲踢了窦聋子几脚，让他赶快滚蛋。

窦聋子躺在地上哇哇哭了一阵儿，然后愤愤地爬起来就走了。

贾香香想不到，窦聋子挨了两顿打之后，竟然转移了目标，将仇恨算到了杨树林头上。

一天早上，杨树林睡了个大懒觉起来，感到肚子特别饿，洗罢脸后，他便准备到厨房里做饭。厨房门的锁坏了，他也没管，每次只把门环挂上就了事，手一拽就开了。这天他把厨房门打开，看到碗柜上面还有半把挂面，便准备下碗挂面吃，篮子里刚好有贾香香昨天送给他的半篮子青菜，他从水缸里舀了些清水，把青菜洗干净了，然后便准备把菜炒了，就开始下面。可这时他感觉厨房里不对头，他闻到了一股很尖酸的臭味，他以为是死老鼠，找了几遍却找不见，便懒得管了，就把锅盖揭开，准备把锅刷一刷，开始生火炒菜。当他把锅盖一揭开，顿时气傻了眼，——他的锅里竟然让人拉了一泡屎。

这场面顿时让杨树林怒气冲天，忍无可忍，不禁破口大骂起来。他想不到谁这么缺德，竟然把粪便拉在了他做饭用的锅里。这对他是一种多大的污辱！

骂了两句，杨树林只得连锅端走了，把它扔到了房子背后的阴水沟里。

这天早饭他也没心思做了，便垂头丧气地来到贾香香这里，把刚才发生的事对贾香香讲了一遍。

贾香香听了，也大骂哪个缺德的干出这种伤天害理的事。

“你说这会是谁干的？”杨树林问贾香香。

香香反问杨树林：“村子里你和谁结的仇怨最深？”

杨树林说：“还用说，窦聋子。”

“那这事只怕是他干的。”

“我猜也是这狗日的干的，别人没有他这么歹毒，一个正常人不会采用这种恶毒的方式报复人，而且我刚才仔细看了，锅灶上有两个鞋印，解放鞋的印子。我隐约记得窦聋子最近穿的就是一双新解放鞋，印齿特别清晰。”

“那个杂种，真是短阳寿的货。该听你的话，上次把他教训得好好的，省得他这么损人。这都怪我，要不是为了我，你也不会惹了这种人。”

“别的啥也不说了，下次别让我现场捉住他，老子会让他尝尝我比他还毒。”

“他害了你一次，难道还会来害你？”

“我不是打了他两次吗？你不是还没有服他吗？我估计他还会找我麻烦。”

“唉，你看看，为了我把你弄成这样了。”贾香香的眼泪流了出来，生气地说，“不行，我去找他，他想咋就让他咋，我也不管我以后咋样了，省得这个杂种成天想方设法地害你。”

“这是多大事？你别担心，我能应付。你别去找她，他这个畜生就想占你便宜，你让他上了手，还能摆脱得了？一辈子全完了。”

“我听你的，你可要小心，这个东西是啥子事情都做得出来的。”

“没啥，他毒，我比他还毒，你忘了，我在村里可是出了名的流氓加混蛋，我是流氓我怕谁？谁坏，能坏得过我？”

“可别这么说，谁说你坏了？我看你比大多数人良心都好。”

“那是因为你不了解我，我真是很坏的，不然我的父母不会不认我，这么大了，连媳妇都找不着，这还不是臭名在外？不过，话说回来，我有时偶尔也会做些好事，比如教训窦聋子这件事，我是认准了，他妈的，我不在村子里的时候，这家伙横了多少年，干了多少伤天害理的事，不把他制服我不姓杨。”

后来杨树林就小心提防着，有时故意下诱饵引诱聋子来害他，好当场捉住。可是窦聋子很狡猾，一连好多天不上钩。杨树林没有泄气，从他观察到的窦聋子的眼神来看，窦聋子仍然对他怀恨在心，他没有上钩，只能说明他已猜出他的想法了。于是杨树林更加冷静，耐心地等待着时机。他知道，窦聋子也想让他服输，从而放弃保护贾香香，他几时不服输，他就会继续害下去。

杨树林爱干净，一天上午，他把两套西服，还有两件白衬衣仔仔细细洗净了，晾在门前的铁丝上。

衣服晾好之后，杨树林把门锁上，然后扛着一把锄头就上地做活去了。

这其实是杨树林用的计，他在地里只做了不到十分钟的活，就连忙扛上锄头悄悄返回来了。

这个时候窦聋子正在他家门口害人，他先把一件白衬衫从铁丝上一把抓下来，三两下撕得粉碎，接着又把杨树林那件高档西服扯下来，扔到地上，准备用脚去踏。刚踏了一下，杨树林就猛扑上去一锄把将窦聋子打倒在地，接着捞住衣领就使劲揍。

窦聋子开始还反抗，无奈杨树林会打架，搏斗中，窦聋子被打得鼻血直淌，手都不敢还了。杨树林还没有打够，他又把窦聋子踩在地上，用锄把在他屁股上、腿上使劲打，直打得窦聋子像杀猪一样大声嚎叫起来，一会儿，便引来许多人观看。

后来还是窦聋子的大哥窦金虎来劝架，杨树林才罢手。当窦金虎得知他这聋子弟弟不仅把屎屙到杨树林家的锅里，还把杨树林的衬衫撕乱、西服放在地上踩时，气愤不已，便打了聋子弟弟几耳光，然后把满脸是血的聋子弟弟拉回了家。这次窦聋子被杨树林打很了，走路一瘸一拐，身上衣服被扯得稀乱，呜呜地一路哭着。

贾香香听说杨树林又和窦聋子干了架之后，马上赶到杨树林家里。这个时候窦聋子已被他大哥窦金虎拉走，围观的人也已经散了。杨树林正把那件扔到地上的西服挂在铁丝上，用手巾蘸着清水一下一下清洗着，那件被撕碎的白衬衫仍扔在地上，像一只被零割的羔羊。

贾香香问："你又和窦聋子打架了？"

杨树林说："那狗日的趁我上地做活的空儿，跑到这儿先把我的衬衫撕烂，又准备把西服往脚下踩，恰巧让我逮着了，给了他一顿狠揍。"

贾香香把那件白衬衫拎起来，整个衣服已被撕成了碎片片，根本穿不成了。而且刚才在与窦聋子的打斗中，杨树林的脸上也被抓破了一块皮，此时还在流着血。

此情此景让贾香香十分痛心，杨树林都是为了她才受这么大罪的，不仅好好的衬衫被撕烂，脸上也被打伤，她如何才能补偿杨树林的损失？

贾香香从身上掏了五十元钱，递给杨树林说："兄弟，你为了嫂子受这大吃亏，你看，衬衫被撕烂了不说，脸上还受了伤。这五十块钱你拿着，以后我的事你就不要再插手了，管他窦聋子咋样，我顶着。你消停着过自己的日子，犯不着为了我这种人把那个黑心人得罪了。"

杨树林一下一下擦拭着西服上的泥巴，说："你揣上吧，给你帮点小忙就收你的钱，我还算人吗？"

"杨兄弟，你收下吧，嫂子是诚心给你的，你把这五十块钱收下，买件新衬衫，再买点药。"

杨树林笑笑："这点小伤算啥，还买药，我有这么娇气吗？不骗你，前几年在狱中，我经常与人打架，有一次被人打得昏迷过去大半天，也没人给买药，睡几天就好了。我这人命贱，不怕挨打；况且这个聋子，他根本咋也不了我，要是你感到亏欠了我，你就再给我弄些菜，让我喝顿酒就行了"。

"那好，我马上就回去做菜，一会儿你可得到我家来。"

"没问题。"

贾香香便把钱收起来，高高兴兴地回家弄菜去了。

杨树林这天上午又到贾香香那里喝了一场酒。

贾香香为了感谢杨树林，把好吃的菜都弄上了，家里仅剩的两瓶白酒也拿了出来，任杨树林喝。

杨树林吃得很尽兴，酒也喝得很尽兴。

临走时，杨树林告诉贾香香说：“你知道吗？窦聋子这次挨打，是我故意设的局，虽然他受了吃亏，但他还是不会心服口服，我要把他治得服服服帖帖，否则他不仅会继续纠缠你，还会害我。只有把他彻底治服了，他才会乖乖的。”

“那你用什么办法”？

“这你放心，你可别忘了，我这人别的本事没有，要说日弄人，我可是一个顶几个。窦聋子遇见我，也算他倒霉。”

贾香香听了心里越加惊恐不安，窦聋子这么坏，杨树林能制服得了他吗？

大约过了半月时间，一天，杨树林兴冲冲地来告诉贾香香：“刚才，窦聋子被他的大哥窦金虎领着来向我低头认罪了，窦金虎求我放了他聋子兄弟，他保证他聋子兄弟以后不会再去纠缠你，也不会害我。为了表达诚意，窦聋了趴在我面前给我磕头，通通地，额头都碰出血了。看到窦聋子态度诚恳，我便把窦聋子扶起来，告诉窦金虎只要你兄弟不去惹贾香香，我就不会收拾他，他要是敢继续纠缠贾香香，我就不停地害你兄弟，直到他撒手为止。

“‘我让他撒手，坚决让他撒手，这你放心。’窦金虎向我表态说。”

“你是怎样制服窦聋子的？”贾香香好奇地问。

“你想知道？”

“嗯。”

杨树林狡黠地笑了笑，说：“我先逮了几只毒蝎子放在了窦聋子的床上，窦聋子根本没发现，结果晚上睡觉时被蜇了一下，痛得哭了一个晚上。刚好点，我又在他床头放了一条黑乌梢蛇，把窦聋子吓得鬼哭狼嚎，屁滚尿流，房屋都不敢进了。窦聋子也不老实，知道这是我干的，但他也没办法。谁让他在我家锅台上屙屎呢，我这叫以其人之道还治其人之身。我要把他害得成天不得安生，一见了我就怕。窦聋子知道自己斗不过我，只好去向他大哥求救，让他大哥领着他来向我低头认罪了。”

听到杨树林使的这些诡计，贾香香不禁胆战心惊，这哪是一般人想得到的？亏杨树林想得出，做得到，这使她对杨树林又敬又怕。

“好了，以后你就可以安松过日子了，再不必怕窦聋子纠缠你了。”杨树林说。

“嫂子万分感谢你。”

“别客气，以后有啥难处，就找我。”

贾香香对杨树林说的话还是将信将疑，难道窦聋子真得会不再纠缠于她，让她安心过日子？除非太阳从西边出来。可是一连多少天过去了，果真再没见窦聋子上过她的门。一次，她偶然与窦聋子在村头相遇了，她当时心里吓得怦怦直跳，因为刚好四周没人，她生怕窦聋子会扑上来，这个时候可没人来帮她。可她万万没想到，窦聋子一看见她，竟然老鼠见了猫似的吓得扭身就跑了，唯恐她粘上他了。

由此可见杨树林所说不假，窦聋子果真让他治服了。这真是一物降一物，窦聋子那么厉害的一个人，竟让杨树林给降住了。

杨树林治服了窦聋子，村里不少人拍手称快，窦聋子号称“窦霸王”，他一身蛮力，又是残疾人，以前村里从没人敢招惹他。这才使得窦聋子无法无天，胡作非为。现在终于有人将他打败，治服了他。

可是也有人咬舌头说闲话，说杨树林打窦聋子事出有因，俩人是为了同一个女人而争风吃醋的。杨树林能打败窦聋子，不是杨树林力大，而是有那个女人帮忙，有人帮忙，聋子能打得赢吗？他当然得跪地求饶，甘愿退出了，否则连他的小命都难保。因为杨树林本来就是一个无恶不作的人，为了女人，他什么事情做不出？这下可好了，杨树林就可以独自占用那个骚女人了，那骚女人不是经常做了好吃的就喊杨树林过去吃吗？俩人还经常在一起喝交杯酒呢。

这话传到贾香香耳里，她感到特别生气。她反正死猪不怕开水烫，在甜水井，她臭名远扬，经历了那么多挫折，而且又死了丈夫，她不怕。可杨树林呢？杨树林可是连对象都没找，名声臭了，哪个姑娘肯嫁他？不行，她怎样也不能让脏水污了杨树林。于是贾香香逢人就向他们解释杨树林为什么会打窦聋子，她把杨树林说成是一个见义勇为、惩恶扬善的英雄好汉。她声明，她与杨树林之间的关系清清白白，任何人们想象的事情都没有做过。可是，人们信吗？杨树林这种连父母都不认的人，他会见义勇为？他会惩恶扬善？骗鬼去吧，他不占便宜会去帮一个人？清白个屁，说不定俩人早上床了。

听了这话，贾香香气得简直要吐血，她不明白人们为什么不相信她，她不明白人们为什么把人想得那么肮脏，难道人帮人非要有便宜占才肯帮忙吗？到目前为止，她真的没发现杨树林对她有过任何非分之想。当然，人家杨树林除了名声差一点，其他哪一样差了？人家一个没结过婚的小伙子会看上她？

贾香香深深为杨树林打抱不平，觉得人们冤枉了他。

一天，杨树林又两手插在裤子袋里，嘴里叼根烟，大摇大摆地晃到她家门口来了。

为了保住杨树林的名声，贾香香悄悄把门关上了。她想让杨树林知趣而退。

可杨树林却无所顾忌地先喊了她几声，然后便把门推开，走了进来。见了贾香香，杨树林便说："刚喊你为啥不答应？是不是怕我把你吃了？"

贾香香辩解说："杨兄弟，人常说寡妇门前是非多，你还年轻，以后的路还长着，可别因为我这个坏女人影响了你，今后你还是少到我这里来。我这是为你好，希望你能理解。"

杨树林说："看来嫂子还是被那些谣言吓怕了，那有啥？我都不怕你怕啥？谁想咬舌头就让他咬去。"

"我这是为你好，你还是听嫂子一句劝，不要到我这里来。谣言能杀人呀。"

杨树林笑嘻嘻地说："我不怕，我倒看看哪句谣言能把我杀了。"

见杨树林不在乎，贾香香也没办法，她只好把茶水端上来，烟递上去，俩人在一起说些淡话。

当贾香香把杨树林送出门时，她发现对面的墙拐角处，两个妇女正鬼鬼祟祟地张望着，一见她，马上把头缩回去，悄悄溜走了。

贾香香知道，村子里不少长舌妇都爱在背地里糟践她和杨树林。开始她还不很在意，后来压力便越来越大了。杨树林是为了她才惹下窦聋子的，最后杨树林把窦聋子治服了，却引起了全村人对他的讥笑，——说他是为了争女人才和窦聋子拼命打架的。杨树林做事向来我行我素，他是不会在意人们是如何添油加醋议论他，可她贾香香在乎，人在一个地方生存，名声有多重要，名声臭了，一臭就是几年，好几年，甚至一辈子，她在这方面是深有体会的。杨树林还年轻，又蹲过监狱，名声对他尤其重要，否则以后他咋在甜水井生存下去？

贾香香的担心事不久就在杨树林身上得到了应验。她听说杨树林后来托人做了几次媒，想尽快把婚姻大事定了。可是，一连找了四五家，一家也没成。据说那些姑娘拒绝杨树林的理由不是嫌他长得不好，也不是嫌他家景不好，而是嫌他名声不好，蹲过监狱不说，出来之后仍然本性难改，在村子里为个破鞋与哑巴争风吃醋，打得头破血流。他这种男人哪个女子敢嫁给他？于是这些女子一律都回绝了媒人。

听到这些消息，贾香香心里十分沉重。她感到她太对不起杨树林了，要不是她，杨树林身上何至于被人泼那么多的污水？要不是因为她，说不定杨树林早把婚事定了。因此，杨树林的婚事就成了贾香香的一块心病，杨树林的婚事一天不解决，那块大石头就早晚在她心上压着，压得她气喘吁吁，喘不过气来。她多么盼望有哪个姑娘能够早点看上杨树林，嫁给杨树林。通过接触，她发现杨树林这人真是很不错，论长像，不用说，是村子里数一数二的；关键是他这人仗义，能够见义勇为；而且他头脑聪明，只要稍加引导，杨树林一定会成为一个好男人的。哪个姑娘能嫁给他真是福气。蹲过监狱有啥？只要改了，以后他做人做事更谨慎，不是有“浪子回头金不换”之说吗？可是有哪个女子会这么想？那些女子一想到他，普遍认为他流氓成性，无恶不作。就连那些长相很差的女子都不愿嫁给杨树林。

第十三章　事与愿违

女人很怪，本来嘛，杨树林急忙寻不下对象，有他自身的原因，可贾香香却把责任全算在自己头上了，认为是她连累了杨树林，她便想方设法要为杨树林物色出一个理想女子，这样她才心安，才觉得对得起这个有恩于他的男人。可是她认得的人相当有限，她在脑子搜寻来搜寻去，也找不出一个能与杨树林般配的女子。这让她感到无比苦恼，她都不知道该怎么办才好了。一天，当她又在冥思苦想这件事时，头脑中突然蹦出来一个人，谁？妹妹贾兰兰。自从去年兰兰与杨诺的婚事告吹之后，兰兰便一心在家务农，有几个条件不错的小伙子上门提亲，都让兰兰给一口回绝了。贾香香知道，这都是因为去年那次提亲的事对妹妹伤害太大之故。可是兰兰正是花朵般的年龄，她得嫁人呀，不然年龄一大，残花败柳了再想找个好人家就不容易了。贾香香反复权衡仔细考虑了一下，认为兰兰若嫁给杨树林，也不失为一个好姻缘。兰兰美丽善良，杨树林聪明仗义，这俩人若是结合在一起，一定是天作之合，他俩人一定会恩恩爱爱一辈子。上次没把兰兰的婚事弄成，让她很遗憾，若这次弄成了，她姊妹俩同嫁一村，朝夕相见，岂不是美事？想到这里，贾香香马上把杨树林叫过来，把自己的想法一五一十地全告诉给了他。

杨树林也曾听说过贾香香有个既漂亮又温柔的妹妹。当贾香香开口要把她妹妹说给他时，杨树林简直不敢相信自己的耳朵。

“我这条件，你妹妹能看得上吗?”杨树林担心地问。

“我妹很听我的话，只要你答应，我妹的工作我去做。”

“我还能不答应吗?”杨树林害羞地说。多少次提亲未成，几乎把他的自信心打杀完了。贾香香能让自己的漂亮妹妹嫁给他，那真是天上掉馅饼，他正巴不得呢。

“你要是愿意，我先去给我妹妹透个气儿，然后我带你亲自到我爹妈家去一趟。要是他们都没意见，这事几乎就成了，我妹妹可是世上少有的好女子，你要能娶上她，可是你一辈子的福分。”

杨树林听了浑身发酥，高兴地说：“这事全靠嫂子安排了，若能成功，我一辈子给你当牛做马都愿意。”

“谁让你给我当牛做马？我只让你当好我的妹婿就行了。”

一个阴雨天，做不成活儿。贾香香便回了一趟娘家。刚好妹妹就在家里。姐妹相见，自是亲热异常，俩人把房门关着，一边做着手边零碎活儿，一边拉着家常。

话说到投机处，贾香香突然问妹妹：“兰兰，你的终身大事不知现在有没有着落?”

兰兰脸一红，低下头说：“不着急，我还小着呢。”

“你不急，可咱爹妈心里都着急呢。农村不比城市，女孩子年龄稍大一点，便不好找婆家了。”

“找不着婆家算了，我就一辈子不嫁人。”兰兰说。

妹妹此话一说，贾香香心里一惊，她知道妹妹是说气话，去年那场事对她打击太大了。于是便安慰妹妹说：“兰兰，都怪姐不好，上次那事让你伤了心。”

“哪能怪姐姐？姐姐也是为了我好。怪就怪我命不好。”

“兰兰，你可别说这话，谁说你命不好了？我看妹妹五官端庄秀丽，面部红润饱满，一辈子不仅不缺吃不缺喝，而且还是个旺夫相，你的命好着呢。”

“姐笑话妹子哩。”兰兰脸又红了。

“姐哪是笑话你，姐说的可是大实话。”

“可是，就是没有合适人家，今年又有两户人家来做媒，我去相了面，人都不行。”兰兰神情黯淡地说。

“看对象可得仔细，看不上的人千万不要随便应付，人常说：男怕进错行，女怕嫁错郎。嫁人是一辈子的事，千万马虎不得，要不然，一辈子后悔都来不及。姐姐在这方面是吃了大亏的，你可千万不要学姐姐，一定要把人选准。”

“妹妹这方面懂得少，今后还得指望姐姐多给妹妹指导指导。”

贾香香一听，觉得时机已到，便说：

“兰兰，姐这次回娘家其实就是专程为了你。”

“为了我？”

“对，姐去年没把你的说和成，心里一直有愧，姐一直想方设法怎样去弥补呢。最近我给你瞅准了一个人。这个人长相是没说的，绝对是百里挑一；而且为人仗义，说一不二。他的头脑更是灵活机智，啥子困难都难不倒他，三下五除二都给解决了。跟他接触的人都喜欢他，夸他，妹妹若是跟了他，我保证你们和和睦睦，一辈子过得比蜜还甜。”

见姐姐把那人夸得那么好，兰兰便问：

“他叫啥名字？哪里人？”

“他就是我们村的，叫杨树林。”

“你们村的，还姓杨？姐姐还是算了吧。”

“咋了？和姐姐在一个村你就不愿了？你就这么讨厌姐姐？”

“不是的，你是知道的……”

“我明白你的意思。你放心，去年那场事情没几个人知道。况且杨诺那小子一直在外上学，你怕啥？你找人过日子，和他有什么关系？”

兰兰想了半天说：“要这人果真像姐姐说得那么好，我就依了姐姐。”

“你要是不放心，过几天我把这个人领来让你瞅瞅，要是中意你就答应，不中意就算了，你看行不行？”

“俺听姐姐的。”兰兰低下头说。

从娘家一回来，贾香香就迫不及待地把妹妹的态度告诉给了杨树林。

杨树林想不到事情会这么顺利，有些不放心地问：“你妹真的愿意嫁给我？”

“现在我虽然还不敢打百分之百的保票，但至少也有七八成把握了。”

“你把我的情况都告诉你妹了？”

“不告诉能行吗？在我妹面前，我可是把你夸成了一朵花。”

“你不能光挑好听的话说，我的一些不光彩的地方，你也应该说上一二，这样才能令人信服。”

“哪些该说，哪些不该说我心里清楚，你不用操这心，我妹我知道，她听我的话着哩。”贾香香自信地说。

“下一步该怎么办？”

“你好好准备准备，过几天我带你去见一见我妹妹。”

“我去见你妹？那不是把事情弄反了？”

“难道你让我妹过来看你？你家现在这样子，我妹看了会答应吗？”

“那我的情况你妹迟早会知道的”。

“我妹这人我了解，她要是喜欢一个人，家里再穷她都答应；要是不喜欢，家里有金山银山也是白搭。现在她对你本人不了解，一看家里又这么寒酸，她会对你动心？”

“还是嫂子想得周全，我听从你安排。”

“你到时好好把自己收拾收拾，尽量显得帅气、精干，再把上门礼拿重些，让我父母高兴，这样事情基本上就大功告成了。”

“这方面我在行，绝对没问题。”杨树林信誓旦旦地说。

过了几天，贾香香打听到父母和妹妹都在家，便给邻居王婶娘说好，让她明天照看一下儿子春生。安排好春生之后，她又亲自找到杨树林，让他做好准备，明天上午她带他去见她妹妹。

杨树林听到这个消息，像是中了大奖，心里喜不自禁，便特意到县城去了一趟。第二天见面时，贾香香见杨树林头发重新理了，整了好看的发型。一双新皮鞋，也是刚擦了油，闪闪发亮。洁白的衬衫扎在崭新的确良裤子里，使他显得极为精干。人是衣裳马是鞍，杨树林本来就很帅，经这一打扮，人更显得英俊潇洒了。

贾香香对杨树林上下瞅了几眼，说道：“想不到杨兄弟这么精神。”

“我这样子不知你妹能不能看得上?”

“她要是看不上你，我倒着走。”

杨树林听了这话，心里高兴得像掉进了糖缸里。他又把准备好的四色礼拿出来让贾香香瞅瞅，有两瓶好酒，两条高级香烟，一包高级饼干，一盒高级营养品。

贾香香看了，高兴地说：“你这家伙真贼，你咋知道我爹爱吃烟喝酒?”

“我还不是侧面打听到的。”

“一切准备就绪，咱们就走。”

“走着去不体面，我用自行车带你去吧。”

“你还有自行车?”

“我特意从一个朋友那里借了辆飞鸽自行车。”说完杨树林便把自行车从屋子里推出来。贾香香一看，自行车新崭崭的，像是刚从店子里买出来的一样。

杨树林就让贾香香把礼提在手上，他骑上车子，然后带上贾香香就往贾家庄去。村子里不少人看到这两个人穿得漂漂亮亮的一同从村子里往出走，以为他们去领结婚证呢，于是好奇地议论着，各种难听的话都有。

村子里人的眼神躲不过杨树林的眼睛，他的心情顿时沉重起来。他是比较看好贾香香的妹妹，他真希望这场婚事能成，这样，他那颗悬着的一颗心就有了着落，他便可以重新生活重新做人。可是，他以前的不良行为会不会传到贾兰兰的耳朵里?她知道了他的过去，会不会再次拒绝他?他真是让婚姻打击怕了呀。

贾香香看到杨树林突然变得沉默寡语，便问：“你咋了?喜事来了你该高兴才是，怎么突然哑口了?”

杨树林说：“我还是担心呀。”

“担心什么?”

“我的名声太臭，我害怕有人会把对我不利的话传到你父母和你妹妹的耳朵里。”

“这个你不用担心，有啥话我对他们说。你只需要把头几步走好，让我妹妹发自心底里爱上你，让我爹妈也发自心底里看上你，这就行了。哪个人没有缺点和过失？谁不知道浪子回头金不换这句老古话？你就放一百二十个心吧，有啥事我替你顶着。”

一听这话，杨树林顿时来了劲，车子骑得飞快，他带着贾香香迅速越过了村子前面的一段泥土路，直奔贾家庄而去。

贾香香领着杨树林回到爹妈家，先把杨树林拿的上门礼交给妈妈，然后向他们暗示：她想把这个小伙子介绍给兰兰。今天带这人来，就是想让家里人把把关，看上了就往下进行，看不上了就拉倒，权当是她领着朋友来玩儿的。

父母正为兰兰找对象的事发愁着，听香香这么一说，看到杨树林这小伙不仅衣着得体，人又长得帅气精神，二人心里便已有七八分满意了。

做母亲的便吩咐女儿：“你快领着客人到家里坐，兰兰正在房间里做针线呢，你们去拉拉话，我开始准备做午饭。”

贾香香说：“妈，我给你帮忙去。”

父亲说：“你帮啥忙？你快领着客人到房里坐，有啥忙我去帮。”

看到父母对杨树林的态度，贾香香对杨树林使了个眼色，俩人会心地笑了。

第一关过了，还有第二关。

贾香香心里很清楚，对于这场婚事，父母的意见固然重要，但起决定作用的还是妹妹兰兰。光父母喜欢不行，光兰兰喜欢也不中，只有父母喜欢，兰兰也喜欢，事情才能成。

贾香香把妹妹房间的门帘掀开时，妹妹正坐在床边的椅子上纳鞋垫。贾香香便亲亲地喊了一声妹妹。

兰兰一抬头，见是姐姐，便马上把手中的活儿放下，请姐姐进来坐。

贾香香指着身边的杨树林对兰兰说：“他叫杨树林，杨树的杨，特好记。”又对杨树林说，“这就是我妹兰兰，漂亮不漂亮？”

杨树林感叹道：“真是漂亮，我从没见过世上还有这么漂亮的女子！”

贾兰兰已羞得满脸通红，她低着头对贾香香说：“姐，你别笑话我了。”

贾香香拉着妹妹的手说："你和杨树林说说话，认识认识。我去帮妈做上午饭。"又对杨树林说，"杨兄弟，你陪我妹坐坐，把你经历过的有趣的事，讲给我妹妹听听。"

杨树林说："没问题，你走吧。"

贾香香对杨树林会心地一笑，然后便走出房间，顺便把房间门拉上了。

从妹妹那里一出来，贾香香便到菜园里去找母亲。外面天气晴朗，两只喜鹊在门前的枣子树上嘎嘎地叫个不停，贾香香心里有种说不出的高兴和轻松。刚才，从父母的态度和妹妹的表现来看，杨树林与兰兰这场婚事，八九不离十会成功。若他二人的婚事成了，一者杨树林的婚姻大事得到了完美解决，二者妹妹终于有了好的归宿，真是两厢其美。杨树林虽然过去有污点，但贾香香认为，他真是一个很不错的小伙子，和妹妹确实很般配。若他们二人的婚事成了，也可以卸了她心里的一个负担，不然她会一直感到亏欠杨树林，这才是最关键的。

好了，这一切问题都迎刃而解了。贾香香一路哼着歌子，向他们家菜园走去。

母亲正在菜园里割韭菜。

一天前才下过一场雨，菜园子里的豆角，辣子、茄子、白菜长得特别喜人，几行韭菜青油油嫩生生的。母亲用刀把韭菜割倒，把泥土抖净，放进篮子里。贾香香走上去帮母亲割韭菜。

母亲说："你不在家里陪客人，来这儿做啥？"

贾香香说："妈，看你说的，我在他们跟前当电灯泡呀，我不如出来，让他们自由自在地说话。"

听了这话，母亲脸上的笑容格外灿烂。

割了韭菜，贾香香又帮母亲摘了些豆角、辣子和茄子，见小青菜长得诱人，贾香香也拽了一些。

她们弄了满满一菜篮子新鲜菜。贾香香主动把篮子挽起来，和母亲一块到河里去洗。

路上，贾香香问母亲："妈，你觉得杨树林这小子咋样？"

母亲说："看长相倒是不错，就是不知为人咋样，他的家景怎样。"

贾香香说："都好着哩，要是差，我会把他介绍给兰兰？兰兰可是我的亲妹子，我会害我妹妹？"

"要是这小伙为人忠厚，家景又不错，那就没啥可挑剔的了。我就害怕他是个二流子，要么是窝囊废，那样就会害兰兰一辈子。你看你，当时就是因为娘没把好关，嫁给了郭墩子，结果你受了多大的罪。"

听了母亲的话，贾香香心里打了个激灵，看样子她和杨树林说话可得谨慎，杨树林以前坐过监狱，这些事可千万不能让父母和兰兰知道。

这天中午，母亲做了一大桌子菜，还特意让贾香香去把她弟弟一家人叫过来一块吃饭。

不用说，杨树林的表现呱呱叫。他能够按年龄辈分的差别，说出不同的话，既得体，又诙谐幽默。无论是吃菜还是喝酒，他都非常客气，礼貌，谦让，不仅贾香香的父母欣赏他，她的弟弟、弟妹也欣赏他。兰兰就更别说了。在安排座位时，贾香香故意让兰兰挨着杨树林坐。杨树林不时用那双干净筷子替兰兰夹菜。兰兰虽然不好意思，但看得出来，她很高兴，杨树林给她夹了菜之后，她马上就给杨树林碗里夹菜。

为了活跃气氛，父亲主动提出划拳喝酒。

贾香香发现杨树林在这方面更是强项。他在与父亲划拳时，尽量多输，自己多喝。在与弟弟划拳时，他则尽情发挥，让弟弟多喝。但是，他又不会让弟弟输得太惨，他赢几拳后，又马上输一拳。

贾香香和兰兰都看出了杨树林的用意，对杨树林更加佩服了。

中午饭大家吃得都很高兴。在上饭的时候，父亲突然问杨树林。

"你家里都有哪些人？"

杨树林一愣，然后说："有爹妈，还有一个哥哥，一个姐姐，姐姐出嫁了，哥哥分家了。"

"家里有几间房子？"父亲又问。

杨树林说："我和父母住在一起，有三间正房，二间厢房。"

"你有啥子手艺？"

"我比较喜欢厨艺。"

“啥子?”

贾香香连忙解释说：“就是做饭。”

“这算啥子手艺!”父亲说。

杨树林解释说：“你们可别小看了厨子，厨师也分好几级呢，那些名厨一个月能拿八九百块钱。”

“那是在城市，在农村哪有男的在厨房做饭？小杨，趁年轻，你还是学学其他能够立身养家的手艺。”母亲说。

“姨说得是，我一定听您的。”杨树林说。

可兰兰却说：“你既然有那么好的厨艺，就应该到城里去发展，一直待在农村有啥出息？学会了其他手艺也只是挣些小钱而已。”

杨树林一听，马上对兰兰竖起了大拇指，夸赞道：“兰兰真有见识，我真有那方面的打算呢，我真想到县城里的大食堂去当大厨，把我的手艺好好发挥发挥。”

贾香香说：“既然兰兰支持你，你为啥不把兰兰一块带上，让我妹妹早点飞出这穷山沟?”

兰兰马上埋怨贾香香说：“姐，你看你……”

大家都笑了。

这次回娘家，基本上达到了贾香香心里想的效果。杨树林出色的长相和表现，几乎折服了她的父母和弟弟，尤其是妹妹兰兰，她好像完全让杨树林给迷住了，她和杨树林走的时候，兰兰是多么恋恋不舍呀。对此，贾香香对杨树林越来越佩服了，她想不到这小子脑子这么好使，她也不知他使了什么魔法，短短半天时间，他就已经完全赢得了全家人对他的普遍好感和认可了。

这是最关键的一步，第一步走好了，后来的一切都会水到渠成了。

杨树林很得意，以为自己的终身大事即将大功告成，他便把这一天大的好消息告诉给了他的那些狐朋狗友，夸他的对象怎样心地善良、貌美如花。而且他还郑重其事地说：“最多年底以前，你们可别忘了到我家里去喝我的喜酒，到时谁要是不来，我可不依他。”

几个朋友听他把对象夸得那么美，都想一饱眼福，问他能不能把对象领来让他们看看。

朋友这么一说，杨树林便一口答应：过几天他一定把对象领来让他们饱饱眼福。

杨树林说到做到，两天后，他真骑着自行车把贾兰兰带到县城，让他们几个朋友亲眼见到了兰兰的芳容。这几个朋友以为杨树林是吹大话，当他们亲眼看到杨树林这小子领着一个那么漂亮的女子站在面前时，一个个惊讶得目瞪口呆，眼睛都挪不开了。杨树林见他们那个呆相，得意非常，他给了他们一人一巴掌，这几个人才回过神来。回过神来之后，这几个人便对兰兰赞不绝口，骂杨树林这小子太有福气了，然后，他们便敲诈杨树林请他们吃饭。

杨树林满足了他们，几个人一起到一家饭店里叫了好些菜，喝了好些啤酒，吃罢饭之后，杨树林才骑着车子把兰兰送回去。在回去的路上，杨树林把兰兰搂在怀里，好好地亲了一回。

后来，杨树林又找了几个借口，把兰兰领到县城吃饭，逛商店，看录像。每次他们都玩得很尽兴。

这些都是杨树林背着贾香香做的，贾香香一点也不知道。一天，娘家妈突然来了，她一来就把杨树林几次领着兰兰逛县城的事告诉给了她，妈妈问她知道不知道。

贾香香说："既然兰兰同意了这事，就让他们好好相处，有些事我插手了不方便。"

"我也没说他们不该出去玩，只是我总觉得心里不踏实，你看他们俩认识也有一些时间了，每次都是杨树林往我们家去，他从不主动邀请我们到他家去，而且我们连他父母的面都没见着，他家里是不是有啥问题？"

"看妈说的，人家屋里好好的，有啥问题？我想他不邀请你们到他家去，是因为他和我在一个村子，有些事我能代表你们就行了。所以就没有见你们。至于他的父母，我想杨树林是认为时机不成熟，他怕说早了，若你们不同意，他无法向父母交代。"

听了她这话，母亲似乎放了心，她笑了笑说："谁说我们不同意？我们要是不同意，会让他领着兰兰白天黑夜地到处跑？"

“只要你们同意就好，下来，有些话我对杨树林这小子说，我们一个村的，熟，啥子话都可以说。”

这天中午贾香香留母亲在家里吃饭，她本来想把杨树林唤过来一块吃的，被妈妈阻挡了，妈妈说：“我是悄悄来的，也没拿什么礼。见了杨树林不到他家去不好，去了打空手也不好，还是不见他吧，下次再说。”

贾香香听了妈妈的。但妈妈临走时却让她领着她去看一看杨树林家住在哪里。贾香香心里一惊，就只好领着妈妈，从旁边一家墙拐角处，偷偷地看了几眼杨树林家的房子。

妈妈看了，有些不高兴地说：“他们家住的房子太陈旧了，也不打算盖新房？”

贾香香说：“你看杨树林，他是一辈子安心留在农村的人吗？人家打算到县城找工作，买房子呢。”

听这话，妈妈才安然，但她却对贾香香说：“你抽空告诉杨树林，让他叫他父母和我们碰个面，好好商量商量他和兰兰的婚事，农村和城市不一样，什么事都要讲个规矩，过了这套套，做啥都讲得通；不过这个套套，就不正规，别人就会笑话兰兰。”

“知道了妈，你放心，我一定对杨树林说。”

把妈妈一送走，贾香香便把杨树林叫到她家里。杨树林见贾香香不高兴，便问：“嫂子咋了？怎么一脸的不满？”

“你干的好事？”

“我咋了？莫名其妙。”

“你是不是好几次把我妹妹领着在县城里到处玩？”

“对呀，你不是让我和兰兰好好相处吗？我不领着她出去玩，怎么相处？”

“你知不知道，我妈今上午来了？”

“你妈来了！你咋不告诉我？”

“幸亏没告诉你，若是告诉了你，我妈到你家去一看，你家那穷酸样子，还有你父母对你的态度，我妈一看不是啥都知道了？实情一旦彻底泄露了，她还会把宝贝女儿嫁给你？”

“那你说咋办?”

“赶快补救呀，可你倒好，以为万事大吉，啥都不管了，只顾领着兰兰出去风光。你知道不知道？如果你不小心，底细让我家里人知道了，事情就可能弄砸。”

杨树林一听慌了，马上向贾香香道歉说：“对不起嫂子，都怪我不懂事，下来我一切听你的，再也不敢领着兰兰出去疯了，你让东，我绝不敢向西。”

杨树林的话把贾香香惹笑了，她说：“这还差不多，我也不是不让你领着兰兰出去玩，现在还不是时候，啥子套套都没过，你让我父母心里咋能放心？等你们婚一订，你们想咋乐就咋乐，日子还长着哩。”

“下一步我该咋做?”

“给你父母做工作，让他们接受你，然后请他们出面和我父母在一起坐坐，好好商量商量你和兰兰的婚事。”

“非得他们出面不可吗?”

“那当然。”

“那就糟了，我爹妈都不认我了，把我分了出来，这你又不是不知道。”

“你是他们的儿子不假吧？他们得靠你养老送终、传宗接代吧？眼下是决定你婚姻大事的关键时刻，他们不出钱就罢了，让他们出面说几句话该行吧?”

“他们已经恨透了我，我怕他们是不会答应的。”

“那你也应该去做做工作呀。你想，你个人的婚姻大事，你父母都不出面，你让我父母脸往哪放？这个道理讲得通不?”

杨树林想了想说：“那好吧，我豁出命去跟他们谈谈。”

“你一定要说服他们，让他们答应出面，否则事情就无法进展了。”

接下来杨树林便花九牛二虎之力去做通父母的工作，让他们为他的婚事去和女方的父母见见面。开始他的父母根本不搭理他，他这多年的表现，尤其是进监狱里住了几年，已让父母的颜面扫尽，并且背上了沉重的负担。他们就是担心他出了监狱仍然不务正业，这才不想和他在一起，让他一个人过日子。所以无论杨树林再求情，他父母都不答应，他父亲的话说得很绝："我们不出面，省得你将来坑了人家姑娘，我们老脸无处放。你有本事自己解决，出了事自己担着，和别人无关。"

面对父母的绝情，杨树林表现出了巨大的耐心，他先是软磨硬缠，向父母表态：从此以后他一定洗心革面，重新做人，决不干有损父母颜面的事。他还向父母下跪，声称他们要不答应他的要求，他就跪死在这儿不起来。

软磨了几天，他的父母皆不为所动。杨树林没有办法，只好硬来了，一天，他走到父母跟前，对他们说："你们今天要是同意我的要求，我就还是你们的儿子，从此好好做人，要是不同意，我就把这瓶农药喝下去。我都这么大了，连媳妇都娶不下，活着还有啥意思。"说完，便把一只瓶盖打开。房间里很快弥漫出一股强烈的3911味。杨树林拿着瓶子说："我数1、2、3，你们要是不答应，我就一口把这瓶子药喝下去，我说到做到。我现在开始数1，2——"

杨树林刚喊到2，他母亲便哭着扑上去，一下子握住了杨树林的手，说："孽子，你别数了，我答应你。"

"光你答应不行，爹也得答应，不然我还得喝。"

"老头子，你快答应吧，不然还得给这个孽子填命。"杨树林的母亲说。

杨树林的父亲看着杨树林的架势不像是做样子，便长长叹了一口气，说："好吧，算你狠，我答应你，可我明说了，就这一次，后来你别指望我们给你干什么。"

"有这一次就行了，下来我也不会这么下贱地求你们。"杨树林说。

父母一松口，杨树林便去找贾香香，他把他让父母转变态度的过程仔细讲了一遍。

贾香香听了大为惊讶，她想不到杨树林在他父母心中的积怨这么深。但只要他们答应出面就行，下来的工作由她来做。

这边一说好，贾香香便给娘家父母捎信，让他们做好准备，第二天杨树林和他父母一块将正式上门提亲。

按说这次杨树林陪同他父亲去提亲还是比较顺利的，他的父亲虽然心里一百个不愿干这事，但是有言在先，他也不好反悔；况且，杨树林提前已经把礼品准备好了，他不花钱，也不出力，只需以父亲的名义出面即可。并且，前面许多工作已经铺垫好，贾家对杨树林这个人又比较看好，他们过去，无非就是说说话，吃吃饭，相互交换交换意见即可。这方面，几乎贾家说什么杨树林就答应什么。贾香香的父亲想到杨树林人不错，他们不能错失良缘，就说出了把下个月的初八定为订婚的日子，他问亲家同意不同意。

杨树林的父亲说："就以亲家的，就定为下月初八。"

"那好，我们就分头开始准备。"

"好的。"

然而就在杨树林和贾兰兰订婚的日子一天天临近之时，却发生了一件预想不到的事。

一天，贾香香的弟弟贾宜章上县城赶四月八会，在集市上，他遇到了他初中同学——窦聋子的二哥窦金文，本来俩人见面打个招呼就走的。贾宜章想到他和窦金文是同学，他的妹妹马上将嫁到他们村，看到晌午了，便主动请窦金文到一家饭店吃顿饭。窦金文也没客气，同学叫他，他就去了。

贾宜章会一手木匠手艺，这天他做的几件木工家具都在四月八会上卖掉了，挣了一些钱，他心里高兴，见了老同学，表现得很慷慨，不仅点了四个菜，还拿了一瓶白酒。

窦金文面对同学的盛情款待心里很感激。由于杨树林打了他聋子弟弟，他心里便对同学的妹妹要嫁给杨树林很反对，当贾宜章说他对杨树林不够了解，询问他杨树林这个人到底怎么样时，窦金文已经微醉了，他红着眼睛大声说："你是想听真话还是假话?"

贾宜章说："我当然想听真话。"

"那好，我告诉你，杨树林在我们村几乎就是一堆臭狗屎。他从小就偷鸡摸狗，无恶不作，十九岁那年因团伙盗窃被抓，关进监狱，去年年底才从监狱中放出来。从狱中出来后，他不思悔改，经常和城里一伙地痞流氓混在一起，坏事做尽，就连他的父母都不认他了，把他从家里分出去，让他一个人过日子。方圆几十里，长相再丑的姑娘都看不上杨树林，我一直不明白你为什么同意把你妹妹嫁给他，原来是你们都被蒙在鼓里……"

听了这话，不亚于头顶响了一声霹雳，贾宜章顿时气得把半瓶酒都扔了，他把账一结，怒冲冲地就去找贾香香去了，这件事全是他这个好姐姐一手造成的。

贾香香这天刚从田里做活回来，突然见到弟弟来了，她非常高兴，便让弟弟到家坐。

谁知道贾宜章二话不说，照准她就是两耳光，恶狠狠地骂道："贾香香，你不是人，我问你，你为啥要坑害你妹妹？"

贾香香平白无故地受到弟弟一顿打，十分生气，她大声反问："你个神经病，我好好的咋坑害兰兰了？"

"你老实说，杨树林是不是流氓，监狱犯？这个连父母都不想认的畜生，你却把他介绍给兰兰，你让我们的脸往哪放？你太不是人了。"

听了弟弟的一番话，贾香香顿感天旋地转，眼前一阵黑，她害怕出事，结果真出了事。她强作镇静地解释说："你先到家坐吧，有些事，一句两句解释不清，你听我慢慢向你解释。我真是出于好意，没有坑害兰兰。"

"我现在告诉你，从今往后，我没有你这个姐，我们家也没有你这个女儿。"说完贾宜章气愤愤地走了。

从这一刻起，杨树林与贾兰兰的婚事便急转直下，贾宜章带着酒性和满腔愤怒回家之后，竹筒倒豆般地把他了解到的杨树林的情况全部告诉给了父母。父母开始还不大相信，便也多方打听，结果打听到的消息果真如此，而且他们还听到了一个更让他们接受不了的事实——杨树林还与他们的大女儿贾香香关系非同一般，俩人经常在一个锅里吃饭，一张床上睡觉。当这两个老的听到这些骇人听闻的消息后，几乎气死，为了不让小女儿遭受不幸，他们果断地把兰兰叫到跟前，把详情告诉给了她。

兰兰已从心里爱上了杨树林，她如何能接受这个打击？当天晚上，趁人不注意，她把家里仅剩的小半瓶农药喝了下去。幸亏发现及时，经过抢救，兰兰醒了过来。但这场婚事却彻底告吹了。

几天后，贾家把杨树林花的钱，包括买的东西全都如数退还给了杨树林。

杨树林想不到好端端的婚事就这么一下子吹了，他顿时眼前一黑，一头栽倒在地上……

第十四章　家庭风波

自从晚上搬到轻工机械厂小姨的换衣间住宿之后，杨诺感到精神状态一下子改善了很多。每天下了晚自习，由于学习一天了，他都感觉全身十分困乏的时候，他可以利用从学校步行到机械厂的这段时间换换脑子，放松放松。这段路行程也不远，大约有二里多路，一二十分钟时间就到了。到了房间，他先洗一把脸，让头脑清醒清醒。要是还比较累，他就在房间里再休息一会儿；当精力恢复过来后，他才把课本从书包里取出来，立即投入到学习。一直学到十一点，他才上床休息。由于每天学习任务重，他往床上一倒，往往不到一分钟他便呼呼大睡。他会一口气睡到第二天天亮。

夜里休息好了，第二天听课效果就好多了，在别的同学哈欠连天的时候，他却能保持最佳的学习状态。

机械厂有个大会议室，距他住的地方大约一百余米。会议室里放了一台大彩电。到了晚上，机械厂的职工吃罢饭后，经常到这里面看电视。杨诺学习困乏了，或者周六晚上不回家，也偶尔到机械厂的会议室里去看看电视。这台大彩电是从日本进口的，35 英寸，不仅屏幕大，而且清晰度高，音质也很好。在这里杨诺先后看了电视剧《凯旋在子夜》和《成吉思汗》。当然，他看得都是断断续续，无头无尾的。每次稍稍多看一会儿，他便马上强迫自己不要看了，回房间里开始学习。严酷的现实面前，他丝毫不敢放任自己，就连电视剧他也不能尽情地看。因为高考时间一天天逼近，他不抢时间能行吗？可是，电视剧的诱惑力毕竟太大了，每当学习困乏的时候，或者中间出去上厕所的空档，只要一听到电视里传来的枪炮声，或者战马的嘶鸣声，他都会情不自禁地走进那个会议室，看上十分钟，或者二十分钟。每次他都很兴奋，可是，看罢之后他就后悔、懊恼，他怪自己自制力太差，挡不住诱惑。这种矛盾心理很折磨人，一时使杨诺不知如何才好。后来他终于想出了一个办法：每个周只准看一晚上电视，其余时间坚决不准看。但是，若哪门功课考试考第一了，为了奖赏自己，他也可以在下了晚自习之后，看上两集电视剧。有了这项规定之后，他心里顿时轻松了，一个周只看一晚上电视，算是对毕业班单调枯燥生活的一种调剂。生活调节好了，他更能专心致志地学习。为此他安慰自己：好好学习，等考上了大学，天天晚上看电视。

这个换衣间大约只有七八个平方米，里面支了两张床，两床之间是只抽屉桌，抽屉桌也是两个人平分的，——一边归小姨，一边是归那个女职工。到这里住的第一天，小姨就郑重地告诫杨诺，这间换衣间是她和一个姓李的女职工共用的，那个姓李的女人很小气。小姨叮嘱杨诺，房间里那个女人的东西千万不要动。杨诺就牢记小姨的话，坚决不动那个姓李的女人的任何东西。

一天晚上，杨诺无意中发现那个女职工床底下的纸盒子里装了些书。他把纸盒子从床底下拉出来，揭开盖子一看，纸盒子里竟都是小说。他一本本拿出来，竟有《水浒传》《三国演义》、《红岩》、《钢铁是怎样练成的》、《青春之歌》等三十多本文学名著。这些书大约有六七成新，扉页上还盖着机械厂工会图书的章子。看到这些图书，杨诺十分惊喜，像是发现了一个秘密宝藏，学习疲乏的时候，他便把这些小说拿出来看上几页，精力一旦恢复，他便赶快刹车，合上不看了。他安慰自己，等考上了大学，他一定把这一箱子书全拿走，好好看。现在他只能当作消遣，不敢迷进小说里。

谷雨之后，大地回春，天气一天天暖和起来。不经意之间，校园里的柳树，杨树便都已长出嫩黄色的叶子。

面对着美好的春光，杨诺内心充满着希望。他想，人生也如这季节一样，虽然人生会遇到残酷的严冬，但只要坚持，只要奋斗，严冬终会过去，万紫千红的春天一定会到来。对他来说，此前他经历了多么漫长的冬天啊。想到自己所经历的种种磨难，他不仅鼻子发酸，眼泪在眼眶里打转转。“痛苦难道是白忍受的吗？它能使我们伟大。”这是一天他看到的一个叫托马斯·曼的德国作家的一句名言。他把这句名言写在一个笔记本的扉页上，以此鼓励自己。眼下，随着第一次月考的结束，新一轮的大战又重新敲起了战鼓。文科快班的每一个同学大概都从接连两次考试中测试出了个人的实力强弱。实力较强的，已重新制定了奋斗目标，咬牙穷追不舍；而势力较弱的，面对不断靠后的成绩，他们已抱着孤注一掷、破釜沉舟的决心，用超过他人许多倍的学习时间以及别人无法承受的学习强度，希望再次一搏，以改变目前的学习状况。时间所剩不多了，每个学生都别无选择，你要么不断的向前赶超，要么不断的向后退步。超越者会像赛跑运动员一样，不断地跑到其他人前面去，最终冲向终点；而落伍者会在别人不断超越的情况下，体力和精神不断溃败，最终放弃竞争。

生活在其间的每一个学生，都切身感受到了竞争的严酷性。表面看来，一切都风平浪静，可是，静水深流，其中的每个人都在经历着怎样的锤炼呀。

当看到同学们高强度的竞技状态，杨诺感到非常害怕。听说，班上不少学生每天学习时间已达到十八个小时。也就是说，他们夜里只睡6个小时，其余时间，除了吃饭上厕所，他们几乎全用在了学习。有的同学，在饭堂排队打饭的时候都把历史、地理书拿在手上，一边排队，一边记忆。

杨诺感到了巨大的压力，别人都在拼了命往前赶，他若稍不用心，便会被别人迎头赶上。他心里很清楚，他一旦落后一个名次，他的信心便会大打折扣，这样，他将会遭受到无法预计的损失。信心在这个时候甚至比一切都重要。

在这种非常时刻，他多么希望自己不要出现任何差错，家里也不要出现任何变故。这样他才能专心致志地学习，才有可能闯过大学那根独木桥。

到了最后紧张的学习阶段，杨诺虽然一再告诫自己：一定要神思集中，专心学习，万不可胡思乱想。可是，像他这种年龄，又经历过不少事，要想整天专心学习，一点也不思想跑毛能行吗？根本不行。整日整日高强度的学习，沉重的思想压力，枯燥单调的生活，使他的神经变得极为脆弱，每次只要稍有一点风吹草动，或者哪个同学的一句玩笑，都会触动他，让他的思绪如柳絮一样迎风飞起。更可怕的是，都这个时候了，他脑子里仍不时出现贾香香的影子，他和贾香香发生的那一幕情景常常伴随着他低落的情绪悄然而至。都这么多年了，那罪恶的一幕仍然深深盘踞在他内心深处，像毒蛇一样，在他人生关键时刻不时昂起头张口咬他一下。

每当发生这样的事，杨诺都痛苦不堪，都要花费好大精力把那个可怕的意念从大脑中驱除出去。可是，这个意念无影无形，要想把它驱除干净谈何容易？往往是，他越想赶走它，它越是赖着不走，而且更加张牙舞爪。

这是非常可怕的，杨诺心里很清楚，在高考快要临近的这几个月，每一个同学都拼了命学习，谁学习方法不对路，或者思想不集中，往往就会时倍功半，从而大踏步退步。而杨诺，他这已不是简单的思想不集中了，他感到自已像是魔鬼附了体，过去那段不光彩的经历又重新笼罩了他，让他在负罪中痛苦不堪，不能自拔。

每当被那个可怕的情景折磨得听不成课、做不好作业、看不进去书的时候，杨诺都会深深的谴责自己，他不惜用手使劲儿掐自己的大腿，拽自己的头发，有时甚至偷偷跑到一个没人的地方，自己扇自己的耳光，他打得非常重，叭叭直响。

他骂自己浑蛋，都火烧眉毛的时候了，为什么还要追究过去那些烂事。他恨自己不懂事，恨自己不分轻重缓急，更恨自己不能掌握自己的大脑，不去想与学习相关的知识，而偏要去想过去那荒唐而罪恶的一幕。

一天早上，数学老师正在讲高级函数的时候，杨诺又想到了他与贾香香的那一幕，结果数学课根本没听成。高级函数本来就很难，也一直是杨诺数学上难以攻克的难点，他非常想认真领会它，谁知这非常关键的一课却因他的思想跑毛而上砸了。杨诺非常痛苦。下课后，一些学生到教室外面去呼吸新鲜空气去了，而他，却懊悔不已，愤怒不已，他用手使劲掐自己的大脑，还把头用力地朝课桌的棱子上碰，碰得通通直响。

而这一幕，恰巧被他的女同桌苏艳看到了，当他把额头撞得生痛，浑身冒汗，闭目自责的时候，苏艳用手把他的肩膀轻轻拍了一下，关切地问："杨诺同学，是不是有病？你去看一看医生吧。"

杨诺一睁眼，只见女同桌苏艳正站在他身边，关切地看着他。苏艳这天穿着红衬衫，白裤子，一头美丽的披肩发像瀑布一样披在脑后。不知为什么，他从未觉得苏艳有这么美丽，这么充满着健康和青春的朝气。一霎时，好像一阵春风吹过，他心中的阴影和懊悔之气马上烟消云散了。

他便微微一笑，对苏艳说："谢谢你的关心，我没有病，只是感到头有些痛。"

"你是不是熬夜时间长了？越是到了最后越要注意身体，千万不要把身体累垮了。"说完，苏艳坐下来，从自己漂亮的文具盒里取出了一瓶风油精，对杨诺说："你抹点风油精吧，抹了头就不痛了。"

杨诺从苏艳的手中接过风油精。杨诺看到苏艳的手那么白而细腻，就像古人描写的像莲藕像凝脂。

杨诺把风油精瓶打开，往手上倒了一点，然后抹在额头上，一种清凉的感觉霎时渗入大脑，沁人心脾。杨诺的精神为之一爽，情绪一下好起来。

他充满感激地把风油精还给了苏艳。

苏艳低声对他说："咱俩同桌这么长时间了，你为啥不想搭理我？"

杨诺听了脸一红说："没，没有呀。"

"还没有呢，你想一想，都一个多月了，咱俩说的话加起来还不到五句呢。"

"是吗？对不起。"

"你学习好，以后可得多帮帮我。"

"你学习也不差呀，我看你不太用功，每次考试都在前边。"

"谁说我不用功了？班上谁不用功呀！"苏艳笑着说。

"是呀，都在用功呢。"杨诺深有感触地说。

从此以后，每当情绪沮丧、懊恼、低落的时候，杨诺只要和苏艳说一说话，探讨一下学习，他的各种不快的心理便如拨云见日，雨过天晴，春光明媚了。尤其贾香香那猥琐的形象刚在心里一露头，只要看一眼苏艳那美丽而充满朝气的身影，那个丑陋的影子就会被驱赶得一干二净。

杨诺也不知为什么，难道同桌苏艳像灵丹妙药一样，能医治他心灵深处的那种疾病？自从上了高中，懂得命运前途的重要性之后，杨诺一直对自己以前的荒唐行为追悔不已，因而他拒绝和班上任何女生交往，他不和她们说话，不和她们交流学习，有时甚至连看她们一眼都不看，他想以此消除过去的罪恶，让自己回到健康正常的人生道路上去。可他万万没有想到，当他又被过去那一段经历搅得不得安宁的时候，恰恰是一个漂亮女生像春风一样吹散了他心头的那团乌云。他真想不通这是为什么。

苏艳是高二文科快班最突出的女生了，她不仅学习好，而且长得好看。说她是二中的校花也不为过。杨诺听人说，苏艳的家庭背景相当好，他爸爸是县上一个局的局长，她妈妈在银行工作，她哥哥是一个大公司的经理。像她这种状况的学生，想不引人注目都很难。不仅每个代课老师喜欢她，班上几乎所有男生都像女神一样高看她。但苏艳为人却很谦虚和大方，她在人面前从不摆架子。所以杨诺和她说话，探讨学习的时候，也从没有感到拘束和不安。

周末又到了。

这天上午最后一节课是自习课，快要下课的时候，班上同学就骚动起来，不少乡下学生开始收拾书本，只等放学铃声一响，他们好快速把东西往宿舍一放，就马上回家。正在这时，班主任李老师夹着烟，走进了教室。他一来，就微笑着对大家说："同学们，报告大家一个好消息。鉴于一连好几个周连续补课，大家都比较困乏，学校研究决定：这个礼拜天不补课，同学们愿回家休息的回家休息，愿在学校休息的在学校休息，春天到了，想去春游的可以自行组织去春游。接下来就不再过礼拜天了。"

听了李老师这番话，不少同学高声欢呼起来，并拍起了巴掌。

李老师离开教室后，几个比较活跃的学生便开始筹划到哪里去春游。除了极个别的学生要回家拿钱拿粮之外，其余学生都想利用这个难得的星期天，大家一起去春游，热闹热闹，放松放松。最后班上形成了三批人：一批人到丹江边去划船戏水，一批人到青山乡的207主峰的电视转播台去登高望远，还有一批人则是到60里外的武关古镇黄龙洞去寻幽探险。

杨诺想利用这个礼拜天回家去拿钱拿粮。为了抓紧时间复习，他已经好几个周都没回家了，现在身上已经一两饭票也没有了，钱也只剩下几毛钱。所以当几个同学想请他跟他们一起去春游时，他都婉言拒绝了。虽然他也很想和同学们一块出去玩一玩，那三处地方，他一处也没去过。只是，钱粮比什么都重要，他要是只顾去玩，下个周吃什么？花什么？而且几个周没回去了，他也不知道家里怎样了，他经常做梦梦见父母很凶地吵架，而且有一次做梦还梦见母亲上吊了。这些情境像一块巨大的石头，重重地压他心上，一想到那些事情，他心里都不禁阵阵发怵，身上顿时冒出一层冷汗。

然而，就在杨诺背着书包提着菜盒子刚走出学校大门时，一声喊叫声立刻把他叫住了。他一转身，只见苏艳正向他这儿跑来。

“杨诺同学，明天跟我们一块到黄龙洞去吧。”苏艳气喘着跑到他跟前说。

杨诺摇摇头说：“不行，我去不了。”

“为什么？”

“我要回家去拿粮拿钱，我身上一两饭票都没有了。”

“就因为这？”

“还有其他的原因——”

“什么原因？”

“……我想回家去看看，我已经两三个周没回去了。”

“你还是跟我们一块儿去探险吧，下来一直到高考，都没有时间了，出去玩一玩，权当是一个纪念。”

“我真的去不了，很抱歉。”

“这样吧，钱我给你想办法，你不用回去拿了，实在不行，下个星期中间，我找把自行车，你再回家去一趟。”

“那怎么行？”

"怎么不行？咱们是同学，客气什么？就这样吧，明天一早七点钟，大家在校园里集合，然后一起出发到黄龙洞。"

杨诺还在犹豫，苏艳就用手把他往回推，杨诺害怕其他同学看见了笑话，就只好同意了，便转身回到了学校。他在学校吃了午饭，下午就在学校学习。

第二天早晨七点，杨诺按时来到教室，一会儿，苏艳还有其他十二个学生便兴致高涨地先后来了。

他们这一队一共十三个人，有男有女，组织者是班长杨大华和苏艳两个人，一共有六把自行车。杨大华一直暗暗喜欢苏艳，他让苏艳把自行车给别人，他想带她，可苏艳却把自行车交给杨诺说："咱俩搭伙，你带我。"杨大华看看苏艳，只好愤怒地盯了杨诺一眼，带了另外一名女生。其他几个男生也都选择了自己要带的女生，一阵风样地冲出了校园。

这天是个好天气，天上碧空如洗，一丝云彩也没有。六把自行车一路响着铃铛，以飞快的速度，穿过县城的大街小巷。

一出县城，六把自行车的速度更快了，几个男生似乎都想在女生面前显示自己的骑车技术，比赛着往前跑。杨诺当然也不甘落后，就用力往前骑。跑了一会儿，苏艳在后面说："咱俩交换着骑吧。"杨诺说："没关系，我能行。"苏艳说："你油油的骑，让他们破命往前冲，一会儿他们跑乏了，就没劲儿跑了。"杨诺就听了苏艳的话，把速度慢下来，这时其他几个同学马上赶到前面去了。

清晨，公路上几乎没有一个行人，也没有一个车辆。空气十分清新，柏油路干净得很。公路两边沿途都是白杨树。几个周不见，杨树都已经发青，长出叶子了。

杨诺一边骑着自行车，一边观赏着沿途美丽的风景。

这时苏艳在车子后面问道："听说你搬到机械厂住去了，是吗？"

杨诺说："学校宿舍里太乱，晚上睡不好，我就搬到机械厂我小姨的换衣间去住了。"

"在那里习惯吗？"

"那里环境也不太好，不过比学校宿舍里强多了。"

“我真佩服你，学习刻苦，意志力坚强。到时肯定能考上大学。”

“我哪有你说得那么好，其实我学习效率一点也不高，学习阻力太大。”

“咱俩是同桌，以后有啥困难你尽管说，也许我能帮你做点什么。”

“谢谢！我好着哩。要是有啥难处，我一定求你帮忙。”

“那就一言为定？”

“一言为定。”

又骑了一会儿，前面已看不见其他同学的影子了。这时，苏艳突然让杨诺把车停下。杨诺就把车停下来，他以为苏艳要上厕所。谁知苏艳从身上掏出了50元钱，说：“给，这是你下个周的伙食费，够不够？要不够，我今天回去再给你拿。”

杨诺说：“哪要那么多，一半都多了。”

“那你就揣着吧，用不完，下个周接着用。”

但杨诺还是不想要这么多，这么多钱，他什么时候还得清？

苏艳看出了他的心思，说：“这钱你不用急着还，等你考上大学了再还也不迟。”

杨诺说：“这怎么好意思？”

苏艳说：“这有什么！咱们是同学嘛，就应该互相帮助。我家里经济状况好一些。”

杨诺这才不好意思地把钱揣进口袋里。有了这50元钱，他仿佛吃了一颗定心丸，心里一下子踏实了。

苏艳说：“咱们赶快往前赶吧，不要把距离拉得太远了。”

杨诺马上骑上车子，带上苏艳，飞快向前追赶。

杨诺一口气跑到油坊岭，又在十里铺撵上其他几个同学。刚好路边有一个饭店，他们把车子停在门口，十二个人欢欢喜喜围了两张桌子，一人叫了一碗稀饭和两个包子。吃罢饭之后，继续赶路。

中午十一点他们才赶到武关古镇。武关是中国四大闻名古关之一，传说中的黄飞虎和关云长都曾经过武关，留下了不少动人的故事。如今，武关只留下了两条古街和一段残缺不全的古城墙，其余历史遗迹皆荡然无存。

杨诺还是第一次来到这里，他对武关古街道非常感兴趣，在其他同学都坐在茶馆门前喝茶的时候，他一个人把两条古街齐齐地看了一遍，最后还来到古时武关关卡所在地——这里，一面是陡峭的石壁，一面是滔滔的丹江，中间则是一条通道，真有“一夫当关，万夫莫开”之险。武关是陕西出入中原的交通要塞，是历来兵家必争之地。由此，杨诺明白了为什么武关能够成为闻名中国的四大古关了。

杨诺正在思索的时候，有同学来喊叫，说马上要出发了，要他赶快走。

黄龙洞距武关只有二里地，他们经武关，一路狂奔，不到十分钟就看到路边一个指示牌——由此向前到黄龙洞。

同学当中有人曾来过黄龙洞，便在前面带路。他们推上车子，沿着一条坎坷不平的泥土路往里前去，一里左右是一条小河，过了小河，前面是两户人家。他们便把车子寄存到一户人家的门前，并掏了二块钱照看费，然后几个人把车子一锁，便一同向黄龙洞走去。

杨诺心里很激动。他以前听不少同学说起过黄龙洞，说洞里如何深，里面的钟乳石如何栩栩如生，他一直没有机会来，今天终于如愿以偿了。他发自内心地感激苏艳，是苏艳帮他实现了这个愿望。

他们沿着一条沙土路一直往前走，沿途的景色渐渐显得秀奇，山虽不高，奇峻；水虽不深，清澈可人。在奇峰峻岭间，到处都是参天大树和千年古柏，——空气中散发着浓郁的柏香味，耳边不时传来悦耳的鸟鸣声。

杨诺一边走，一边感受着这美好的一切，心里陶醉不已。

又走了一里多路，前面传来訇然的流水声。有个同学激动地说：“到了！”拐过一道山嘴，只见一个巨大的石洞出现在对面一座山崖的半山腰上。在坡跟处，冒出三股巨大的泉水，当地人因地制宜，修建了三个龙头，三股泉水便从三个条龙嘴里喷泻而出，从而发出巨大的轰鸣声。

这时组织者杨大华同学给大家做了安排——先看黄龙洞。洞内比较深，而且阴暗潮湿，他要求每个人准备两根蜡烛，身上揣上火柴，进洞的时候不能单独行动，一定跟在大部队一块，不能走散了；而且手必须把稳，脚踏稳了再走。黄龙洞看完了，再看对面的庙宇。

听说还有庙宇，杨诺急忙寻找，果见对面的小山坡上建了一座庙，显得很破旧。旁边就有同学介绍说，那座庙是在文革当中被当地红卫兵扒掉了，要不然有十几间房子呢。

杨诺提前也准备好了蜡烛，但苏艳在进洞时又给了他两根，他说他有。苏艳说："用不完你拿到学校里再用，学校不是光停电吗?"杨诺便高兴地接受了。

"你以前来过这里没有?"杨诺问苏艳。

"我还是前年来的，那时这三个龙头还没修呢，路也没有现在好。"

俩人说话的同时，前面同学已经开始进洞了。

苏艳对杨诺说："你在前面走，我跟在你后面。"

进洞二三米以内还能看得清路面，三米以后，前面整个就是一个黑洞。同学们都把蜡烛点着，一手举着蜡烛，一手扶着岩壁，慢慢往前走。

黄龙洞是个溶洞，里面地形十分复杂，有些地方似乎像是大礼堂，能容纳三四百人；而有的地方又非常狭小，一人侧身才能通过。大大小小的钟乳石、石笋形态各异、美轮美奂。

见此奇景，杨诺感觉异常震撼，他想不到洞里有这么多神奇的景观，简直可以说是鬼斧神工。那些钟乳石，有的是独自下垂着，下尖上圆，有一层一层的波纹；有的是密密麻麻的排成一排，组成一个个好看的图案。有的钟乳石半垂在空中，有的和地上的石笋连在了一起。最可观的是石柱，粗细不一，有的直径还不到三厘米，有的直径可达一米，直直的，一直伸到七八米高，可以称得上是擎天玉柱。洞顶上有水滴滴下来，生凉生凉的，脚下不时出现一潭清水，或一条暗河。这种喀斯特地貌，走起来得格外注意，若是平坦的地方，可以放心大胆往前走；若走到悬崖峭壁处，不小心就会一脚踩空。大大小小的洞多得无比，每走几步就能看到旁边一个洞洞，一走进去，里面就是另一方天地。开始时，大家都紧紧相跟着，可走着走着，有些同学见了洞就好奇，就忍不住想进去看看，结果一进去就脱离了大部队。

杨诺一直和苏艳走在一起，他在前，苏艳在后。由于地势上下起伏，他不时要用手拉住苏艳。当他们的手握在一起时，杨诺心里不由得怦怦地跳动起来。苏艳似乎很依赖他，只要遇到一个坎，就把手伸出去。

路越往里去越难走，有时要紧紧侧着身子才能钻进一个小洞，有时则要像爬楼梯一样攀着石壁才能朝上走，前面一个同学也看不到了。

杨诺心想，里面这么大，这么深，一会儿迷路了怎么办？就把这一担心给苏艳说了。苏艳说："咱们不如做上记号吧。"于是，他们每走几步，就要在旁边的石壁上画上箭头。

路不知走了多远，洞还在无限的往前延伸着。听人说，这个洞有几十里长，一直通到十里外的黑龙潭，但是从没有一个人全程走到底。俩人的蜡烛烧完了一支，又各自点了一支，当烧到一半的时候，苏艳建议开始往回返。杨诺也觉得再往前去没多大意思，就开始返回。

和进来时一样，俩人互相关照，相互提醒，配合得十分默契。由于沿路标了记号，给俩人提供了不少方便。这样，他们用了不多时间，便走出洞口了。

洞外阳光灿烂。

猛然见到外面的阳光，俩人眼前顿时一片漆黑，过了好一会儿，当眼睛适应了外面的光线时才能睁开，一睁眼，他们各自都看到了对方的脸上、身上都沾了不少湿泥。于是俩人欢笑着一起来到龙头下面的水潭边。苏艳用手帕把脸、衣服上的湿泥擦干净后，又把手帕洗净递给了杨诺。杨诺很不好意思，但他还是接了，在用手帕擦脸上的湿泥时，他嗅到手帕上有很好闻的香味。这时他心里对苏艳产生了一种说不出的感激、崇敬和喜爱的心情。苏艳无疑对他是非常友爱的，这是产生于同学之间的那种无瑕的情谊。但杨诺却不知为什么，他心里有一种恐惧和害羞。苏艳俏丽的身材、飘溢的秀发，以及她那热情似火的眼睛，他一走近，就感到十分灼人，仿佛要烫伤他一样，但心里却是那么乐意，他感到非常幸福，同时又感到一丝的惆怅。

因为其他同学还没有出洞，苏艳提议到对面的庙上去。

杨诺就和苏艳一起，沿着一条小路走过去，又登了几十级残缺不全的台阶，便来到庙门跟前。

现在庙宇已经很破败了，只剩下三间房子，一间主殿，二间厢房。两根黑漆剥落的柱子上有一副对联：

山下出泉滋万物

洞中有水润群生

庙里有一个身穿黑衣的道士，头上包着黑手巾。见了俩人，道士便放了一挂炮，问他们是否进去烧香许愿。

苏艳问杨诺："要不，咱们去烧几炷香?"

杨诺笑着说："你还信这?"

苏艳说："马上就要高考了，我想让神仙保佑保佑，让我考上大学。"

杨诺说："那咱们就去吧。"

俩人轻轻地走进去。大殿当中供奉着太上老君，旁边供奉着观音菩萨和送子观音。在道士的指点下，杨诺先燃着了三根香，插到香炉里，然后俩人一起跪在两个蒲团上，磕了三个头。每磕一下，道士都要敲一下小钟，然后俩人便双手合十，许了自己的心愿。

杨诺这个时候已经完全忘记许愿了，在悦耳的钟鸣声中，鼻息中闻到燃香的气味，他感到心灵中说不出的熨帖和超脱。杨诺不知道为什么会这样，其实他以前根本不信神。

许了愿，苏艳往功德香里塞了几块钱，接着便走出大殿。大殿后面是几间倒塌的庙宇，这是被"文革"时红卫兵扒掉的，现在仍没有修复，据说明清时期这里香火十分旺盛。现在却十分荒凉，要不是有对面的黑龙洞，恐怕没有人会到这个庙上来。

苏艳拿有干粮，俩人从庙里找了两个干净碗，倒了二碗开水，一边吃着干粮，一边等着其他同学，一直等了一个多钟头，其他同学才陆陆续续出了洞。他们当中有几个人都迷了路，但总算都寻到了洞口，人人都兴高采烈。大家又一同到庙里烧烧香，许许愿，吃了些干粮，喝了些开水，然后便高高兴兴地原路返回。

自从到黄龙洞春游之后，杨诺感觉他与同桌苏艳之间的情谊似乎又增进了不少。以前，每当他走进教室，开始新的一天的时候，他总感觉那么累，那么艰难。可是，自从与苏艳有了较多的交往之后，他仿佛觉得苏艳给他身上注入了无穷的活力，给予了巨大力量。过去每天早晨往教室里走的时候，由于日复一日高强度的学习，以及单调枯燥的毕业班生活，他感到双腿像灌满了铅块似的，每迈一步都很艰难，心里极不情愿到教室去。可现在，他每天巴不得早早来到教室，而且双腿也不沉重了，走起路来轻松愉快，浑身是劲。更重要的是心情。过去，他每天心情都很沉重、压抑；可如今，他内心欢喜，像是洒满了阳光。而这一切，都源于有了苏艳，只要苏艳出现在身边，他就会精力充沛，对生活和学习充满了希望。

他多么珍惜这种学习状态呀。他身上仿佛注入了兴奋剂，学习从不知道苦，也不知道累，有时甚至连饿也感觉不到，他总是不知疲倦地学习和用功。苏艳不懂的问题，便向他请教；他有不解的问题，便问苏艳。因而每一天，每一节课，他都感觉收获非常大。许多学习疑难问题都在他们相互探讨下得到了解决。当每天学习结束，熄灯躺在床上的时候，杨诺感到十分充实，所学到的一个个知识点，仿佛一个个营养分子一样充入到他的细胞里，他感到自己掌握的知识一天比一天丰富，考大学的信心也一天比一天充足。

他多么希望这种良好的学习状态能够一直持续到高考结束呀。

按照苏艳提前跟他说好的，这个礼拜中间她把自行车借给他，让他回去带粮，顺便他再看一看家里状况怎样。他已经好几个周没回家了。杨诺担心苏艳忘了，可是这天早晨一早，苏艳就把自行车骑来了，并把自行车钥匙交给了他。

这天上午一放学，杨诺把菜盒一拿，骑上车子就走了。他想午饭就在家里吃，顺便再让母亲给他炒些有营养的菜带上。

骑上车子快多了，杨诺心情又很好，沿途他一边飞快地蹬着车子，一面用口哨吹着一首歌曲《年轻的朋友来相会》：

年轻的朋友们，今天来相会，
荡起小船儿，暖风轻轻吹。
花儿香，鸟儿鸣，
春光惹人醉，
欢歌笑语绕着彩云飞，

啊，亲爱的朋友们，
美妙的春光属于谁？
属于我，属于你，
属于我们八十年代的新一辈。
再过二十年，我们来相会，
伟大的祖国，该有多么美，
天也新，地也新，
春光更明媚，
城市乡村处处增光辉。
啊，亲爱的朋友们，
生活的奇迹要靠谁？
要靠你，要靠我，
要靠我们八十年代的新一辈．

但愿到那时，我们再相会，
举杯赞英雄，光荣属于谁？
为祖国，为四化，
流过多少汗，
回首往事可有愧，
啊，亲爱的朋友们，
让我们自豪地举起杯，
挺胸膛，笑扬眉，
光荣属于八十年代的新一辈，
挺胸膛，笑扬眉，
光荣属于八十年代的新一辈
来来来相会。

这首歌曲调昂扬向上，旋律优美，尤其是骑着车子飞跑的时候，唱着这声歌时感到格外带劲。杨诺用口哨吹一遍，用嘴唱一遍，又口哨吹一遍，嘴再唱一遍。他的内心充满着喜悦，充满着希望。

还不到半个小时，杨诺就已经把车子骑到他们村庄前面的路上了。他先下了车，沿着一条斜坡把车子推到河边，然后扛起车子过了河。这是苏艳的车子，他不能让车子沾了水。过了河，他又帅气地跨上车子，一直骑到家门口。这个时候，正是上午一点左右。家家户户正在生火做午饭，空气中飘散着浓郁的饭菜香。杨诺感觉肚子很饿，他想，母亲大概正在做好饭，他一定要饱餐一顿。

可是，当他把自行车在门口的阴凉处停好，拎着菜盒往回走的时候，他竟发现家里气氛不对。只见厨房门紧闭着，堂屋的门半掩着，而且从里面隐隐传来母亲的啼哭声。

杨诺心里顿时一沉，他不知道家里又发生了什么。

杨诺赶快将堂屋的大门推开，走了进去。一进门，他便听到母亲那极度压抑和悲痛的哭泣声。从母亲的哭泣声中，杨诺已经猜测到，家里肯定又发生了什么大事。回家路上的那种喜悦心情，像是迎面浇了一大瓢冷水，霎时变得沮丧无比。

杨诺把菜盒往大桌子上一放，就循着哭声走进母亲的房间。

母亲正一把鼻涕一把泪的痛哭着，十分悲伤的样子。杨诺走进去时，母亲仍然痛哭着，似乎没有发现他回来。

“妈，你咋了？家里发生了什么事?”杨诺抑制住眼泪问。

杨诺问了一遍，母亲没有理睬，杨诺接着又问了一句。

这时母亲擦了一把鼻涕，大声说：“咋了，杨敬文这狗东西跟别的女人跑了!”

一听这话，杨诺的脑袋嗡的一响。他一直担心家里要出事，一直害怕父母的关系走向恶化，但他万万没有想到，父亲竟然会这么做。父亲能做到这一步，说明他根本没有把这个家当回事，也根本没把母亲当回事。他这样做，无疑大大伤害了全家人的脸面和自尊，但伤害最大的肯定是母亲，这样一来，母亲以后怎样在村子里人面前抬得起头?

“杨敬文和哪个女人跑了?”杨诺充满着满腔的愤怒问。他对父亲这种不负责任的行为十分不满。

“谁知道。”母亲一边哭一边说。

“那你是咋发现的?”杨诺接着问。

“杨敬文已经四天没回家了。”

一听这话，杨诺心里顿时轻松了不少，便安慰母亲说：

“妈，你不要哭了，也许我大是到哪个朋友或亲戚家去散心去了。”

听了这话，母亲也许觉得有道理，这才慢慢地停止哭泣，问他：“你咋这个时候从学校回来?”

杨诺说：“粮吃完了，我今天借了同学的自行车回来拿粮。”

“午饭还没吃吧?”

“没有。”

一听他还没吃午饭，母亲便擦干眼泪，起身做午饭。

在母亲做午饭的时候，杨诺便到村子里去打听父亲的下落，他希望能从几个平时与父亲关系不错的叔叔伯伯那里打听出一些有关父亲的消息，可是那几个人都无一例外地告诉他：他们不知道他父亲到哪里去了。

所以，尽管母亲对父亲的猜测不一定靠谱，可是由于眼下没有一个人能说出父亲的下落，母亲对父亲猜测的可能性就大了。倘若这真成了事实，那么，对他，对他们这个家庭，无疑是灭顶之灾。

杨诺感到了前所未有的压力。饭好了，母亲给他做了他平时爱吃的喷香的捞面，可是他吃起来味同嚼蜡，一口也咽不下去。一边吃饭，他一边紧张地思考：他下一步该怎么办?

杨诺心里很清楚，父亲是家里的顶梁柱，是全家人的靠山，不说别的，家里的一切花销，包括他和弟弟上学的费用，全指望着父亲退休后的那点工资；若是父亲真和另外一个女人私奔了，那么父亲的角色就会转变，全家便会陷入困顿，他和弟弟就可能因此而辍学。

这是一个危及全家的现实问题，杨诺心里非常清楚，必须得妥善解决，不能让事情往最坏的方面发展。

可是，这么大的问题，光靠他一个人的能力肯定是不行的，他得把哥哥杨树平找着，俩人一起商量，如何先把父亲找着，然后阻止父亲往歧路上走。想好之后，杨诺便把母亲叫到房里，把他的打算对母亲讲了，并安慰母亲，事情也许不像她想的那样糟糕。杨诺让母亲不要悲伤，要像平常一样该吃吃，该睡睡，尤其不能对村里人声张父亲跟人跑了。弟弟杨飞在一中学习紧张，这事也不能让他知道。

母亲也许是连吓带气，给弄糊涂了，听了杨诺一说，她一一都接受了。

杨诺当下立即决定：暂时不到学校去了，要立马去找到哥哥杨树平。

年初，三干会召开之后，哥哥杨树平的工作单位又发生了变动，他被调到青山乡粮站工作。那里距县城还有五十多里，要是步行，恐怕得一天。有了苏艳这辆自行车，他可以节约很多时间。

事情刻不容缓，杨诺马上骑上自行车，走小路，经过过风楼乡，再绕过小栗园，向青山乡方向奔去。

这些路多是山间小道，除了其中十几里路是县级公路，比较平坦之外，多数路段都坎坷不平，而且有些路段还在悬崖峭壁和山谷之间穿行。杨诺用力地骑着车子，他的内心充满着悲伤，他想不到自己的命运这么坎坷，考大学这条路这么艰难，不是出这事，就是出那事。看看高考还有二、三个月时间了，父亲竟然同别的女人一块悄悄私奔了。

整整走了两个多小时，下午四点多，杨诺终于赶到了青山乡粮站。

青山乡粮站位于青山街西头，粮站占地面积很大，门口有棵巨大的古树，古树下面有一个石碾子。夏天的时候，不少人围在树荫下面乘凉。

杨诺推着车子，从粮站的大铁门里走进去，里面是一排又一排的青砖房子，房子与房子之间的地面全打成了水泥地板，不少地板上晾晒着粮食。

杨诺看到一个中年妇女正在一个水龙头跟前洗衣服，就向她打听哥哥杨树平住在哪里。那个妇女态度很好，就把手上的洗衣粉用水冲净，直接把他带到哥哥的房门口。

谁知房门紧闭着，那妇女用力敲了两下，大声喊叫：“杨树平，你弟弟找你来了。”听到里面有应声了，这个妇女才走。

过了好一会儿，哥哥才睡眼朦胧地开了门。

哥哥杨树平还在午睡。

哥哥把他叫回房间，问他咋这个时候跑这儿来了。

杨诺抑制不住眼泪，顿时放声痛哭起来。

哥哥不知道咋回事，问他家里到底发生了什么事。

杨诺便哽咽着，把父亲与一个女人私奔的事对哥哥讲了一遍。

哥哥听到这个消息，也顿时愣住了。停了一会儿，他问道："这个消息确切吗？妈亲眼看见了吗？"

杨诺说："妈妈没有亲眼见到，她是猜测的，大已经三、四天没回家了。"

哥哥想了想说："大已经那么大岁数了，他不会和哪个女人一块出走的，也许他到他朋友家去了。玩上三、四天他就会回家，不会有啥事的。"

"可妈妈认定大不要这个家了，一定是跟哪个女人一块跑了。"

"妈是胡思乱想，大不会这么做的。"

"可我们得尽快把大找到呀，只要找到大，才能说明问题。万一大真是和哪个女人跑了呢？"

话音刚落，里面的套间传来嫂子的声音："杨树平，你马上和杨诺一块儿回去，先把你大找到，不然家里真出事了咋办？"

听到嫂子的声音，杨诺才知道嫂子在哥哥这儿。一会儿，嫂子便抱着侄子从里面的房间出来了，她先和杨诺打了声招呼，然后催杨树平赶快动身。

哥哥便听了嫂子的话，把自行车从车篷里推出来，让杨诺吃了两块西瓜，稍作休息之后，他们便一起骑上车子就出发了。

他们先骑车子来到县城。

哥哥是接父亲班的，他心里比较清楚，父亲退休之后，还和以前本系统哪些朋友保持着来往，所以他就把杨诺带上，在父亲有可能去的地方，一家一家的去寻找。这些人有的杨诺见过面，有的连面都未见过。每次都是哥哥杨树平走在前头说话。他们总共去了四五个地方，有的住在街巷子里，有的住家属院，还有的住在校园里。随着一次又一次的扑空，杨诺感觉父亲和一个女人私奔的可能性越来越大。

当最后一家问罢之后，已经是晚上九点多了。杨诺和哥哥推着车子，丧魂落魄地从父亲的一个比较要好的朋友家里走出来，失望的阴影笼罩在他们心头。他们默默地勾着头，推着车子，走过了一段昏暗的没有路灯的街道。

“哥，下来怎么办?”杨诺见这样一直闷着头走下去也不是办法，他先把车子停了下来。

哥哥听他这样一问，马上把车子停了下来。又低头思考了一阵，然后叹口气说：“咱俩先找个地方吃点饭吧，吃了饭再说。”

杨诺今天骑车子跑了八九十里路，此时又饿又乏，哥哥这样一说，他也表示赞同。哥哥就把他领到一家饭店里，叫了1斤肉饺子，还要了两瓶啤酒。

一斤饺子分成了两份端上来，哥哥说他吃不完，他向杨诺的碗里拔了一些。然后他让服务员把啤酒打开，他先把杨诺面前的杯子加满，又把自己的杯子加满。

“咱们先把啤酒喝了，然后再吃饺子。”哥哥说，他把杯子举起：“喝。”

杨诺就把杯子端起来，一口气喝了。

杨诺一喝完，哥哥就把他的杯子加满。俩人一口气把两瓶啤酒喝得尽光。杨诺还是第一次喝啤酒，第一口入口时口感很差，像喝洗碗水，但几口喝下去之后，就感觉很爽了；尤其是又渴又累的时候，喝啤酒既能解渴又能解饿。

啤酒喝完，俩人便动筷子吃饺子。

这时哥哥突然问他：“要是父亲真找不着怎么办?”

“那我就不上学了。”杨诺说，这时他感到喉咙发硬，眼泪哗的一下流了出来。

一见杨诺这样，哥哥笑了一下说：“你放心，父亲不会找不着，我一定得把他找着。”

“全靠哥哥您了。”杨诺充满感激地说。到此时他才明白，一旦家里发生了什么大事，还得指望哥哥。眼下，家里发生了这件天大的事件，他几乎是束手无策，完全得指望哥哥去解决。

哥哥又向口里扒了几个饺子吃了，然后说："这样吧，兄弟，你吃了饭就回学校去上课，马上要参加高考了，你得抓紧时间学习，家里有我。我一定把父亲找着。"

听了这话，杨诺感动得喉咙发硬，饺子也吃不下去了，停了一会儿，他才接着吃。

吃罢饭，哥哥把饭钱付了，然后便催杨诺到学校去。

杨诺正准备走，突然想到上午回去带粮的，结果没带成。便说："我还得回去一趟，粮吃完了，我还得回家带粮。"

"那好，咱们一块回去。"哥哥说。

杨诺和哥哥一同回了家。

母亲还在家里焦急地等待着，见杨诺和哥哥杨树平一同回来了，她好像一下子有了精神支撑，便连忙准备做晚饭。

哥哥说："我们已经吃过了，你做的自己吃吧。"

母亲一听，便说："你们不吃，我就不做了。"

哥哥说："你不是晚饭都没吃吗？我们不吃，你也要吃。"

母亲摇摇头说："算了，不吃了，不想吃。"

时间不早了，杨诺和母亲说了两句话，便开始装粮食，他得连夜把粮食带到县城，自行车无论如何要在明天早上还给苏艳。

母亲担心天晚了，路上怕，让杨诺明天一早到学校。可是杨诺心里很焦急，今天把自行车用半天了，连苏艳的招呼都没打，他感到心里很惭愧。无论如何他明天一早得把自行车还给苏艳。

杨诺走的时候，母亲和哥哥帮他把一袋粮架到自行车上。母亲再三叮嘱他路上注意安全。哥哥一直把他送过河，分手时又安慰他说："你安心在学校里学习，家里一切有我。"

杨诺感到鼻子酸酸的，他说："哥，那就全靠你了，我走了。"

"路上小心些。"哥哥大声说。

"知道了。"杨诺应道。

天上没有月亮，也没有星星，路上黑漆漆的。杨诺只能靠从家里拿的一个手电照明。可电池用的时间太久，只能照出很近的一段距离，光亮十分微弱。遇到好路段，杨诺还能骑着车子跑，遇到路差的路段，尤其是上坡路，他只好推着车子走了。由于后面带了一大袋粮食，一头重一头轻，无论是骑着走，还是推着走，都十分艰难，稍不注意，便会人仰车翻。杨诺害怕车子翻了，粮食撒了，就格外小心，有几次，车好险翻到路边的水沟里了，他拼命用肩扛住，才没有让车子翻下去。

杨诺走到县城时，已经快到十二点了。

因为天色已晚，杨诺不能把粮食直接带到学校，他只好先带到机械厂，明早再带到学校。

这个时候，机械厂大门早已关上了，杨诺先把车子靠在旁边，然后去叫门。他喊了半天，门卫才起来把门打开。门卫十分生气，对他说："你以后要是再超过了十一点，就不要进来住了，以免影响别人。"

杨诺只好连连道歉，然后把车子推了进去。

当杨诺把车子锁好，把粮袋搬进房子里时，他感到浑身像散了架似的。他本想看一会儿书的，可是书拿出来，脑子里一团乱麻，看了半天也没看进去，索性把脸一洗，熄灯睡觉了。

尽管身子很疲乏，躺在床上却急忙睡不着。

杨诺很清楚自己的命运已经到了最关键的时刻，因而他十分担心生活中发生任何意外。而现在，意外事件恰恰就发生了，并且，这个事件非同小可，是父亲不明不白的离家出走了。

躺在床上，杨诺仍然清晰地记得今天上午回家时，母亲那极度伤心的样子，还有他晚上临走时，母亲的脸上所掩饰不住的哀怨和绝望。父亲的出走彻底击败了母亲的自尊心，杨诺能猜测得到母亲内心所遭受的打击有多大。想到母亲可怜的样子，杨诺的眼泪便不停地流了出来。接着，杨诺又由母亲想到了自己。其实这次，他和母亲一样，受到了巨大伤害。如果父亲真的和一个女人私奔了，那么他还考什么学？他一切的努力和奋斗只能像肥皂泡一样破灭了。这是多么可悲呀，他真不明白父亲为什么会这么做，难道这个家就那么让他生厌？难道这个家就没有值得他留恋的东西？难道这个家就没有他的爱？杨诺绞尽脑汁地搜寻着父亲出走的原因。可是找寻了好久，什么也没找到，最后他只能归为一个浪荡女人对父亲的勾引，和父亲一贯的玩世不恭，自私自利所致。

杨诺多么希望这是假的，他希望父亲不是和哪个女人私奔了，而是到了一个谁也不知道的朋友那里玩儿去了。父亲退休了，他有理由随便走走，散散心。或者，他和哪个朋友一块出门做生意去了，说不定过几天回来，还挣了不少钱。杨诺一直认为父亲有经商头脑，父亲也曾在他面前说过他想做生意，所以这种可能性也不能排除。

就这样，杨诺一会猜测父亲会这样，一会儿猜测父亲会那样，越想头脑越清醒，越想心里越亢奋，结果刚上床时的那点睡意便被彻底赶跑了。他只能任由那活跃的思绪像烟花一样在大脑中到处飞窜，不时撒下满天的烟花。

天快亮时，他才迷迷糊糊合上眼。

早晨六点整，杨诺就被桌子上的闹钟惊醒了。杨诺感觉浑身酸软无力，两只眼睛更是涩巴得像是粘了胶水一样，使劲睁也睁不开。杨诺真想好好再睡一会儿。可是，他的头脑很快便清醒了，他知道，今天还有重要的事情要做，不能睡懒觉了。

杨诺快速爬起来，洗了一把脸，然后把昨晚从家里带来的一袋粮从房间里搬出去，架在自行车后座上，门一拉，骑上车子便向学校奔去。

到校时，时间还早，他先把粮搬到男生宿舍里放好，然后把自行车推到教室旁边的过路道里，锁上，准备一会儿就把钥匙还给苏艳，让苏艳中午把车子骑回去。

可是，就在他刚把车锁锁好，正准备离开时，他突然发现车座子竟然被刮破了一道口子，露出了里面的海绵。一看到崭新的车子被刮成这样，杨诺心里一惊，他怎么这么粗心呢？用人家的车子不说，还把人家的车座子刮破了，这如何向苏艳交代？

真是人倒霉的时候，喝凉水都会噎死人。家里的事都够烦了，现在又把借人家的车子弄破了，他该咋向苏艳开口？

杨诺心事重重地走进教室。

教室里已来了不少学生，他们都在放声读着英语课文或英语单词。

杨诺进来时，不少同学都抬起头，惊愕地看着他。杨诺知道，这都是因为他昨天下午突然缺课所造成的。

杨诺像做了错事似的赶快坐到自己座位上，把英语课本取出来，开始记英语单词。一进入教室，他就能感觉到同学们高涨的学习劲头，这令他深感不安。

读了还不到五分钟，一个美丽的身影走进了教室。他抬头一看，是苏艳来了。不知为什么，一看到苏艳，他竟然鼻子一酸，读起单词时，声带哽咽，读不顺畅。他只好停了下来，开始默记。

随着一股很好闻的气息飘来，苏艳走到了她的座位上。她先轻声问了杨诺一句："来了?"然后像每次来一样，她先用一块干净抹布把桌子擦了，把书包放上去，接着又仔仔细细把凳子擦干净，才坐下。坐下之后，她把英语课本抽出来，然后把书包放进桌兜里，这时她把头偏向杨诺，轻声问："昨天咋回事，咋没到学校来?"

杨诺的心情本来已经平静了，苏艳这样一问，他的鼻子又酸起来，他只好说："家里出事了?"声音一发出，他才听出他的声带发颤，充满着委屈和悲伤。

苏艳听了一愣，接着又问："出什么事了?"

杨诺本想说："我父亲出走了。"可他刚说道："我父亲……"两个字，眼泪便哗的一下流了出来。他怕苏艳看见，急忙用手把眼泪擦掉，可刚擦干，那没出息的眼泪又流了出来。他只好把头低下，额头抵着桌沿上，让自己的情绪稳定下来。

在杨诺稳定情绪的时候，他听到其他同学朗朗的读书声，而苏艳除了无声地翻着书外，一声也没读出来。杨诺感到一阵惭愧，他怎么可以因为自己家里出了事而影响别人呢？而且，自己把人家车子弄坏了，得给人家解释。这样一想，那种情绪便突然平静下来。

杨诺把头抬起来，把车钥匙从身上掏出来，抱歉地说："真对不起，昨天用了你的车子，车座子还被我刮破了。"

苏艳把钥匙接过来，淡然地说："没关系，车座子破了，我中午骑回去的时候，顺便换一个新的。这事你不要挂在心上，安心学习吧。"

杨诺本以为这件事难以开口，难以交代的，谁知苏艳那么轻描淡写地就把这件事情给抹过去了，这令他更为感动，他便听了苏艳的话，开始出声地读英语课文。

家里出了那么大的事，要想做到心如止水是不可能的。杨诺心里虽然知道有哥哥杨树平在家里，一定会把父亲找着，把事情处理好。他希望自己能够在校安心学习，不要因为家里的事而分心。可是，毕竟这件事太大了。尽管在情感上他与母亲比父亲走得近，可父亲是一家之主，倘若父亲真的和另外一个女人出走了，那么，他们这个家不是要四分五裂吗？父亲可是他们家的天呀。所以，无论是上课听讲，还是自习堂做作业，杨诺的心情都无法平静，他的眼前一直萦绕着母亲那哀怨的面容，还有父亲和一个女人暧昧模糊的身影。他知道自己的担心是多余的，也许父亲真像哥哥说的，是到他某个朋友家玩儿去了，要不了几天，他就会主动回家，他不用担心。可是，那天晚上，他和哥哥找了那么多地方，都没见父亲。这难道不令他担心吗？由不得他不把父亲往那方面想。

由于上课注意力不集中，每节课杨诺听得效果都不好，上课没听好，作业做起来就极为困难；过去每次做作业，杨诺总是做得又快又好，可现在，他做得慢不说，而且尽出差错。一出差错他就生气地用笔在本子上使劲划，撕掉了重写，可写着写着又出了差错。

杨诺劝慰自己想开些，好好静下心学习。可是，那件事毕竟太大太沉重了，大到一想到它就让人窒息的地步。在这么重大的事情面前他如何能做到心静如水呢？他知道，任何办法都解救不了他。唯有父亲安全回家，才能把他从灾难中解救回来。

父亲到底在哪里呢？他多么希望父亲能够快快回来，不仅这个家离不开他，母亲离不开他，全家每一个人都离不开他。

由于课上不好，思想压力大，心情烦躁，到了下午课外活动其间，别的同学都三三两两的带上课本，到校园外僻静的地方学习去了。杨诺却根本提不起学习兴趣，一连两天，他都空着手，失魂落魄般的在街道上溜达。

这天下午一放学，他又像前两天一样，书也不拿，空着手走出教室，在县城一个老街道上漫无边际地走着。

这条老街叫老西街，也叫古井街，位于县城西部，呈东西向向两边延伸。南县县城有很多古老的建筑，比如古城墙，比如城隍庙，还有六和塔，文庙，这些古建筑都在文革当中，被当成“破四旧”扒掉了，但县城里一些古老民居仍在西街保存完整。这里的街道仍是青石板铺就，因经历年代久远，一块块青石板皆光滑如镜，雨一淋，便会幽幽闪光。石板街两面，皆是一间挨一间的明清建筑风格的民居，房子虽旧，但雕梁画栋，做工十分精美。房子与房子之间，皆建有防火的马头墙，门面安有排门。晚上门板一上，在家里睡觉；天明把门板一下，可以在里面办商店，做生意。

西街还有一口古老的井，据说有好几百年了，如今井水仍然很丰盈，半条街的人不愿吃自来水，而愿意用水桶从这口水井里打水吃。另外，在西街的西头，还建有一所天主教堂，每天早晨或者下午，都能听到教堂里传出来的诵经声和一下又一下悠扬的钟声。

杨诺独自一人从东往西头走去。这条街很安静，行人很稀少，商店的店主没生意做了，有的两人在一起下棋，有的坐在那里打瞌睡。

杨诺一直走到那座白色尖顶教堂跟前，刚好这时正是教堂诵经的时间，杨诺听到钟声响了之后，传来一曲音乐。

过去，杨诺一直不习惯听耶稣歌。他的一个姑姑就是耶稣教的信徒，每次姑姑到他们家的时候，都会咿咿呀呀地唱起耶稣歌，这个姑姑命运多舛，不仅一生无子，而且丈夫对她也不好，经常打她。自几年前她信奉了耶稣教后，像是心灵一下子找到了归宿似的，她再也不埋怨命运的不济了，成天变得乐哈哈的，一日三餐前必向主祈祷，而且定期与她的那些信教的姊妹们在一起聚会，风雨无阻，不分昼夜。

此时听到了教堂里的音乐，杨诺一下子想到了命运悲惨的姑姑，姑姑在信奉耶稣中心灵得到了拯救，他如今心情烦闷得无法排解，何不进去看看？

教堂外面有一个小院子。杨诺走进大门，穿过院子，直接来到了教堂的诵经室。诵经室有好几间教室那么大，夕阳从两边巨大的玻璃窗上射进来，里面有一排排靠背椅子，椅子上坐着二十多个当地信耶稣的信徒。一位头缠黑绸布的妇女，手拿一个本子，正在领唱一首《天父救我》的耶稣歌。

杨诺认真地听着，开始觉得并不怎么样，可听了一会儿，便感觉那音乐有种不可思议的奇妙的力量，仿佛把他的心从烦躁中解脱了出来，让他变得宁静、淡泊和超然起来。

杨诺索性闭了眼睛认真地听着。

可是，只听了十几分钟，歌声便停止了，接下来是那个头缠黑布的妇女领读经文。

经文听不太清楚，意思也不太懂，想到时间不早了，他便起身走了。

当他走出教堂时，竟然看到苏艳站在大门外。

“你怎么在这里?”杨诺惊讶地问苏艳。

“等你呀。”

“等我！有什么事?”

“咱们边走边说吧。”苏艳说，“你家里到底发生了什么事？能告诉我吗?”

杨诺走在苏艳旁边，沉默了一会儿，说：“——我父亲出走了。”

“你父亲出走了？到哪里去了?”

“不知道。”

“怎么会出现这种事?”

“我父亲和母亲关系一直不和。”

“那他也不至于无声无息地出走啊。”

“现在也说不定，也许他到哪个朋友家玩去了。”

“那你为什么一天到晚心事重重，唉声叹气?”

“我还是担心呀。你说，要是我父亲真的出走了，我还考什么大学?”

“你不应该这么想，不管你家里发生了什么事，你都不应该受其影响，你学习那么好，立志考大学才是正事。”

“也许你说得对，可我就是做不到，一想到家里的事，我就灰心丧气，一点学习劲头也没有了。”

“你还是振作起来吧，现在距高考那么近了，学习任务那么繁重，稍不注意就会滑坡，可这几天你一直心思恍惚，精神萎靡。你这种状态能考上大学吗?”

听了苏艳的一番话，杨诺如醒醐灌顶，当下立住了。他马上想到了他的命运，想到了今年正月开学前一天，他与江涛在宿舍里歃血盟誓的情景。便感激地说：“谢谢你的忠告，我确实错了，我不应该受其他事情的影响，应该排除一切困难，考上大学。”

“这就对了，人常说：人无远虑，必有近忧。你树立了远大理想，就会从周围的烦恼中解脱出来，不信你试试看。”

也不知为什么，经过苏艳的一番劝解，杨诺沉重的心仿佛被卸下了千斤重负一样，一下变得轻松起来。

他对苏艳说：“谢谢你，我想通了，咱们回学校吧。”

苏艳微笑着说：“这就对了。听我给你背诵一段著名作家柳青的名言吧：

“人生的道路是很漫长的，但紧要处常常只有几步。特别是当人年轻的时候。没有一个人的生活道路是笔直的，没有岔道的。有些岔道口，譬如政治上的岔道口，事业上的岔道口，个人生活上的岔道口，你走错一步，可以影响人生的一个时期，也可以影响人生。”

杨诺还是第一次听到这句名言，听后对他内心震动特别大，一股眼泪不禁夺眶而出，他喃喃地说道：“苏艳，谢谢你的及时提醒，我真的不能再走错路了。”

恰好四周没人，苏艳站住对杨诺说：“杨诺，我最近从《星星诗刊》上读到了一首非常好的诗，我已经把它背下来了，你愿意听听吗?”

杨诺说：“当然愿意听了，你背吧。”

苏艳酝酿了一下情绪，然后出声地朗诵道：

致橡树

舒婷

我如果爱你——
绝不像攀援的凌霄花

借你的高枝炫耀自己；
我如果爱你——
绝不学痴情的鸟儿
为绿荫重复单调的歌曲；
也不止像泉源
长年送来清凉的慰藉；
也不止像险峰
增加你的高度，衬托你的威仪。
甚至日光。
甚至春雨。
不，这些都还不够！
我必须是你近旁的一株木棉，
作为树的形象和你站在一起。
根，紧握在地下
叶，相触在云里。
每一阵风吹过
我们都互相致意，
但没有人
听懂我们的言语。
你有你的铜枝铁干，
像刀、像剑，
也像戟；
我有我红硕的花朵，
像沉重的叹息，
又像英勇的火炬。
我们分担寒潮、风雷、霹雳；
我们共享雾霭、流岚、虹霓。
仿佛永远分离，
却又终身相依。

这才是伟大的爱情，
坚贞就在这里：不仅爱你伟岸的身躯，
也爱你坚持的位置，脚下的土地！

此时此刻，从苏艳口里听到这么优美、这么抒情、这么有雄伟力量的诗歌，杨诺被打动了，彻底被打动了。诗歌中所表达的爱，不仅是纯真的，灼热的，而且是高尚的，伟大而执着的。它像是一首古老而清新的歌曲，拨动着杨诺那萎靡不振的心弦，他的精神为之一振。他情不自禁地一把握住苏艳的手说："谢谢你苏艳，谢谢你给了我希望，给了我力量，我一定要振作起来，绝不能再浪费光阴了。"

这时迎面来了一个骑自行车的人，苏艳脸红起来，急忙把手抽了出来，温柔地说："走吧，咱们回教室。"

就在这个周的星期五下午，上第一节课的时候，杨诺看到哥哥杨树平在教室外面向他招手。他急忙向老师请了假，走出教室。

俩人一起走到离教室十几步的地方停了下来，哥哥说："这下你不用担心了，父亲没有跟人一块儿跑走，他是到北山林场去了。"

"北山林场？他跑到那干啥去了？"杨诺惊异地问。

"北山林场原来有三个护林员，去年一个护林员得病死了，还有一个护林员跟人到南方做生意去了，剩下一个护林员见那里山大林密，一个人害怕，就找到区上领导辞职不干了。由于林场没人照看，周围群众就经常在夜里拉着车子去偷木材。区上听说这种情况后，就公开向社会招收护林员，工资加倍。父亲从他一朋友那里得知这个消息后，就当即到区上去报了名，由于情况紧急，他当天便和另外两个新招的护林员一起，连家里招呼都没打一声，就到北山林场去了。"

听了哥哥这一番话，杨诺欣喜若狂，仿佛一块千斤重的石头终于落地了。

"哥，你是怎样发现父亲去北山林场当护林员的？"杨诺望着哥哥，充满着惊喜地问。

"为了找到父亲，我去了很多地方，亲戚都找遍了，可就是找不到。昨天上午，我路过一个同学家，刚好上午了，就在这个同学家吃午饭。我们在一起说话的时候，才得知他父和咱父一块去了北山林场当护林员，去的那天晚上，还在他家吃的晚饭。"

"父亲也真是，他到那里去也应该和家里人打一声招呼。"

"区上催得紧，说一到夜里，就有人开着汽车带着锯到林场偷木材，所以父亲连家里招呼都没打，就到林场去了。父亲还是林场的场长呢。"

"这下父亲可有事情干了。"

"就是，他去林场也好，不然在家里一直闹情绪，对谁都不好。好了，家里事情总算弄清楚了，你也不要再背思想包袱了，安心学习，争取今年考上大学。我也耽搁好几天时间了，得马上到单位去。"哥哥说完，便推着自行车走了。

杨诺目送着哥哥的身影消失在学校大门外才转身，他对哥哥充满了感激之情。这件事虽小，但是他能看得出，哥哥是尽了力的，为了让他安心在校学习，哥哥不惜一人到处寻找父亲。要是没有责任心和对家里的一片爱心，哥哥能做到这一点吗？杨诺心里十分惭愧，他从前一直对哥哥有看法，还是缺乏对哥哥的了解呀。

第二天上午一放学，杨诺就拿着菜盒子和一本书，回了家。

令他意想不到的是，在他到家的前几分钟，父亲挑着两捆干柴也从北山林场回来了。

这真是一场误会。杨诺看到，母亲的脸上难以掩饰住那种发自内心的喜悦。她开始动手做饭，并让杨诺搬梯子把屋梁上吊的最好一块腊肉取下来，上午炒着吃。

父亲的气色也好多了。刚好村里一个叔叔来家里坐，父亲得意地对那个叔叔说："是区政府看中了我，非让我到北山林场当场长，一个月工资三十八元。而且林场管吃管住，一个月给两天假。"那个叔叔听说父亲谋了这么好一个差事，对父亲敬佩得不得了，一直向父亲竖大拇指，夸父亲有办法有头脑。

父亲说："我这几年心里一直不畅快，为啥？就是因为我提前退了休，一直窝在家里有本事没处用，心里憋得慌。这下好了，我又有了用武之地，林场责任重大，我天天得带人守住那几百亩林场，防止那些贼娃子去偷木材。”

杨诺在厨房里帮母亲做饭，听了父亲的这番话，心里特别自豪。他心里不得不承认，父亲的确很智慧，他是一个很有想法和办法的人，他不像村里其他男人，一辈子只知道撅着屁股挖地，而父亲从来就不甘心窝在家里，他一有机会就到外面去干事情，而且总能把事情干好。

母亲当然也听到了父亲的话，杨诺看到母亲的脸色从来没有像今天这样光彩动人过。

父亲本身有十多块退休工资，加上在林场的三十多块工资，一个月就能领五十多块钱，这在当时，工资可真算不低了。

父亲只在家里住了一夜，第二天上午就走了，临走前他给了杨诺二十块钱，让他刻苦学习，不要贪玩，争取今年考上大学。

杨诺点头答应了。

好了，这场风波终于过去了。杨诺告诫自己，一定不要辜负家里的希望，勤奋学习，努力拼搏，争取获得最后的胜利。

第十五章　两个人走到了一起

贾香香没有想到杨树林和妹妹的婚事会走到这一步。

她本以为杨树林与妹妹兰兰是天造地设的一对，他们两个如果成亲了，她不仅还了杨树林的人情债，而且以后她们亲姊妹两个可以天天见面，互相关爱，这是多么好的事情呀。可她哪里想到，由于杨树林和她的坏名声，加上某些不怀好意人的造谣中伤，这门好端端的亲事像是肥皂泡一样破灭了。不仅如此，她还因此背上了骂名，和娘家所有人结下了深仇大恨。

当弟弟贾宜章找到她一顿臭骂，并且宣布："从今往后，我没有你这个姐，我们家也没有你这个女儿。"以后，她有种天塌地陷般的感觉。

弟弟怒气冲天地走了，杨树林与兰兰的婚事彻底破灭了，在得知兰兰喝农药几乎丧了命的消息，贾香香一下子病倒了。像几年前方春莲掐死冬生，害死杨喜子那次所遭受的打击一样，她感到眼前一片漆黑，天就要塌了一样。她昏倒在床，一睡就是几天几夜。

这次多亏儿子春生的照顾她才挺了过来。

头三天她滴水未进，像个死人一样倒在床上。

春生不停地对她哭喊着，拉着她的手摇动着，但她什么感觉也没有，她只觉得自己只剩微弱的一口气了，而且那口气像游丝一样缥缥渺渺正将离她而去。她多想就此死掉算了呀，这个世上还有什么活头，相好的人死了，小儿子死了，丈夫死了不说了，如今还让她背上那么大一个黑锅，而且把家里人，尤其是妹妹兰兰伤得那么重，她活在世上还有什么意思？

她已经抱定了必死的决心。

可是，那个伤心的呼喊声一直不停地在她耳边萦绕，一会儿哭，一会儿呼叫，一会儿用手不停地摇动她。

饿了三天三夜，她的气息已经相当微弱，她的一缕魂魄似乎也即将最终脱离她的肉身而去。就在这天夜里，春生的哭泣声更大，叫喊妈妈的声音也更凄惨，那一声声伤心欲绝的呼叫一下子把她的魂魄挽留住了，她睁开了眼。一睁眼，她便看到了可怜巴巴泪流满面的春生。她的心突然一惊，她死了，春生怎么办？以后还有谁会养活春生？

为了春生，她怎么能死呢？于是她伸出有气无力的手把春生搂在怀里，巨大的泪珠一颗颗从眼眶里滚落下来。

春生很懂事，见她起不了床，他便亲自上灶台给她搅面糊糊，并把饭端到床边，用勺子一口一口喂她吃。

看到儿子这么孝顺懂事，她更坚定了活下去的决心。

到了第七天，她终于强撑着从床上爬了起来。

为了早日恢复健康，这天上午她做了一顿好饭，她整整吃了两大碗。

她知道，自己又从黄泉路上活过一回了，她的心更硬，生命力会更顽强，别人说她也好，骂她也好，娘家人恨她也好，不认她也罢，她都不在乎了，她只在乎春生。春生是她活下去的唯一理由。为了春生，她什么都能忍，什么都能受。生活再艰难，她都必须顽强活下去，她要把春生培养成人。那些人想让她死，她偏不死，她就是要坚强地活着，气死他们，这些龟孙子们。

吃罢午饭，贾香香好说歹说，硬是哄儿子春生到学校上学去了。这几天她昼夜昏迷不醒，春生一直在旁边守着，已经耽搁好几天了。她只要一能动弹，就催儿子到学校去。春生人虽小，却很懂事，他说："娘病了，没有人照顾，我在家再照顾娘几天，等娘全好了我再去上学。"

贾香香感动得哭了，她把春生搂在怀里说："儿啊，娘能动了，你不要操心了，你要好好上学，长大有出息了，给娘脸上争光。"

在她的劝说下，春生才背着书包到学校去了。

送走了儿子，贾香香便走到附近她家的一块庄稼地，好几天不见，田里的麦子已经泛黄了。今年风调雨顺，庄稼长势格外喜人，如果不出现意外的话，今年打二三石麦子不成一点问题。当想到收麦季节快要来临时，贾香香一阵心悸，过去麦收的时候，总是几家联合，你给我家帮忙，我给你家帮忙，齐心协力把田里的麦子收了，用打麦机打了，晾干入仓。可如今发生了那么大的事，浑身泼满了粪的她，谁还愿意跟她搭伙？

贾香香望着眼前已经泛黄的麦田，心里确实犯难了。看样子，到时候她只有靠一己之力，把平地里的麦子，还有几块山坡地里的麦子，一捆捆地收回去。再靠一个人的力量，用连枷把麦子一粒粒打出来了。常言说，夏收如战场。夏季天气变化无常，暴雨说来就来，要是割倒的麦子让雨淋坏了，那多可惜！她的确得想想其他办法。可是，她脑子想了半天也没有想出啥好办法来。

这个时候贾香香脑子里突然蹦出了一个人——杨树林。

这么多天了，一直没听到杨树林的消息，她还不知道杨树林现在怎么样了。此时想到杨树林，她心里如同爬进了一只毛毛虫，感觉非常难受。这次事情弄得差极了，怪就怪在他和她这两个臭名远扬的人凑在了一起。她本来是想帮他，早早把他的终身大事定了，谁知却害了他，同时也害了她自己，并且连带把妹妹害得够呛，好险把命都丢了。

贾香香感觉得到，杨树林非常喜欢兰兰，他一心想把兰兰娶到家，俩人一起欢欢喜喜过日子，事情本来也进展十分顺利，看看都要订婚了，可哪知道事情突发其变。父母不仅坚决悔了亲而且把杨树林花的钱全退给了回来。杨树林会是多么伤心呀，他这几天是怎么过的？贾香香想。

不管怎么说，她应该去把人家看看，毕竟这件婚事没弄成，对人家伤害够大的。

贾香香便从麦田边的一条小路返回村里，准备直接到杨树林那里去。

还没走到杨树林家门口，贾香香一眼看到村里几个婆娘正站在杨树林家的邻居杨宝山家门口，一边纳鞋底，一边头抵头，唧唧哝哝说着悄悄话。贾香香知道这几个婆娘是村里的头号是非精，她和杨树林的许多闲言碎语，肯定都是她们宣扬出去的。她要是这会儿去找杨树林，不知道她们又会编出怎样难听的话呢。贾香香见她们只顾挤眉弄眼地说话，没有发现她，便悄悄地转过身，回家了，她想等到方便的时候，再去看看杨树林。

这一天，贾香香又反复瞄了几次，每次看见都有人。直到下午五点多的时候，见附近没有人，她才快速去了杨树林家里。

门推开的时候，杨树林正躺在沙发上睡觉，面前的小桌上放了一只空酒瓶子，地上到处都是烟头。屋子里酒味熏天。

贾香香见杨树林的屋子里弄得乌七八糟，不猜也知道，杨树林受的打击肯定不在她之下。她看到杨树林的胡子长多长，脸上整整瘦了一圈。

贾香香见杨树林这个样子，不禁鼻子发酸，她先动手把床上的被子叠了，又拿起扫帚，扫地上的烟头。正收拾着，杨树林醒了。只听杨树林说："有啥扫头，放球到那儿。"

贾香香没听他的，她把整个屋子全扫了，又把桌子收拾干净。

杨树林没有再说话，他仍然闭着眼靠在沙发上。

贾香香把屋子收拾好之后，见杨树林始终闭着眼，不肯说话，知道他心里难受，便准备走。谁知刚走了一步，只听杨树林说："你既然来了，一句话不说就走吗？"

贾香香转过身，说："你不理睬我，我厚脸待在你这儿做啥？"

杨树林说："坐吧，谢谢你来看望我。"

贾香香便在杨树林对面的一张凳子上坐下。

杨树林起身要给贾香香倒水喝的，结果两只壶里一滴开水也没有。

"我不渴，别忙了。"贾香香说。

杨树林从烟盒里抽出烟，用火机点着，自顾抽起来。

过了一会儿，贾香香抱歉地说："真对不住你，我想不到事情会弄成这样。"

杨树林说："妈的，我看了，也许是我做的孽太多，这辈子怕是没有女人肯嫁给我了。"

"不，你不是坏人，是有人故意陷害你。"

"我已经知道是哪个杂种害我了，我是不会放过他的。这次你不也受害了吗？听说你在床上昏迷了好几天。”

一听这话贾香香不禁鼻子发酸，眼泪一下子流了出来。

杨树林安慰她说：“你别难过，你放心，那些害我们的人，我要叫他加倍偿还。”

贾香香说：“算了吧，你还嫌我们的名声不够臭吗？”

“我才不把名声当回事呢，我这人就是这，恩怨分明，有仇必报。”

“那你还想再在这村子里待不？”

“我早就待腻了，大不了我出去混，甜水井这臭地方有什么待头？”

贾香香听了心里一动，她何曾没有产生过这个想法呢？甜水井村确实让她待怕了，她多想逃离这个给她带来无穷灾难和伤心的村子，飞得远远的，永远也不回来了。

杨树林告诉贾香香，那天，当她的弟弟贾宜章怒气冲冲地来到他家里，把他花的钱和给兰兰买的东西像扔臭狗屎一样仍到他的面前，并指着他的鼻子，大骂他一顿，宣布兰兰不再嫁给他，扬长而去之后，他像是遭了电击一般，眼前一黑，头脑中一片空白，一下子栽倒在地上。他在地上不知躺了多久，几乎失去了知觉。当他渐渐清醒过来，明白他和兰兰的婚事彻底泡汤之后，他忍不住放声痛哭起来。这次与贾兰兰交往，他是动了真情的，兰兰是一个多么好的女子啊，不仅长得好看，而且心地善良，这样的女子真是可遇不可求呀。一直玩世不恭的他，年龄也不小了，确实想悔过自新，重新做人，他曾经在心里不下一百次的告诫自己：倘若真的和兰兰结婚了，他会改掉身上的一切毛病，好好做人，好好顾家，做一个人人称道的好丈夫好男人。可谁知他的臭名声和某些人对他的栽赃陷害，让他们认定了他是一个大坏蛋，从而彻底破坏了他和兰兰的亲事。这件事对他的伤害多大呀，杨树林说，他就像是从几十米高的山崖上坠落下来，把他摔得七窍生烟，浑身流血，灵魂出窍。他从来都没有感觉到这么痛苦，这么伤心，这么失败过，他真的一点排解的办法也没有，他只好把家里存放的几瓶白酒取出来，整瓶整瓶地往下灌。喝晕了，他就和衣倒在床上就睡，醒了之后，他又接着喝，喝晕了再睡。他的头脑根本就不敢清醒，一旦清醒，一旦想到那个美好的姻缘成了泡影之后，他就伤心欲绝，肝胆俱裂。所以他只好喝酒，靠酒精麻醉自己，麻痹自己。

靠着酒精，他挽救了自己，直到这天她来看他。

知道了杨树林在这件事中受到的伤害之后，贾香香更愧疚了，她把这一切都归罪于她，倘若她不把兰兰介绍给杨树林，不是不会发生这件事吗？杨树林不是可以免遭伤害吗？

杨树林没有像贾香香一样背多么重的思想包袱，他是一个经历了很多事的男人，他的抗击打能力相对来说要强些，经过调整，他的精神状态很快就正常了，而且通过这件事，他对贾香香的认识更进了一步，他和贾香香的关系反而越走越近了。其一，贾香香和他一样臭名昭著，乌鸦不嫌猪黑；其二，贾香香这人真不错，为人慷慨，有种男人的气度，他欣赏。其三，贾香香是一心为他好的，她之所以想把妹妹介绍给他，就是想让他早定终身大事，早成家立业。况且，事情弄砸之后，她受到的伤害并不亚于他。

这两个人的关系越走越近，可他们与村子里人的关系却越走越远。可以这么说，通过这件事，贾香香和杨树林变成了两堆臭不可闻的臭狗屎，村子里人只要一提起他们，没有不摇头痛骂的；只要见到他们，就像躲避瘟疫一样唯恐躲之不及。

于是，这两个坏蛋为了生存下去，就只好相互依靠，相互帮忖，你走近我，我走近你。

一眨眼，整个甜水井村的麦子都黄了。

麦子一黄，家家户户人的头上都像上了紧箍咒，全家老少齐上阵，争分夺秒地收割田里的麦子。夏收如虎口夺食，得抢时间，争时间，谁不争抢时间，一场大雨就会把即将到手的收成冲得一干二净。

贾香香知道自己人手单，麦子一黄，她就开始割麦了。麦子是先从山上黄的，她家光山上就有好几亩麦子。一大早，她就拿上镰刀开始上山割麦子，一直割到太阳到了头顶，她才把麦子放地里晒着，她回家去做饭。吃了午饭，她在床上打个盹，就马上起床，戴上草帽，顶着烈日去地里割麦子。一直割到下午四五点，她又停下割麦，开始把早晨割倒的麦子往回收。

这样紧紧张张干了两天，把她累得浑身酸痛，路都走不动了。可是，平地里的麦子还没收，大头还在后面呢。

一想到平地里的麦子还长在地里。贾香香心里就发愁。山坡地的麦子有坡度，割起来不伤腰。而平地里的麦子割起来必须始终弯着腰。这两天，她又是割麦又是收麦，而且还往回背麦捆子，她感到自己的腰弯一下都非常艰难。可是麦子不赶紧收咋行？听天气预报说，这两天有大雨，她可不想让金黄的麦子烂在地里。

这天早上天刚亮，贾香香就挣扎着从床上爬起来，她把饭做好，让春生吃罢饭去上学，她快速吃了两碗饭，就把嘴一抹，拿上镰刀就去割村子前面大坪地里的那块麦子。她计划今天无论如何要把这块长势最好的麦子收割回家。

麦收季节，家家户户都忙着割麦子，麦黄鸟婉转的鸣叫声不断地在空中回荡。

贾香香径直向自家那块地走去，当她块走到那块麦地跟前时，她竟然发现一个人头戴草帽，身穿蓝色衣服，弯腰正在大把大把的割麦子。贾香香心里一惊，这不是她家的麦地吗？为什么别人来割？她头脑中首先想到的是：有人欺负她是孤儿寡母，来抢收她家的麦子呢。贾香香怒火冲天，便冲着那人喊道："喂，你是不是割错了？那是我家的麦子。"

那人不理睬她，仍然倾着头大把大把的割着。贾香香十分生气，拿着镰刀就冲了上去。可是，眼前这人的背影越看越熟悉，一时她拿不准这人是谁，正疑惑时，那人却突然扭过头来，对她一笑说："害怕我把你家麦子背回去了吧，放心，我不要。"

贾香香一看，竟是二流子杨树林。

"你怎么来了？"贾香香问。

"给你帮忙啊，天气预报说，最近有大暴雨，我不帮你把麦子抢回来，让雨水冲走了多可惜。"

杨树林已经割了好长一截了，想到杨树林在节骨眼上帮自己，贾香香十分感动，她连忙走上去，在杨树林旁边开始割起来。

四周都是金黄的麦田，有的人家已经把麦子收割回去了，有的也正在收割。

杨树林来帮贾香香割麦子，马上引起了不少人的注意。

杨树林根本不在意，他一边割着麦子，一边还和贾香香开着玩笑。贾香香开始也很拘谨，本来前面那件事情弄得他们俩的名声够臭了，现在杨树林又公开帮她割麦子，那些嚼舌头根子的不就把话说得更难听了吗？可是，她见杨树林毫不在乎，和她有说有笑的样子，她也想开了，杨树林都不怕，她怕什么？那些人想说什么就让他们说吧，她现在已经被人踩到脚底下了，连娘家人都不认她了，她还有什么可顾忌的？于是，贾香香表现得更为大方、淡定。

从这天早上起，天天杨树林都来帮贾香香割麦子。贾香香心里很过意不去，就劝杨树林不要来了，可是杨树林根本不听她的，仍然天天帮她收割麦子。她正虎口夺食呢，有人帮，她巴不得。

为了抢时间，每天快到晌午头时，杨树林便让贾香香回去做饭，他在地里继续割麦子。贾香香不肯，就硬要杨树林回去休息，她担心杨树林累坏了。

杨树林说他在劳教所锻炼过来的，割点麦子根本没有啥，跟玩儿一样的。贾香香只好听杨树林的，让他一个人在地里割麦，她回家去做饭。

饭做好了，她去喊杨树林吃饭，看到杨树林把一大块麦子都割完了，脸上热汗直淌时，她心里突然一动，便痛惜的把手帕掏出来，去帮杨树林把脸上的汗擦掉。杨树林也没拒绝，就故意定定地让她擦，她刚擦了几下，手就被杨树林捉住了。杨树林喘着气说：“香香，咱俩一起过日子吧。”

贾香香想了想，问：“我这样的女人，你能看得上吗？到时你可别后悔。”

杨树林说：“我仔细想了，咱俩合适。”

在杨树林的帮助下，贾香香一鼓作气，很快就把平地里的几块麦子全收割回家了，就在收割完最后一块儿地里的麦子时，天上突然乌云滚滚，狂风大作。幸亏杨树林和贾香香动作麻利，当他们刚把最后一捆麦背回家时，豆大的雨点就铺天盖地地下下来了。

站在屋檐下，听到空中一声接一声的雷鸣，看到大雨点砸在对面房屋的瓦面上，砸起一阵阵烟雾时，贾香香心里十分感激杨树林，这次要不是他，今年估计有一半平地里的麦子要淋在雨里。

杨树林一边擦汗，一边望着密集的雨势说："真悬呀，再错一会儿，麦子就让雨淋了。"

"这都幸亏有你帮忙。"贾香香温柔地说。

杨树林看了贾香香一眼，一下子把她搂到怀里。

雨越下越大，一声又一声惊雷不断在头顶炸响。

杨树林搂着贾香香走回屋里，堂屋里堆得到处都是麦捆子，他们互相搂抱着艰难地走过那一堆堆麦捆，再相互搀扶着走进里面屋子，最后一起滚到了贾香香平时睡的那张宽大的木板床上。

杨树林先把自己脱掉，然后去解贾香香。可贾香香三两下就把自己脱得一丝不挂了。

外面风雨大作，电闪雷鸣。贾香香和杨树林这两个被人遗弃的"坏人"，终于不顾一切地相爱在一起了……

第十六章　爱殇

四月底，二中高二文科毕业班又进行了一次月考。这次杨诺十分担心，月考前一段时间，由于父亲“出走”引起的风波，他有几乎一周多时间，不仅晚上没休息好，白天上课也一直分神，学习效率极差，这种学习状态，他能考得过别人吗？毕业班最后学习阶段，就像田径赛场上的最后冲刺，任何的步伐错乱，都会导致被别人赶上和超过。杨诺想，其他同学学习那么用功，家里又没什么干扰，他这次月考能考上前十名都已相当不错了。而且这次各科考试题的题量普遍偏大，难度也比平时大了许多，他每门试题刚答完，连检查一遍的机会都没有，时间就已经到了。谁知考试结果一出来，他仍然是第一名。

杨诺长长出了一口气，虽说考试只是一个检测手段，可是考试成绩对每个学生来说相当重要。有了好的成绩和名次，你的精气神就足；反之，则会导致精神涣散，意志动摇。同桌苏艳的名次也前进了一位。按照班主任以前定的规矩，班上的座位又进行了一次调整。杨诺和苏艳又是同桌。

经过几次月考，仍然和分科初保持同桌的，除了几个成绩落在最后的学生以外，唯一就是杨诺和苏艳了。

在这次月考成绩小结会上，班主任李老师特意表扬了杨诺和苏艳，表扬他们学习刻苦，方法灵活；并鼓励大家向他们学习，把自己的学习成绩提上去。

当班主任老师把他的名字和苏艳放在一起表扬时，杨诺心里有种说不出的自豪和喜悦，这种愉快的心情甚至超过了被表扬本身这件事。老师表扬他时，他用眼睛的余光明显已经看到，班上不少女生对他投去一种害羞而尊敬的一瞥；而一些男生则对他流露出一种极度羡慕和不满的神色。这些表情无疑大大的助长了杨诺心中的自豪感。自上初中以来，他何曾得到过老师对他这么高的评价？不仅把他和班上长得最漂亮、家庭背景最好、学习又那么拔尖的女生一起来表扬，还把他作为全班学生学习的楷模。以前确实没有。过去，由于他荒废学业，每次考试成绩中等偏下，别说老师表扬他了，老师正眼看他一眼的次数都很少。这种强烈对比更使他深刻认识到：人，只要走正道，刻苦学习，考出好成绩，才会赢得老师和同学的尊重；反之，就会遭受老师和同学们的遗弃。

杨诺更加坚定了奋斗方向，现在是五月初，高考是七月初七，满打满还有两个月时间了，他一定要珍惜时间，把握时机，卸下一切学习包袱，争取今年一举考上大学。

他有这个把握和信心。首先从个人情况来看，通过几次月考，他的总成绩一直稳居两个文科班第一，这说明他对知识的领悟能力比较强，学习方法掌握得也比较灵活。再次从家庭状况上讲，父亲提前退休导致的一系列家庭不和，因父亲到北山林场上班而全部化为乌有，现在他们家里基本保持了一种团结和睦的景象，父亲不仅定期回家，每次回家都挑两捆干柴，还把他工资的大部分交给了母亲。杨诺再也不用担心家里会出什么事故了。而且，每次回来取钱，母亲都会很利索地给他。他大可不必为交粮的事而发愁了。他在机械厂小姨的换衣间住宿，虽说环境差了点，但比学校强多了，那里不仅可以方便喝到开水，而且晚上不受干扰，休息得很好。有了这些种种有利条件，他何愁考不上大学？

杨诺感到自己就像一根弹性十足的弹簧一样，浑身充满了劲头和张力。每天天一亮他就醒了。眼睛一睁开，一种紧迫感、使命感使得他迅速从床上爬起来，尽管他的眼睛还是涩的，大脑也有些沉重，但严酷的现实让他不敢有丝毫的懒惰和倦息。

一起床，他先到外面的水龙头跟前接半盆凉水，洗个凉水脸。那凉森森的感觉让他的头脑一下子变得格外清醒。这个时候其实还不到六点，夏天天亮得早。机械厂的院子里静悄悄的，四下一个人也没有。杨诺拿起英语课本，走到机械厂那个小篮球场上，他先把书放在地上，伸伸腿，扭扭腰，甩甩胳膊，做几个俯卧撑，当感到浑身发热要出汗的时候，他便停止了运动，开始记英语单词和短句。他从五点多一直学到六点半，这个时候，机械厂那些喜爱晨练的人开始三三两两的起来了，杨诺这才终止了学习，回到小姨的换衣间，把房间收拾好，把被子叠好放在床里边，然后喝点开水，挂上书包，拉上门，精神抖擞地到学校去上课。

白天的学习总是紧张而充实，课堂上，无论是老师讲解，还是自学，他都能够做到精神焕发，思想集中。每天除了几顿饭，其他时间杨诺几乎全泡在教室里，不是看书、做作业，就是记忆史地知识。晚自习经常会遇到几个代课老师争相抢课的现象，往往是数学老师刚开始讲题的时候，英语老师便夹着课本拿着粉笔急匆匆地来了，　发现有人捷足先登，她便无奈地摇摇头，离去了；要么就是历史老师和地理老师争课，先来的总是批评同学们不学他的课，这样高考就会拉分，便让同学们记他的学课。可是，这几个老师争归争，他们之间从没有发生过吵闹和出现不愉快的现象，他们一不是为了奖金，二不是为了名声，纯粹是为了让同学们把学课学好，不至于在高考中失分。

由于晚自习经常有老师之间相互抢课，加上作业要做，几节晚自习总是显得格外短暂，不知不觉，几节课就过去了。

晚自习一下，走读生便开始收拾书包准备回家了。杨诺迅速把书收好，随苏艳一起离开了教室。在去往机械厂去的路上，他要和苏艳同行一段路，路虽不长，只有一里多路。但他非常在意这段路。经过一天的紧张学习，他很想放松放松。晚风轻轻地吹着，苏艳和他并肩一起走，她身上好闻的气息阵阵飘来，让杨诺感觉格外惬意。他们随便说说话，或者说一两个有趣的事，精神感到特别愉悦和放松。每次苏艳和他分手的时候，都会不自觉地拉一下他袖口说：“我先走了，明天见!”

苏艳每次拉他的袖子对他说那句话时，杨诺的心都会不自觉地动一下，感到特别兴奋。接下去，他一个人走的时候，他会一直回味那种特别美的感觉，到了机械厂，走进小姨的换衣间，他仍然还在想着苏艳。他稍作休息，喝喝水，在床上躺一会儿；要么看一会闲书（小说），然后便开始学习。他会集中精力，一直学到十一点多，当四处都静悄悄的时候，他才把脚洗了，入寝休息。当躺在床上，想到一天紧张而充实的生活，巨大的收获，他禁不住心潮澎湃。但他知道不能激动，得赶快入眠，他停止了思维，脑海中保留着苏艳那美好的影子，甜美地沉入梦乡。

因家里经济状况已大大改观，杨诺一次多向母亲要了50元钱，他决定无论如何得把上次苏艳借给他的50元钱还给她。

杨诺把钱揣在身上，寻找着还钱的机会。他不敢在教室里给苏艳还钱，他发现，自从第三次调整座位，苏艳仍和他同桌之后，班上的一些男生和女生已经开始用一种复杂的目光看待他和苏艳了。倘若他把50块钱当着全班同学的面还给苏艳，苏艳一定会拒绝，并说一些推辞的话，那肯定会引起一些不怀好意的同学的怀疑，——他们可不认为他是还钱，而认为他是给她钱花，并且胡编一些新闻。倘若这样，事情传出去，那多丢人！他的脸将往何处搁？倘若传到班主任老师那里，一定会受到李老师严厉批评的。他现在正处于人生关键时期，他可不想发生这种事。

因此，他一定要找一个恰当的机会，把那50元钱还给苏艳。都这长时间了，他一直感到很愧疚。

好了，机会终于来了。这天晚自习放学之后，不少学生都还忙着完成当天的数学作业，而杨诺和苏艳两人却早已把数学作业做完了。因此晚自习一下，俩人便快快地把书本收拾好，一起走出教室。

这天晚上月色分外皎洁，银盘似的圆月悬在当空，洒下万道银辉，把地面照得如同白昼。

苏艳穿着雪白的衬衫，披着长长披肩发，月光下显得格外青春靓丽。苏艳的心情很好，她一边走着，一边给杨诺讲班上今天发生的一件趣事。

一出学校大门，杨诺就准备把那50块钱还给苏艳，可是他刚把钱攥在手上，突然发现他们后面几步远的地方，跟着高二文科慢班的两个女生，他就没敢张口说这件事。他们一直走到每次俩人分手的路口，刚好附近没有其他学生，这时杨诺便把钱拿出来，对苏艳说："对不起，这长时间了，我把上次那50块钱还给你。”说着，他便把钱塞给苏艳。

苏艳先是一愣，然后退了一步说：“谁让你还了？你收起来，我不要。”但杨诺仍坚持要还，他解释说：“我父亲现在当林场场长了，家里经济状况好了，你把这50元钱收下吧。”

苏艳说：“你揣上，到你考上大学了再还我。”说着就要走。

杨诺不依她，撵上去捉住苏艳的手，硬把钱往她手上塞。可苏艳说什么也不接。杨诺只好往她口袋里放，结果苏艳躲闪的时候，杨诺一下碰到她的乳房上。杨诺吓了一跳，他急忙缩了手，像是犯了错误似的呆在了那里。

苏艳低了头，说了句：“你真是！那我走了。”说完快步走了。

杨诺因意外触摸到那个神秘的东西而脑子里一片空白，直到有人突然打了他一巴掌他才回过神来。一看，竟是江涛。

“你在这儿发什么呆？”江涛问杨诺。

“没，没发什么呆，我在想一个历史事件发生的时间，急忙想不出。”杨诺撒谎说。

“什么历史事件？”

“郑和下西洋的时间。”杨诺说。

江涛一听，他也一时拿不准，说了几个时间，都不对，便说：“一会儿回去查查，看到底郑和下西洋是从哪一年到哪一年。”

江涛晚上住在东岗教育组里，因此他们可以同行一段路。由于平时杨诺总和苏艳一道走，江涛便不好意思和他一起了，每次他都是独来独往。

俩人一起走了一会儿，江涛突然问道：“我今天明明看到你是和苏艳一块儿出教室的，刚才咋你一个人？”

杨诺说：“人家上前走了。”

“不会吧？”江涛故作神秘地说。

“咋不会？”

“有人看见了，说你俩个每次都一块儿走，临分手的时候，还摸一下手呢。”

杨诺一听，头嗡的一响，他急忙拉住了江涛，气急败坏地说：“你可别胡说，这种事可不是随便乱说的，哪个狗东西对我造谣中伤。”

“这可不是我说的，我听人家说的。”

“听谁说的?”杨诺追问道。

“班上学生。”

“班上哪个学生?”

江涛想了想说：“我也记不清是谁说的，反正班上不少学生都这样议论你们，你可得提防些。”

杨诺低声咕哝了一句，然后说：“心里没病不怕喝凉水，谁想说就让他说去。”

“就是，你们两个学习都那么好，怕啥，有些人是嫉妒，才这样说你们。”

杨诺心里挺生气的，他想不到班上有人竟这么卑鄙，编造故事污蔑他和苏艳。这个人会是谁呢?

直到和江涛分手的时候，江涛才悄声对他说：“是杨大华把话传出去的。你知道就行了，可别说是我告诉你的。”

杨诺心里猜想也是他，听江涛这么一说，他才明白为什么杨大华会给他们编这么个谣言，因为他一直暗暗的喜欢苏艳，可苏艳一直不大理睬他，他心里生气，才编造故事中伤他。

回到机械厂后，杨诺的情绪仍无法平静，他仿佛感到有一只小兔子不停地在心里上蹦下跳，他想让心平静下来，可是做不到，他感到心脏一直突突地跳着，一会儿欢喜异常，一会儿又烦恼不堪，——眼睛看在书上，他的心里会不时想到苏艳和刚才他无意中碰到的那个神秘的东西。

这天晚上杨诺根本看不进去书，那个神奇的东西像圆月一样的一直在眼前晃动，让他神思恍惚，他索性丢下书，到机械厂的大会议室里看电视去了。刚好那是个外国泽制片《庄园之梦》，他一直看到十一点多才回到房间。

杨诺现在已形成了这样一种规律：越是白天学习时间抓得紧，收获大，他晚上越是休息得好，第二天精神也好；反之，若是白天浪费了时间，没有收获，他不仅晚上休息不好，第二天还会出现情绪低落、精神极度沮丧的现象。因此，他反复告诫自己：为了保持一种旺盛的学习劲头，良好的精神状态，务必抓紧每时每刻，不要虚掷年华。晚上由于还钱时，无意中碰到了苏艳同学的那个不应该碰的东西，回到房间后，杨诺烦躁不安，无法学习，便索性看了一个多小时的电视剧。看罢之后回到床上休息，想到自己白白浪费了这么长的宝贵时间，他就对自己谴责不已，结果到了十二点多还无法入眠。第二天起床，头重脚轻，浑身飘轻。他强迫自己打起精神，上好今天的课，以弥补昨天的损失，结果刚走进校园，竟碰到同班同学杨大华和小个子王小兵纠缠在一起，在操场上追逐打闹着玩儿。

杨诺一想到昨天晚上江涛对他说的那句话，心里不由得对杨大华这个街痞子愤恨起来，他连招呼也不打一声，就气冲冲从他们身边走了过去。他刚走过身，那两个家伙竟停止了打闹，而且大声嬉笑着，说出一串串不堪入耳的话。杨诺隐隐约约听到了他的名字，还有苏艳的名字，他心里的气更大了，情绪更低落了。

上早读课的时候，由于情绪不佳，杨诺连朗读的兴趣都没有了。别的同学都在精神饱满地读着英语，他只能默默地看，默默地记。可是，由于心情不好，加上别人都在大声朗读，他根本看不进去，也记不住。不仅如此，苏艳早上来的时候，竟连看都没看他一眼，就把书取出来，出声地朗读起来。杨诺用眼睛的余光偷偷地观察了苏艳一眼，他发现苏艳脸上表情很生硬，似乎很生气的样子。杨诺心里一惊，他想，莫不是昨天晚上他还钱的时候，手摸到了她的乳房，从而引起了她对他的不满？想到这里，他更加惶恐了，他怎么那么不小心，手摸到了人家乳房上去了呢？要知道，对一个女孩子来说，乳房是一个多么神圣而隐秘的部位，像生命一样宝贵，他怎能随便去碰呢？他是无意中碰到的，可苏艳会这么想吗？他一定以为他还钱是假，想摸她乳房、占便宜、耍流氓是真。要她真是那样想的话，他以后还怎样做人？一个流氓混蛋，谁还看得起他？这多冤呀，他怎会是这种人呢？他应该怎样去向苏艳解释呢？他不能让苏艳对他产生那种不健康的看法。

显然，这种话题是很羞于启口的，他能对苏艳说：“对不起，我昨天不是故意摸你奶的。”行吗？显然不行，那该怎么说？他脑子里想了几个字眼，都不恰当，这使他很为难很烦恼。本来，那个杨大华就对他不怀好意，一直在班上坏他的名声，要是让他知道他碰了苏艳乳房这件事，他一定会漫天散布谣言，班上同学的唾沫星子都会把他淹死。

杨诺顿时又变得惊恐不安。他心里清楚，杨大华一直暗暗地喜欢苏艳，他经常找机会在苏艳跟前献殷勤，若是昨晚那件事苏艳对杨大华吐露出半句，凭杨大华平时为人的张狂劲儿，他不把他打击笑话死才怪呢？要真是那样的话，他还能安心在教室里学习吗？杨诺越想越可怕，越想越沮丧，越想越后悔，他怪自己太粗心大意了，他难道想不到少女身上有很多部位，连看都不能随便看一眼吗？

由于心情很糟糕，这天的几节课他都无法集中注意力，他脑子里一直被那件事纠缠着，像是有几只老鼠在里面打架，他时刻感到惴惴不安，后悔不迭。

偏偏苏艳今天一反常态，对他格外冷淡。过去俩人非常亲密融洽，不是交换学习用品，就是相互帮助解答学习疑难。可今天，苏艳的脸一直板着，她既不和他交流学习，也不和他说话，而且在自习堂做代数作业时，她宁可去借前排一个女生的圆规，也不借他的圆规。过去她要用圆规，直接就用他的。从这里可以看出，苏艳是真生气了，是真对他有看法了。杨诺的心凉透了。他想无论如何得向苏艳解释清楚，不然他真受不了了。可时间偏偏过得非常慢，每一节课似乎都有一个世纪那么长，杨诺苦苦地煎熬着。

他终于熬到了这天晚自习放学。

晚自习下课之后，像往常一样，走读生都收拾书包准备离校了。可是苏艳却还在静静地看书。杨诺见苏艳看书，便把代数书拿出来，开始做一道练习题，待他把这道练习题刚做完的时候，苏艳合上了书，轻声说了句：“走吧。”他一听马上把书收好，本子放好，走出了教室。

月色溶溶，多么安详的夜晚光，可杨诺的心情却是忐忑不安。他走到学校操场的时候，扭头看了一下，当看到苏艳已出了教室，才稍稍放心。他故意放慢了步子，他要等苏艳走上来。可苏艳偏偏走得很慢，急忙撵不上来。他不想再往下挨了，当走出学校大门口的时候，他故意停下了步子。

苏艳走了上来。他发现苏艳仍板着脸，月光下，一脸的冰霜。

杨诺也顾不了那么多了，他想，只要把话说清楚，即使他们二人今后不再交往了都中，他不想一直陷入到这种水深火热的煎熬之中。

“苏艳同学，我有句话必须向你解释清楚，我昨天晚上真不是故意的，我是无意的。”说完他打算把那50元钱苏艳手上塞，然后转身就走。

谁知苏艳听了他的话竟噗哧一笑，说：“你就为这事今天不理我？”

“谁不理你了？你明明生气了，不理睬我。”

“真是冤枉，我还以为你生气了。早上来的时候，我不是见你板着脸，皱着眉头吗？我还以为我惹你生气了。”

“我没生气，是你生气了。”

“我生什么气？”苏艳笑着问。

杨诺这才明白苏艳真的没生气，心头的一块石头顿时落了地，他感到全身一下子轻松了。便说：“你不生气了就好了，我真怕……”

“怕什么？”

“算了，不说了。可这钱你一定得收下。”

“你这人咋这没劲儿？你再提钱的事我可就恼了。走吧，不要分心了，杨诺同学。我都放下了，你难道还没有放下吗？”苏艳推了一下杨诺。

杨诺便把钱重新装进口袋，他能感觉到，苏艳是真没生气。没有比这更让他高兴的事了，他的心一下子变得无比的幸福和畅快起来。

男女之间的误解不一定是坏事，它就像催化剂一样，能加激双方的情感温度。杨诺和苏艳之间的误解一旦消除，他们之间的感情仿佛一下子升了温，更加密切了。学习上，他们相互鼓励，有疑难了，相互帮助；下了晚自习，他们俩总是相约着一起走。

一天晚自习放学后，杨诺和苏艳像往常一样走在一起，途中，苏艳突然对他说：“我还有一道几何证明题不会做，一会儿你能给我讲一讲吗？”

杨诺问：“你看明天讲怎么样？”

“我不想把疑难放在明天，古人不是说过吗？明日复明日，明日何尝多！”

“那怎么办？现在都放学了，到哪儿给你讲？”

“就到我那里去吧。”

“到你家去？我，我不去。”

苏艳笑了笑说：“你放心，不是到我家去，是到我爸的办公室去。我每天晚自习放学回去都在我爸的办公室里学习，那里安静，没有干扰。”

杨诺想了想说：“那好，我跟你去。”

于是，在分岔路口，杨诺没有继续往前走，而是随苏艳一起走了。他们又走了一段路，然后上一道斜坡，前面出现了一个大门，大门两边各蹲了一只威武的石狮子。天色已晚，大门已关上了，只留小门半掩着。听到外面有动静，门卫马上从里面出来了，正要审问，一见是苏艳，态度立即变得异常和好，二话不说让他们进去了。进了门，首先是一个大院子，院子里停了两辆小车，院子后面便是一座办公楼。苏艳告诉杨诺，这就是他爸他们单位的办公楼，他爸的办公室在三楼。

整幢楼里黑漆漆的，只有一楼楼梯口有盏路灯亮着。苏艳领着杨诺上了楼。办公楼里很安静，他们走路的声音在楼道里发出清晰的回声。杨诺心里怦怦跳动着，他生怕碰见什么人，尤其是怕碰到苏艳他爸，他爸要是看到他和他女子在一起，肯定会指责他。

苏艳在前面领路，不断提醒着杨诺向左向右走，在上楼梯的时候，还很夸张地在前面伸出手，拉他往前走。杨诺已是第二次摸到苏艳的手了，那么光滑、柔软，虽然时间很短暂，但在他内心却刮起了一股撩人的春风，顿时泛起了一层层的涟漪。

苏艳她爸在三楼东面的第二个房间。苏艳掏出钥匙把门打开，把灯棒拉亮，然后对杨诺说：“快进来吧。”杨诺一进去，苏艳就把门关死了，然后对杨诺说：“你看这里怎么样？这里不会有人打搅我们的。”

杨诺一看，这办公室足有四十多平米，不仅办公桌、办公椅气派高档，两组沙发看起来也非比寻常。办公桌后面的墙上是一巨幅山水画，对面墙上是一副书法，内容是苏轼的《念奴娇·赤壁怀古》，字体潇洒俊朗，气势恢宏。

一看办公室的摆设，杨诺问苏艳："你爸是局长吧?"

苏艳说："是的，你咋看出来的?"

"不是局长，办公室能有这摆设?"

苏艳笑了笑说："我爸特别忙，不是出去开会，就是下乡搞调查，在办公室待的时间很少。"她又把里面的一个门打开说："这里面是休息室，我有时不想回家睡了，就在这里面休息。"

杨诺对苏艳说："你说哪道题不会，你先把书拿出来。"

"你急什么，喝点水，吃点东西再做题吧。"一面便把烧水器打开，对杨诺说："你先看看报纸。"

杨诺就取了几张报纸坐到沙发上，随便地翻看着。

水烧开后，苏艳冲了两杯牛奶，又从柜子里取出一盒饼干，对杨诺说："先喝杯牛奶，吃点饼干，夜深了，你不饿吗?"

杨诺说："有点饿。"

"那你就多吃点。"苏艳从盒子里拿出几块饼干递给杨诺。杨诺喝着牛奶，吃着饼干，一会儿就把一杯牛奶十几块饼干下了肚。苏艳还要拿地让他吃的，杨诺说："开始做题吧，肚子已经吃饱了。"

苏艳就把书从书包里取出来，这是一本北京海淀区编的训练题，里面不仅有重点、难点习题讲解，还有题型归纳，不少学生都买有这套考试训练题。

苏艳把其中一道几何证明题指的让杨诺看了，然后说："我下午做了半节课也没做出来，你看这道题该怎么做。"

杨诺先把题认真地看了两遍，然后把这个题的几何图形用三角尺画出来。杨诺审题画图的时候，苏艳就很近地贴在旁边，她长长的秀发不时飘到杨诺的脸上；而且她身上那种特别好闻的气息一阵阵沁入到杨诺的心脾。杨诺感到脸有些发烧，心口怦怦地跳起来。他看了半天，竟然也找不出如何解答这道题的方法，心里一急，他的额头上竟然冒出汗来。

苏艳说："你别急，你慢慢看吧。"

杨诺只好说："你先到沙发上看别的书，让我一个人静静想一想。"

苏艳就拿了一本历史书，坐在沙发上看。杨诺又把题仔细审了一遍。这次他终于找出了答案，做一条辅助线，通过证明两个三角形相似，求出其中一个三角形的一条边的边长。

杨诺马上把苏艳叫过来，把解题的思路齐齐讲了一遍。见杨诺这么快就把这道难题解答出来了，苏艳对他十分敬佩，夸赞他说："你智商那么好，今年考大学不成一点问题。"

杨诺说："我还智商高呢，笨死了。"

"你要再笨，我们就成了什么？别再谦虚了。我真想不通，你这么好的智商和成绩，当初你咋考到二中？你应该考到县一中呀。"

杨诺摇摇头说："不堪回首呀，走了弯路。"

"咋走了弯路，能不能告诉我一二？"

杨诺低了头说："好了，时间不早了，我要走了。"

苏艳见杨诺要走，便说："我送送你吧。"

杨诺本不想让她送的，又担心一会出不了大门，便只好让苏艳一直把他送到大门外。

夜已经很深，远远的街道上只有一两盏路灯亮着，发出昏黄的光。路上一个行人和车辆也没有。

"你一个人走怕不怕？"苏艳问。

"在街上，怕啥！你回去，我走了。"杨诺招了一下手，走了。走出七、八步远，当他看到苏艳还站在那里看着他，便心里一热，可马上又一阵惆怅——凭苏艳这么好的家庭条件，他和她交往会有什么结果呢？但这个念头在心里停留得也只是一刹那，刚一冒头就被他掐灭了。

杨诺想到了刚才苏艳说的那句话，心里的一团阴影立刻升起来。是的，他智商那么好，为何考进了县二中，而不是一中，原因只有天知道。正胡思乱想时，他马上告诫自己："现在正是关键时期，万不可胡思乱想。"

杨诺特别羡慕上课注意力特别集中的学生，他们思维集中，不受外界干扰，不仅课听得轻松，而且效率极高。杨诺总是无法做到全神贯注地听讲，课堂上发生的任何意外动静，都会分散他的注意力，导致他思想开小差。思想一旦开小差，他就要耗费精力去控制，因此他的听课效率比较差。这令他十分苦恼，可他有什么办法？谁让他的思维那么活跃呢？教他们地理课的是一个刚结婚不久的女老师。这个女老师比较新潮，不仅说话无拘无束，而且衣着比较大胆开放。每当这个女老师一脸慵懒地走上讲台，举手投足地开始讲课时，杨诺的思绪总是无法跟着知识走，而常常会由她裸露的胳膊联想到她高耸的胸部，再由她高耸的胸部联想到她的腹部……每当这样联想时，他内心深处都会产生一种负罪感，她是她的老师呀，他怎能这么想？可他有什么办法，他的大脑总是不听话，他虽极力控制自己不要联想，但是，每次地理老师一上课，往讲台上一站，他就会浮想联翩。除了地理老师常常引起他的联想外，班上一些长得好看的女生，发育成熟早的女生，也时常引起他的联想；尤其是同桌苏艳，夏天到了，她穿的衣服更少更薄了，有时无意之中，他就会一眼瞥到她所戴的红的、白的，或者是粉色的乳罩，还有乳罩里面那浑圆的乳房。自从那天晚上无意中手碰到苏艳的乳房之后，他的眼睛时常会不经意中去关注那只乳房，每当看到她那饱满、白嫩的乳房时，他的思绪便常常会长驱直入，想入非非。他不知道苏艳会是怎样的，该不会和贾香香一样的吧？每当想到这些，他都十分惊慌，他便赶快刹住思维的轮子，要么用手使劲掐他的大腿，要么用拳头擂自己的头部，警告自己不要这么胡思乱想了，不应该，太不应该这么想了。可是，他总是管不住自己。可怕的青春呀。

一次课外活动其间，杨诺和江涛一块儿到河边散步。当他们往转返的时候，杨诺突然问江涛：“你上课时思想爱跑毛吗？”

江涛说：“现在时间那么紧张，哪还有工夫跑毛！”

“一点都不跑毛？”

“一点都不跑毛也谈不上，有时也跑点儿毛，比如肚子饿了的时候，脑子便尽想到找吃的。周末最后一节课，总想着快点放学好回家去。”

“地理老师讲课时你思想跑毛不？”

“不。地理老师的课讲得好，她上课时我注意力特别集中，根本不跑毛。”

杨诺听了很泄气，别人上课不跑毛，女老师讲课不跑毛，见到了女生的乳罩不跑毛，唯独他，总是由此及彼，见了女性裸露的部位就会浮想联翩，产生一些不良和不健康的联想。

杨诺知道是什么原因了，这都是由于几年前他与贾香香那件事造成的恶果，这长时间过去了，当时所见的一切都牢牢刻在他心里。在学习压力加大，生活变得异常单调之时，他的头脑中总是容易开小差。他认为这是罪恶的，不健康的，每当这种念头刚一露头，他便极力的去扑灭它。然而，收效总是甚微。这有什么办法？不是有句古话吗：曾径沧海难为水。他要想成为一个纯洁无瑕的青年已是不可能了，他只能努力在灵魂上改正自己。这就是罪恶的代价呀，他如何赎得清！

自从那天下晚自习随苏艳一起到她爸的办公室去了一次之后，杨诺随后又和苏艳一同去了两次，而且有一次还是礼拜六晚上去的。这个礼拜六下午，苏艳也在教室里学习，天快黑的时候，她告诉杨诺，今天晚上她父母哥哥都不在家，她一个人在家，她让杨诺晚上到她爸办公室里那里和她一块儿学习。“晚饭就在我家吃。”她对杨诺说。杨诺本不想去的，他和苏艳在一起，虽然他很乐意，可是他内心却很恐慌，他发现自已越来越离不开这个女同桌了，他仿佛觉得她不再是一个普通的同桌，而是他一个什么特别亲特别亲的亲人一样。他担心这样下去很危险，他感觉苏艳身上有一种强大的磁性，她所产生的磁力越来越大，不仅一天天拉近他与她的距离，而且似乎他们之间的情感在一天天升温。他心里非常清楚这意味着什么。可他又认为绝不可能，人家是局长的千金，不仅家庭背景好，人长得好，而且学习非常出色。他一个农村来的乡巴佬，人家苏艳怎会看得上？所以他就不必担心俩人的关系会发展到那一步。有了这个理由，他便听任内心的驱使，和苏艳的交往越来越频繁，苏艳叫他到她爸的办公室去，他明知不该去，可他还是去了。况且礼拜六晚上，和小姨合用一个换衣间的那个女工要在机械厂的浴堂洗澡，换洗衣服，他在里面肯定不方便，于是那个礼拜六晚上，天一黑，他就欣然同苏艳一起去了。

一到苏艳他爸的办公室里，他们先学习，学了不到半个钟头，苏艳便要到后面她家的家属楼里去做饭。临走时，她让杨诺在这好好学习，饭做好了，她来叫他。说完她就走了。

周六的晚上，这幢办公楼更加安静，周围一点声音也没有，偌大的办公室只能听到电棒里传出的电磁波的声响。杨诺想专心学习，可不知为什么，他感到自己心里一直无法宁静下来，苏艳的头发、眼睛、身段，还有笑容，不时像水泡一样从什么地方冒出来。他感到很烦恼，一会儿把书翻开，一会儿又把书放下，坐立不安。

不知过了多久，杨诺感到实在已经等不下去了，当肚子饿得咕咕叫的时候，他终于听到外面楼道里传来了熟悉的脚步声。他马上坐到苏艳她爸的办公椅上，拿起笔，装作认真学习的样子。

一会儿，苏艳就推门进来了。苏艳笑吟吟地说："饭好了，走，到我家去吃饭。"杨诺以为苏艳把饭做好了会把饭送来，想不到她会让他一块儿到她家去吃。于是他为难地说："到你家去吃，这，这不好吧，一会儿要是你爸妈回来了怎么办？"

苏艳说："你放心，他们不会回来的，走，听我的，去尝尝我做饭的手艺如何。"

听苏艳这么一说，杨诺便不好意思不去了，他同苏艳一起来到她家里。吃了饭后，俩人又一起看了两集电视剧，看到时间已经很晚了，杨诺才离开。

这天晚上苏艳给杨诺留下了很深的印象。过去他们还仅仅是关系比较好的同学，但从这天晚上起，他到她家里，亲自吃了苏艳做的饭后，他就感觉俩人的关系非同寻常了。苏艳对他说话做事更加随便，想借他的学习用具，直接就在他书包里找。他也是一样，他要用她的什么东西，直接就去拿，根本用不着打招呼。这种关系常常让杨诺生出无名的喜悦和骄傲。

有天晚自习放学往回走的时候，苏艳突然对杨诺说："我想到你那里去看书怎么样？"

杨诺听了大吃一惊，连忙推辞说："不不，你不能去，那里环境太差。"

"那我去看一看总该行吧？"

杨诺更窘迫了，小姨的换衣间那么狭小、拥挤、零乱，他怎能让苏艳看到呢？

看到杨诺紧张的样子，苏艳笑着说："没关系，走，我只在你那坐一会就走，这还不行吗?"

苏艳坚决要去，杨诺怎好阻止呢？他只好领着她来到机械厂。

机械厂当时还非常红火，夜深了，有的车间竟然还在加班，里面发出机械转动的轰隆隆响声。

杨诺和苏艳走过一排排车间，来到那间房子的门口。

在取出钥匙，准备开门的那一刹那，杨诺停下了，对苏艳说："我就住在这里面，你现在回去吧。"

"我都到了，你为啥不让我进去看一看?"

"真没啥可看的，乱糟糟的，你还是不看为好。"

"不，我都来了，我偏要进去看看。"苏艳仰着脸说。

恰在此时，杨诺看到有人正往这里走，他马上把门打开对苏艳说："好吧，你进去。"

杨诺进去，先把门关上，然后把电灯拉亮。

这天，恰好那个与小姨共用这个换衣间的女工洗了衣服，她把洗过的工作服就晾在她那半边的铁丝上，使本来就不宽畅的房间，显得更狭小了；而且房间里弥漫着一股强烈的铁屑和潮气味。

"你每天下了夜自习就在这里学习?"苏艳看了之后问杨诺。

"对呀，是不是环境太差？可我没办法，这里好歹夜深了安静，可以睡好觉，不像学校宿舍，晚上吵得根本睡不成。"

苏艳沉默了一会儿，然后说："你真不容易。好了，你安心学习，我走了。"

"你喝点水再走吧。"杨诺挽留苏艳。

"不了，我走了。"说完苏艳拉开门就走了出去。

苏艳走后好长时间杨诺还回不过神来，他真后悔把苏艳带来，这里面环境那么差，多丢人呀。

可是，第二天，苏艳竟然对他说："昨晚去看了你住的地方之后，对我触动很大。那么艰苦的条件，你都能安之若素地学习，我条件那么好，却不知道好好学习，想想真是惭愧，我以后还得多向你学习。"

听了这话杨诺很高兴，苏艳并没有因为他那里环境糟糕而鄙视他。他越发觉得苏艳不是一般的女孩，他心里对她更敬重了。

杨诺越来越感觉到自己对苏艳有一种依赖性，无论是课堂听讲，还是课后看书做作业，只要苏艳在身边，他心里才踏实，学习才有劲头；苏艳若不在身边，他就会感觉像是身上某个部位缺失了一块一样。他感觉这很危险，心里晕晕的，飘飘的，像是站在高楼，或者悬崖边上。可是，这一切都由不了他了。

有天下午，下了一场暴雨。下午放学后，苏艳就同其他走读生一起，回家吃晚饭去了，到晚自习第一遍铃声响的时候，班上学生差不多都来了，唯独不见苏艳。

往常晚自习上课，苏艳总是来得很及时，在第一遍铃声响前 10 分钟她已经到教室了。可今天她怎么了？第一遍铃声响好一会儿了，仍不见她来。杨诺感到心里开始不自在起来，他不断地向教室门口张望，他希望能看到苏艳的身影出现，可是每次都落空了。

第二遍铃声响了，苏艳仍然没有来。

杨诺已经坐不住了，他本来是要看书的，可是此时此刻他哪还有心思看书？眼睛看着课本，脑子里却想的是苏艳。

他张望着，倾听着，心里渴望苏艳的身影会即刻出现。可是教室外面什么动静也没有，只有杨树叶在风的吹拂下，发出哗哗的声响。杨诺没法看书了，他把钢笔拿在手上，不停地把笔筒抽出来，插进去。心里不停地猜测着：苏艳到底上哪去了呢？为什么到现在仍未来上课？

天色已经完全黑了下来，教室里一片光明，而外面则黑洞洞的，什么也看不见。杨诺猜测着，是不是苏艳突然生了病？要不然她为什么突然不来上学呢？要么，是不是路上遇到了什么坏人？他听说两天前，一对早起晨练的夫妇二人被人杀死扔在街道边的公共厕所里。杀人犯至今仍逍遥法外。苏艳上学的路上，刚好有一段路距那个公共厕所不远，而且那里相对比较偏僻，行人比较少。要是苏艳遇到了那伙坏人怎么办？想到这里，杨诺感觉热血直往脑门上涌，他更是坐立不安了。他仿佛看到那几个杀人犯抓住了苏艳，苏艳正无助地大声呼叫着、挣扎着。那几个坏人无比狰狞，他们用手捂住苏艳的嘴，把她往黑暗的角落里推。这太恐怖了，杨诺怎能忍受苏艳遭人毒手，他要不惜一切地前去搭救。

可是，正在上课，他怎能去？他能向班长杨大华请假，说他去搭救苏艳吗？显然不能。

那怎么办，只能苦苦忍受着？

杨诺极力安慰自己，不要胡乱猜疑，苏艳不会有事的。他希望自己的心能安静下来，好好看书学习。可是，书拿出来，一看到旁边的位置空空如也，他就感觉心里缺失了一块似的，那么焦虑，那么难受，那么说不清的不自在。

看看第一节课都快下了，身边的位置还是空空的，杨诺越想越可怕。倘若苏艳真的遇了难，让坏人抓住了怎么办？他不能坐在这里瞎等着，他得去抢救，他得去报案。不行，他一分钟也不能耽误了，他得赶快前去，说不定，晚一分钟，苏艳就会遇害。想到这里，杨诺不管三七二十一，迅速把书塞进位兜里，虎一下站起来，他什么也不管不顾了，他得赶快去救苏艳。

谁知，他刚站起身，下课铃声响了，他正要离开座位往出冲时，只听门咚地一响，苏艳气喘喘地推门进来了。由于跑得急，她满头是汗，脸色红彤彤的。

一见苏艳走进教室，杨诺心里陡然一热，眼泪顿时夺眶而出。他害怕别人看见，连忙用衣袖擦了。

苏艳很快走到座位上，对杨诺说：“我请了一节课假，生怕跟不上，刚刚好。”

“你下午走的时候请的假？”杨诺问。

“嗯。”

“我怎么不知道？”

“你知道干吗？”苏艳不解地问。

“我以为你出了什么事呢，把我吓坏了。”

“谢谢你的关心。”

杨诺心里有些生气，苏艳请假怎不给他说呢？让他担心了一节课。可是，人家为什么要对他说呢？他算她的什么人？他为什么对苏艳这么关心？只有一个解释，他不折不扣地爱上人家了。一想到“爱”这个字眼，他不禁脸上发烧。虽然他一直在回避这个字眼，可是，他确凿无疑地爱上苏艳了，不然他为什么那么在意人家呢？苏艳一节课不来，他就那么失魂落魄，魂不守舍，这不是爱是什么？

毕业班经常出现异常情况。一天上自习课的时候，班主任李老师突然来到班上，宣布了一个重大新闻：五月底，县二中高二毕业班将同全县其他高中毕业班一起，参加全县统一的高考预选考试。预选上的，才有资格参加高考；预选不上的，意味着高中已经毕业，学校将提前颁发毕业证，可以离校了。

这个消息顿时在班上引起了轩然大波，还有一个月时间将要毕业离校，这使不少学生有种时光难再之感，很多人都难受得流下了眼泪。

杨诺虽然知道高考前要预选考试，但想不到时间来得这么快。他认为自己很多知识都没有掌握好，对参加预选考试能否考上，他心里并没有多大把握。可是班主任说了，今年预选将不同于往年，往年预选名额直接分配到校，而今年是全县拉通预选，达到分数线以上的，就预选上了，没达到的，就落选了。李老师说，按他估计，班上平时成绩保持在 15 名以上的，预选上不成问题，15 名以后的，就很难说了。他鼓励大家再加把劲，成绩好的，继续往前赶；成绩差的，努力拼搏，争取创造奇迹。

班主任这句话使大家的压力更大了。

接下来，班上的形势立即出现了两极分化，几次月考成绩保持在前 20 名的学生，学习劲头更大，似乎真有奋不顾身，拼命一搏的架势；而落在 20 名以后的，想到形势严峻，大局已定，再努力也是白搭，索性放弃了拼搏，每天交朋结友，一有时间就上街下馆子。

虽然形势很严峻，心里的压力一刻也没放松，可是杨诺的心却一直沉浸在对苏艳的那种浓浓的爱意之中。自从他明白自己爱上苏艳之后，他便感觉他的心灵一下子发生了质变，无论苏艳说话、走路、听课、学习……什么他都感觉到格外亲切。

可是，偏偏临近要毕业的时候，班长杨大华越发加劲儿地对苏艳献殷勤。虽然杨大华的学习成绩在班上连前三十名都排不到，预选根本没有指望，可他是商品粮户口，父母都是拿工资的，毕业了，他根本不愁找工作。所以他在班上更加耀武扬威，继续行使着班长的权力。自习堂上，别人说话串位，他大声责骂；他自己却想到哪里去就到哪里去。苏艳后面的一个学生刚好有病请假了，杨大华一到自习堂便串到那里，一到那里就找机会和苏艳搭腔说话，不是借东西，就是装模作样的向苏艳请教学习。

过去苏艳一向对杨大华不屑一顾，可是不知为什么，现在她竟然和他打得火热，她不仅很大方的借学习用品给杨大华，对杨大华请教的疑难问题，她也总是耐心地予以讲解。

每次看到苏艳热情给杨大华讲题，杨大华装作认真听讲的样子时，杨诺心里都像针扎一般的难受。他不明白苏艳为何要浪费宝贵时间去给一个根本不打算学好的学生讲解。这个家伙，完全是把请教问题当成是一种接近她的手段，因为从他的神态上就可以看到。

苏艳不仅乐意和杨大华接触，而且还接受了杨大华送给她的毕业前的礼物——一个很精致的相册，相册的第一页上有杨大华为她写的一段情意绵绵的话。班上虽然开始互赠毕业留念的礼品，但像杨大华这样赤裸裸地表白自己情感的还是少见。苏艳不仅不拒绝杨大华赠送的礼物，而且还回赠了杨大华一个礼品，据说是一个很精致的笔记本。这些无一不深深地伤害了杨诺的心。他想，苏艳本应该珍惜自己，好好学习，和他保持亲密的关系，俩人互相帮助，争取预选考试考上。可是苏艳偏偏不这样做，竟然和一个不学无术，流里流气的逛皮学生打得那么火热。

由于心里受了伤害，杨诺就赌气不和苏艳说话。而苏艳因他和她赌气，也故意不和他说话，反而和杨大华的交往竟越发密切了。杨诺感觉他和苏艳之间的关系变得越来越冷淡。

杨诺简直无法忍受，他的心一直堵着，非常难受，看书看不进去，听课听不进去。他心里很慌乱，他清楚这样下去，连预选都预选不上。

一连几天感情上经受着冰与火的煎熬，杨诺痛苦不堪，他思考再三，决定给苏艳写一封信，向她挑明他爱她，他请求她只喜欢他一个人，不要再和杨大华密切来往了。

杨诺非常清楚，他要向苏艳写的这封信是恋爱信，高度机密，这样的信在教室里肯定是不能写的，倘若叫别人发现了，那比洪水猛兽还厉害。虽然眼看就要毕业了，他必须得高度提防着。他打算在机械厂——小姨的换衣间里写这封信。

这天下了晚自习，杨诺匆匆回到机械厂。时间已经很晚，房间里显得特别寂静。这时他又犹豫起来，要不要写这封信？要是不写这封信，尽管俩人关系因杨大华而变得冷淡，但只要那层窗户纸未捅破，他们仍是同学关系。若是写了这封信，等于挑明了俩人的关系，俩人就不再是同学，而是一对恋人了。一想到俩人是恋人关系，杨诺便生出一种恐惧之心，他敢和班上女生发展这种关系吗？因此会不会影响他的学习？会不会遭到老师和同学们的耻笑？可要是不写呢？苏艳会不会和杨大华越走越近？说不定他们会成为一对恋人。他能接受这种可怕的现实吗？当然不能，过去，任何男生和苏艳说话，他都不介意。可如今，无论哪个男同学和苏艳亲近，他都难受极了。他想，也许是他没有向她挑明关系，苏艳才和杨大华这么好，倘若他把关系一挑明，苏艳就会一心一意只和他好，俩人相互学习，相互帮助，直到考上大学，最后找到好工作，组成一个幸福家庭。

想来想去，杨诺决定大胆走出这一步，给苏艳写这封信。

杨诺提前已经把信纸找好了，当想法明确之后，他便把椅子抽出来，趴在桌子上，动笔写生平他的第一封恋爱信。

亲爱的苏艳同学

你好！

你知道我这几天心情有多难受吗？我天天忍受着感情的折磨，真有那种生不如死的感觉。

而这一切都因为你和杨大华。我不知道我什么地方得罪了你，你变得那么冷淡，那么残酷。你上课不理睬我，下课不理睬我，下了晚自习不同我一起走路。相反，你却和杨大华越走越近，你不仅热情洋溢地为他讲解学习疑难，和他有说有笑，而且俩人还相互赠送礼品，写那情意绵绵的留言。

你知道吗？你这样做深深地伤害了我的心，杨大华和你说话我生气，杨大华向你借学习用品我生气，杨大华向你请教学习疑难我生气，杨大华给你赠送礼物更让我生气。为什么会这样？我现在明白无误地告诉你——我已经爱上你了，深深地爱上你了。

自咱俩同桌以来，你给了我无穷无尽的关心和爱护，回想咱们几个月的交往，每一幕都那么铭记在心，终生难忘。你是那么美丽，那么善良，我的生命因你而变得格外灿烂，因为遇见你，我更加坚定了对理想的追求。

请你接受我吧，让咱们变成一对有理想有抱负的恋人，让咱们保持亲密的关系，相互学习，相互帮助，克服重重困难，争取今年咱们双双考上大学。

我保证一生永远爱你，永远珍惜你！

郑重请求你接受我的请求。

爱你的人　杨诺

信写好之后，杨诺仔细看了一遍，他发现有些字写得潦草看不清，便又仔细重抄了一遍。最后还故意注明了写于晚上 12 点。

第二天天刚亮杨诺就醒了。头脑刚一清醒，他首先就想到了苏艳，想到了昨晚写的那封信。考虑到今天要把这封信送给苏艳，有这么重大的事情要做，他马上穿衣起床，漱洗完毕就到学校去，他准备找个恰当的机会，把这封信交给苏艳。

可是，走在路上的时候，他又有些犹豫了，他要不要把信交给苏艳？这样做妥不妥？这样做会不会影响学习？

仔细想了好久，他决定还是得把信送给苏艳。他想，只有两人保持这种恋人关系了，苏艳才不会和杨大华交往，他的心才会安定。而且他听说了，二中上一届就有一对保持恋人关系的同学，由于他们相互学习、相互关心，最后俩人一齐考上了大学。他要是和苏艳建立了这种关系，俩人不也能相互学习，排除种种干扰吗？

这天早上杨诺比往常任何一天早上都来得早，当他走进教室的时候，教室里只有四五个住宿生，走读生一个都还没来。

看到那几个学生聚精会神地学习，杨诺深感惭愧，他连忙把书包放好，把该读的书取出来放在课桌上。他并没有马上开始读书，而是把那封信先从身上掏出来，放在桌兜的一个位置藏好。此时班上学生开始陆陆续续进教室了，他们一来，就一分钟也不耽误地开始读书。看到其他同学认真学习的样子，杨诺又打起了退堂鼓，他对自己即将要实施的行动深为不满，认为这是与考大学背道而驰的，他想取消这次行动，把这封信销毁了，一切恢复正常。

正在这个时候，苏艳来了，而且她是和杨大华几乎前后一块走进教室的。杨大华走进教室的时候，不管大家都在看书学习，竟然用他那破锣嗓子唱着当时流行的一首歌：《我一见她就笑》。

我一见她就笑，

你看她甜甜多美妙。

……

杨大华一直唱到他的座位上，直到把那首歌唱完为止。而苏艳竟然很赞赏受用的样子，她走到她的座位上了，还不忘扭着头深情地向杨大华张望一眼。

此情此景，令杨诺更加妒火中烧，他猜想，苏艳已经和杨大华处得很密切了，他若是不表白，不阻止，他们两个人的关系一定会发展得更快。如果这样，真会要了他的命。于是，他更加坚定了昨天晚上的计划，决定不能打退堂鼓，今天无论如何得把这封信交给苏艳。

早读课开始了，英语老师走进来，先领着大家读了几遍英语课文，然后让大家自己读，她夹着书，前后左右监督着大家学习。杨诺当然不敢这个时候把信塞给苏艳，倘若信让老师发现了，当场宣读，那可是爆炸性新闻。他只好忍耐着，像其他同学一样的放声读书。

好了，漫长的早读课终于下课了，当下课铃声响起，英语老师离开教室的那一刻，班上那些住宿生便马上把课本往桌兜里一丢，准备到宿舍拿碗，然后往饭堂那边冲。这个短暂的混乱局面正是把信交给苏艳的绝佳机会。杨诺虽然在校外住，但三顿饭仍在学校伙上吃，他这时候要抓紧时间赶往饭堂前排队。就在他拿起碗，准备离开的时候，他把早已拿在手里的那封信往苏艳面前一丢，说：“我给你的信。”说完就往出走。一边走他一边用眼睛的余光打量了一眼，他看到苏艳先愣了一下，然后迅速用手把信捂住，把它放到了桌子下面。

杨诺长长松了一口气，感觉心里一阵轻松，仿佛完成了一件重大使命似的。

杨诺高高兴兴地到饭堂前排队打饭。吃了饭，接着要上四节课，为了让苏艳把信看完，吃了早饭后，杨诺并没有急着回教室，他故意在校园里走了一圈儿，等快上课时，他才回到教室。

当走进教室时，他心里一阵忐忑不安，他不知道苏艳把信看了没有，也不知道她把信看后，会有什么反应。

苏艳的反应有些冷淡。杨诺进来的时候，她连招呼也没和他打一下，只顾埋头看着书。杨诺心里犯起了嘀咕：她到底看没看信呢？他想，如果她看了，肯定有所反应——高兴或者愤怒，同意或者拒绝。可她脸上的表情那么平静，丝毫看不出喜还是怒，这让杨诺更加摸不着头脑，不知道该怎么办了。一直坚持着上了两节课，每节课他都如坐针毡，那封信始终如刀子一样悬在头顶，他不知是吉还是凶。勉强上了课间操，当第三节课要上课时，杨诺看到苏艳正低头在书包里找东西，他便把身子倾斜过去，轻声问道：“我给你的信，你看到了吗？”

然而苏艳仿佛没有听到他说话似的，仍然只顾埋头找东西，于是杨诺又问了一句：“苏艳，信你看了吗？”

这时苏艳愠怒地抬起头，生气地说：“你怎么会想那些事？对不起，我把它撕了，扔了！”

一听这话，杨诺当下感到脑袋“嗡”的一响，羞耻感顿时充满全身，他不知道自己是怎样离开教室的。

杨诺顿时蹦溃了。他脑子里除了羞耻还是羞耻，他飞一样的冲出教室，冲出校园，一口气跑到学校附近的一条山沟里。这里十分安静，杨诺听到自己的心还在通通地跳着。他看了看四周的景色，他发现这些景色连同整个世界的一切顿时黯然失色。他失望地坐在一块石头上，难过地流下了眼泪。他原本想苏艳会同意他的，苏艳以前对他那么好，困难时，苏艳借钱给他；困惑时，苏艳给他以鼓励，同桌以来，俩人相互关心，相互帮助。可是，当他向她表露心迹的时候，一向大方的她竟然是这种态度！这么说，她以前对他的好全是假的，全是骗他的了，她压根儿就嫌弃他，看不起他。想到这一点，杨诺的心里更悲哀了。他眼前仿佛能看到苏艳对他露出的那极度鄙夷的神色。

杨诺在外面整整呆坐了一节课，待情绪稍稍平静了一些时，他才回到教室。

在往回走的路上，他尽量安慰自己，不要难过，她不同意就算了，好好安心学习，只要考上大学，难道还找不到自己真正喜欢的姑娘？把苏艳忘记了吧，全当她就不存在。可是，一到了教室，一坐到她身边，特别是看到她的身影，听到她熟悉的呼吸声时，那种被拒绝的羞耻感便铺天盖地的压在他心上。他想避开不看她，但是根本不行，她的发丝，她的手势，她的头，她的脸，甚至她的衣角，不经意间都会撞入到他的眼球；即使他闭上眼，她的呼吸，她的声音也会传入到他的心里。过去，每当看到她的身影，听到她的声音，都会在他心中引起一种极为温暖的感觉；而现在，只要看到她的身影，听到她的声音，都会引起阵阵刀割般的疼痛和羞耻。特别是听课的时候，他的思维根本无法集中，他不看黑板不行，只要面对黑板，眼睛的余光就能看到苏艳那高傲的表情，苏艳的身影就会像一阵飙风一样，在他心中掀起阵阵滔天巨浪。而且夜里，他又开始不停地做噩梦，梦见在黑黑的天空下，他掉进了黑泥湖……

杨诺忍耐了两天，他发现自己根本不行，苏艳的身影似乎越来越大，几乎全部罩住了自己。只要看到她，只要她在身边，他的心根本无法平静。而这个时候学习越来越紧张，只有一个月就要高考预选。预选不上，连考大学的资格都没有了。

杨诺感到自己实在无法继续在学校里学习了，现在唯一的出路就是躲回家，在家里好好复习。

一旦打定这个主意，他便毫不犹豫，他给班主任李老师写了一封短信，简单地陈述了自己在学校学习效率低，他想回老家去复习的打算。为了能让班主任老师同意他的请求，那天他特意上街买了些水果，带上信来到班主任家里。李老师看了他的信之后，非常惊讶，说：“不知道你为什么有这种想法，在家里学习效果怎有学校里好？你是学校重点培养的考大学的苗子，你可要拿稳了。”

杨诺庄重地说：“李老师，我已经想好了，请你允许我在家里学习吧，我保证能学好。”

李老师说：“既然你已经拿定主意了，我就随你了，你就在家里复习吧，到时你一定要按时参加预选考试。”

杨诺感到眼泪要往出流，他硬是忍住了。他谢了李老师。

从李老师家里一出来，杨诺的眼泪便不可抑制地流了出来，他感到喉咙发硬，特别后悔，特别伤心，特别恐慌，特别可怜，特别无助，特别失望。于是他扒到一棵树上，失声痛哭起来。哭了一场，他感觉心里好受一点了，才走。

当天下午，他就把自己的所有课本及学习资料全部拿走了。

第十七章　人生感悟

贾香香和杨树林已公开同居了。

贾香香根本没有想到她会走到这一步。她虽然年龄还不上三十，可是自到甜水井村之后，她经历的事情太多了。她知道，自己就像是被大粪泡了几十年的石头一样，又臭又脏，没人会把她当正经女人看待。她极力撺掇妹妹贾兰兰嫁给杨树林，纯粹是为了报答杨树林曾经救过她的那份恩情。可哪知道，这件事不仅破灭了不说，还让她和家里人彻底断绝了关系。她在所有人的心目中彻头彻尾地成了一个十恶不赦的坏女人了。这个打击实在太大了，真比要了她的命还厉害，人都活到了这个份上，还有什么活头？她本打算就此苟延残喘地活下去，早点见阎王爷呢，可谁知杨树林不嫌弃她，杨树林硬要娶她。

她都成那样的女人了，她有什么理由拒绝杨树林？她倒没什么，她嫁过人，又与几个男人发生过关系。况且杨树林比她小好几岁，连婚都没接过。

但杨树林似乎并没有这么看。自从那个狂风暴雨的上午，他们有了第一次之后，夜里，杨树林就大明大亮地到她这里过夜了，三顿饭他也几乎在她一个锅里吃；上地做活，或者到镇上赶集市，俩人都是出双入对，俨然一对恩爱夫妻。

贾香香怕别人指指点点，背后议论他们。杨树林却毫无所惧，他恶狠狠地说："我人都活到这个份上了，还怕什么？谁他妈的想放屁就放吧，老子不怕，老子不怕他们。"

听了这话贾香香倍受感动，杨树林都不怕，她还怕什么？

杨诺这天从学校回到家里已是下午五点多了。家里的房门紧锁着，几只鸡正在门前觅食，四周显得十分安静。

杨诺掏出钥匙把厢房的门打开，这两间厢房中间是相通的，一间是杨诺放假回来住的地方，另一间是弟弟杨飞的房间。两个房间各摆了一张床，一张桌子，还有家里的柜子及其他用具。刚回到家里，杨诺根本没有心情学习，他感到身心十分疲惫，他把带回来的书往桌子上一丢，倒床就睡。这张床很长时间没人在上面睡了，有些潮，还有些霉味，他也不管，一直睡到黄昏时分，母亲从田里做活回来叫他他才醒。

"你咋这个时候回来了？"母亲不解地问。

杨诺揉揉眼睛，从床上坐起来，他撒谎说："我们的课程都学完了，学校放假让自由复习，五月底预选考试。"

母亲一点也不怀疑他这句话，便问他晚上想吃什么，她去做。他说想吃捞面。母亲便马上到厨房做饭去了。

杨诺又发了一会儿呆，然后才把鞋穿上，走了出去。

夜幕已经悄悄降临了，村庄显得格外宁静。

杨诺上了一趟茅厕，然后沿着村子后面的一条小路，去散散心。下午睡了一觉，他感觉精神好多了，几天来，他几乎夜夜失眠，白天脑子也一刻没有休息，他感到自己几乎都要崩溃了。回到家乡，回到了家里，他才感到一切都好多了。他决心把什么都忘了，安安心心在家复习，五月底回校参加预选考试，一举考上。必须这样，他捏紧拳头说。

杨诺在村子背后的那个山坳里走了大约半个小时，夜幕已沉沉地落下来了，估计这时母亲已经把饭做好了，他便返身往回走。

母亲已经把面擀好，把菜炒好了，他一回来，母亲就开始下面。

杨诺向来喜欢吃母亲做的饭，晚上母亲不仅做了一碗韭菜鸡蛋臊子，还炒了一盘腊肉，杨诺放开肚皮吃了三大碗。

饭吃罢，杨诺还是不想看书学习，他把椅子搬出去，坐在门前乘凉。母亲也端了一条凳子坐在院子里。

“父亲最近没回来吗?”杨诺问。

“他还是收麦的时候回来的，后来一直没回来。”母亲淡然地说。

杨诺听了心里一惊，自从父亲到北山林杨去了以后，一大家子的庄稼活儿几乎全落在了母亲一人肩上，母亲怎能承受得了？他感到鼻子发酸，现在，父亲解放了，可母亲却掉进了深渊。于是便说：“妈，最近有啥重活忙不过来，我帮你做几天。”

母亲一听，便说：“你帮啥？活儿我一个人慢慢做，你专心读你的书。”

由于心里太累了，杨诺确实想做几天农活儿，好把精神状态调整过来，可母亲不让，他只好作罢。

又坐了一会儿，母亲突然问道：“你最近是不是遇到了什么事?”

杨诺心里一惊，急忙辩解说：“没呀，妈怎么这么说?”

“我看你有些不对头，咋一直叹啥气?”

“没有呀，没有的事。”杨诺说。

“有啥对我说说，可别闷在心里，会闷出病的。”

“没有，放心吧妈。”

“时间不早了，把脚洗洗睡觉吧。”母亲说。

杨诺感到鼻子阵阵发酸，眼泪要往出流，他硬是忍住了。

母亲回房子歇息去了。杨诺回到自己房间，一点睡意也没有。夜深了，房间里显得更加寂静，墙角和桌子背后传来唧唧虫一阵阵的鸣叫声。

杨诺神情恍惚地在桌子前坐下。

他现在头脑里仍很沉重，只要一想到她，羞耻感就会迅速充斥着全身的每一个角落。他原以为回到家里，远离她，避开她，也许那个事件对他造成的伤害就会渐渐淡忘。可是苏艳仍然如影随形地跟随着他。他现在非常后悔，他想不到这个人会那么无情地拒绝他，要是知道她会这样，当时打死他，他也不会浪费时间去写那封信，更不会厚着脸皮把信送给她了。现在，不仅自取其辱不说，更是把他推向了一个非常尴尬的境地——他连教室里都无法待下去了，只要一见到她，他就像被丢进火海里一样。关键是眼下形势非常严峻，预选考试还有一个月时间，他要是被这个事件所击倒，他连预选考试都考不上，那他前面所有的努力不就徒劳了吗？他还考什么大学？他还有何面目苟活于世？

杨诺把正月十五那天晚上写的血书从书包里取了出来。这次回家，他特意把这个东西带上了。灯光下，他一层一层地把这份血书打开。

血书的颜色虽然已经微微泛黄，但仍然触目惊心，杨诺将血书一字一句地从头到尾看了一遍，一种悲壮感便油然而生。他使劲捏紧了拳头，咬紧了牙关。想到自己高中以来所受的苦难，所做的一切，一种强大的精神力量慢慢从心底滋生出来。他告诫自己：不要怕，一定要从眼下这场可怕的感情旋涡中解脱出来，专心学习，争取考上大学。

他的心顿时平静下来。他把带回来的书在桌子前一一码好，又详细地列了一个回家学习的课程表，决定从明天开始起，一切按课程安排表学习，一刻时间也不能耽误。把课程表列好之后，他用胶水贴在了桌子前面的墙上。

这时已是夜里十一点多了，杨诺赶快熄灯入寝。

第二天天刚亮杨诺就醒了，眼睛一睁开，他马上穿衣起床，然后拿上课本，开门就出去了。

晨曦熹微，整个村子静悄悄的，仿佛还沉浸在睡梦之中还未醒来。杨诺已经想好了，在家里复习这一个月里，天天早晨起早背诵英语、政治和语文。学文科，最重要的就是记忆，只有把知识点牢记了，答题时才会得心应手。

杨诺夹着书，直接来到村子旁边的那条山沟里，这条山沟有一条潺潺的溪流，沟里野花遍地，树木丛生。其中一段路十分洁净，一面临着小溪，一面挨着山坡，树荫覆盖，环境十分清幽。杨诺以前每次经过这个地方，都十分喜爱，眼下，他受伤回到家乡，他要在这十分幽静的地方看书学习，疗治心灵的伤口。

杨诺来到这条幽静的小路上之后，先把书翻开。他今天早上读的是英语。学英语没有别的窍门，无非读和记。他要利用这一个月时间，把高中年级二本英语课文全部熟读一遍，对一些精彩课文，则要达到背诵的程度。对英语单词和短句，则要保证全部牢记。他把英语课本一打开，就开始朗诵。山沟里十分安静，他朗朗的读书声引起阵阵的回音，听起来十分悦耳。他边读边记，不到半个钟头时间，他已经把这篇课文完整地背诵下来了。他很高兴，这篇讲述马克思求学经历的课文十分精彩，这篇课文不仅词汇丰富，语言优美，而且句式运用、语法变化也比较灵活。把这篇文章背诵下来，对英语考试中出现的完形填空题和理解题很有益处。课文背下来之后，他又把课文后面的单词读了好几遍，直到把它们全部牢记于心。

杨诺心里很高兴，第一天早晨出来学习效率还不错。下来就要像今天早上一样，把几门课要记的东西逐个从前往后背。他现在必须争分夺秒，用百倍的学习效率认真复习；否则，他就会被其他学生迎头赶上。

杨诺一直读到太阳把这条山沟全部照亮了才合上书。他估计这个时候母亲已经把早饭做好了，便离开这个山沟往回走。

早上到上午之间是一天学习的最佳时间段，杨诺把几门课合理搭配，全部以做题训练为主。中途除了上厕所，他全部时间都用于看书做题。午饭后他午睡一小时左右，下午他以做历史、地理训练题为主。晚上，他主要做数学题。

一连几天，他都严格按照自己制订的课程表学习。

母亲依然不停歇地忙碌着，每天早饭一吃罢她就上地做活去了，一直做到太阳升到头顶才回来，一回来还要忙着做饭、喂猪、做家务。

看到母亲每天不停地忙碌，杨诺心里很难受，他想帮母亲做做活，分分忧，可是母亲害怕耽误他学习，硬是不让。杨诺心里更惭愧，学习劲头更大了。

一连几天，也许是因为用力太猛，他感觉十分疲劳；不仅如此，他的头脑又开始漏水了一样，一些不愉快的事情便不时地从那窟窿眼里漏了进来。其中最厉害的便是他给苏艳写信这件事。他这次回来，就是为了躲避这个人的，即所谓——眼不见，心不烦，开始几天他也做到了。可是，几天后，那个事件，还有这个可恨的人，仿佛是从什么地方终于寻到了他一样，又开始以狰狞的面孔钻入他的大脑。

杨诺想把她拒之于千里之外，可是，根本不行，无论他是在看书或者做题，她都会不召自来，无孔不入地钻进他的大脑。

杨诺很气愤，他越不想见她，她的形象越是那么清晰地立在他眼前，即使他拼命驱赶也赶不走。

杨诺非常悲哀，他骂自己，气愤地揪自己的头发，还把头往墙上撞，他告诫自己不要再想她了，人家那么那么坚决地拒绝他，羞辱他，他还想她做啥？可他左右不了自己的大脑，只要有一丝空隙，苏艳的形象都会像鬼魂一样的跑来了。

杨诺不知道这是咋了，这样魂不守舍地硬着头皮学习，有什么效果？

救救我吧！老天爷！他双手合十，向上天祈祷。

老天爷默默无语。

一天上午，杨诺正学得五心烦躁、坐立不安的时候，突然堂兄杨树林敲门走了进来。杨诺已从母亲那里零星地知道了杨树林最近发生的一些事，心里很为杨树林感到惋惜。可是他也认为这是杨树林咎由自取，谁让他平时我行我素、尽干坏事呢？他找不下女人活该。回家后他之所以没有到杨树林那里去，主要是嫌他名声太臭，怕影响了他。他想不到杨树林竟亲自来找他了。

杨树林一来就问："杨诺，你回来几天了，咋不到我家去找我玩？"

"学习太忙，没工夫。"杨诺站起身说。

"文武之道，一张一弛，你也不要成天只知道学习，适当时候玩一玩，换换脑子，学习效率更高。算了，今天中午不学了，到我家去坐坐，怎么样？"

杨诺刚好心里很烦，听杨树林这样一说，便马上合上书，随杨树林一块儿到他家去了。

杨树林大概提前做好了准备，杨诺走进他家屋子里的时候，只见里面收拾得干干净净，清清亮亮，茶几上放着两盘洗净的水果，一盘是杏子，一盘是桃子。杨诺一来，杨树林就热情招呼他坐，然后让他动手吃水果，还沏了一杯茶递给他。

杨诺看书看得头昏脑胀，为了让大脑清醒清醒，他就拿了一个杏子吃了。这是当地产的麦黄杏，又酸又甜，果大肉厚，吃起来非常可口，杨诺一连吃了五六个。

杨树林在杨诺身边的沙发上坐下来，他把烟点着，喝着茶，和杨诺聊开了。

“你咋这个时候从学校回来了?”杨树林问。

“课程都已经上完了，在家里复习自由一些。”杨诺说。

“家里是自由些，可是不会的知识问谁去？我建议你在家少待几天，还是待在学校好，不会的知识可以问问老师和同学，而且在学校里学习有那个氛围。听说你现在学得不错，可要好好把握时机，力争今年考上大学；不要学我，在社会上胡混，到头来百事不成，人嫌狗不爱的。”

“哥咋那样作践自己呢，我看你活得怪潇洒的。”

“潇洒？你说我活得潇洒?”杨树林吸了一口烟说：“我最近发生的一些事你大概都知道了吧?”

“发生什么事了?”

“你妈没对你说?”

杨诺摇摇头。

杨树林头靠在沙发上连吸了几口烟，然后把烟屁股摁在烟灰缸里说：“兄弟，你知道不？我其实完全可以不回来，我在商州城跟着我师傅做饭，每天吃香喝辣的，多自在。结果我回来之后你不知道人们对我的成见有多深。我连找个女人都找不下，无论是高的矮的，胖的瘦的，只要一提到我的名字，人家一律都拒绝了。你说这让人伤心不伤心？我难道有这么差吗？一次我无意中帮了贾香香一个忙，贾香香为了感谢我，便要把他的妹妹贾兰兰说给我。那女子真不错呀，不仅长得好看，而且心地非常善良，我打心眼里喜欢她，心想，找这号女人过一辈子也知足了。贾兰兰也挺喜欢我，她的父母，包括她哥嫂都没有意见。眼看就要订婚了，结果由于有人从中作梗，这门好好的婚事便鸡飞蛋打了。”说到这里，杨树林十分生气，他又把烟点着了。

听了杨树林的话，杨诺感到十分吃惊，他想不到杨树林竟然这么高度评价贾兰兰，一提到贾兰兰，他头脑里便浮现出这个修着长长辫子，长相十分俊俏的乡下女子。当时，母亲想让他辍学，极力让贾香香做媒，把她妹妹说给他。可他断然拒绝了这门亲事。事情虽然过去一年多了，他心里仍然感到很可惜。

杨树林接着说："兄弟，你知道不，那件事几乎要了我的命，我从来没有感到那么狼狈失败过，就是当年把我判刑，关到监狱，我也没有这么伤心过。我死的念头都有了，后来一个人救了我，你猜是谁?"

"哪个?"

"贾香香。"

"她怎么救了你?"杨诺不解地问。

"她不嫌弃我，在那段最伤心的日子里，她处处照顾我，给我洗衣做饭，给我种种安慰。我知道，你一定看不起她，认为她这人名声不好，谁粘上了她谁准倒霉。其实你不了解她，这个女人其实非常善良、仗义，有恩必报，跟她相处久了，我心里就喜欢上她了。"

"听说，你打算和她一块儿过日子，是不是?"

"对，是真的。别人都嫌弃我们，可我们两个谁个也不嫌弃谁，同是天涯沦落人。我们就是要结合在一起，让所有人看看。"

"那不是把你亏了?"杨诺说。

"咋亏了？你是不是以为贾香香嫁过人，生过娃，还跟几个男人好过？这有啥，我早就想开了，而且我也好不到哪里去，从十几岁到现在，我不是也干了不少坏事吗？她只要肯嫁给我，我都烧高香了。除了她，哪个女人还看得上我?"

"你们下来怎么办？结婚吗?"

"打算八九月份把婚结了。你到时可要参加我们的婚礼。昨天我师傅给我来信了，他最近被咱县上一家大酒店聘请来做大厨，他捎信让我到他那里去一趟呢。我准备明天去见见师傅，看他需不需要我，我在甜水井待得够呛，我一心想跑出去，找个立身之地，永远不回来了。"

"你有手艺，应该走出去，窝在家里，时间久了，就会把人毁了。"

"你说得没错，兄弟眼头高，志向高远，当哥的对你这一点很佩服，以后还得向你学习。”

“看哥说哪里话，我也不行，挺狼狈的。”杨诺神情沮丧地说。

“你咋了？”杨树林警觉地问。

杨诺笑了笑说：“没啥，我只是感到考大学太渺茫，故而有些担心。”

“哪有啥担心？只要舍得用功，就一定能考上，一年不中考两年，两年不中考三年，一定能考上。你放心，哥一定大力支持你。”

“谢谢哥哥。”

“谢什么？咱俩个谁跟谁呀！”

看看晌午了，杨诺正准备离开，这时门口走来一个人。那人直接走进杨树林家的屋子里。杨诺抬头一看，竟是贾香香。

贾香香一进屋子就对杨树林说：“饭菜都做好了，你把你兄弟叫过去吃吧。”

杨诺一见贾香香脸顿时就红了。他马上起身要回家去。杨树林把他拉住说：“我提前给你贾嫂子把话都说了，让你上午一块过去吃饭，你别回去了，咱俩一块过去吃。”

“不了，不了，我要回去。”杨诺坚决要走。

贾香香笑着说：“你这么看不起嫂子吗？我把饭菜都做了，你不去多浪费呀。不就是吃顿饭吗，看把你吓成这样了。走吧，你兄弟俩好久没在一起了，我弄了几个好菜，你俩个喝几杯，解解乏。”

杨树林也说：“你要是看不起我，不认我这个哥，你就不去了。”

杨诺见他俩人这么说，就不好拒绝了。他说：“那你们先走，我回家去给我妈通知一声。”

贾香香说：“一块走吧，我刚过来的时候已经给你妈说过了。”

杨诺便和杨树林一块儿向贾香香家里走去。他感到心里怪怪的，有些恐慌，但他答应了，又不好反悔。

贾香香家住的是由杨家的老祠堂改造而成的房屋。房子已经很陈旧了。杨诺小的时候经常进去玩儿，后来很少去了，尤其是初中时他和贾香香有了那件事后，他见了她家的房屋犹如见了她本人一样，唯恐躲之不及，每次从她家门前经过，他硬可绕到其他人家的门前走。可今天，他却鬼使神差地要到她家去吃她亲手做的饭。

一走到家门口，贾香香便对杨树林说："树林，你先领你兄弟到上房里去喝茶，我去把凉菜一拌，一会儿就上菜。"

杨树林说："我去给你帮忙吧。"

贾香香说："不用不用，你去陪你兄弟坐，杨诺到我家来得少，可是稀客。"

杨树林拍了一下杨诺的肩膀说："我今天可是粘了你的光，看你今天来吃饭人家多热情，我平时来了，人家要理不睬的，走，咱们喝茶去。"

贾香香在后面说："杨树林，你又在胡咬舌头了。"

杨诺随杨树林一起走进贾香香家的堂屋里。房子虽然很陈旧，但里面很干净。看得出来，在他们来之前，贾香香特意把房子打扫收拾了。堂屋的正中靠墙处支了一个香火桌，两边码的都是粮袋，靠门口的地方，放了一张小桌，小桌擦得干干净净，两边的椅子也擦得一尘不染。

杨树林像主人似的先招呼杨诺坐，然后便动手给杨诺倒茶。

杨诺突然问杨树林："你找贾香香，心里满意吗？"

杨树林看了杨诺一眼说："咋不满意？我这臭狗屎一个，人家能看上我都已经是上高香了。"

"你要不是臭狗屎，你还会看得上她吗？"

杨树林听杨诺这样一问，顿时愣住了，他说："你看你这娃，咋说这话？人一生咋能假设呢？人要认命，到什么山，唱什么歌，到哪一步说哪步话，活哪样人。"

"你和贾香香交往时间也不短了，你真的对她很满意？"

"很满意。我刚才不是对你说过吗？她这人虽然名声不好，但这并不怪她。人一辈子，尤其是女人的一辈子相当不容易，有时候，往往是一个偶然因素，会毁了她们一生。比如贾香香，她一辈子悲剧的根源就是一九七六年的那场地震，由于这场地震，使得她走了另外一条道。要是没有那场地震，要是她男人郭墩子是个正常男人，她一辈子也不会过成现在这种光景。但无论怎样，她这人的本性没变，她心地非常善良，乐于助人，而且为人比较慷慨。"说到这里，杨树林笑了笑说："贾香香对你挺关心的，她经常在我面前提到你的名字，她说她还暗地里帮助过你呢。”

一听这话，杨诺大惊，他结结巴巴地说：“她，她怎么这样说？她什么时候暗地里帮过我？”

“去年下半年，记得不？二中不少教师到十堰市去应聘，你们的代课老师几乎都跑了，你家里为了让你回家务农，故意断绝给你钱花，是不是有这回事？”

杨诺点点头。

“后来你又是怎样渡过那段最艰难的日子的？”

杨诺想了想说：“我向我小姨要的钱。”

“还有呢？你是不是一连几个周在学校大门口的路上拾到了钱？”

杨诺听了目瞪口呆，如雷轰顶，他嗫嚅地问：“这样说，难道是贾、贾——她故意放的？”

“我不知道，你一会儿亲自去问她吧。”

杨诺顿时惊呆了，她想不到贾香香会用这种方式暗暗帮助他。他马上回忆起当时的种种情景，立即心领神会了。可是他却一直恨她，怪她把自己引入深渊，想不到她在他最困难的时候暗暗扶了他一把；否则，他当时就不可能继续上学了。一刹那，他对她的怨恨全部烟消云散了，觉得她一下子变得那么高大。

杨树林喝了一口茶，神秘地问：“贾香香为啥对你那么好？”

杨诺听堂哥这样一问，心里顿时释然，他还以为他和贾香香之间发生的那件事，贾香香会悄悄告诉杨树林的，原来她没有，他不禁对她格外感激起来。于是他回答杨树林说：“她本来想把她妹妹说给我的。”

“她也想把她妹妹说给你？什么时候的事？”

“去年秋天，我妈为了让我回家务农，就让贾香香做媒，把她妹说给我。”

“结果呢？”

“我没答应。”

“那她应该恨你呀。”

“那不一定。”

正说着，贾香香一手端只盘子进来了，她一边放盘子，一边对杨树林说："还有两盘菜，你去端来。"杨树林马上起身到厨房去了。

贾香香把菜放好，然后开始摆放筷子，杨诺抓住时机问："是你去年故意把钱丢路上让我拾了？"

贾香香抬起头问："你听谁说的？"

"是不是真的？"杨诺继续追问。

"你认为是真的就是真的，你认为是假的就是假的。好了，今天不提这了，好好吃饭。"

杨诺还准备再问的，见杨树林端菜进来了，才作罢。

菜一端齐，贾香香便从柜子里拿出一瓶酒，对杨树林说："你爱喝酒，但也不要喝多了，今天你陪杨诺兄弟喝几杯，为杨诺兄弟解解乏。"

杨树林高兴地说："好，听从你的吩咐，今天只喝一瓶。"

也许是害怕把杨诺喝醉了，杨树林这天划拳喝酒一直让着杨诺，往往杨诺喝一杯，他要喝五、六杯；而且他还替杨诺喝。结果一瓶子喝干的时候，杨树林已经醉了。

贾香香担心他在桌子上乱说乱动，就把他扶到里面屋子里睡去了。

杨诺虽然喝得不多，但是，一者天热，二者人少，中间没有停歇，他也微微感到有些醉了。

贾香香随后又炒了两盘热菜，全端上来了。杨树林到里面屋子里睡去了之后，她就坐在杨树林的位子上，拿起筷子，让杨诺吃菜。

杨诺仔细看了看，他发现贾香香似乎一下子年轻了不少，而且贾香香完全不像以前每次见到的那种萎缩、邋遢的样子，她一下子变得整洁、清爽，而且亲切了。看来，爱情会让女人变得美丽呀。

桌子上还剩两杯白酒还没喝，杨诺端起其中一杯酒说："嫂子，我用你的酒敬你一杯吧，感谢你在我最困难时救了我。是我不好，以前错怪了你。"贾香香抿嘴笑了一下说："谢我啥，我也应该谢你。在那段最肮脏的日子里，你也曾给了我念想，让我心中保留着一小块洁净的地方。要不然我也许成为彻头彻尾的坏女人。好了，现在一切都过去了，我有了杨树林，我一切都知足了。你好好上学吧，争取今年考上大学，为你自己，为你家里，也为我脸上争光。也不枉我们……”话没说完贾香香不好意思地低下了头，笑了。

杨诺听了，脸更烧了，他羞得抬不起头来。

“我后来才知道，你做了就后悔了，这些年一直恨我，躲着我，是不是?”贾香香问。

杨诺点点头，然后惭愧地说：“是我辜负了你的一片心意。”

“唉，不说了，这件事从此就不要再提了，权当它没有发生。不过，杨诺，请你记住：哪个人都不是圣人，都会有犯糊涂做错事的时候，不必过分罪责自己，跟自己过不去。人只有原谅自己，才会原谅别人，一个人没有容量根本不行。”

听了这话，杨诺十分惊讶，他想不到一个普通的村妇对人生竟有这么深刻的认识和理解。这些话大大地化解了内心深处他一直不能原谅自己的罪恶。他仿佛觉得自己一下子解脱了，也成熟了。

“好了，你吃点饭赶快走吧，一会儿杨树林吐了，我得去照看他。”贾香香说。

杨诺说：“我已经饱了，谢谢你。”他弯腰向贾香香恭恭敬敬地举了一个躬，走了出去。

杨诺感到心灵彻底畅亮了，轻松了。多少年来，他一直被那件事纠结着，贾香香和那件事像一团巨大的黑影笼罩着他，他为此受了很多苦，受了很多罪，走了很多弯路，也付出了多么惨重的代价。这几年，他就像背负巨石上山的可可西里一样，艰难地跋涉着人生之路。如今，他头上的阴影终于被去掉，肩上的巨石也被卸掉，整个身心获得了救赎。他重新审视了自己所走过的路，深深地认识到了自己所犯的罪孽，充满着感激的心情向贾香香和他生活中所遇到的一切表示深深的谢意和忏悔。他知道，一切罪孽，皆有其因，也有其果。而许多罪恶皆缘于自己年少无知的一时冲动和心魔的产生。所幸的是，他现在已经领悟了，他已经从过去的桎梏中解放了出来，他要以积极的心态和昂扬向上的精神扬起生活的风帆，做这个伟大时代的弄潮儿。他有这个决心。

同时，他也重新审视和看待了他几天前所做的那件事，这件事曾经把他逼得无路走，最后躲到了老家，他现在对自己的这个做法感到特别可笑。一切根源皆在于他，他有什么理由去恨别人呢？他现在有什么能力来与别人谈情说爱？他决定明天就立刻返校，他会亲自向苏艳赔礼道歉，求她谅解，让一切都恢复正常。当爱和恨都消除了时，他想一切都会风平浪静，阳光灿烂，鸟语花香。

第二天下午，杨诺动手把几天前带回来的课本收拾起来，准备马上返校。这时，他的同学江涛骑着自行车来了。

江涛一来就把一沓子模拟测试题交给他，说这是苏艳让他交给他的，苏艳让江涛告诉他，这几份模拟试题出得很好，让他好好做一遍。另外，江涛还交给他一封信，也是苏艳让他转交给他的。

杨诺把模拟试题拿在手上，心里又波动起来。但是他清楚，不能再犯糊涂了，无论信里说些什么，他都不能陷入进去了。于是他趁江涛去上厕所之机，把苏艳写给他的那封信烧了。

江涛来得很急，喝了一杯水就要走。杨诺说："咱俩一块儿到学校去吧。"

江涛惊讶地问："你不在家里复习了？"

杨诺说："我仔细考虑了，在家里复习还是没有在学校复习效果好。预选考试马上就到了，我不能再耽搁了，走吧，咱们一起到学校去。"

江涛说："好，你不在班上，我感到特别孤单，身上像是少了个什么零件似的，你去了就好了。"

母亲上地还没回来，杨诺把堂屋的门锁上，把厢房的门轻轻拉上，然后催促江涛说："走吧，趁天黑之前咱们赶到学校。"

第十八章　难忘高考

高考预选考试，杨诺顺利过关了。

这次预选考试，二中两个文科班总共才预选上十四名学生，这十四名学生全在文科快班。令人深感意外的是，尖子生苏艳竟然没有预选上。杨诺听说苏艳并不太在乎这种结果，预选成绩公布的那天，苏艳还到学校来了，她告诉班上同学，她爸让她到省城上电大，电大一毕业就给她找份好工作。杨诺心里隐隐有些失落，他想，按苏艳平时的成绩，她无论如何能够预选上，可是她却落选了，这是什么原因呢？因高考即将来临，杨诺没有时间在这个问题上多动脑筋，他很快就全身心地投入到最后一个月的紧张复习当中。

时间过得真快，擦，一眨眼工夫，高考就到跟前了。结果就在这个时候，又发生了一件意想不到的事，这件事几乎让他前功尽弃。

一个周末，杨诺回了一趟老家，第二天返校时，还不到三点。想到有一个下午的空档时间，他就到理发店里理了个发。由于学习紧张，一个多月了，他也没到理发店里去理发，结果头发几乎长到六、七寸长，披散着，像个女人一样，每次看书时头发梢都不断在前面挡着视线；而且洗脸也不方便。发一理，杨诺感到轻松多了，仿佛头顶上卸去了千斤重压似的。

可是，杨诺的高兴劲儿还没有维持好久就被一种巨大的恐惧感代替了，——这天上晚自习的时候，班主任李老师把高考准考证发了下来，当一眼看到准考证上自己的照片时，他不禁大吃一惊——照片上的他头发很长，厚厚的，盖满了全头，而现在的他，头发只有一二寸长；而且由于这段时间的加班熬夜学习，杨诺现在又黑又瘦，完全不像准考证照片上的他了。

就在一个周前，理科班一个叫祝正全的补习生告诉他，他去年高考之所以失败，就是因为在考场上监考老师说他本人与准考证上照片不符，硬把他叫出考场，经过反复核对是他本人时，才让他继续考试。由于误了时间，加上分神，那场考试他考砸了，随之产生连锁反应，其他几门课也跟着考坏了。祝正全告诉杨诺，监考老师之所以认为他本人与准考证不符，就是因为准考证的照片上他有胡子，而在高考前，他刮了胡子，所以判若两人。

一想到祝正全的事，杨诺便不寒而栗——他想，假若考场上监考老师认为他本人与准考证的照片不符，而把他找出来核查怎么办？要知道，考场上分秒如金，耽误时间不说，稍一分心，便会影响正常发挥。为了高考，他可是拼了命学习，要是考不好，他还有活路吗？杨诺越想越担心，越想越恐惧。时令已进入暑季，天气非常炎热，虽是坐在教室里，却大汗淋漓，别人都在专心学习，杨诺却眼睛看着书本，头脑里一片空白。

下了晚自习，杨诺浑身虚轻地回到机械厂他的住处，心里还一直惦记着准考证上照片的事。他在小姨的镜子前仔细照了照，结果越照越糟糕——他现在头发太短了，和准考证上的照片仿佛就是两个人。

杨诺便后悔，深深的后悔，他后悔今天下午不该心血来潮到理发店去理发，理这么短的头发。接着，他就想象到了考场上，众目睽睽之下被监考老师叫出去核查准考证的狼狈情形。这天晚上机械厂异常安静，在这寂静的夜晚，他内心却仿佛惊涛骇浪一样，一浪高过一浪。杨诺心情烦躁，坐立不安，眼睛看在书上，脑子里想的全是考场上那些令人恐惧的事。书看不进去，他只好合了课本，走出房子。外面黑洞洞的，唧唧虫响成一片。杨诺到水龙头下面洗了个凉水脸，心里平静了一些。他仰头望着满天的星斗，想到自己艰辛的命运，眼泪不觉哗哗流了出来。他默默地祈祷着，但愿头发赶快长长，但愿到时监考老师不要找他的麻烦。此时距高考还有十天时间了，杨诺估计着，一天头发能长多长，一周能长多长，心想十天时间，头发该会长起来吧。

后来事情的发展大大出乎他的意料，擦！一个周时间就过去了，杨诺在镜子中一照，自己的头发几乎没有变化，还是只有二寸多长，跟光头一样。杨诺便怀疑这头发是否专门要与自己作对，因为以往他的头发总是长得很快，刚理过头发，不到一个月时间，头发已经长得老长老长了。可是现在，一个周过去了，头发还不见长。

距高考还有四五天时间了，若再不想办法，真要到考场上被监考老师叫出去，那么这一年的刻苦学习就算白学了。杨诺不甘心。为了不让父母伤心，他一定要想办法。想什么办法呢？教育局他没有认识人，用什么法子通融呢？想了两天才想到一个办法——马上到照相馆照一个像，用现在的照片置换准考证上的照片。当他认为这个主意不错时，一天下午，他便花钱到县照相馆照了一个免冠一寸的黑白照片。为了不耽误时间，他多付了一倍的钱，第二天下午就把照片取了出来。可是照片如何上准考证呢？准考证上的照片盖了钢印，硬贴上去根本不行。为此，杨诺在下了晚自习后找到班主任李老师，问他准考证上的照片能不能撕下来更换一张贴上。

李老师惊讶地问："为什么要撕下来重贴？"

杨诺嗫嚅着答不上话。

李老师说："照片上砸了钢印，不能随便撕。否则你连考场都进不了。"

"知道了。"杨诺说，他低着头走出李老师的办公室，心里一片黑暗。这时距高考还有三天时间了。

杨诺的头发还不见长长，更多的功课还没有复习好，他一方面担心着头发的事，一方面紧张学习，每天都经受着冰与火的煎熬。

一晃第二天就要高考了。这是决定命运的关键时刻，杨诺暂时收起了对考场准考证问题的担心，专心迎接高考。明天第一场考数学，这是他最担心的科目，一定要考好。下了晚自习，他又认真学习了一个多钟头，想想第二天就要高考，便早早休息了。

结果熄灯睡到床上才发现，这间屋子里不知什么时候钻了不少蚊子。杨诺开始并没有把蚊子当回事，他想，只要睡着了，蚊子再叫唤，他也听不见。谁知这些蚊子像轰炸机一样，嗡嗡地叫着，在他头顶上方盘旋，不时来个俯冲，在他脸上，或者脖子上咬一口。杨诺想把他们消灭了，可根本捉不住。无论是用手抓，还是用毛巾打，都是徒劳。打它的时候，它飞远了；不打的时候，它又飞到跟前了。这样相持了大约半小时，虽然杨诺也打死了几只蚊子，但还有不少蚊子在四周鸣叫着。

想到第二天的高考，杨诺不想再浪费精力了，便用被子包住头，想尽快入睡。可这些蚊子此时立即表现出了大无畏的牺牲精神，哪怕被角有一丝小孔，它们也敢冲进去。杨诺只好把头包得严严的。可是天热，一会儿又捂得憋气，睡不成。他只好又把被子放开。被子一旦放开，那些蚊子更是肆无忌惮了。

这样又折腾了一个多钟头，杨诺还是没有办法入睡。他心里异常烦躁，心想，如果不把这些蚊子全部消灭掉，他今晚上就别想睡了。

杨诺生气地把屋子里的两盏灯全都拉亮，拿起一块长毛巾满屋里搜捕，只要看到蚊子，非打死不可。蚊子非常狡猾，见他下决心要打死它们，不是贴到顶棚上，让他够不着，就是钻到哪个暗角，让他寻不见。打了半天，才打死了几只蚊子。看看手表，已经凌晨一点多了。杨诺慌了神，急忙拉灯入睡，可由于前面的不停折腾，哪还有一点睡意?

杨诺强迫自己入睡，但各种办法想遍了，都无济于事，有几次眼看就要睡着了，脑子里却又突然想到准考证上照片那件事，顿时又一点睡意也没有了。他只好数数，让自己慢慢入睡。可是每次刚要迷糊，那个重大的问题便像针尖一样刺入他的大脑，顿时又清醒了。他只好控制，可哪里控制得了，一不注意，脑子就想到了头上的短发。杨诺愤怒，悲伤，恨他那不争气的头脑，可没有办法，越生气，大脑越清醒。杨诺又安慰自己：好了，不想了，什么事也没有，照片怎么会是假的? 监考老师不会认错的。可还是不行，脑子那根弦似乎一直绷着，想松也松不下来。直到天麻麻亮，他一刻也没有入睡。

想到即将要面对的决定命运的考试，超负荷的脑力劳动，不休息好怎行？天亮时，他又用被子把头包起来，想强迫自己睡一会儿。迷迷糊糊的不知过了多长时间，突然他被那个黑色的噩梦惊醒了。他马上从床上弹起来，把表拿出来一看，天呀，离考试只有二十分钟时间了！考场统一设在县一中，过去还有一里多路程。

杨诺赶快洗了脸，在街上随便买了几个包子吃了，便匆匆跑向考场。当他往座位上一坐时，才发现，钢笔及圆规、尺子都没拿。他顿时吓得目瞪口呆，只好跑到机械厂去拿。

当杨诺第二次返身回来时，考试已经过去了十分钟。他像害了一场大病似的，浑身没了一点力气。

杨诺把准考证放在面前，他知道，决定命运的关键时刻到了。无论如何他要坚持下去，哪怕他昏倒在考场上。靠着坚强的毅力，他一分钟一分钟地坚持着，头实在昏得不行的时候，他就使劲儿掐自己。三天时间，他终于咬牙坚持下去了。当最后一门科目考完，下考场前面台阶的时候，他竟一脚踩空，摔倒在县一中的操场上……

高考结束后，杨诺把所有课本及被褥全部带回了家，昏天昏地地睡了三天。他认定自己完了，高考前后的情景历历在目。一切的失误都是那么刻骨铭心，又是那么出乎人的意料。他对自己恨得要命。他万万没有想到他会在高考前一天出现失眠。那真是要命呀。从床上爬起来之后，他情绪极差，仿佛头顶上的天正在一块块地塌陷。母亲问他考得好不好。他说不知道，他怕母亲伤心。后来，他几乎是闭着眼睛填写了志愿表，交给了班主任李老师。

杨诺在家里又晃荡了几天，终日沉默无语，长吁短叹。母亲大概猜出了他的心思，安慰他说："成绩也没出来，不要那么灰心丧气，也许你考得不错。要是心烦了，到哪里转一转，散散心吧。"杨诺鼻子酸酸的，他不知道怎样回答母亲的话。

一天早上，杨诺无意走到邻居黄婶娘的儿子赵来娃家门口了，赵来娃虽然只比他大一岁，但已经结婚生子了。他这几年一直在做生意，骑着自行车，车头上挂着秤，车后座上绑着麻袋，走村串户，到处跑。杨诺这天去的时候，赵来娃正在用气筒给车轱辘打气。见了杨诺，他便问："高考结束了?"

杨诺点头说："是的。"

"考得不错吧?"

杨诺苦笑了一下说："不知道。"

"你学习程度好，该能考上吧?"

"难说。没发挥好。"停了一下，杨诺问道，"这次你又准备上哪儿去?"

赵来娃说："明天准备到南山的马排去收药材。"

"你能不能把我带一块儿去?"杨诺问。

"你想去? 那可远，得翻山越岭，吃很多苦。"

"我不怕。你带我一块去吧。"杨诺说。

"那好，我也缺人手，咱俩就合伙吧。你回家去准备一下，吃了午饭，咱们就动身。"

杨诺马上在公路边的一个小理发店给自己刮了个光头。吃过午饭后，他便与赵来娃一块儿，一人骑辆自行车，冒着炎炎烈日，到南山的马排收购药材去了。

杨诺这么做有两个目的：一是逃避。他在高考关键的三天之内，两天晚上都失眠了，结果考场上昏昏沉沉，许多很简单的题都做得模棱两可，肯定考砸了。这个打击实在太大了，他要逃避这个打击；二是寻找出路。高考这条路上他走得实在太艰难，他不想再一条路走到黑。跟赵来娃一块出去收药材，他是想尝试一种新的出路——做生意。

他们是在下午两点多动身的，在七月的炎阳下整整骑了大约三四个小时的车子，临近黄昏时他们才走到白玉区的小河堖。赵来娃说是狗子约他这次到马排收药材的，今晚上先到狗子家去。

杨诺问："狗子是谁?"

赵来娃说："是我一个朋友，叫杜狗娃，一块做生意时认识的，这人很好。"

天黑之前，赵来娃领着杨诺走到深山坳里的狗子家里。

到了之后杨诺才知道，狗子的媳妇姓苏，他媳妇的姐姐嫁在甜水井村，扯起来他们还是亲戚；狗子与赵来娃又是生意上的朋友，他们去了之后，狗子一家人非常热情。晚上，狗子让自己女人给他们做了可口的萝卜炖野猪肉，喝了一斤多苞谷酒。狗子大约三十多岁，人长得精瘦，当过兵，非常诙谐、乐观。他见杨诺剃着光头，又戴着眼镜，便问他原先是干啥的。

赵来娃便告诉狗子：杨诺刚刚高考结束，是出来解闷的。狗子就说杨诺吃不了这苦，怕是走到半路上就要哭鼻子，坚持不下去。

杨诺听了心里不服气，但他也懒得辩解。

夜深了他们才入睡。这里不比县城，虽然是三伏天，晚上睡觉还得盖被子。杨诺睡在床上，思绪还在高考这件事上纠缠，他心里非常难过，他扪心自问："难道就这样放弃考学了？"

狗子家屋子的边上有一条小溪，河水在夜深人静时响声格外大。杨诺就在哗啦啦的流水声和赵来娃打雷一样的呼噜声中，懊悔着，叹息着，慢慢睡去。

第二天是个少见的晴朗天气，碧空澄净，万里无云。吃罢早饭后，杨诺便与狗子、赵来娃一起背上大秤，提上一捆麻袋，就出发了。

动身前，狗子又对杨诺开玩笑说："杨诺，你还是留在我家里吧，要不然中途走不动了，把你一个人撂在山上，山上可有狼呢，你不怕狼吃了你？"

杨诺已经和狗子混熟了，知道他喜欢开玩笑，便毫不示弱地说："那就走着瞅吧。"

他们沿着一条曲折的山路往前走。

清晨的空气特别清新，路边野花遍地，山上鸟鸣相闻，微风拂面，清爽宜人。起初，四周的山还不显得高大，树木也稀稀落落。太阳一出来，就像下了火，晒得人睁不开眼。

杨诺说："这样下去，一会儿不叫太阳晒化了？"

狗子说："不要担心，一会儿就树荫蔽日，想见太阳都见不上。"

杨诺不相信有这么大的森林，树能把太阳遮得一点儿都看不到！

可这是事实，又大约走了二里多路，一片大森林便出现在面前。

狗子立住说："开始钻大山林了，下来就不用怕晒了。"他带头走进大森林。

一走进林子，浑身顿时一爽。数步之隔，一面阳光灿烂，炎热难当；一面树荫蔽日，凉爽宜人。初入林，林木还不茂密，树也不甚粗大，路两边尽是被人砍伐后丢弃的树枝和树干。有的是新砍伐的，留着白碴子，不少被砍倒的树木已经腐朽了。进到五六里之后，眼前便是一片树的海洋。一棵棵双手合抱才能抱拢的大树，密密匝匝，排山倒海一般。这些树，矮的三、五米不等，高的可达一、二十米高，树与树的缝隙全让树枝遮蔽得严严实实。树底下积有几尺厚的腐叶，空气中散发出腐叶和各种虫子的混合气息。走在里面，虽然是早晨八、九点，可仿佛觉得天刹黑时一般。

杨诺平生还没见过这么大的森林，便沿途欣赏着姿态各一，高低不同的树木。这些树，有的直标标的，仿佛就是擎天玉柱；有的疙疙瘩瘩，弯弯曲曲，仿佛是一位驼背老人。

狗子告诉杨诺，有些树，树龄恐怕已有七、八百年了。

当时杜仲树皮很值钱，走上一段路，狗子和赵来娃就会跑到一棵小树下，看那是不是杜仲，谁知一连看了数棵，都不是想找的树。

他们不知走了多长时间，一片片林子被他们抛在身后，但路仍在林间无限延伸，似乎永远也没有穷尽。

"这么大林子，没有什么动物吗?"杨诺问狗子。

"咋没有?"狗子一边走，一边对他说，"这里有野猪、黄羊、羚羊、锦鸡……还有豹子。"

听说有豹子，杨诺不禁担心起来，这是一种凶恶的动物，要是遇见了，怎么办?

狗子告诉他，豹子从不主动伤害人，只有人先惹它了，它才吃人。

杨诺这才放心。他在心里叮嘱自己：要是遇见豹子了，千万别招惹它。

林子中间竟然有一条小溪，溪水潺潺流动，发出银器相碰的悦耳的声响。他们在一个小水潭边歇下来，洗洗脸，喝喝水，然后便躺在水潭边的一块大青石上休息。只听风声过处，林涛阵阵，如万马奔腾。这时狗子便头枕青石，给杨诺和赵来娃讲起了他在这个林子所经历过的一个个惊险故事。

见这么大的林子始终没见人家，杨诺就问赵来娃到底去哪儿收药材，住哪儿。赵来娃指指狗子说："我们到马排收药材，到时就住在狗子的姐夫家里。"

"马排离这儿还远吗?"杨诺问。

"还远着呢!"狗子说。

他们走走歇歇，歇歇走走，饿了，吃些干粮；渴了就喝山泉，在感觉实在困乏无力的时候，不知不觉眼前的树木渐渐变得稀疏矮小了。又走了一段路，周围彻底亮堂起来。

终于走出林海了。

走出大森林，又上了一座山，一个村子依稀出现在一个山梁上。狗子告诉杨诺："前边就是马排!"

狗子直接把杨诺和赵来娃二人领到他姐夫家里。

狗子的姐姐已经离世了，家里只有他姐夫和他的一个外甥女——菊花，还有菊花的小弟弟。菊花大约十五、六岁的样子，身材略显单薄，长得非常好看。她爱笑，一笑就露出一对圆圆的酒窝。赵来娃可能多次到过这里，人熟，他一来就与菊花开玩笑，菊花毫无顾忌，赵来娃骂她，她便应口，且口齿伶俐，一点亏都不吃亏。

马排村是名副其实的边远山区，放眼望去，到处山峦重叠，林木葱郁。暮霭下，十几户人家掩映在树丛中，显得若隐若现，仿佛画中。杨诺感到十分新奇，觉得这里非常像地理书上所说的高山族。

马排条件非常艰苦，买日用品要跑几十里，更要命的是这里没有水吃。由于海拔高，井打不出水，全村十几户人家，都在五里外的一处山崖下接水吃。遇到干旱季节，家家户户三两天才能喝到一口水。因缺水，这里的人家用水十分珍惜，洗锅洗碗水从不随便乱倒；一盆洗脸水要洗三四次。而一般人家一年四季都不洗脸，所以无论大人小孩，脸上都脏兮兮的，眼角都粘有眼睛屎。

杨诺开始非常不习惯，晚上没有电不说，关键是这里没有水喝。

可令人高兴的是马排满山遍野都是药材。由于交通不便，山高路远，这里大量的药材没有人收购，随便到一户人家，就能收到不少药材。每天狗子跑一路，杨诺和赵来娃跑一路，收的药材有柴胡、血参和葫芦根。附近村庄里家家屋里都存有药材，他们很少有跑空的；而且价格十分低廉，柴胡3分钱一斤，血参2分钱一斤，葫芦根2毛钱一斤，大有赚头。

杨诺跟着赵来娃一起，每天拿着秤和蛇皮袋，一家一家的收购药材。他们往往早上吃了饭就出门，一直收到黄昏时分，蛇皮袋子装满了才返回。虽然很劳累，但天天都有收获，心里也觉得踏实了。

令杨诺十分高兴的是每天都能够看到菊花。菊花的苗条的身形，甜蜜的笑容，灵动的眼神，包括她的顽皮，都令杨诺十分心仪。在她家里，由于有人，他不敢大胆接触她，只有到了外面，他才能够主动和她说几句话。家里一日三餐，都是由菊花做。菊花人虽小，做饭的手艺相当不错，她每天总是变着花样给他们做好吃的，一种很普通的农家饭，她也能做得有滋有味。假如没有家务活儿，菊花必跟着杨诺和赵来娃一块帮忙收药材。开始菊花不太理睬杨诺，她只和赵来娃开玩笑，时间久了，她也开始和杨诺说笑了。

她见杨诺做什么都笨手笨脚的，就问他在家里是不是懒汉。

杨诺说："我才不是懒汉呢，我才高中毕业。"

菊花说："难怪呢。"

杨诺问她为什么不上学，这小点年龄就在家里干家务。

菊花说："上学路太远，家里困难，我只上了小学五年级就回来了。"

在这里，杨诺白天和赵来娃一起翻山越岭四下收药材，非常劳累，晚上却急忙睡不着。马排虽然远离了家乡，远离了考场，但他的心仍然纠缠于高考这件伤心事上。尽管因失眠，高考考砸了，可他是多么希望自己能够考上呀。每天晚上，都零点过了，他还急忙睡不着，他心里一直默默盘算着自己每一门功课的得分。可加来加去都离估计的高考录取分数线相差太远。他心里便十分懊丧——为了高考，他可是下了血本呀，若是考不上，他该怎么活呀？

在确认自己考不上大学之后，杨诺便萌生了一个想法——一辈子做生意挣钱算了；另外他还有一个想法，想娶菊花做媳妇。菊花长得真是好看，性格又是那么活泼，那么讨人喜欢。于是他就故意接近菊子，和她搭腔说话，帮她干一些家务活儿，并且准备找一个适当机会把心里话说出口。可每次赵来娃总在一起，他一直不好意思开口。

一天下午，菊花又帮他们在附近一个庄子里收药材，一只袋子收满之后，赵来娃让杨诺和菊花背着袋子先走，他在后面再收些药材。杨诺心里异常高兴，他终于有一个和菊花单独在一起的机会了。

菊花在前面领路，杨诺背着药材在后面跟着，几十斤重的东西仿佛没有一点重量一样，菊花几次要帮他背，都被他拒绝了。走到半路上，一条河挡住了去路，因雨后涨水，河石被淹了。杨诺只好把鞋脱了，挽起裤脚过河。他以为菊花也把鞋脱了，蹚水过河，谁知她却站在岸边不动弹，非让他先把药材背过去，再过来背她。

杨诺心里非常高兴，他知道菊花是在撒娇，是故意让他亲近她。在背她的时候，一种从未有过的幸福感像春风入怀，非常美好。过了河后，他们坐在一块大石上穿鞋，因时间还早，他们打算在这里休息一会儿。周围十分安静，蝉鸣声声声入耳。杨诺吟了一句古诗："蝉噪林愈静，鸟鸣山更幽。"菊花问是什么意思，杨诺就把诗句详细地讲了一遍。菊花仔细回味了一下，认为十分合理，便夸杨诺知识渊博，真是了不起。

杨诺便趁机说："菊花，把你嫁到我们村好吗？"

菊花高兴地说："好呀，你帮我寻一个好人家。"

杨诺红着脸说："嫁给我，你愿意不愿意？"

菊花顿时不笑了，低着头问："你为什么说这话？"

杨诺说："我很喜欢你，这多天了，我一直不敢说出口"

"我听赵来娃说，你还在上学，将来一定有好前途，你咋会看得上我！"

杨诺说："我这次高考考得一塌糊涂，估计肯定考不上大学，我马上就要回家当农民了。"

菊花说："今年考不上，明年接着考，相信你一定能够考上，我一个表叔考了四年才考上。”

我说：“我不想上学了，太单调了，太苦了。”

菊花说：“一辈子当农民才苦呢，你没有当农民你不知道，我劝你还是去上学，”停了停，她又说，“也许你这次考上了也说不定，你要自信。”

杨诺站了起来说：“无论考上与否，我都想娶你，你答应吗？”

“你说的话可当真？”菊子又笑了，调皮地问。

杨诺发誓说：“我要是说假话，就不是人。”

菊花说：“你别赌咒了，也许你现在是这样想的，一旦你有了好前途，你就不会这样想了。”

杨诺见菊花说这样的话，便一下捉住她的手说：“你咋这么不相信人，我真的很喜欢你，无论今年什么结果，我都会来找你，行吗？”

菊花对杨诺定定看了一眼，低下了头，然后她抽出手，笑着对杨诺说：“我给你唱一首歌好吗？”

“好呀！”杨诺说。

于是菊花一蹦一跳的走在前面，开始唱起来。幽静的山谷中马上飘扬着她那悦耳动听的歌声：

大麦开花扎茫茫，
小麦开花壮了浆，
金银花开开两样。
白的白，黄的黄，
黄的白的一样香；
棉花地里点高粱，
露水滴在花蕊上。
……

后来听狗子讲杨诺才知道，四年前，菊花的妈妈上山做活儿，让毒蛇咬了，因没及时医治而去世了，那时菊花的弟弟还不满一岁。妈妈去世后，菊花便辍了学，担起了家庭重担，一方面包揽了家务活儿，一方面承担了抚养弟弟的责任。菊花非常聪明，里外都是一把好手，说起菊花，马排人没有不对她竖起大拇指称赞的。

杨诺和赵来娃在菊花家里住了半个月之久，总共收了几百斤药材，十几个麻袋全装满了。他们出钱请了当地几个农民，把这些药材全部背到狗子家里。

临走前菊花一直把他们送到那个小山头的路口，她这天穿着白底碎花衬衫，刚洗过的长发在山风中飘动着，显得那么清纯，那么美丽，那么干净，一点也不像其他马排人。菊花仍然和赵来娃开着玩笑，但她的眼光不时看一眼杨诺，杨诺知道，她心里牵挂着那句话。

他们返回狗子家，找了一辆汽车，然后把药材统统运到县药材公司，把药材卖了，三人一人赚了150多元钱。

这个时候高考的榜已经张贴出来了，令杨诺惊喜万分的是，他竟然考上了大学。又过了二十多天，杨诺的大学录取通知书就寄来了，虽然学校不太理想，但毕竟是所大学。

这时杨诺非常想再到马排一趟。他担心一个人迷了路，便想叫赵来娃一起去。赵来娃问他去干什么，他就红着脸把他的想法说了。赵来娃一听大笑起来，说他太天真了。

杨诺说："我是真心的，我想说菊花做媳妇，菊花也愿意。"

赵来娃说："不可能成的，劝你打消这个念头。你家里是不可能同意的。"

家里知道这事后，也坚决反对杨诺有这种荒唐的想法。也许是考上大学后心情变了，加上上大学前有许多事情要办，杨诺决定明年大学放暑假时他再去找菊花，他心里已经拿定了主意，他要一辈子爱这个像山泉一样清纯而美丽的姑娘。

尾　声

上大学之前，杨诺高兴地参加了堂兄杨树林和贾香香的婚礼。婚礼是在县城一家宾馆举办的，杨树林的很多狐朋狗友都来捧场了，婚礼非常热闹喜庆。

杨树林已经离开甜水井村，到县城一家大酒店给他的欧阳师傅当了助手。就像玛利亚说的：上帝给你关上了一扇门，便给你打开一扇窗。走投无路的堂哥杨树林终于走出了困境，找到了自己的奋斗方向。贾香香也幸运地在这家酒店当了服务员。他们终于有了自己幸福的归宿。

半月后，杨诺和同学江涛一起到县车站乘车去上大学。江涛竟然和他考进了同一所大学，俩人刚好结伴同行。在车站等车的时候，杨诺无意中看到同班同学杨大华来送苏艳上电大，他们也是到车站乘车来了。杨诺刚准备上前与他们打招呼，可是他发现苏艳见了他之后，马上背过身，搀着杨大华的手，登上了一辆红色面包车。

想到俩人曾经有过的一段刻骨铭心的情感经历，杨诺心里怅然若失，他随即和江涛上了另一辆班车。一会儿，两辆班车就一先一后摇晃着驶出了车站。

杨诺不知道自己以后的人生会是怎样？但是他有信心走好以后的人生

路。他坚信那位作家说的一句话：“痛苦难道是白忍受的吗?”他必须对得起这个时代和自己所经受的苦难。

2015 年 7 月 15 日完稿

2015 年（10 月 20 – 11 月 26）二稿

2016 年（3 月 15 – 4 月 15）三稿

后 记

姚家明

几年前我就有个打算：写一部一个农村少年的心灵成长小说。

可是却一直迟迟没有动笔。

其一是考虑没有成熟。写这样一部小说，若纯粹以自己的成长经历为素材来写，便写成了自传，我的一生太平淡，写出来没多大用处，谁愿意看呢？其二是缺乏一种契机。写长篇小说不同于写中短篇，写长篇小说必须要有一种能击中创作者心灵、且能持久保持一种兴奋度的意外力量，也就是一种契机。可这种契机一直没有出现。因这两方面原因，这部小说便一直处于休眠状态。

2014 年 7 月，我的长篇历史小说《生龙寨》首发式暨研讨会在生龙寨景区成功举办。就在研讨会举办后的第三天，我意外收到了省委宣传部文艺处寄给我的一份文件，文件上告之我，我的小说《生龙寨》（又名《闯王旗》）被列入全省重点文艺图书资助项目图书，将获得 5 万元的结项资金。这真是一个令人兴奋不已的好消息。截至目前，我所写的两部长篇小说，《守望》被列入影响巨大、陕西百部作品集体出征的“西风烈”丛书，而《生龙寨》又列入全省重点资助的文艺图书，这说明我写长篇小说还有所收获。

在一种好心情的支配下，我又跃跃欲试地准备写长篇了。我的目标便盯在了几年前的那个想法：写一部一个农村少年的心灵成长小说。可是我什么素材也没有，能够激发我创作的灵感也一直没有出现。我心里很焦急。

一个礼拜天，我骑摩托到一个高中同学家里去祝贺他儿子考上大学。这个同学家住在边远的山村，交通相当闭塞。我来了他很高兴，他让我先在他家里坐，他骑车子到三十里外的镇上去割肉，买些菜，以招待我这个“稀客”。

我反复阻挠而无效之后，只好随他去了。

他家里电视信号不好，看不成电视，我只好从他家里找些书看看。同学的妻子给我找了几本书，盗版的，纸张低劣，字体小，且错别字连篇，简直无法卒读，我便问她：“你家里还有什么书没有?”

同学的妻子说：“我们房里有个小书柜，你自己去找吧，看有没有能看的。”

我只好自己去找了。

那是一只由几块木板钉在墙上做成的简陋书架。上面的书几乎发黄变黑了，书脊上的字也都无法辨认。我以为是一些古代的孤本图书，高兴地就取出来看，结果抽出一本一看是高中课本，再抽出一看，还是课本。心里这才明白，我这个同学当年高中毕业后，一直忙于生计，哪里有精力花钱买书?

就在我气馁地要放弃从这个书架上找书看的时候，书架中间的几个红皮子笔记本引起了我的注意，我便把它们全部抽了出来。一共是三本，大小都一样，我把其中一个笔记本打开，只见扉页上用钢笔写了“日记”两个字，底端写着日期是一九八四年。一翻里面，竟密密麻麻写满了他上高中时的日记。这些日记长短不一，有的只有二三句，有的则长达一、二千字。这个同学写字比较工整，时间虽然过了近三十年了，可他那些用钢笔写的日记仍清晰可辨。这个同学高中语文学得不错，日记写得较有文采。从他那一篇篇日记中，我仿佛清晰地看到了他当年奋力拼搏、一心考大学的情景。

我便坐下来，把这几本日记一一从前往后看。当我看到其中一篇日记时，我不禁大惊失色——这篇日记竟然毫不隐讳地记述了他与同村一个大他好多岁且名声极坏的妇女发生了不正当关系这件事。这可以说是一个巨大的隐私，可这个同学竟然完整地写在了他的日记里，我想不到这个同学当年还有这种经历。我这时有些慌乱，我不该偷看了人家的隐私。恰在此时，同学的妻子来给我加茶水，见我在看她男人的日记本，便说："那都是他上高中时记的日记，不准别人看，也不让扔。"

我问："我看看行吗?"

同学妻子说："那有啥看头，你想看就看呗。"加完水她就出去了。

我随后就把这几本日记从头到尾几乎全都看了，里面有不少日记写的都是他与那个农村妇发生关系后的忏悔心里，忏悔之情非常痛切。这个同学上高中时就沉默寡言，学习非常勤奋，我记得最清的一点是：他由于长时间坐在座位上用功，夏天我们到河里洗澡时，竟看到他屁股上长满了板凳疮。可这个同学最后竟然没有考上大学，为什么？就是因为他初中阶段不正当行为给他带来了巨大负面影响，他整个高中阶段都在后悔，他在后悔中度过了高中三年。

这几本日记看完后我非常震惊，我想不到这个高中同学高中阶段过得那么苦。像他那种经历，确实少见，但事情发生了，也不用那么持久地折磨自己，以至于高中三年全在忏悔中度过，最后连大学都未考上，太划不来了。

就在我把三本日记看完，正把它们往书架上插的时候，同学从镇上回来了。我装作找书的样子，说："你把上高中时的课本保存得这么好，一本都不少，我的高中课本连一本都找不见了。"

他说："你考上大学了，还留他做什?"他让我出去坐，外面亮堂些。

这天中午我就在这个同学家里吃饭，还喝了不少酒，直到半下午的时候我才动身离开。

同学一直把我送到村头。就在我骑上摩托要走时，他突然叫住我，问道："你上午看我的日记了?"

我有些慌乱，马上掩饰说："我只是随便翻了翻。"

他说："我媳妇说你整整看了一个钟头，还随便翻翻呢。"

我脸红地说："你是不是责怪我不该看了?"

他想了想说："没啥，事情都过去了，你看了也没啥，只是——你不要笑话我，实话告诉你，当时要不是发生了那件事，我也能考上大学。所以说那是我的心病，高中时无法解决的心病，因为这我才高考落榜的。”

我安慰他说：“虽然你没考上大学，可你混得也不差，两个儿子都考上了名牌大学，你个人日子过得也不错。我虽然考上了大学，端的是铁饭碗，但是心累不说，一个月只挣几个死工资，胀不饱饿不死，有什么益处?”

同学似乎对我这句话很受用，他说：“无论怎样说，当年考上大学还是好呀，光彩嘛，我可是做梦都想考上大学。你现在多好，成天坐在办公室不说，还能写书，听说你出了好几本书了，你能不能把我也写成一部书，就以我高中经历为素材写一部小说。”

听了同学这句话我又是大吃一惊，我想不到他敢说这句话。

我嗫嚅地说：“你说把你写进去?”

他红着脸说：“我不会写小说，否则我就把我的经历写成小说，你能写，就把我的高中经历写成小说。”

我被同学诚恳的态度感动了，我说了一个字：“行。”

“但是，”同学低了头说，“你不要用我真名。”

我说：“这你放心，而且包括你们村子，我也不会用真地名。我会改头换面，绝对让人看不出来是写你的。”

同学听了，似乎一下子放心了。他爽快地说：“那几本日记你若用得上，你也带上，你等着，我转去拿。”

我说：“不用了，我记在脑子里了。”

我从这个同学家里回去后，心里便开始烦烦躁不安，同学日记中的情景一直在眼前晃动，还有他日记中反复的追问一直在耳边回响着。我知道这是创作的激情来了，机会也来了，我决定把自己的一些成长经历加进去，以高中那个同学的生活经历为素材，写一部成长小说。

在我以前所写的两部长篇小说中，一为现实题材，一为历史题材，而要写的这部长篇显然和以往两部长篇都不太一样，它是属于个人成长小说，大环境是校园，而小环境和内核却是家庭、家族，可是这种小说我以前很少涉猎。我对自己不放心，于是先写了篇短篇小说《母亲的遗嘱》，很快就发表了，而且感觉还不错，我才有信心去碰过去很少碰的那个领域了。

我利用一周时间列了一个大纲，然后就开始动笔了。

这部小说写得很快，2014 年夏天开始动笔，到年终时就已写了 8 万多字。春节期间休息了一个多月，2015 年春天又继续创作，到了该年 8 月初，整部书稿便完成了。

这部小说自然也写了我本人的一些苦难经历，有些地方写得很动情，写着写着竟然自己把自己写流泪了。我很庆幸自己写了这样一部小说，在一定意义上，这部小说为我青少年时的成长经历立了一个碑。

非常感谢我那位不能署名的高中同学，是他的特殊经历和宽广的胸怀才促使我完成了这样一部比较特殊的小说。在写这部小说时，我的姿态站得很低，我感觉像是陷在尘埃和泥淖中去写的，——以此反映我们卑微而高贵的人生。小说结束了，我们一起向那所有过去的岁月和所经受的苦难虔诚地致敬！

在拙作《救赎》的成书、出版发行过程中，原商南县委宣传部部长彭书旺，著名文化学者、评论家邢小利，陕西省文学院院长王维亚，著名作家解数分别给予了不同的关心和支持，在此深表感谢！

2016 年 4 月 16 日下午